七十二个村庄

吴琼敏 ◎ 著

中南大学出版社
www.csupress.com.cn
·长沙·

湖南省社会科学普及读物出版资助项目

编委会

于沅澧大地而言，不是全部的村庄，却是新时代沅澧大地乃至中国农村的缩影；于72个村庄而言，不是村庄的全部，却是每个行政村的亮点和特色；于当今中国而言，不是实施乡村振兴战略的全部，却值得各地借鉴。

前　言

2021 年是中国共产党成立 100 周年，也是习近平总书记在哲学社会科学座谈会重要讲话发表五周年。自 2016 年习近平总书记重要讲话发表以来，湖南哲学社会科学事业迎来发展的"春天"。《湖南省社会科学普及条例》正式实施，湖南省社会科学普及主题活动周连续成功举办，"湖湘大学堂"等社科普及品牌日益形成，多批次省级社科普及基地建成并授牌，社科普及进基层特色活动深入开展，省优秀社科普及读物推荐与资助出版反响良好，社科普及志愿者队伍不断壮大，我省社科普及工作踏"春"而来、循"春"而动、迎"春"绽放，在提升公众社会科学文化素质、推动湖南高质量发展方面发挥了积极的作用。

"十四五"征程全面开启，立足新发展阶段、贯彻新发展理念、构建新发展格局对社科普及工作提出了新的任务和要求。一方面，人民对美好生活的需要日益增长，对精神文化生活有了更高的追求与期待，迫切需要坚持以人民为中心的理念，切实做到"以精品奉献人民"，推动社科普及工作高质量发展。另一方面，面对社会思想观念和价值取向日趋活跃、主流和非主流同时并存、社会思潮纷纭激荡的新形势，如何巩固马克思主义在意识形态领域的指导地位，培育和践行社会主义核心价值观，巩固全党全国各族人民团结奋斗的共同思想基础，迫切需要社科普及工作更好地发挥作用。在这个背景之下，亟需社会科学普及工作者贯彻自觉担负起历史使命和时代责任，充分运用"社会科学普及+"思维，创新社会科学普及形式，在丰富人民群众精神文化生活的同时，对人民群众进行科学的教育、引导和疏导，培育和践行社会主义核心价值观，提高人民群众人文社科素养。

基于新形势、新任务、新要求，湖南省社会科学界联合会、湖南省社会科学普及宣传活动组委会办公室贯彻落实《湖南省社会科学普及条例》，不断深化湖南省社会科学普及读物出版资助工作，面向在湘工作的社会科学理论工作者和实际工作者征集未公开出版的社会科学普及优秀作品，对获得立项的优秀作品进行资助出版。其目的就是激发广大社会科学工作者的创作热情，推出更多更好的优秀社会科学普及作品，把"大道理"变成"小故事"，把学术语言转化成群众语言，把"普通话"和"地方话"结合起来，真正让党的理论政策鲜活起来，让社会科学知识生动起来，让社会科学普及工作"成风化人、凝心聚力"，为大力实施"三高四新"战略，奋力建设现代化新湖南凝聚强大的正能量。

湖南省社会科学界联合会
湖南省社会科学普及宣传活动组委会办公室
2021 年 5 月

不忘初心方得始终

捧读老吴的这本《七十二个村庄》初稿，我最大的感触就是，不忘初心，方得始终。

老吴大名叫吴琼敏，个子娇小，在家排行老幺，是个瘦瘦弱弱的小女子。但她大学偏考了农学院，工作后又当了近30年农口线的记者、编辑。于是，娇小姐变身女汉子，常年奔走在田间地头，走起路来雄赳赳气昂昂，说起话来从不拐弯抹角，写的文章都是沾着泥带着土。

别人叫她的网名春天芽，她应得脆生生的；我叫她老吴，她回得慢三拍。同事几十年，我进报社时，她是个小姑娘，现在她退休了，依然像个小姑娘。顾不得她几十年的少女模样，我偏要老吴老吴地叫她，谁叫你在我面前资格老、资历老？每每这么叫，她都会露出满脸质朴的笑，长期和农民打交道，老吴笑起来，一派村姑的率真无邪。

谁会在退休后，还心心念念农业、农村、农民，还牵挂着自己走过的村庄、写过的人和事？还会一篇篇清点笔下的文字，为72个村庄出书建档？这本厚厚的书，是一个叫"春天芽"的姑娘心里的锦绣春天，是一个叫"老吴"的记者笔下的风云四季。

为什么会有这本《七十二个村庄》？是因为吴琼敏从乡村出发，对自己用脚步丈量过的土地爱得深沉。

产业单一的重点扶贫村兴隆街村如何发展"乡村旅游"？库区移民来到垢湖村如何安家立业？板龙灯舞得名扬四方的官坪村有怎样的追求？农产品卖不出去的上林村如何解决农民个体农产品难卖的问题？麻纳峪村曾经的穷山恶水如何换新颜？……

老吴一村一村走访，深入解剖每个村庄，寻找解决三农问题的路径。

"全国最大的早熟蜜橘生产与出口基地"秀山村、全国油茶产业示范基地仙人塘村、朝鲜蓟基地棠叶湖村、办起湖南省首家家庭农场的潘家铺村、产粮大村三里铺村、有机野菜农场闵家桥村、一片茶叶成就一个产业的岩吾溪村、"富硒红薯推介补硒产品"的交界村、休闲农业显魅力的肖伍铺村……

老吴用自己的眼睛发现，用清新的文字推荐，向世界展示世外桃源的美好，激起无数读者的向往。

鳌山村在外人士创办爱心协会引领好村风；喜雨村当年知青带领村民建设美丽乡村；高峰村返乡村民办年货节为山区农民推销土特产；白粉嘴村科技特派员开发优势特色产业；360 名村民组成演职人员演出国内首个河流剧目《桃花源记》……

老吴为这些村庄的变化兴奋，为那些改变村庄面貌的人点赞。走进村庄，她处处发现亮点，时时充满惊喜。

行走在广袤的农村，老吴有时是一个赞美者，且歌且吟；有时是一个思考者，且忧且痛；更多的时候，她只是一个记录者，且看且写。作为一名媒体人，她努力尽着本分，也见证着历史。

同事多年，我无数次被老吴对工作的热情打动，也曾一次又一次被她笔下的村庄吸引，常常在她的蛊惑下，赶往那一个个村庄，细嗅泥土和花草的芬芳，细品农家菜的味道，更深入地了解农业、农村和农民。

因为热爱，所以执着。在退休几年离开采编一线的日子，老吴没有懈怠，而是一篇篇整理曾经发表的乡村纪实，一次次梳理村庄的特色和脉络，一遍遍思考村庄的现实和未来。在乡村振兴的当下，她的村庄叙事，应该有更深远的意义。

一个记者笔下的 72 个村庄，当然不能写尽所有村庄的现实过往、喜怒哀荣，但在本书里管中窥豹，你总能触摸到现实中中国村庄的脉搏，感受到变革中中国村庄的呼吸，聆听到前行中中国村庄的脚步。

每个乡村都是独立又相连的有机体，它们如同细胞分布在中国大地的每个角落，休戚与共，血脉相通。吴琼敏将带着我们，从乡村出发，去了解真实的中国，读懂民族的文化，感知人性的丰富。

捧读这本书，踏上一段迷人的旅途。72 个村头，"春天芽"在向我们招手。

常德日报高级记者　葛辉文

因为农村情结与职业

父亲是浙江人，母亲是湖南长沙人，我出生在湖南常德的一个小县城。儿时邻居兼同学的嘴里常念叨一个叫"七重堰"的村庄，它在我童年的记忆里是那么令人向往，又那么遥不可及。

中国恢复高考，我上大学心切，一句"即使是农学院也要去"的脱口之言居然成了现实，以超出重点院校分数线的成绩，阴差阳错地走进了农学院，读了个农学系农学专业，后又嫁给了农民的儿子，成了出没村庄的媳妇。

因为这些情结，加上记者这个职业，我对农村、农业、农民多了些关注。

一方面，农田抛荒、垃圾围村、留守儿童、空巢老人、饮水安全、农村面源污染、贫困人口等问题相继在农村出现，成为社会关注的焦点。另一方面，改革开放、新农村建设、美丽乡村建设、乡村旅游、精准扶贫、乡村振兴战略不断推进，改变了农村面貌，提升了农业水平，改善了农民生活。于是，我有了行走沅澧大地的想法：进村庄，入农户，去感受农村变化，体验农村生活，挖掘农耕文化，记录村风民俗，探索农村经济社会发展的成功模式。

2015年，我开始以行政村为单元，全方位地了解一个个村庄，直到2020年，依然初心不改。这段时间，我走了百余个村庄，客观真实地记录所见所闻，写下所感，并发表在《常德日报》等媒体，受到广泛关注。

常德，是长江经济带、环洞庭湖生态经济圈的重要城市；常德，是鱼米之乡，经济社会发展位居全省前列，在全国也有重要地位。在2018年中国实施乡村振兴战略第一年和中国改革开放40年之际，我便开始着手整理以往写下的东西，拟呈现中国新时代农村的模样，一本记录湖南沅澧大地农村变化的写实之作《七十二个村庄》渐成雏形。

就这样，我走着村庄，写着游记，思考着"三农"的未来。《七十二个村庄》遇上了好时机，在2020年"十三五"收官之年，经湖南省社会科学界联合会、湖南省社会科学普及宣传活动组委会办公室、湖南省社会科学成果评审委员会办公室组织专家评审，并报经湖南省社会科学界联合会党组批准，获得了2020年度湖南省社会科学普及读物出版专项经费资助，并于2021年中国共产党建党100周年正式出版。

《七十二个村庄》以村庄为阅读单元，以游记为主要呈现形式，兼有故事、图片和采访札记；既集中反映了国家政策带给农村的变化，也展现了深化改革为农村经济社会发展注入的活力；既传承了与时代发展相适应的中华民族传统文化，又有感人故事和民俗风情；既倡导文明、健康的生活理念和生活方式，又推介农村经济社会发展的好模式。从乡村振兴战略"产业兴旺、生态宜居、乡风文明、治理有效、生活富裕"的目标定位看，这72个村庄在不同的方面已先行一步，可供其他村庄借鉴。

2021年2月21日，21世纪以来第18个指导"三农"工作的中央一号文件《中共中央国务院关于全面推进乡村振兴加快农业农村现代化的意见》发布，希望《七十二个村庄》在落实中央一号文件精神的实践中能发挥一些积极作用。

作 者

2021年3月

目 录

01

鼎城区谢家铺镇
向家巷村

———————

　　一个村庄一旦与一个大型企业有了千丝万缕的联系，便意味着村级集体经济有了壮大的渠道，意味着这个村庄多了一份新农村建设的底气，意味着这个村庄的美丽乡村建设步伐会更加大一些，随之而来的村民致富奔小康的步子也会更快一些。于是，2015年的元旦，《七十二个村庄》的开篇就有了一路阳光一路歌。

一路阳光一路歌

2015 年元旦，8 时 30 分，从常德市城区出发，走 319 国道，驶入向家巷村。走在清一色的水泥路上，道路的干净和暖暖的冬日，让人不由得借用《同一首歌》的曲调唱起了"阳光洒满了向家巷"。

随村党支部副书记向伯云来到正在修建的 5000 平方米大的村民文化广场，竟没见到一个被称为"白色垃圾"的废弃塑料袋和塑料水瓶。长廊、亭阁、篮球场、器材健身区……整体布局体现出专业设计水平。青草还没有栽上，一块"踏破青毡可惜 多行数步何妨"的告示牌与某些公共场所"……罚款……"的警示语形成鲜明的反差，让人感受到这个村庄的雅。

这是一个集体经济比较好的村庄，村级劳务公司在鼎城区兴隆劳务输出公司有一定的股份，每年为村集体带来 70 多万元的收入，同时还有 600 多名村民在常德卷烟厂上班。村民文化广场投资 160 多万元，村集体股份收入是大头，政府支持了一部分，村民集资则重在参与。

乡村文化广场显文明

从 1 组走到 13 组，沿途高高的白色电杆伸出一盏盏蛇头形的路灯，覆盖了所有的村道、组道和屋场，村委会把这称为亮化工程。向伯云说，13 个组争先恐后地安装路灯，2014 年 5 月至 8 月共 3 个月的时间跨度全村安装了 298 盏路灯。

"最先亮灯的奖励 1000 元，第二亮灯的奖 800 元，第三亮灯的奖 500 元。村民每人出 100 元，在外工作搞得比较好的捐助一部分。"向家巷村的激励机制照亮了村庄的夜空。

一幢接一幢的楼房昭示着村民的富裕。灰色外墙瓷砖，闪闪发亮的不锈钢门窗和护栏，白色的屋顶，点缀着金色连理枝花纹的外墙。我们边走边聊边拍照片，不时被提醒"当心，有车！"向伯云说，村里有没有上百台车他心里没有数，但他家所在的 3 组 51 户人家有 23 辆私家车是个准数。

走到村庄高处，向伯云停了下来，摆出指点江山的架势说："看看我们村的地形——乌龟背。2013 年大旱，没有一分田受旱。这都得益于我们的基础设施建设：电力增容 2 台变压器，兴建 3 个固定机埠和 3 个流动机埠。"

一圈走下来，没有看见一口压把井，应该是全部用上自来水了。向伯云把这称为美丽乡村建设的"安饮项目"：全村 425 户中有 398 户用上安全饮用水，其余为空房户；对通水户，每户奖励 500 元。

向家巷村是常德市农业局标准化农业试点村。2012 年村里投资 10 万元，启动核心园区建设，建起集中育秧大棚，可供 800 亩稻田所需秧苗，农民种田实行市场化。1 亩稻田插上秧苗，农民只需出 80 元钱，种子、育秧、机械化插秧全包含在里面。

2015 年，向家巷村的工作思路便已清晰。2015 年至 2016 年，硬化所有沟渠；改造老村部，建成村民室内活动中心。"以育秧大棚为依托的标准化农业；以伦祥植物园为依托的生态农业；以酒厂为依托的农产品深加工农业；种高粱，为酒厂提供原料，大片的高粱，一眼望去就是青纱帐。"向伯云把我的思绪带进梦幻般的境地——幽幽的，沉沉的，如烟如雾。

在"五好家庭"杨开群家，我从洗手间看出了这个五口之家的讲究。瓷砖墙面洁白无瑕，便池、洗漱盆像星级宾馆一样干净，多条毛巾井然有序，洗漱台上 5 个漱口杯、5 支牙膏、5 把牙刷摆放整齐。

沿村道转个弯，"杀年猪"的热闹场景映入眼帘。男人们在外屋有说有笑，忙着分割刚刚宰杀好的猪肉；女人们围着灶台忙前忙后，准备饭菜。这里有"杀年猪，喝猪血酒"的风俗，杀年猪的人家都会请亲戚、邻里来帮忙，一起吃饭喝酒，俗称杀猪饭。

11 组的一家小作坊中，村民们正在忙着做年粑粑。先将泡湿的糯米、粘米按照6∶4 的比例混在一起拌均匀，然后放进轰隆隆的机器里，出来的便是热气腾腾的、软软的米浆团。村民揪了一坨递给我，说可以吃。咬一口，嚼一嚼，稻米的醇香带着浓浓的年的味道。这是我平生第一次吃这种被同事称为"粑粑戒子"的东西。粑粑戒子经粑粑印子一按，就有了粑粑的模样。据说，从冬月初八到春节前，是村民集中打粑粑的时段，每天都要加工 250 至 300 千克大米。

正要向植物生态园走去时，村支部书记段六妹已在村部门口驾车等候。10 来分钟后，我们便到了天然氧吧。我深吸几口干净的空气，说："我想成为这里的村民。"向伯云对我的异想天开给了一个政策性的回应："不可能。以前想弄个农转非很难，现在非转农是绝对不允许。"段六妹则给了我一个建议："周末可以来生态游，这里距常德城区也就二三十公里。"

是啊，美丽乡村的确值得一游。2015 年第一天，一路阳光一路歌，特别赏心悦目。

02

武陵区丹洲乡
垢湖村

库区移民来到城郊安家立业，立足之本
是土地。于城郊而言，土地更是金贵。但这
个村庄却接纳了全武陵区来自皂市水库的
1/3的移民。村民对移民的接纳全融在了不
争抢里。来自石门山区的朴实与勤劳为这
个村庄的产业发展增添了活力，即使是小大
寒的隆冬，也是吹面不寒杨柳风。

吹面不寒杨柳风

"金丹洲，银木塘，八湖垸里喝米汤。"早些年，每逢金秋时节，丹洲乡白花花的棉桃便绽开笑脸，黄灿灿的柑橘也挂满枝头，分外耀眼，呈现一派丰收景象，因此人们便赋予了它"金丹洲"的美称。

垢湖村因垢湖港得名，村名听起来似乎没有"金丹洲"的魅力。2015 年 1 月 5 日，凉飕飕的北风已有了一月小大寒的感觉。然而，进得村来，一路走，所见所闻却如春风拂面，让人不禁想起宋代诗人僧志南"沾衣欲湿杏花雨，吹面不寒杨柳风"的诗句。

下车后，我循着轰隆隆的声音，走进一个车间。此时，一位双腿畸形身高不足 1.5 米的男子，正把机器里吐出来的铜红色的金属片装进 A4 纸张大小的纸盒里。据说，他和常人一样，一个月在这里能挣到 2000 多元的工资。

村部深藏在轰隆隆的机器声里。走进村部，我看见一面直径不小于 1 米的鲜红大鼓立在门厅，正对着大门，不禁感叹："好威风！好喜庆呀！"当即便有人应道："这就是威风锣鼓！"原来，威风锣鼓队是村集体的，2011 年，它参加了武陵区春节联欢晚会；2012 年，参加了武陵区团拜会；2013 年，参加了常德百团大赛，都取得了很好的成绩。特别是在武陵区春节联欢晚会上，垢湖村威风锣鼓作为开场亮相，一鸣惊人。

这个村庄残疾人和健全人一样有工作岗位

门厅右墙上挂了一长溜荣誉奖牌："全国民主法治示范村""全市文明村镇""先进基层党组织""安全文明社区(村)""无毒社区"，凸显了村庄治安环境的良好。据说，2013 年正月，垢湖村发生了一起破门而入的恶性盗窃案，也正是这起盗窃案让他们痛定思痛，随即成立了一支义务巡逻队，风雨无阻地专门维护村庄的治安。自此，垢湖村再也没发生过盗窃等治安事件。

左门进去，是小小的会议室，雪白的墙上写着"依法依理 秉公调解 互谅互让 握手言和"16 个蓝色的大字，不难想象这里应该还是村民调解矛盾的场所。

垢湖村村委会班子成员称垢湖村是一个移民村，2004 年迁入了 19 户移民，共 77 人。其中，皂市水库移民 55 人，占皂市水库库区移居武陵区移民总数的 1/3。"调整土地 70 多亩，没有因土地的问题发生一起纠纷。"村党支部书记姚登峰一句"现在的土地多金贵"，把垢湖村对库区移民的接纳全融在了里面。

"移民给垢湖村带来了节俭，带来了勤劳。开始房子只有一个壳壳儿，现在和当地人没有区别。刚来的时候，满脸菜色，现在黑里透红还泛着光。"姚登峰赞美的口吻道出了来自库区的移民——垢湖村新村民勤劳致富的精气神。

离村部不远，一个占地约 3 亩的工地正在施工。这里是新建的村民活动中心，投入资金 280 万元，2014 年 10 月开始动工修建。主体建筑面积 850 平方米，集幸福院、卫生室、图书室、阅览室、治安执勤室、多功能会议室于一体；户外 1500 平方米，规划设计中有休闲广场、健身器材、宣传公示栏，并配置了彩色显示屏，用于宣传相关政策和休闲娱乐时音乐、视频的播放。

漫步田野，眼前是成片的橘林，但树上没有金灿灿的橘子，应该是都采摘了。走着走着，一家大小忙活着包装椪柑的热闹场面让我们停下了脚步。村民连忙递上黄澄澄的椪柑，垢湖村的热情在这举手投足间显露无遗。

走进村民郭克礼的家，他正在用棕叶搓绳子，说是用来串晒已经腌制好的一大缸腊肉的。郭克礼是从石门县皂市镇桐梓溪村移民到这里的。他说："当时，我有一两万元存款，拆迁补助了 7 万多元，村里分了 4 亩地，于是便边打工挣钱边建新房子，建了这栋两层楼，剩下的地都种了杂柑。这两年，我在常德职业技术学院参加了两次移民培训班。去年，橘园品改，改种早熟大蒲 5 号，据说 8 月可以上市。我还只有 58 岁，身体很好，可以当泥瓦匠、水电工，打工赚钱。老婆性子温和，在家带孙子。我们结婚 34 年了，从来没有红过脸。儿、媳也很孝顺。一家人都很勤劳，日子过得比原来好。只要勤劳，处处都有黄金呢！"从郭克礼满足的言谈中，我们感到了"勤劳门第春光好，和睦人家幸福多"。

进入 4 组，一大片树苗映入眼帘，每株都套着一个白色的塑料袋。姚登峰说，柑橘品种老化，品改势在必行。2014 年 3 月，村里启动红肉蜜柚产业，一期投入 75 万元，流转土地 25 亩，集中假植柚子苗木 3 万株。小苗假植 2 年，2016 年 3 月移栽到 600 亩大田。他们计划前两三年在大田套种藠头、洋蓟、百合来增加收入。这是林下经济模式，也称林农复合经济模式。垢湖村汲取了以前品改的教训，项目敲定之前多次召开会议，给全体村民发公开信，广泛征求村民意见，发出 220 份意见征求表，杜绝了"苗子买回来发给村民，不要钱的苗子老百姓不珍惜，成活率不高"的现象。

发展红肉蜜柚产业，垢湖村走的是农民专业合作社的路子。这是垢湖村传统农业向现代农业的一次重大产业转型。打造集生态休闲、观光、旅游为一体的"金丹洲"现代生态园是垢湖村的憧憬，也是城市居民的期待。

03

桃花源旅游管理区桃花源镇
膏田村

这个人称世外桃源的村庄，单村名，就能让人联想到土地的肥沃和《桃花源记》里的"土地平旷"。但这里成片的果桃林，又让人不由得思考"保证市场的基本供给，确保口粮安全"的粮食政策。事实上，这个村庄因地制宜，1208 亩稻田，全部双季稻，且喜获丰收，可谓桃花美景皆桑田。

桃花美景皆桑田

　　船在水中游，人在江边走，是我对着桃花源旅游管理区行政区划地图上的膏田村时的想象。

　　2015年1月7日，8时30分，我从常德市城区出发，下高速公路过了宋教仁故居不久便到了膏田村，此时，冬日的阳光躲进葱绿的湿润，变成层层薄雾，犹如到了人间仙境。

　　进入膏田村不久，薄雾慢慢散去，阳光洒满田野。喜鹊"喳喳"叫个不停，循声眺望，一连好几个鸟巢都不时有喜鹊飞出。房前屋后竹树成林，好似陶渊明《桃花源记》"土地平旷，屋舍俨然，有良田美池桑竹之属"的景象。

　　阳光下，成片的稻田方方正正，形似井田，机械收获的痕迹清晰可见，让人联想到桃源粮食生产大县。年近古稀的村党支部书记田光斗说，1979年地名普查时，他看到一份资料，上面记载洪武二年发大水，村庄的土地全部淹没。大水退去，泥沙淤

村庄土地平旷，屋舍俨然

积，村庄变成一片膏腴之地，于是有了肥沃的土地，也有了膏田村的村名。这应该是膏田村成为"厅市共建标准化农业核心示范区"的先天因素。2014 年，膏田村 1208 亩稻田，全部双季稻，并且喜获丰收。

穿行在纵横交错的水泥村道，田光斗给我讲述着村庄的民风："13.5 公里道路硬化，轧了 13 亩田，砍了 60 多苑树，毁了 2 亩茶园，撤了 2 户围墙，村民没有一句怨言，要轧哪里就轧哪里，要轧好宽就轧好宽，没要村里一分钱，围墙还是自己拆自己重新修。施工期间，下了 4 天雨，停了 1 天电，人走了，工具放在工地没有少一个，施工队说，'要是放在别处，么的(什么)都没得(有)了'，打水用的潜水泵，我说放在水里不用提回家，要是有人提走了，我赔。修自来水厂没有一个阻工，没有一个上访的。"

正被村民的淳朴感动着，"膏田村二组环境卫生检查评比公布栏(2014 年)"映入眼帘——"√○×"3 种符号把 35 户村民家一至四季度的环境卫生分成了最清洁、清洁、整改 3 个层次。"整改户"3 个字取代了以往惯用的"不清洁"，留给村民的是颜面，带给村庄的是改变。表上符号显示，一、二季度的 2 户整改户，三、四季度都变成了清洁户，最清洁户也从 4 户增至 8 户。

"这是水果示范基地，15 亩金果梨，全国不到 2000 亩，3 斤重一个的果，浙江人卖到上海南京路 8 块钱一斤，当地树上下来 3 块钱一斤。"老支书说。在膏田村，2013 年 4 月 28 日栽下果树后，当年就挂了果，为了让树苗成林，没让果子长大就抹掉了。俗话说，"桃三杏四梨五年"，2015 年这些果树还是长树冠的时候，2017 年才能让其挂果。

紧挨着金果梨基地的是一望无际的果桃基地。果桃基地共 250 亩，实行股份制，村干部拿钱入股，占 50% 的股份；村民以土地入股，占 20% 的股份，也可以将土地租赁后，再在基地打工；浙商占 30% 股份，负责提供果苗、技术服务和市场销售。这是桃花源旅游管理区的一个开发项目，膏田村、双湖村、双岗村 3 村连片，一期开发 2000 亩，田光斗是片长。老支书说，4 个品种，4 月有樱桃采摘，5、6、7 月有桃子上市，集观花、赏果、采摘于一体，一改过去 3 万苑、10 公里观赏桃花林花期不长的现象。目前，老百姓还看不到效益，村干部先出钱干起来，起个引导作用，目的是让老百姓受益，让村民都富起来。

正当我们憧憬着"桃花美景皆桑田"的未来时，一只大雁飞过，让人很是惊喜。据当地人说，2013 年栽种果桃林的时候，就是这个季节，4 只白天鹅在这里住了 1 个月，当时很多人来这里拍照片。他们还说膏田村栽完果桃树的第二天、第三天连续下雨，给村里省了几千元浇定根水的钱。

"桃源是粮食大县，栽桃树不会危及粮食安全吗?"我想到了"保证市场的基本供给，确保口粮安全"的粮食政策。

"果桃林基地用的是丘岗地、干塝田，水不能到，有些还常年抛荒。建设果桃林基地正好解放劳力出来种良田夺高产。"桃花源旅游管理区分管农业的负责人回应了我的质疑。

"你看，这一片坟地，我们都种上了桃树，村民很乐意，说扫墓祭祖可以开车来，故去的亲人躺在花园里。"老支书用事实告诉我良田依旧。

走完膏田村 7 个村民小组，我不禁开始想象桃花美景的安宁和快乐：人们在田野里来来往往耕种劳作，老人和小孩个个安适愉快，自得其乐。

采访札记

比的是付出，赢的是快乐

在膏田村采访时发现，村党支部书记田光斗"比、争、促"的招数，造就了膏田村的美丽，成就了膏田村的淳朴。村民的言行传递着积极的信息：比的是付出，赢的是快乐。

桃花源镇治理农村环境卫生，对各村环境卫生状况一季度评比一次。膏田村对保洁员的鼓励政策是，得到第一名，村里奖 200 元，没得到第一名扣 200 元。采访保洁员唐令仙和刘圣杰时，他们却乐呵呵地说："我们是村民选出来的，要对得起村民的信任。每次村里得了第一名，我们蛮高兴。"

膏田村对各家各户的环境卫生也是一季度一评比。每个组立一个牌子，将每个季度的检查结果公布在牌子上，人来人往都看得见。田光斗说："卫生整改户，搞得两回，就没有了，全村也就搞好了。以前垃圾清运 1 个月 1 车，现在 3 个月才 1 次。"村民们说："当个整改户，不光彩。房前屋后、屋里屋外干净了，住起舒服。"

膏田村村民的付出，都收获了不同的快乐。还有什么收获比快乐更幸福呢？

04

汉寿县蒋家嘴镇
三房湾村

贫穷并不可怕，只要觉悟，就能摆脱贫穷、走出康庄大道；只要勤劳，阳光就能给泥土以芬芳并孕育丰富的物产。同样是蔬菜，村民靠祖祖辈辈传承下来的技艺做出特色加工蔬菜，过上了安逸的生活。而这个村庄正在创造条件，把这一特色做成更大更强的产业，让人只要走进三房湾村便随时都能感受到"嘎嘣一响脆又香"。

嘎嘣一响脆又香

这是一个以蔬菜加工为特色的村庄，也是贫困村。

2015年1月20日，三房湾村村部，村会计兼三房二九八蔬菜烘干厂秘书王晓吾抱出一大摞塑料包，展示着村里的特产——盐菜、红薯片、红薯面粉、红薯粉条、萝卜片、白辣椒、干豆角、生花生。我顺手拿了一片红薯放在嘴里，嚼一嚼，绵绵的，很劲道。王晓吾说："这是熟的，能吃。但不是这么吃的。还要炒一遍，炒得黄黄的、脆脆的，吃起来很香。"我想象着焦黄红薯片的香味，"嘎嘣一响脆又香"的感觉油然而生。这是丘陵山区民众原创的生活，也是红薯产地特有的习俗。

在三房湾村，家家户户都有竹制的长方形或圆形的器物，有的立在屋檐下，有的支在阳光里；或晒着白白的萝卜片，或摊着切碎的、蔫蔫儿的萝卜缨子。我尝上一片，再次有了"嘎嘣一响脆又香"的感觉。这种香，是来自泥土和阳光的清香。

在这里，村民做干菜的切菜过程已经实现了机械化。一台切菜机2500多元，根据加工产品不同可以调节粗细。村妇女主任胡福美说，干菜做得好与坏，天气起很大的作用，村里建蔬菜烘干厂就是为了解决下雨天村民不能做干菜的问题。地里的菜成熟了就要切碎晒干，不能等有好天气了再做。比如，豆角鲜嫩，晒出来的干豆角才漂亮，吃起来才香脆；豆角老了就空了，不能做干豆角。

村民们说，从古到今，这里就有做干菜的习惯。我试图在村子里寻找做干菜的热闹场面，胡福美说已经过了季节。是啊，今天是"大寒"，然而，暖暖的冬日给了人一种小阳春的错觉。寒冬腊月，在北方是猫冬的季节，在长江中下游地区也是农闲季节。但是，我还是想见识一下这里村民的劳作与生活，于是走进一户农家，感受起了百姓的安逸生活。

刘和堂、黄菊花是三房湾村三房湾组的一对平

晒出白花花的萝卜干

常夫妻，像我们诸多家庭的诸多夫妻一样，他们没有惊天动地的壮举，也没有"海枯石烂不变心"的豪言壮语，却有着安逸的生活。

夫妻俩，一个已是花甲之年，一个也是奔六十的人。1981年，夫妻俩有了1个儿子。1982年，儿子1岁时，在基本国策"计划生育"的大背景下，黄菊花做了结扎手术。胡福美说，最近村里正在为他们申报独生子女补贴。

儿子成年，外出打工，在贵州找到了另一半，小两口的女儿已经5岁，三口之家安在贵州。儿子一年回家一次，几天的时间，对刘和堂、黄菊花夫妇而言只是个"客串"，剩下的日子还得他们自己过。

做干菜是三房湾的民俗，也是三房湾村民的生活来源。

几亩责任田，刘和堂、黄菊花夫妇也算是五花八门都种了，红薯、刀豆套萝卜、豆角套油菜、花生什么的，别人家有的，他们也基本都有。

走进这个家时，只有黄菊花一个人在家，屋前晒着萝卜片和盐菜。

"去年做萝卜片40多斤，卖了400元。120斤咸菜，卖了1000多（元）。20斤萝卜晒1斤萝卜片，12斤豆角晒1斤干豆角。咸菜是萝卜缨子做的。"黄菊花不急不慢地讲述着咸菜"洗、切、晒、炒、晒、蒸，再晒干"的制作过程。这种咸菜，隔着塑料袋也能闻到香气，是做扣肉的上好咸菜。

正说着，刘和堂骑着摩托车回来了，见到陌生的我，一脸诧异。胡福美上前打招呼："你生意做得好，来了记者。"

"不是生意，就是劳动。"刘和堂把自己所做的一切看成劳动。他收了干菜，送到益阳、汉寿、沅江，1公斤赚2元钱，劳动力和摩托车油耗都在里面。这便没有了斤斤计较，也就有了安逸。

在三房湾村有3个人收干菜，刘和堂收的是外村的。他说："各是各的门路，就像相亲，灵醒的就收，送到商店的干菜没有退过货。只收白豆角，脆一些；青豆角进坛放久不得。"刘和堂的生意有点订单农业的味道——"给种子，一年百把斤种子，回收干豆角"。

三房村正在组建蔬菜种植合作社。面对土地流转，刘和堂也很平静："大家搞就搞。在农村，有土地，随随便便都有生活费。"普通夫妻的安逸生活就源于这份平静。

离开村庄时，村干部说，他们一直在为三房湾村的干菜注册商标苦恼，取了几个名字，一检索都重名了。我灵机一动，对胡福美耳语一番，送了个商标名给三房湾村，让他们去注册试试，如果他们认可，如果注册成功，就算是我给贫困村的帮助吧。

05

桃源县九溪乡
官坪村

一个村庄的板龙灯能舞得活灵活现且名扬四方，必定有它的历史渊源，也正是这代代相传的乡村文化赋予了这个村庄不同的气质，给予了村民不一样的追求和梦想。无论是产业的发展还是庭院建设，无论板龙灯的制作还是老人的雕刻和农家小院一堵一堵的柴火"墙"，都是那么雾里探溪别样天。

雾里探溪别样天

提到九溪乡，就会想到板龙灯。提到板龙灯，免不了要说官坪村。这是桃源县西北部一个偏远乡镇的偏远村庄，因板龙灯闻名遐迩。

板龙灯又名板凳龙灯。因其用木板联结而成，又称板板龙灯。桃源板龙灯初萌于东晋，兴于唐代，完善于今。明初板龙灯趋于成熟，官坪村的上山坪建有九层堂屋供奉谷龙神位，当朝阁老杨嗣昌曾朝拜并亲笔赐以"龙吟虎啸"金匾。清末为板龙灯活动鼎盛期，形成了宗族与庙会的板龙灯文化。

2015年1月25日，天气转阴，气温下降，早晨出门时已有了隆冬的寒冷。从河洑上高速，离城市越远，雾气越重，便有了雾里探溪的感觉。

车驶进一个院子，停在一棵大树下。这是一棵古老的大树，绿叶已经落尽，枝丫间有一个不小的鸟巢。与古树相映的是一座古建筑，"豫章堂"3个金色的大字还很光鲜，"万代昌盛"4个字已经斑驳，凸显着岁月的痕迹，也就有了穿越的感觉。走出院子，一副"千秋龙源传承板龙文化 万代百姓舞活宝灯血脉"的对联告诉我，这就是有名的九溪板龙源文化基地。

往里走，是一个透着浓浓乡土气息的板龙源大舞台，"歌盛世解放思想发展先进文化鼓舞党群斗志 庆丰收乘势而上繁荣优秀民俗引领时代风尚""歌盛世舞板龙灯锐意开拓牵引经济腾飞传承文化血脉 颂改革圆中国梦奋力攀登繁荣优秀民俗重塑精神家园"……第十届农民艺术节文艺汇演的对联层层叠叠，水泥铸就的几十排条凳空无一人。但当地人告诉我："只要一声吆喝，随时都可聚集两三百人的队伍，舞龙灯、闹虾灯都不在话下。气势最大、场面最壮观的是板龙灯，目前已成功申报常德市非物质文化遗产项目。每年农历六月廿八，板龙源都要举办农民艺术节，周边县市50多支队伍会自发参加，可吸引上万名群众前来观看。有时候，湖北鹤峰、浙江等地的人也赶来观看。"据说九溪乡以板龙源基地为龙头，带动28支文艺团体，每年经济收入2000多万元，文化产业是九溪乡的经济增长点。

官坪村是九溪乡最长的村，由原两河村和原官坪村合二为一而来，有6千米长的地域。我踏上雾蒙蒙的村道，来到上山组，被一间简陋的小平房依偎着一幢亮丽的楼房牵制住了行走的脚步。进得屋来，一位老者正在雕刻黄杨木笔筒。老者名叫罗炳成，已是75岁高龄，鸭舌呢帽遮挡不住几近全白的银发，一双明亮的眼睛成就了老者的手艺。

走过水泥路，绕进一段碎石路。村党支部书记李红斌说，这是去两河组，没有并

老师傅老手艺，老有所为，乐在雕刻行云流水间

村之前，叫郭堉组。脚下弯弯曲曲、上上下下，一个农家小院中一堵一堵的柴火"墙"吸引了我的注意：棒柴、树枝、枞芒（干枯的枞树针叶），或成块，或成把，或成捆，分门别类码放整齐。这家的主人该是多么勤劳、多么会持家啊！这也是丘陵山区的特色吧！一阵感叹之后，家庭主妇彭晓云把我引进烤火房，顿时，柴火的温度、烤红薯的香味扑面而来。彭晓云望了望烤火房带着柴火香味的猪肉，说："今年杀了 1 头年猪，200 多斤净肉，送了几十斤，剩下的都在这里了。"这家的男主人连绍球是官坪村的"花儿匠"，正在做板龙灯的龙头。在桃源县为数不多的扎龙头手艺人中，他算是小有名气的。他说："龙头都是定制的，慈利、桃源两县其他乡镇都来我这下订单，不愁销路。一个龙头可卖 6000 元，材料成本不到 2000 元。现在板龙灯盛行，扎龙头的生意红火，每年冬天做 2 个，可赚大几千块钱。"

让人目不暇接的是莲花组的农家小院。通透的围栏，罗马柱绿、白、灰三色相间，把过去孤零零的房子装点出了小庄院的味道。小院有池塘，有菜地；小院周围或是错落有致的油茶树苗，或是成片高截头的橘树桩，应该是要改良柑橘品种。李红斌说："这里正在发展庭院经济。庭院经济有两大好处，改善居住环境和增加农民收入。"

李红斌是九溪乡林业站副站长，2014 年 5 月兼任官坪村党支部书记。有着 20 多年林业站工作经历的他，对发展庭院经济，既有理论知识又有实践经验，还有源源不断的林业经济发展信息。身兼两职的李红斌对发展庭院经济信心满满："庭院经济风险小，船小好调头。这些刚栽下的油茶树苗，一年后就能完全成活，那时就可以在里面种一些花生、萝卜、麦冬；树苗长大成林后，还可以在林下养鸡、养鹅。"这应该是九溪乡党委让他出任官坪村党支部书记的支撑。

返回的路上，见一座炭窑冒着淡淡的白烟，李红斌说，可以闭窑了。烧炭是莲花组的民俗，据说大拇指粗的、刚砍下来的湿的棍棍棒棒都能烧成木炭。现在村民们正忙着橘树的高接换头，截下的橘树树干都用来烧炭了。在莲花组，不锈钢"烘篮"里熊熊炭火带给农家的温度，让人有了城里少有的温暖。

如此，进入九溪乡，巡访官坪村，便有了雾里探溪别样天的感觉。

他有一双勤劳的手

昔日刺蓬蓬，今天大庭院。

官坪村莲花组村民刘桂林是村里的庭院经济示范户，他用一双勤劳的手支撑起了一个幸福的家。年轻时，他给父母种了一大片橘园，父母为他守护家园 14 年。如今，他年过半百，回到家中，又在为自己建设绿色银行，还要带动村民们都来建设绿色银行。

1986 年，刘桂林来莲花组安家落户时，还是个二十一二岁的毛头小伙。他说："这里以前是个刺蓬蓬，没有人要的地方。来这里时，挑担柴火都不能过身（不能走过去），两亩田的谷都晒不干。表面上看起来是土，一锄头挖下去，全是圆岩土（石头）。"从那时起，只要不下雨，刘桂林就会坚持每天开山。砍杂木，挖山，捡石头，栽橘树，8 年时间，开出了一大片橘园，700 多棵橘子树是他建造的第一个绿色银行。妻子带着两个女儿在家看护橘园，他自己出去打工，1 个月 600 元的工资。在那个年代，已是不错的收入，两口子攒下了 3 万元的存款。可就在这个时候，妻子得了鼻癌，平静的日子出现了波澜。他想到了做生意，因为这个家需要钱。他找老板借钱，老板舍不得刘桂林这双勤劳的手，想以不借钱的态度留住他。刘桂林说："到处借钱，都是吃闭门羹，在这里用 2 分的息都借不到一分钱，最后只能回到父母家，才借了一万八。"

20 世纪 90 年代末，世纪之交，刘桂林揣着借来的 1.8 万元，带着大病初愈的妻子，来到长沙市韶山路，做起了建材生意，把自己的家连同 700 多棵橘子树交给了父母。

随着橘树的老化，柑橘效益日趋萎缩。刘桂林父母毁了橘园，把橘树树干都烧成木炭卖了，并提出要去给大儿子看家。父母临走时，刘桂林开玩笑说："您来时，我给你们的是一片绿油油的橘园；您走时，留给我的是光头山、黄土包。"

2014 年 8 月，有了一定积蓄的刘桂林回到官坪村，回到莲花组自己的家，开始打理已经荒废的家园。这时，到任 3 个月的村支书李红斌已提出"一幢房子，一个院子，一口池塘，一片经济林……"的庭院经济模式。刘桂林再次抡起十字镐，开山造林，他说要让房子周围郁郁葱葱，要有经济收入来源。他挖池塘，修围栏，挖橘树蔸，捡石头……于是，2015 年 1 月 25 日，我看到了一座大气雅致的庭院，720 株杂交优质油茶树苗已遍布房前屋后。这仅仅是刘桂林绿色银行的一部分。刘桂林还有 20 亩山地，此时那里正挖机、人工齐头并进，开垦种树。随他走进山里，有他开垦痕迹的地方，就有通往山里的路。站在高处，一眼望去，成片的杉树苗，我不禁感叹："十年八年后，小小的树苗就会变成流金的用材林！"

临别时，我伸出右手欲握手告别，刘桂林犹豫了一下才伸出布满老茧、开着一道道口子、带着泥土颜色的手说："去年 8 月以前，我也是一双细软白净的手。"这双勤劳的手深深地印在了我的记忆里。

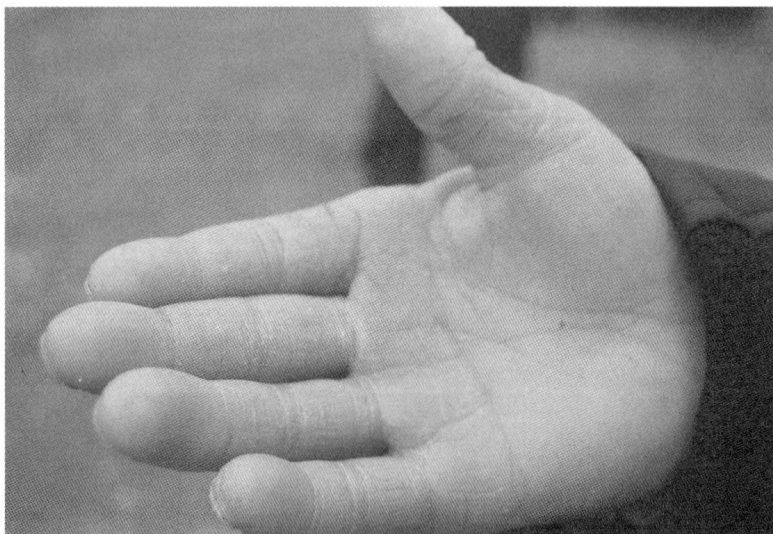

刘桂林勤劳的手

给自己建一个绿色银行

建一个绿色银行也不是什么新观点，但真正把绿色银行建起来也不是一句话的事。

绿色银行说的是以市场为导向、以传统产业经济为基础、以经济与环境的和谐为目的而发展起来的一种新的经济形式，是产业经济为适应人类环保与健康需要而产生并表现出来的一种发展状态。

刘桂林用8年的时间，给父母建了一个绿色银行，成就了自己的一番事业。当在外打拼有了一定积蓄、养老无忧的时候，身强力壮的他又投入绿色银行的建设之中，而且乐此不疲。用他的话说："给自己创造一个好的绿色环境，住着舒服，也不会生病；老了，也能健健康康。"这是一种人生态度，也是一种绿色经济。

绿色经济是以维护人类生存环境、合理保护资源与能源、有益于人体健康为特征的经济，是一种平衡式经济。它是市场化和生态化有机结合的经济，也是一种充分体现自然资源价值和生态价值的经济。刘桂林有了绿色经济意识，并付诸实施。试想，如果各行各业都有绿色经济意识，我们每个人都去维护人类生存环境，甚至给自己建一个绿色银行，那该多好！

06

石门县秀坪园艺场
秀山村

　　石门是柑橘大县，石门柑橘尤以秀坪出产的为上品。秀山村一村一品成就了"全国最大的早熟蜜橘生产与出口基地""国家商检局出境水果果园基地"，也成就了村庄的产业。有了产业的支撑，秀山村的秀美就有了丰富的内涵，和谐之美、生态之美、和善之美尽在其中，让人不得不高歌一曲秀山美。

高歌一曲秀山美

清末，慈利渔浦书院山长吴恭亨写诗赞曰："一十九峰青不断，连珠列戟石门山。"秀山村，是石门县的一个行政村。

1975年2月，新建蒙泉镇水库，为解决移民出路问题，石门县委组织集体劳力4000人，在三板公社肖家岗等地开挖梯地2470亩，栽植无核蜜橘，如此便有了秀坪园艺场。石门县秀坪园艺场傍澧水河，枕十九峰。这里生态环境保护得好，形成了独特的"小气候"，成就了秀坪蜜橘的品质。30多年来，秀坪园艺场的早熟蜜橘长盛不衰，享有"全国最大的早熟蜜橘生产与出口基地""国家商检局出境水果果园基地"等诸多美誉。

2015年1月27日，北风呼啸，虽不是黄澄澄的收获季节，我却依然对"秀山"二字充满想象——秀美山村。

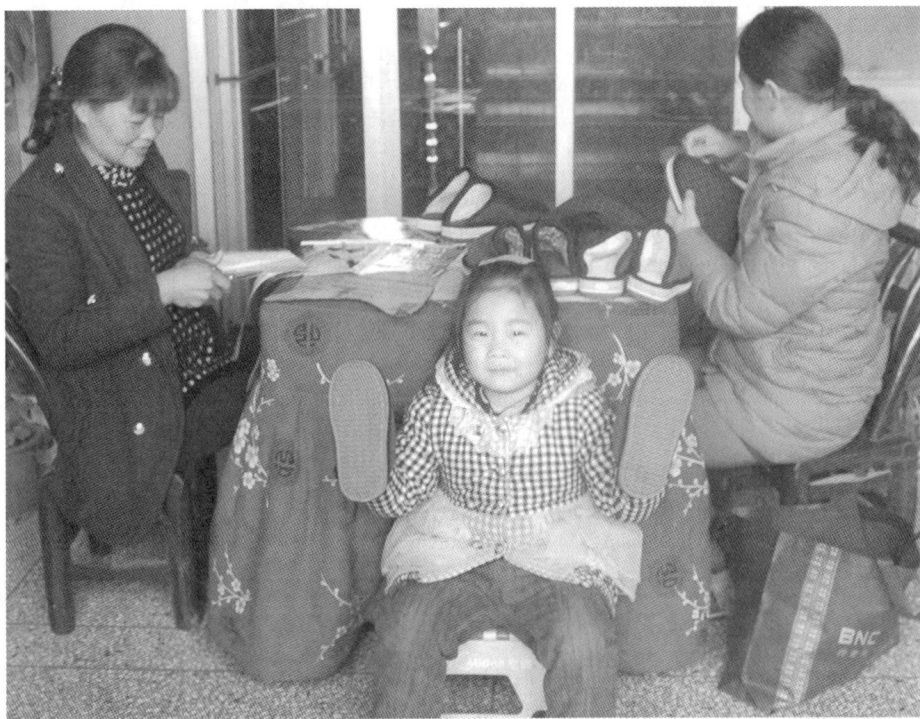

针线活里姐妹花

先是驱车而行，走过秀坪，走进秀山，一路上，外墙贴着白色瓷砖的农家楼房鳞次栉比，显示着这里的富裕；家家户户门前的对联，形式高度统一，深棕色的木板，镶嵌着金色的大字，或楷体，或魏体……既是秀坪的也是秀山的一道独特风景。于是，我有了寒冬腊月秀山美的第一印象。下得车来，特地走近一位村民，问他对联是谁写的，是否知道自家对联的含义。他说："村里发什么就挂什么。"秀坪园艺场柑橘办主任文红梅说："这是房产局的一个新农村建设项目。"这时，正巧遇到市委农村工作部副部长刘仕英，她对这个项目给出了很好的注解："正是因为村民不懂，才需要提高，才需要引导。对联挂起来了，来来往往的人说说念念，村民慢慢也就懂了。"

走进秀山村村部，"'四位一体'村民自治模式操作规范"占据了会议室一堵墙的位置。村党支部书记晏友春说："村民的综合素质提高，得益于两件事。一是2006年、2007年启动的新农村建设；二是2012年、2013年民政部门搞的'四位一体'村民自治模式。"从白底红字的操作规范里，我找到了"村党支部、村民委员会、村务监督委员会、村级社会组织总会"四位一体的村民自治模式。秀山村村级社会组织总会下辖红白喜事协会、环境卫生协会、农水小项目协会、计生协会、老年协会、妇女协会、社会治安协会、项目建设推进协会等10个协会，村里大事小事都由村民自己商量表决解决，村里的公益事业、村民的红白喜事，都由协会主持办理。秀山村和谐之美尽在其中！

村部在5组，2014年这里建成了一个花锦小区。小区的干净和健身设施的完好无损凸显着村庄的文明。12个村民小组，家家户户养花种草，兰草、海棠……数不胜数的花草尽显秀山农民的闲情逸致。

秀山村吴姓较多，这让我多了一些亲切感。一位大婶提着一个饭篮在穿村而过的省道241翘首等车。这是一个我童年记忆里的饭篮——篾编的，形如奖杯，有提手，有盖子。大婶的饭篮没有一处破损，颜色却有了岁月的沉淀。我一声"你好"，让大婶有些茫然。"篮子里是什么好东西？这是要去哪里？"文红梅见大婶没有领会我的问话，遂与大婶交流几句，这才得知大婶姓吴，是提着鸡蛋去看女儿的。目送吴婶上车时，又有一辆大卡车驶过。文红梅说，这是来运橘子的。在秀山村，很多楼房后面都搭建有橘子库房，有的码放着一摞一摞的塑料篓子和一摞一摞的纸箱，有的还储存着橘子。

去9组的路上，见到了省道边的一口水塘，高处是成片的橘园，橘树倒映在水中，恰似一幅山清水秀的山水画。水塘三面有混凝土护坡，余下一面没有浇筑混凝土，与橘园相连。在秀山，这样的水塘有64口。文红梅说，一面不浇混凝土，是让水塘的水渗透到橘园，这样橘树不会受干旱，水体又可得到净化。这是智慧，更是环境意识。行进中，北风里，想象着青山绿水的滋润，我深吸一口气，寒冷全无，倒有了神清气爽之感。这便是生态之美！

在 9 组我特地采访了一对"针线活里姐妹花"，看到了秀山村民的和善之美——

闫玉枝、蒋琼华并不是亲姐妹，用现在流行的说法，是闺蜜。在我看来，称她们姐妹更朴实些。

姐妹二人年约 40，共同的特点是勤劳，不打牌，也不跳舞，但并不能说她们的生活没有情趣。

来到蒋琼华家，敲门好一阵也不见人来开门。村主任吴昌喜打电话联系时，闫玉枝、蒋琼华先后来到大门前，说是在蒋琼华的婆婆家帮忙灌香肠来着。

这天村里停电，蒋琼华把我们带进烤火房，打开炉门，添了两块木柴，把大伙一个一个安顿坐下。火炉很别致，有点北方火炉的味道，一根金属管连着火炉，管口在屋外，既是烟道，也是热量散发管。炉灶在一面白色的圆形桌面下，不弯腰打开炉门不会知晓熊熊的火焰在哪里。房子里逐渐有了暖意，闫玉枝、蒋琼华开始讲述自己的故事。

闫玉枝在深圳打过工，电子厂、餐馆的活都干过，会做一手广州菜，擅长做海鲜。后来，橘子收入稳定，村子里也有了鞋厂，闫玉枝就不再出远门打工了。蒋琼华一直在村子里经营橘园，她说："现在日子好过了，不像父母那(年轻)时候没有钱。"这对姐妹因为情趣一致，走得更近一些。别人打牌，她俩在一旁看，看的不是牌，而是看热闹的村民手里的针线活。

2013 年，在石门县城陪读的家长带回了做棉拖鞋的手艺并很快在村子里传开，全村 1/3 的农家都有人学会了这门手艺。闫玉枝、蒋琼华心灵手巧，且勤俭持家。姐妹俩画下男鞋、女鞋、童鞋大小不等的鞋样，找出家里绒的、呢的旧衣服，开始琢磨起来，扎鞋底，做鞋帮，滚鞋口，包鞋边。"鞋帮高了，凑几针，穿起稳当些。""白色绒毛衬鞋底，好看又热和。"姐妹俩边做边交流，很快就成了村子里做棉拖鞋的好手，一个人一天能做成一双。2014 年，农闲的时候，蒋琼华做了 80 双棉拖鞋，送给自己姊妹的 5 个家庭以及姊妹配偶的姊妹；闫玉枝也做了 40 多双，送给亲朋好友。

"农忙时，橘子树修剪，施肥，采摘橘子；农闲时，做棉拖鞋，白羊湖赶场，灌香肠，养花。"闫玉枝、蒋琼华姐妹俩说出了两人的共同爱好。这对 10 岁就开始扎绣花鞋垫的姐妹，如今富足而愉快地生活着，她们脸上的笑颜像花儿一样灿烂，我不禁称她们为针线活里姐妹花。

返回 5 组，蜿蜒的碎石路连通每一片橘园，村民叫它机耕路。

站在村口，放眼望去，秀山之美尽收眼底，纵有千言万语，在此最想说的却是：高歌一曲秀山美！

采访札记

把日常村务的参与权交给村民

"村民自治"的提法始见于1982年中国修订颁布的《宪法》第111条，它规定"村民委员会是基层群众自治性组织"。1994年民政部下发关于开展村民自治示范活动的通知，明确村民自治的核心内容是"民主选举、民主决策、民主管理、民主监督"。

推进村级民主管理，就是把日常村务的参与权交给村民。依据国家的法律法规和党的方针政策，结合本地的实际情况，全体村民讨论制订村民自治章程或村规民约，把村民的权利和义务，村级各类组织之间的关系、职责、工作程序以及经济管理、社会治安、村风民俗、计划生育等方面的要求，规定得明明白白，加强了村民的自我管理、自我教育、自我服务。这就是我们常说的民主管理。

秀山村按照"四位一体"管理制度，村内重大事项和问题及时交村民代表大会讨论，增强了村支两委决策的正确性，更加顺应民心。倡导文明乡风，创建平安村庄，改善村容村貌，完善交通条件……10个协会在美丽乡村建设中各司其职，按照中央提出的社会主义新农村建设的总体要求，秀山村正朝着"生产发展、生活宽裕、乡风文明、村容整洁、管理民主"的目标阔步前进。

基础设施建设能为村民带来实惠，但也需要村民在土地上或其他个人眼前利益上做出让步或牺牲。项目建设推进协会把得失说得明明白白，把参与权交给村民，村民左右权衡后再做出选择。纵观秀山村村民自治发展历程，通过协会的形式，把日常村务的参与权交给村民，对美丽乡村建设确实起到了很好的促进作用。

07

澧县张公庙镇
新庙村

建设生态文明是一场涉及生产方式、生活方式、思维方式和价值观念的革命性变革。随着一个一个环保生态村的建成，清新的空气、清澈的河水、蓝天白云和绿水青山不再遥远。踏着时代的步伐，跟随季节的节奏，我在环保生态村着实感到了最是一年春好处。

最是一年春好处

2015 年 2 月 4 日，立春。在二十四节气中的第一个节气，常德市委、市政府召开全市农业农村工作会，寄托了全市人民对这片沃土的美好祝福。

2 月 5 日，我带着这份来自新春的祝福去新庙村，虽说春寒料峭，早晨 8 时出门还身裹羽绒服，但经过 1 个多小时的车程到达目的地时已是阳光普照，全身暖融融的。我不禁感叹大自然的神奇，从冬到春，只一日之隔，就让人有了春天的感觉。

车停在新庙村村部前的广场，车窗外一片繁忙景象，迫不及待打开车门，端起相机，"咔嚓，咔嚓"，连按 2 下快门。横的、竖的、斜的和圆形的线条，白刷刷地印在广场，构成一个标准的篮球场。大人们正安装篮球架、栽树，小朋友则边玩边看热闹，俨然一幅闹春的图画。

走进村部会议室，迎面墙上，鲜红的"党的群众路线教育实践活动"横幅下，新庙村产业发展规划图、综合现状图、村庄布局规划图一并呈现，让人对新庙村有了初步了解。村党支部书记李文平说："新庙村是环保生态村。有牌子不一定是真的，牌子可以自己做；有文件才算数。我们有 2013 年省环保厅的文件。"

环保生态村有些什么指标，不用去考证，走出村部，踏上新庙村主干道，环保与生态的景象便像春风一样迎面而来。长 1.29 公里的村主干道，水泥路面，6 米宽，一头直通 4 个组，一头连着国道 207；一条硬化的水渠与主干道平行，水渠叫八支渠，水渠上三五米就有一个花坛，像是给水渠盖了个盖子，花坛里红色的灌木与路边绿色的樟树遥相呼应；一长溜红白相间的方形水泥柱，把路和水渠隔离开来，使来往的车辆和行人有了安全感；清一色的太阳能路灯成排立在路边，一眼望不到头，让人忘记了这里是农村。

"这是五保之家。这是生活污水净化处理系统。这是高效产业园。第一轮农村水改，引来澧县山门水库的水，285 户全部用上自来水，实现了安全饮水。全村 100 户有沼气池，120 户使用太阳能，130 户有宽带网，家家户户有有线电视。89 盏节能路灯，除了村主干道，全村各主要交通路口都有 1 至 2 盏节能灯……"李文平边走边介绍，新庙村的好，让人目不暇接。

新庙村总共有 5 名孤寡老人，最年轻的 59 岁，年纪最大的已过古稀之年。村委会在村部旁边专门为这 5 位五保老人建了一个温暖的家，一人一间房，生活设施齐全方便，老人们进出自由，生活安逸。

走出五保之家，一块"户用型生活污水净化处理系统"的牌子立在农家菜园边上，蓝底白字煞是抢眼。从牌子上"收集池→厌氧发酵池→沉淀池→人工湿地"的字样可以看出，这是无动力处理系统。昨天才从全市农业农村工作会获悉，要积极推进乡村污水无动力处理系统，没想到今天在新庙村就看到有 20 多户村民已使用这一系统。

乡村污水无动力处理系统为农家带来一片绿

走过一座桥，是一条通往 10 组的水泥路，成片的葡萄园分布在路两边。路虽比主干道窄了一些，却也连通各家各户。在新庙村，水泥路全长 12.79 公里，10 个村民小组，家家户户出门都是水泥路。正是因为水泥路连到了各家各户，新庙村的保洁员都有 4 个，与曾经到过的村子相比，保洁都要多 1 倍。最让李文平欣慰的是，"电改最成功，每组三相四线，4 台变压器，还有 1 台备用。渠道 15000 米，已硬化8700 米。2015 年可以全部硬化，这得感谢县农业局土地平整项目的 40 万(元)。全部硬化后，可以保证每组的每一坵田土能灌能排。新庙村是锅底形地形，有一座大型机埠专管排积水。"边走边说边看，3000 多棵树为路边、渠边、屋边披上了绿装，放眼望去，整个新庙村路、桥、渠道、树木已成体系和规模。

走访新庙村时，恰逢早春，加上好的天气，更让人有好的心情，不由得想到唐朝诗人韩愈的《早春》："最是一年春好处，绝胜烟柳满皇都。"

离去的车轮已经转动，却让人有些不舍这美丽的环保生态村！

低碳生活，共赢绿色未来

走进新庙村，该村的环保生态建设给人带来了美好的印象。

生态环保是人类社会未来发展的必然选择。在常德市农业农村工作会上，市委倡导积极推进无动力生活污水处理系统，这既是一种环保意识，也是推广一项实用新型技术系统。该系统包括格栅井、调节池和清水池以及高效厌氧反应器和人工湿地，主要用于农村生活污水的处理。处理后的达标水可用于周边农田灌溉，实现节能减排。这对进一步推进社会主义新农村建设，统筹城乡经济社会发展，提高农民生活质量，改善人民生活环境，都有着积极的作用。

如果说保护环境、保护动物、节约能源这些环保理念已成为行为准则，那么低碳生活则更是我们急需建立的绿色生活方式。低碳生活不仅是一个时髦词，而且需要积极实践，让低碳理念融入我们每个人的生活之中。节电、节油、节气，节约一切资源，从点滴做起，共享低碳生活，共赢绿色未来！

心中有个"华西村"

新庙村党支部书记李文平并没有说要把新庙村建成华西村，可他心里的村庄整体规划图在我看来就是一个"华西村"：全村人都集中住在一起，不出村子就有班上，主干道、基础设施跟城里一样，人人都会赚钱。

李文平原是新庙村人，后转至荣家河居委会，4个兄弟姐妹都不在新庙村。用他自己的话说，现在在新庙村他1平方米的菜园都没有，一片瓦也没有。这个已不是新庙村的人，怎么会出任村支部书记，并且还对村子的发展有着美好的憧憬呢？

李文平，1966年出生，1984年获农广校经济管理专业大专文凭。他22岁开始跑市场，做生意，自己在荣家河办起了日产大米50吨的优质大米厂和日产混合饲料、配合饲料10吨的饲料厂，还有一家中国电信专营店。2005年，新庙村村支两委面临换届，原任党支部书记辞职不干了。由于村里工作任务重，待遇又低，一直没有合适的支部书记人选。当时，时任镇党委书记、分管党群的镇党委副书记两次召开党员会，讨论新的支部书记人选。有名老党员提名李文平，说："不知能不能请动。"于是，镇党委5次上门，找到李文平，让他挑起新庙村的担子。李文平的父亲曾是老党支部书记，也做儿子的工作。由于使命感的驱使，在镇党委第5次上门时，李文平应下了"建设好新庙村"的任务。

"2005年2月23日上午报到，下午到党校学习。任村主任，主持工作。7月1日宣誓，加入中国共产党。"李文平就这样走马上任了。"然而，到村任职后，才发现村里的工作有多难做。新庙村是个小村，没有集体经济收入，每年就是一点转移支付款，而村里的建设任务又很重。入党宣誓之后，镇党委书记问我什么感受？我说，'共产党是我娘老子，村子就是自己的子女，子女有受娇不受娇。'"李文平如是说。尽管如此，李文平还是不遗余力地为新庙村的建设争取项目和资金，在各级党委、政府和各部门的大力支持下，建成了如今的环保生态村。

再过18天就是李文平来新庙村任职10周年的日子，回想起过去的岁月，李文平感叹："2014年10月，太阳能路灯安装完毕，每天晚上6点半灯亮了，舍不得回去。几个老人跳广场舞，问我，'文平还在忙？路灯亮觉觉如何？有成就感吧？'说实话，没有成就感，只有心酸，总觉得力不从心，效果达不到自己的要求，有时候顾此失彼。"

李文平的家在新庙村两公里外，他说，一年365天，300天都在村里，大米厂、饲料厂设备也卖了，只剩下厂房出租，中国电信专营店也是请人照看。10年的村党支部书记，他给自己的定位是搞服务。他说："生在农村长在农村，领导、村民认可，乐在其中。虽然有不尽人意的，但继续有事可做——村风文明整体素质有待提高，而且是一项漫长的工作；3年环境整治计划要把各家各户门前屋后搞得干干净净，让每个人走进新庙村有一种绿树成荫的感觉；发展村办企业……"

朴实无华史彩华

史彩华，一个华丽的名字，却给我留下了朴实无华的印象。

史彩华，是年47岁，已经当了奶奶。从码放整齐的一屋子椅子和屋外成片的葡萄园，不难看出这是一个以经营枞木椅子和种植葡萄为营生的家庭。从她家的楼房和陈设看，这已是一个小康之家。然而，史彩华嫁给新庙村村民李金明时，这个家还只是两间土坯房。

史彩华只有小学文化，却贤惠善良。她说："老公是个秋儿晚子，公婆身体不好，长年卧病在床。嫁过来8年，先是婆婆去世，接着又是公公瘫在床上4年差3个月，挂5个盐水瓶，都是我照顾。不是有怨言，只是觉得日子艰难。公公去世后，租了别人的房子，葳椅子、贩椅子卖。白天，两个人骑自行车，一个人驮10把椅子叫卖，落淩个儿(下冰淩)都卖；晚上，就葳椅子。"

2007年，史彩华夫妻俩终于拆了土坯房，建起现在的这座楼房，可那时还只是一个空壳房子。2009年，张公庙镇兴起葡萄产业，史彩华家10亩地都适合种植葡萄。她说："现在政策好，只要人勤快，就有钱赚。俺的田没有包出去，都是个人搞的。"

"种葡萄，技术性很强，以前也没有种过，你会吗?"我问道。

"农康合作社发有资料。俺屋里的(她丈夫)聪明，发的技术资料一看就明白。"史彩华的老公李金明，今年52岁，高中文化，从史彩华的眼神里，我看到了她的满足，话语间流露出对老公的崇拜。

史彩华家的葡萄培管得好也卖得好，10亩葡萄园，一年赚个10万元是稳的。史彩华能喝点酒，这几年种葡萄还学会了酿制葡萄酒。"葡萄酒保健，喝了睡得好。"史彩华像是喝了酒地说话，一副陶醉的样子，"旧年卖酒卖得有味，一卖就是几壶，一收一两百，蛮有味。"

这天，在史彩华家没见到她老公，说是骑着三轮车驮着40把椅子出去卖椅子了。

做椅子，卖椅子；种葡萄，卖葡萄，酿葡萄酒，卖葡萄酒，史彩华一家的日子过得红红火火。这几年，她家的楼房，里里外外全部装修一新花了十几万元；娶了媳妇添了孙；家用电器，别人家有的史家也一样不缺。

"想买车吗?"我问道。

"看哪么不想，俺的个儿呢，看见别人有车还不是欠人子(羡慕)。我就对他说，'儿，你不急，再过一年，卖了葡萄，俺也可以买汽车'。"史彩华实话实说。

我起身给史彩华拍了张照片，说了声"我该走了"，便踏上返回的路程，史彩华也跟随出来。路过她家的葡萄园，园子里整齐地挂着一些化纤编织袋，史彩华告诉我："里面包的是滴灌用的管子，免得风吹雨淋冰冻坏了管子。"这是农家人的细致!

走着说着，说着走着，史彩华一直把我送到村里的主干道。1公里多的路程，她3次邀请我九十月间来她家，她说："葡萄熟的时候，每天起很早，在葡萄园走来走去，蛮好看，蛮享受。你来。"

史彩华，朴实无华，令人感动。

08

澧县火连坡镇
澧淞村

偏远村庄有偏远的优势，两省交界，南北通衢。一名企业家钟情家乡这一优势，更是看重闻名遐迩的边山河。在企业家看来，把优势与产业结合起来，把产业与生态环保结合起来，把产品与健康的生活结合起来，建市场、发展循环农业，对家乡而言往后必能可持续发展，必将谱写一曲涔水放歌面如春。

浇水放歌面如春

2015 年 2 月 10 日，我早晨 8 时出发，到达目的地时已临近 11 时。

车停在省道 302 的一段坡道上，车外的场景让人震惊：偌大一个市场，熙熙攘攘。下得车来，远远地看见"边山河大市场"的牌楼，走近仔细端详，徽标是徽派建筑的屋檐角图形的三层叠加，映衬在牌楼后面的是徽派建筑群。牌楼对联"南北通衢要塞 再现古镇辉煌"昭示着这里繁荣的渊源和今天的辉煌。"澧县商务局祝第五届农副产品交易会取得圆满成功"，一条鲜红的横幅告诉我赶上了好日子。

穿过牌楼，横幅"规范市场管理 繁荣口子镇经济"让人对"口子镇"生出一分好奇，连忙百度：出河南，走安徽，下江西，去湖南……在武汉城市圈弯弓形的边界上，散落着湖北省几十个分别与豫、皖、赣、湘毗邻的乡镇，人们通常称之为口子镇。

在湖北松滋西南边陲，湘鄂两省交界之处，有一幅 365 平方公里的精美画卷——中国浇水。浇水是一部耐读的经典：从石器时代走来的浇水先民，在此挽草为际，筚路蓝缕，生生不息。自西汉起，浇水已具雏形。至晋代，浇水因镇内灵鹫寺香火兴旺而得"楚南名刹"之名时，遂成为交通要塞和商埠云聚之地。到南宋时，集镇已具一

乡村市场之繁荣

定规模，清道光、咸丰年间达到鼎盛。民国时期，仍为松滋之冠。新中国成立后，随着涔水水库和亚洲第一人工土坝的建成，涔河"野马"成了"良驹"。从此，涔水流域山更青，水更绿，景更美，民更富，镇更亮。这是来澧淞村之后我从网上资料中得到的对涔水的了解。

由火连坡镇到澧淞村，有一条贯通全镇的省道 302 线。省道 302 线与涔水中段边山河交叉，有一座古朴厚重的石拱桥横跨涔水，走过去就是湖北境内。边山河位于澧县火连坡镇澧淞村，由于拥有优越的地理位置与得天独厚的自然风光，此地解放初期便有"小香港"的美誉。《天仙配》中的董永与七湘姑的传说就源自这里，边山河也因皇上御赐董永为"献宝状元"而闻名遐迩。讲述董永与七湘姑动人爱情故事的《七仙女下凡》电影外景拍摄地就在边山河。

走进澧淞村，仿佛穿过了时间隧道，我感到了这里深厚的文化底蕴。随村党支部书记皮世桂漫步涔水之滨边山河畔，澧县边山河蔬菜种植专业合作社、常德正新农业科技发展有限公司蔬菜种植示范基地、蔬菜安全检测加工物流冷链配送中心、蓝色的蔬菜温室大棚等都为这里厚重的历史增添了极具现代色彩的巨幅篇章——

投资 3000 万元，一期流转土地 288 亩，建成冬暖式日光温室大棚 40 座、单体钢架大棚 30 座、钢架连栋大棚 8 座，形成"猪—沼—菜"的生产链和"五位一体，梯级利用，闭路循环"的现代生态农业模式，蔬菜生产不再季节分明。虽然此刻刚刚从"大寒"迈进"立春"，但这里蔬菜温室大棚里却全是黄瓜、辣椒、西红柿等夏季蔬菜。

这里的蔬菜温室大棚与我曾见过的蔬菜大棚有很大的区别：一堵土墙和垄间沟中的谷壳，吸走了温室内多余的水分，使蔬菜生长健壮不生病；一张张被称为"黏虫板"黄色纸片挂在大棚架子上方，把入侵温室大棚的虫子全吸附在上面，不用喷药杀虫。

正新农业科技发展有限公司董事长皮正新告诉我，山泉水、鲟鱼、生猪、沼气、蔬菜五位一体，能量梯级利用、闭路循环的生态农业模式，实现了零排放、零污染。滴水岩的山泉水养殖鲟鱼，鲟鱼养殖循环出来鱼粪，鱼粪水经过一次过滤，上层水体鲟鱼没有耗尽的养分用于四大家鱼的养殖，下层肥水用泵抽到蔬菜温室大棚内沼气池发酵腐熟。沼液滴灌蔬菜供生长之需，沼气用于蔬菜温室大棚照明。每个蔬菜温室大棚旁都建有一个猪圈，猪圈内有 2 至 3 头生猪，蔬菜边角、老叶用于喂猪，猪的粪便返回棚内沼气池发酵。经过发酵的有机肥无病菌、无虫卵，用于蔬菜生产，棚内的蔬菜摘下来就能放心食用。生产出来的蔬菜，经安全检测加工物流冷链配送，2014 年配送到常德市城区，12 月底配送至长沙；2015 年 1 月空运到北京、上海、广州，实现了 24 小时送到客户手中的载配服务。

行至大堤脚下，见沟渠边一个红色的水泥墩子上立着一块牌子，上面写着"移民后扶项目：总渠长 3340 米，总投资 106 万元，2012 年 12 月 30 日"。5 组是澧淞村的移民小区，1960 年代的一场大水，将 120 多户村民的房子全部被淹，后集中建房，便有了家家户户是楼房的移民小区。向移民小区走去，一条水泥渠道从高处纵贯而下，皮世桂说："这是太青水库引水渠。"

澧淞村是澧县第一大村，有 4982 亩耕地，眼前空空如也的田园，还留着稻桩和没有燃烧充分的玉米秸秆。皮世桂说，这是计划二期流转的 300 亩耕地；村里绝大部分农田是玉米套黄豆、水稻套油菜。行进中，田野里一大片树苗引起了我的注意。远看，是绿叶经过风霜的红；近看，红下面掩盖着细细的树干，树干上泛着黄的绿。皮世桂说，这是竹柳苗子，有 18 亩，年后要栽到 500 亩外洲。

竹柳是柳不是竹，是工业原料林、大径材栽培、行道树、园林绿化和农田防护林的理想树种。木材基本密度好，自然白度高，不空心，不黑心，是制造纤维板、细木工板、胶合板的优质原料；纸浆性能优良，优于杨树、桉树等其他速生树种。一路上，看到不少村民在劈柴火，一段一段的杨树干，或是空心，或是黑心。澧淞村就是要用竹柳取代这些只能当柴烧的杨树。

行走在澧淞村，我充满了好奇。得知这里有 1/3 的家庭是湖北媳妇湖南郎，不由得唱起"我们都有一个家/名字叫中国……"

然而，我找不到回"家"的路了。好在澧淞村村民热心，一个电话帮我联系上村妇女主任，顿时，惊喜、感激涌上心头。

"有山则威，有水则灵。弱水三千，独浣水牵魂。发于巍巍青山，归于茫茫洞庭。清冽甘美，如醴如醇。潺潺乎，汩汩乎，纳涓涓细流，成莽莽迷津。浇我垅亩，饮我百姓，历千载且不辍，润万物而无声。嫩绿娇黄之春晨，黍熟稻黄之秋暝；稚之嘻，叟之乐，丁之壮，妇之馨，皆汝之所赐也，伟乎哉，浣水之神！"这是皮正新的诗词《浣水颂歌》的片段，我以此为本次澧淞村之行作结。

09

津市市渡口镇
新合村

大力发展土地流转和适度规模经营，是党中央、国务院农村经济体制改革的重要举措，旨在提升农业机械化、集约化水平，很大程度地解决土地抛荒和千家万户分散经营的问题。当责任与担当遇上土地流转、蔬菜产业遇上经营人才，这个村庄就有了未来，村民就有了希望，也就有了澧水河畔的梦里水乡瓜菜香。

梦里水乡瓜菜香

2015 年 3 月 3 日，走进新合村，站在村部广场，放眼望去，成片的钢架大棚一望无际。这是怎样的一个村庄？这些大棚是怎样建成的？我和村党支部书记黄金虎边走边聊，末了，沉淀出一条清晰的"社民合作模式"发展轨迹。

成片的钢架大棚改变了村庄

新合村是一个小村，人均 1 亩耕地给了村民外出打工的充足理由，600 多亩水面养育着村里一部分擅长养殖的村民。

新合村以前的农业结构是粮棉油渔。村民外出打工，土地面临抛荒。2011 年年底，津市市委办引进汉寿蔬菜种植大户，计划流转土地 300 多亩，1 亩地租金 500 元、10 个工 700 元。这意味着，农民流转出 1 亩耕地加做工 10 天，可以获得 1200 元的收益。黄金虎说："这里的棉花产量不是很高，一亩产籽花 500 斤，产值 1000 多块，除去农药化肥 400 元，把劳动力算进去，棉农是亏本的。但是，流转土地棉农心里没底。那时，我刚刚上任村主任，腊月三十还在上门发地租，老百姓不要。我还记得那天下雪。"

土地最终还是流转成功。2012 年，汉寿蔬菜大户在这里集中连片种植蔬菜，上半年种南瓜，下半年种大白菜，大白菜烂在地里没人要，汉寿人一走了之。事实向人们宣告：蔬菜产业流产了！

此时，渡口镇党委想到了本地能人黄金虎。2012 年年底，汉寿人走了，镇政府与村里协商，返还土地给农民有很多问题，各家各户的地界都没有了……后来，镇长把黄金虎请到了镇政府长谈。

黄金虎住新合村 5 组，傍 100 亩鱼池而居，已流转附近 100 亩土地，准备办个综合性的家庭农场。村里出了这么个情况，他硬着头皮接下汉寿人丢下的 300 多亩土地，开始琢磨：蔬菜利润高、风险大，风险在季节，集中上市必定市场拥挤，就会跟汉寿人的白菜一样烂在地里没人要；蔬菜的出路在设施，可利用一定的设施错季生产早春和秋延蔬菜。可黄金虎的家人反对：他是搞养殖的，种蔬菜是门外汉；资金也成问题，养殖的积蓄建了房，渔湖还要周转资金，没有闲钱搞这么大面积的蔬菜。

"我在镇政府已经答应了，没有退路。100 多亩渔湖低价转让 10 年才 30 万（元），一次付地租就是 20 万（元）。"黄金虎的蔬菜产业就这样上马了。

"到山东参观；到涔澹农场，向种大棚西瓜的浙江人请教。"黄金虎说，"浙江人是竹拱大棚，1 亩八九千的毛收入。他们建议，在自己地方上建钢架大棚划算一些。回来后，上网查资料，自己买原材料建大棚可省 30% 的成本。一次把 10 万元全部打过去，买了一车钢管。从石门请师傅，1 天 150 元的工资。贷款 5 万元，借了 15 万元，2013 年 3 月建起 100 个棚。西瓜迟了点季节，赶不到最早的，价格差一点。西瓜之后的辣椒季节也迟了。一年下来，保本。"

2014 年，当了 3 年村主任的黄金虎，被推到了村党支部书记的位置上。年初，他邀了 3 个股东，自己又借了 30 万，成立了金虎蔬菜农民专业合作社，又买了一车钢管，建了 100 个棚。他说，"这次请的是浙江师傅，1 天能建 3 个棚、工资 500 元；本地人 2 天才能建 1 个棚。季节是赶上了，不巧，上半年阴雨连绵，几乎半年阴雨天，产量上来了，却没有市场。200 个大棚、100 亩地，西瓜一季二三十万（元）；下半年种辣椒，螺丝椒品种好，辣，维生素含量高，批发价 1 斤 3.5 元，1 亩纯收入 6000 元。还有露地 300 亩，种南瓜、辣椒，这年南瓜 8 分钱 1 斤，辣椒 3 角、4 角，每亩亏 700 元（含地租）。去年一年，老婆菜地这边都不来，我也长了满脑壳的白头发。"这一年，收支两抵后，黄金虎还是亏了。

"年底开会，推行社民合作模式，以合作社的名义建棚，每亩 2000 元返租给农民，5 年收回成本，农民每年 1 亩有 1.2 万元的毛利。把股东派出去，到各自的村组建棚示范，带动当地。股东罗海涛，新福村村主任，建 100 个棚；新合 2 组新建 50 个棚面向散户，有租种意向的 8 个户，筛选 5 个户做示范，3 月中旬苗子移栽时签合同。合作社负责苗子、技术。"听一个刚过 40 的汉子黄金虎讲自己的担当，看着他这个年龄不该有的满头白发，我以为，不是衰老，而是操劳。

走着，走着，一位拖着板车卖菜的大妈让我们停下脚步："黄支书，俺的 6 亩地卖 (流转) 给你。"大妈是 3 组村民罗安炳，儿女在外打工，老伴 80 多岁了。

聊着，聊着，一个电话打进来，发水村党支部书记说有几百亩地想流转。

有 7 个人想在合作社种蔬菜，黄金虎筛选了 5 个，每个人不超过 10 个棚，合作社统一供种，统一育苗，统一管理，统一销售。

还有 5 个户，想在自家屋边建棚。

……

到 2015 年初，合作社已流转土地 1200 亩，涵盖新民、新福、新合 3 个村。一个从事养殖业多年的汉子，硬是弄出一个蔬菜专业合作社，让梦里水乡瓜菜飘香！

采访札记

示范的意义在推广

在新合村采访时，村党支部书记黄金虎说，建大棚种蔬菜，没有看得见摸得着的效益，农民即使拿得出钱来，也不会投资建大棚；成立合作社，把股东放到村组，就是起个示范带头作用。

示范，现代汉语词典的解释是，做出某种可供大家学习的典范。

津市渡口镇党委委以本地能人重任，让黄金虎走上村党支部书记的岗位，是一种示范。黄金虎充分发挥能人作用，找到一条"种植早春、秋延蔬菜"的让农民致富的路子，探索一个"社民合作"的让朴实的农民认可的好模式，即合作社投资修建标准蔬菜园，将钢架大棚及配套设施全部建好租给农户，农户按合作社无公害农产品的标准进行生产，合作社负责技术管理、种苗培育和产品销售。

金虎蔬菜农民专业合作社的成立，也是一个示范。合作社以新合村为中心，辐射周边村庄，现已流转土地 1200 亩，成员也由成立之初的 5 人，发展到现在的 126 人，建成标准的钢架大棚 400 多个。同时，合作社也创造了一套自己特有的种植模式：重两头轻中间，即着重发展以西瓜、甜瓜为主的早春瓜果，及以辣椒、黄瓜为主的秋延蔬菜。股东罗海涛的示范作用已在新福村显现。

示范的意义在推广，在于把一个好的东西扩大应用，或是把一项好的技术、一种好的模式扩大施行范围。这种意义，我在新合村看到了，在渡口镇也看到了。

10

鼎城区牛鼻滩镇
上林村

农产品卖不出去，受伤的是农民。农民专业合作社的出现，解决了农民个体农产品难卖的问题。一个村庄，有了农业生产资料购买和农产品销售、加工、运输、贮藏以及与农业生产经营有关技术、信息的服务，产业就兴旺了；一种蔬菜，有了100多个榨菜销售户，销路也就有保障了。放眼大片的菜地，心中油然而生的是和煦春风绿上林。

和煦春风绿上林

2015年3月9日，天气雾蒙蒙的，开车行驶在去上林村的路上，有时候能见度只有50米左右。然而，行至牛鼻滩镇的入口，"欢迎光临蔬菜之乡——牛鼻滩镇"的牌楼，给了我第一缕绿；"绿绕湖岸鲤戏碧水珠满行 青垂堤港稻莲黄花播远香"的对联传递的仍然是绿，似乎还有从绿里飘出的稻香和油菜花香。

车停在一座活动板房前，一块硕大的牌子立在路边：常德市农业标准化建设厅市合作蔬菜产业鼎城区华茂诚信蔬菜专业合作社基地。在鼎城区行政区划图的中心位置有一块白色的版图格外抢眼，活像一只跳跃的小白兔，估计就是1.5万亩示范基地所在。活动板房旁边是一座连体塑料大棚，棚里一个挨着一个的塑料软盘，像是铺上了一层绿色的地毯；软盘里娇嫩的白菜秧苗泛着水蒸气，已有了春意盎然的感觉。村主任陈学红说，之所以叫连体大棚，是因为它有2个标准棚的面积大，是专门用来育苗的。

陈学红既是村主任，也是合作社的领头人。合作社涵盖上林、鱼码头、三星3个村。"我以前是开货车的，2009年武汉一个老总要我栽苦瓜，说1亩可产1万元。以前这里只种南山苦瓜，是我把珍珠苦瓜带到了上林村。村民种，我包收。1斤5角收，7角、8角卖，销到长沙、常德。试种200亩，亩产一万四五千斤。后来，种苦瓜的多了，连连跌，又发展黄瓜。"陈学红道出他与蔬菜的缘分。

从连体大棚出来，让人目不暇接的还是大棚。红色的卷帘摇把、诱蛾灯、黏虫板、电线杆子上的摄像头、站得笔直排成行的喷灌水管、测土配方施肥示范核心区的牌子……都能贴上现代农业的标签。"2010年镇政府要求成立合作社，2014年4月才开始建棚，36个大棚，40多亩，投入200多万元。合作社已流转土地1100亩，成员有102个，还有20多个临时工。2014年，收购邻村1000多万斤（蔬菜），这里都和汤了（即人多车多像一锅汤）。两个高峰期，车子走不通。一个是正月卖榨菜的时候，一个是六七月卖黄瓜、豆角、苦瓜的时候。"说起合作社，陈学红很是兴奋。

上林村2850亩耕地，基本上都是露地种植。来到一片榨菜地，4个女人正麻利地舞动手中的菜刀，一刀、两刀、三刀、四刀……女人们将菜坨、菜叶、老叶、绿叶分离得灵灵醒醒。

"收菜还统一服装了。"我乐乐呵呵的，算是打个招呼，没想到，逗乐了她们。她们互相看了看，一脸羞涩地说："还真统一了服装"。4件格子长套衫，1件蓝色在前，3件红色在后，排成一排，在蔬菜的绿色大背景下，有了舞台画面感。她们个个红光

露地种植，榨菜地里的劳动之美、健康之美

满面，间或一缕黑发散落在红润的脸上，发丝间渗着汗水。这何尝不是一幕劳动之美、健康之美的生活剧！

牛鼻滩的轮船码头得天独厚，上林人从这里走出去，把自己的农产品卖到省城，把外面的信息带回来。于是，形成了上林特色。"大量腌制榨菜，长年卖。冰冻那年，这里的榨菜冻死了，从外面调了 100 多车，1 车五六万斤。长沙、株洲……全国各地农贸市场都有上林人，都有上林的榨菜。市场散卖榨菜，搞得好的，1 年赚一二十万(元)。上林村榨菜加工户有 100 多个，周边还有大几十户。现在 1 亩 6000 斤，可卖 2000 元，果、叶都能卖到钱。果做榨菜，叶做盐菜，有人收。"陈学红说出了上林榨菜的发展史，也道出了上林榨菜产业的模式：有专门种榨菜的，有专门腌制榨菜的，也有自种自制自卖的。

到了 9 组，一户挨着一户，都在腌制榨菜。卢文华正在为地窖覆土，我想到了电视里韩国人做泡菜的场景，与其极相似。陈学红说："他一年一二十万斤菜，房子在城里，乡里的老房子，只是腌菜时住。他不算大户，大户一年可腌制 100 万斤。"

"上林村没有吵架闹纠纷的。"陈学红的解释是，大家都在外面忙，回家的时间不多，见了面都像亲人一样。

大雾早已散去，一路和煦春风拂面，我们正要离开，远远地看见一辆大货车驶向田野——白菜地，那一大片绿。

流通活经济就活

牛鼻滩镇位于沅江北岸，江滨码头，客轮通长沙、安乡、津市、常德市城区，交通条件得天独厚。正是有了这方便的交通，20 世纪 60 年代，上林村人就把榨菜卖到了长沙，以至于成就了上林村的榨菜产业。如此，不由得让人想到经济学中的一个词：流通。

流通是社会再生产过程中的一个重要环节，它承担着交换的职能，是产销之间、工农之间、城乡之间的桥梁和纽带。它一方面把商品转到消费者手中，使最终消费得以实现；另一方面为生产提供所需要的物质资料和销售市场，使生产能够正常进行。生产决定流通，相反，流通也影响生产，而且在特定条件下对生产起着决定作用。如果没有流通或流通不畅，不仅会影响市场繁荣，而且也不利于再生产的顺利进行。

农产品流通不畅是农业发展的瓶颈，农村经济也是农民增收的障碍。随着中国农村改革的不断推进，特别是近些年农民专业合作社的不断涌现，农村经济很大程度上被搞活了。为了支持、引导农民专业合作社的发展，规范农民专业合作社的组织和行为，保护农民专业合作社及其成员的合法权益，促进农业和农村经济的发展，中华人民共和国第 10 届全国人民代表大会常务委员会第 24 次会议于 2006 年 10 月 31 日通过了《中华人民共和国农民专业合作社法》。

11

鼎城区唐家铺乡
仙人塘村

油茶树，四季常青，生态效益显著。发展油茶产业，就是壮大绿色经济。2009年，经国务院批准，国家发改委、财政部、国家林业局联合印发了《关于印发全国油茶产业发展规划（2009—2020年）的通知》。鼎城区是全国油茶产业示范基地县（区）。鼎城区唐家铺乡极力探索油茶发展之路，并在试点村找到了一种好的发展模式。我们不妨去仙人塘里闻油香。

仙人塘里闻油香

拨通鼎城区唐家铺乡党委书记葛辉琳的电话，电话那头传来："您好，我是中国地理标志认证商标鼎城茶油的特邀代言，欢迎您致电茶油之乡唐家铺。65 平方公里的青山绿水，16000 名淳朴乡民，38000 亩纯茶树林，共同为您的精彩加油，每一滴都是天地精华，每一滴都是真诚的祝福……"于是，我便有了去唐家铺看看的想法。

"茶油主要含油酸、亚油酸等不饱和脂肪酸，不含芥酸、胆固醇等对人体有害的物质，其脂肪酸含量、比例与橄榄油极为相似，被称为'东方橄榄油'，甚至有些营养成分的指标还要高于橄榄油。"这是 2012 年，一位教授留给我的记忆。

"茶油是中国最古老的木本食用植物油之一。油茶树是中国特有的油料树种，除在东南亚、日本等有极少量的分布外，主要集中在中国安徽、浙江、江西、河南、湖南、广西等地区的高山及丘陵地带。"这是有了去茶油之乡看看的想法之后，我查到的一些资料。

2015 年 3 月 10 日，车子从唐家铺乡政府驶向仙人塘村，蜿蜒曲折的水泥路傍山而行，清一色的茶树林，郁郁葱葱，正孕育着山茶籽的油香。

元代之前，名家对油茶树的赞美之词就有很多。如段成式的《酉阳杂俎》："山茶叶似茶，树高者丈余，花大盈存，色如绯，十二月开。"黄庭坚的《白山茶赋》："丽紫妖红，争春而取宠，然后知白山茶之韵胜也。"

走进仙人塘村党支部书记孔凡伟的家，这家抱在怀里的孙子直冲我笑，舞动着双臂，在大人的腿上又蹦又跳。我伸出双臂，这娃便朝我扑来。我接过孩子，在主人家转了一圈。厨房一角，一个砖砌的围子里，堆放着茶果壳。这是茶果裂开、取走茶籽后剩下来的壳，茶农用它烧饭做菜。这娃该是闻着茶籽榨油的香味来到这个世界的。

仙人塘村以前叫长阳冲、落阳冲、大堰村。在仙人塘村有个"站仙人，问五宝"的传说。说的是曾经有神仙骑马路过这里，在一口山塘边歇脚

油茶林的带状更新——保留一行，更新一行

并留下脚印的故事。山塘对面是五宝山，山塘边有一块大石头，石头上留着一个脚印，虽然经过千年风霜雪雨，至今依然可见。于是就有了今天的仙人塘村的村名。孔凡伟说仙人塘种油茶树应该是在他奶奶的奶奶辈就有了，至少有4代人了，一代只算60年，也有240多年了。

"可不能这么算。"我说，"一代应该是指相邻两代人的年龄差。"目前中国的一代人约在25至30岁之间。

从农书看，取油茶果榨油起源于元代后期，而人工栽培则是始于明代后期，发展于清代后期。

这些说法都传递给我同一个信息——这里的茶树老了。

仙人塘村有3800多亩油茶林，占唐家铺乡油茶林的1/10。9个村民小组，有的组人均5亩茶山，有的组人均3亩茶山。树老了，产量不高了，一亩油茶林只能产2.5公斤油。

"1998年，林业部门就开始低改，1亩补助百把块钱，全村300多户，只有几十户参加。2006年开始大动作，组建仙人塘油茶专业合作社。"孔凡伟说，"2006年，唐家铺乡党委政府提出，花10年时间打造鼎城油茶品牌，同时在仙人塘村开始有意的探索。仙人塘村，1998年的油茶林低改，产油量翻了一番，茶农尝到了甜头，有群众基础。改是没有问题，怎么改？低位换头？不能解决根本问题。品改？有巨大的潜力。全面新造？产油的地方，油星子都看不到，农民不会答应。带状更新？砍50%，新植新品种油茶50%，既有眼前利益，又有长远利益。"经过一块山一块山的试验，2012年仙人塘村有了创新，对油茶林施行带状更新。

大面积带状更新的钱从哪里来？葛辉琳说："土地流转，市场运作。"

走进仙人塘村村部会议室，"唐家铺乡油茶产业发展带状更新工作推进会"的会标，红底黄字，依然光鲜。孔凡伟说："低改是6个村，品改也是6个村。仙人塘村牵头，整合6个村。长远利益的一块，是公司投资。6年后，每亩老百姓给9斤油保底。9年后，老百姓、公司三七分成。盛产期，每亩可产油90斤以上，到那时，老百姓可以'不劳而获'。合作社是个纽带，与公司是母合，与农户是子合。对接湖南申友农林投资有限公司后，仙人塘村已经流转的2000亩茶山带状更新达70%，现在正在紧锣密鼓培土栽苗。"

油茶树盛果期有10至120年。当下不是榨油的季节，从仙人塘村油茶合作模式，我似乎闻到了这满山遍野的茶树散发的百年"油"香。

从《唐家铺乡2014年工作总结》获悉，唐家铺乡油茶生产正由大变强：2014年完成油茶低改5000亩，新造800亩，位居全区前列，被树立为全省油茶产业改造的样板；巩固保护鼎城茶油地理标志认证商标；加速林地流转，与湖南申友农林投资有限公司签约林地流转合同 15000 亩，与天易农林合作签约达 5000 亩。

这百年"油"香，从仙人塘村散发开来。

从《唐家铺乡 2015 年工作规划》获悉，唐家铺乡正在壮大油茶产业。他们要努力使"鼎城"成为省内最大的茶油核心生产基地；要以仙人塘村为核心，建设好 15000 亩带状更新示范走廊，努力实现油茶大乡向油茶强乡的转变……

这百年"油"香，有望飘进超市，飘进厨房，带给我们健康！

采访札记

发展油茶产业　壮大绿色经济

油茶是一种长效的经济树种，盛果期上百年，适宜山地种植，可缓解耕地资源日益短缺的矛盾。为此，党中央、国务院对油茶产业发展极为重视。2007 年，国务院办公厅出台了《关于促进油料生产发展的意见》，明确提出要大力发展油茶等特色油料作物。2008 年，全国油茶产业发展现场会在长沙召开。2009 年，经国务院批准，国家发改委、财政部、国家林业局联合印发了《关于印发全国油茶产业发展规划（2009—2020 年）的通知》。这标志着发展油茶产业已上升为国家粮油安全战略。

目前，世界上用于食用的四大木本植物油中以茶油品质最佳，茶油中含不饱和脂肪酸达 85% 至 97%，高于橄榄油 8% 以上。不饱和脂肪酸具有"不聚脂"的特性，易被人体吸收，能阻断脂肪在内脏及皮下的生成，能预防和治疗高血压、心血管疾病，可有效促进人体健康。近年来，茶油产品逐渐受到广大消费者青睐。在中国，高品质茶油仅占食用油总消费的 1.2%，茶油人均年占有量仅为 0.2 千克，远低于发达国家人均年占有量 20 千克的水平，与欧洲、日本等发达国家和地区橄榄油消费量占 40% 以上相比，差距更大。因此，优质茶油未来有着广阔的市场发展空间。

此外，油茶属于常绿树种，四季常青，根系发达，耐干旱瘠薄，适生范围广，生态效益显著。大力发展油茶，能够绿化荒山、保持水土、防火防虫、改善农村生态面貌和人居环境。所以说，发展油茶产业，壮大的是绿色经济。

鼎城区油茶栽培历史悠久，且被确定为全国油茶产业示范基地县（区）。唐家铺乡探索油茶发展之路，并找到了一种好的发展模式。这是常德人民的福音，让人很是期待。

12

安乡县安康乡
安兴村

改善农村人居环境，建设美丽宜居乡村，是实施乡村振兴战略的一项重要任务，事关全面建成小康社会，事关广大农民根本福祉，事关农村社会文明和谐。2018 年 2 月，中共中央办公厅、国务院办公厅印发了《农村人居环境整治三年行动方案》，把改善农村人居环境作为社会主义新农村建设的重要内容。在这一方面，安兴村用独特的方式，做出了表率，可谓最美不过真干净。

最美不过真干净

　　常听一些出国观光旅游回来的人说，某国真干净，走一天路皮鞋不见灰尘；某国真干净，干净到不忍心丢垃圾吐痰。2015 年 3 月 24 日，走进安兴村的我看到了中国农村的干净。

　　车子刚刚驶入安兴村，宽敞的水泥路边，香樟树、四季桂、三叶草构成了路旁立体绿化带。绿化带下，是硬化的水渠。我坐在副驾驶位置，双目不停地搜索，没有见到一个丢弃的塑料袋和塑料瓶。干净、养眼，是这条纵贯安兴村的鲸沙公路给我的第一感受。

　　下得车来，村党支部书记刘四清先是把我们领向虾趴脑河，说是要在这里打造沿河风光带。

　　虾趴脑河长 5 公里，在安兴村境内的有 2.5 公里。站在河岸，刘四清一手划过去，说，"这一长条都是鱼塘，我们会种上莲藕，到时候，沿岸的荷花，那才叫一个美。"顺着他手指的方向，一只小船搁浅在池塘，我想象着来日的荷塘月色。

干净的村庄，不见一个丢弃的塑料袋和塑料瓶

转过身，三块水泥钢筋预制板由河岸伸向河中，河水清清，岸边古老的杨树已是郁郁葱葱倒映在水中，一红衣女子正蹲在码头上洗菜。我想，过去的岁月，农药化肥铺天盖地撒向农村，很长时间没有人敢亲近这乡间河水了，这里的农民居然可以在河水里洗菜。

女子是2组村民，名叫罗仪，洗完菜，还提了一桶河水，准备回家。我不禁问道："不是都通了自来水了吗？"罗仪说："自来水只用，吃都是这河水。"后来得知，安乡大部分乡镇的自来水都是地下水，水质远不及地表水，是因为多年来的农业面源污染导致不得不用地下水。然而，安兴村却把这一河水保护得很好。

经过1组刘建美的家时，她正在自来水龙头下洗碗。她告诉我，他们都是挑水吃，河水煮的饭又白又香。我在她家菜园边的果树下看见一个石棉瓦围成的围子，围子内几只油黑发亮的母鸡正在啄食菜叶。刘四清说，农户的鸡都是圈养。

走进2组村民郭定春的家，菜园边一座焚烧炉正燃着熊熊火焰。紧挨着焚烧炉的是一口封闭的热水坑，据说坑里是一些菜叶、菜梗等可发酵腐烂的生活垃圾，腐熟后是很好的有机肥，可用作菜园的肥料。再仔细打量，屋外干干净净，不见一点鸡屎的痕迹；屋内一尘不染，生活用品摆放有序。一直自以为爱干净的我自愧不如："你家怎么这么干净？即使是卫生间，也像星级宾馆一样干净，洗漱盆、便盆连水垢都没有一点，地面瓷砖也没有一点污迹。"

面对不速之客，郭定春笑了笑："不干净睡不好觉，不吃饭都要搞干净。每天早晨第一件事就是扫禾场，然后才是搞饭吃、出工。"

紧邻郭定春家，一座贴着瓷砖的楼房紧闭着门窗，透过洁净的玻璃，看到室内床上的被子叠得像军营军人的被子一样方正，我不禁"啧啧"叫绝。这时，女主人回来了，掏出钥匙开了门。女主人名叫李新民，刚刚60岁，两个女儿都30多岁了，也有了自己的生活，回家只是个客，小住几日。她家12亩责任田，经过两次流转，夫妻俩只有4亩土地了。丈夫大部分时间在合作社做事，李新民则是花更多的时间把家里收拾得干干净净。

"农家哪有不沾泥土的？地里干活回来不能背着脚进门吧？农具得有安身之处吧？"我正纳闷，来到了后门边，见好几双拖鞋分室内室外摆了一长溜，楼房后面还有卫生间、农具间、储物间。推开这几扇门，地面没有瓷砖，室内却整洁有序。

不经意间，我们走进一平房。村民旷春阶已80高龄，老伴坐在床沿上，面前有一烤火架。屋内的家什已有明显的岁月痕迹，却也一尘不染。床下还有一绿色的、椅式塑料坐便器。我在屋内待了一小会儿，没有闻到一点异味，也没有闻到喷洒香水的气味，心想这定是及时清洗的效果。

走了好几家，我听到了同一句话——"现在不要刘书记汗抖（逼着）搞了。"

回到村部，刘四清道出了安兴村环境卫生大变革的原委：

"1999年刚上任村党支部书记的时候，路不好走，落雨(下雨)穿深筒套鞋，尺把深的(泥)槽，2000年全部铺成石子路。2004、2005年吧，国土项目在虾趴脑村打了一条水泥路，2米几宽，稀奇。人都有攀比心理，我就出去讨钱，第二年安兴村打了一条水泥路，比虾趴脑村的宽3米5。当时，我们村在汉寿当组织部部长的刘新华回来，见沟里的白色垃圾很不好看，对我说，'路修好了，搞索利点。'我说，下回回来就干净了。第二天我就谋划环境卫生整治，每个组选两三个代表，开会，讲环境卫生的好处，讲不卫生的坏处。开了几个会，半个月吧，形成决议就嘎势(开始)。请了一个专人，也就是现在的治保主任，每年除了工资，还给了600块钱的汽油钱。全村12个组，每周转2次，转了回来就广播，点地方不点名，说下次就点名了。人都爱个面子，第二次去，垃圾就没有了。每周评比1次，搞得好的，发个热水瓶，发个杯子。发了奖品，再发现不卫生，奖品收回。也没有真正收回过，一说收奖品，村民就会马上搞干净，干净了，奖品依然给他。发现哪家的垃圾在自己的区域，罚50(元)；在公共区域，罚200(元)。开始一段时间，有的家真不爱干净，门口垃圾一堆，我们就把垃圾撮到他家堂屋里。这都是些霸蛮的事，也就在8组、9组搞了两次。(20)13年，不用评比了，都形成习惯了。"

"开始也按乡里的要求搞垃圾围子，请保洁员，找填埋场，红白喜事，一天围子就满了，50元的小工，戴口罩戴手套都不愿意清。村民也乱倒垃圾，说是有保洁员。这么搞，村里一年要一两万，环境卫生还搞不好。我搞的是土办法，撤了垃圾围子，不请保洁员，没有填埋场，垃圾各家自己处理，能沤肥的进热水坑；可回收的，卖、送各家自己决定，我不多(管)你的事。一两年也就习惯了。村部前面的鲸沙公路，过路车子扔西瓜皮，村民拦住车，司机硬是把西瓜皮捡起来了。"

在离开安兴村的一刹那，我便有了"最美不过真干净"的结论！

13

安乡县下渔口镇
保安村

人和人之间的平等、关怀、互助等富有人文美的优良品格，都属于人情味。人情味，源自人性最温情的一面，是人与人之间真挚情感的自然流露。小龙虾开启村庄的土地流转，土地流转中有了换田，换着换着，换出了人情味，硬是把荒废30年的沙沟、芦苇荡换成了良田，莫非你就不想保安村里问龙虾。

保安村里问龙虾

在中国内陆地区所说的龙虾应该叫小龙虾，因为海里的大龙虾已经"爬"上内陆地区人们的餐桌了。我这里说的龙虾也是小龙虾，即想想就让人垂涎欲滴的那一盘一盘红红的，或麻辣、或香辣的龙虾。

2015年3月24日，走进保安村，一听说正发展千亩稻田养虾，而且是龙

兄弟俩满心欢喜返乡养虾

虾，我脑海里立马跳出一系列问题：外来物种？重金属积累多？寄生虫多？破坏生态平衡？爱打洞，稻田不保水？保安村怎么了？为什么要大规模发展龙虾？几天走访下来，我一一找到了答案——

（一）邹氏兄弟看到龙虾市场前景

保安村邹氏家族以水产销售闻名遐迩。这个家族有10个老板、150名员工，每年销到全国各地的淡水水产品有4万多吨。邹新华、邹清华两堂兄弟更是其中的佼佼者。

邹新华，1972年出生，初中毕业。16岁半开始抓黄鳝卖鳝鱼，如今已成为珠三角批发市场的巨头之一，其淡水产品卖到一线城市、销到全国各地，一年的销售量达1.5万吨。邹新华说："这些年在全国各地跑，回到老家，差别太大了。别的地方，同样是农村，很少能见到平房。我们这里太穷了，绝大部分是平房，还有茅草房。屋里的居住条件更没法比。在浙江，农村土地年租金1亩都是800到1000元，我们这里的田还没人做。"

邹清华，1966年出生，高中毕业。19岁涉足水产，两年后形成气候，4年后被评为常德市劳动模范。邹清华说："老弟在外面跑得多，又是搞水产销售，发现近5年龙虾市场行情渐长，效益空间很大。春节前后，1斤卖到六七十块了。湖北的龙虾还销到了欧洲。"六七十元一斤我是第一次听说。在我的记忆里，龙虾的价格一直在涨，

最开始是 2 元一斤，后来是 6 元、10 元、15 元、20 元，我都买过。

记得去年五六月吧，柳叶湖农贸市场也有龙虾，一种是个头大、腹部看起来有些脏；一种个头稍小，但整体很匀称，看起来很干净，亮锃锃的。卖主说，干净的是稻田养的，脏的是污水里长大的。当时，我还将信将疑。这次到保安村，邹氏兄弟告诉我确实如此。

3 月 31 日，常德市畜牧水产局水产科的专家给出了更全面的解释："小龙虾，也称克氏原螯虾、红螯虾和淡水小龙虾。龙虾适应性很强，那种大的龙虾是生长时间长，生长环境腐殖质相对丰富一些，所以腹部会脏一些。那些整体均匀的龙虾，确实是稻田养殖的，是分期分批捕捞的。"问及重金属积累和寄生虫问题，专家解释："稻田养殖生长时间不长，说不上有重金属积累。沟港里的龙虾，因环境而异，工业区会有重金属积累问题。但是，重金属都是转移到虾壳，而我们食用的是虾肉，更何况在龙虾的生长过程中，到一定时期虾壳会蜕去。至于寄生虫，任何生命体都有寄生虫，所有的水产品都要煮熟而且要熟透了再吃。"

邹氏兄弟看到龙虾的市场前景，想改变自己家乡的面貌，让父老乡亲都富起来。

（二）小龙虾开启保安村土地流转

2014 年邹新华回老家过中秋节，遇见村党支部书记刘健希，就说起了流转土地的事。不到一个星期，兄弟俩就开始着手"稻虾套养"模式。村里低洼田多，水草丰富，适合养殖龙虾。目前已流转土地合同面积 600 亩，不能确权的沟港、抛荒面积 400 亩。

说起土地流转，邹清华倒了一肚子苦水："外面请我们，他年薪 80 万、我年薪 60 万，我们没去，留下来搞'稻虾套养'，没想到农民土地流转意识这么差。当地政府，每个组开五六次会，每天专人上门做工作，深更半夜还在找亲戚做解释。花了 2 个月搞定合同，过年的时候，凡是签了合同、面积在 5 分以上的农户，我们每户发了 200 元红包。土地租金 400（元），农补是农民的。"让兄弟俩感到欣慰的是，在土地流转过程中他们为农民做了好事。

"调田，远的调近；差的变好；零散的变整的。一个婆婆子，为了感谢我们，放了一包红薯片在车上。她家 30 年没有做的田，沙沟、芦苇荡变成了良田。3 组的土地纠纷，在政府、村里的领导下，开了三四个晚上的会，解决了。我们接了 100 亩，处理了两年没有处理的纠纷。"邹清华道出土地流转带来的好处，"年轻人外出打工的，可以安心打工；年纪大一些的，在家看家的，可以就近打工。我们现在固定的工人就有 17 人，高峰期需要 50 人，解决了闲散劳动力的就业问题。"

邹氏兄弟流转土地 1000 亩，小龙虾开启了保安村的土地流转。

（三）"稻虾套养"模式福及大溶湖畔村民

说起未来的发展，邹氏兄弟信心满满——

"全国只有江苏、江西、湖南、湖北、浙江5个省的土壤和水质适合发展龙虾养殖，湖南只养了1/10的面积，还有很大的发展空间。通过1年试点，我们计划今年发展3000亩。昨天晚上，俺两兄弟睡在这里，晚上讨论到转钟（凌晨）2点；今天晚上睡南县，研讨估计也会到转钟。"邹清华如是说道，"从全国的情况看，粗养、半精养，1亩1万元的毛收入，除去地租和劳动力、饲料等成本，一亩7000元的毛利应该有。两年后，上泥鳅、田螺、莲藕其他项目，从'稻虾套养'1个项目发展到2至3个项目，走环保、生态的路子，也正在报批'湘华生态水产专业合作社'。"

"'稻虾套养'是一个很好的模式。种一季稻，在水稻三叶一心时，将龙虾放到田里，耕整机都不要，一根草也没有，不施肥，虾子活动范围在3厘米厚的泥层。"邹新华说，"在技术方面，请了技术指导。2014年的晚稻没有收，第一批虾子放到田里，7钱重的虾子（种虾），80斤/亩。今年4月初就有3钱以上的龙虾批量上市，销往全国各地。"

"据说龙虾是外来物种，曾经成为稻田一大害，爱打洞，水田不能保水。"我道出了自己的担心。

"是爱打洞，没关系，我们的田埂有2米宽。"这是邹新华的解释。

3月31日，我说起龙虾与生态平衡，常德市畜牧水产局水产科的专家却给出了另一种解释："以前是外来物种，那是20世纪30年代的说法。经过这么长的时间了，龙虾已经列为本地物种。龙虾打的竖洞，是为自身繁殖打的洞，不会影响农田保水。至于生态平衡问题，打破一个生态平衡，经过一个时期，又会建立新的生态平衡。"

保安村属于大溶湖湖区，大溶湖周边村低洼田多。4月1日，邹氏兄弟告诉我，保安村的1000亩稻虾套养，已经投资300多万元，近些天，他们又去了相邻的和兴村。和兴村有500多亩低洼田，他们已经流转签合同的有近300亩。

写到这里，关于龙虾的疑问在我心里已经全无，让我憧憬的是"稻虾套养"模式福及大溶湖畔村民！

14

临澧县合口镇
龙池村

为村民提供均等化公共服务、推进城乡社区服务与治理一体化发展、开展文化服务、建构温馨和谐社区应该是实施村改社区的意义所在。城镇的郊区村改为社区得天独厚。我在这里看到的、听到的、感受到的，何尝不是柳暗花明又一村？

柳暗花明又一村

　　"清明时节雨纷纷"，是唐代著名诗人杜牧对江南春雨的写照。清明时节，天气多变，有时春光明媚花红柳绿，有时却细雨纷纷绵绵不绝。清明前两天是寒食节，旧俗要禁火三天，这时候下雨称为"泼火雨"。2015年4月2日，我走访临澧县合口镇龙池社区时，天便下着"泼火雨"。

　　这天的"泼火雨"，时而细雨绵绵，细细密密织着漫天的清馨；时而滴答滴答，把池塘溅起一个一个的水泡。于是，我便有了"柳暗花明又一村"的感觉。

　　龙池村现在叫社区，党支部书记蔡碧蓉说，应该是2008年、2009年改为社区的，难怪与前面走过的14个村有明显的不同。龙池社区志愿消防队、龙池村植保服务站、龙池村为民服务室、龙池村"访民情强服务促和谐"主题实践活动群众服务室、临澧县科普示范村、龙池社区社会救助服务中心、服务大厅……这里竖着一块又一块的招牌，看上去既像农村又像城区。

　　进得屋来，我"呀"的一声，感觉是走进了政务中心。民政工作、社会救助、科普

便民服务每天早上 8 时准时上班

咨询、信息中介、协会服务、交警牌证管理，6张工作牌就像会场主席台上的席位牌摆了一长溜；长长的柜台里面4套办公桌椅、3台电脑，工作人员坐得整整齐齐，都在埋头工作，说是坚持上班制度，每天8时准时上班。

从服务大厅出来，院子大门外的围墙上"临澧县合口镇龙池村善行义举榜"让我停下了脚步，"善行传美德 义举见真情 下一个榜样就是你"的大字传递出一股力量，现代人已习惯称之为正能量。我不禁读出了声："苏美珍，多年来一直照顾年老体弱的人，受到老百姓的爱戴。肖传林，前几年，我村一库房起火，他不顾个人安危，扑进大火，将火中液化气钢瓶抱出，避免了钢瓶爆炸。龚光旭，本人从事经销行业多年，价格公平，行业口碑较好。匡朗权，本人从事医疗工作，医德高尚，全心全意为村民健康服务。钟五英，尊敬老人，以孝为先，几十年如一日，对公公照顾周全。"蔡碧蓉告诉我，这些都是各个组推选出来的好公公、好媳妇、好婆婆、好医生、好货郎……在龙池人身边各种各样的榜样都有。

"柳暗花明又一村"的感觉不仅源于节候，还源于村庄里的人和事。

1995年3月26日，因为鱼、鸭、珍珠立体养殖产业搞得好，国家领导人江泽民来过龙池村。村主任李启金笑着说道："我们这里的鸭子一天生两个蛋。"我正要质疑又马上反应过来："是专生双黄蛋吧。"

龙池村先后获得过"全省生态村""全市文明社区"的荣誉称号，是2007年、2008年的新农村建设示范村和2013年的全市美丽乡村建设示范村。蔡碧蓉说："我们这里的人善良、勤劳、富裕、文明程度高。我们是合口镇的东郊，搞生意的人多，做生意的方式也多。合口镇集镇的门面基本都是龙池村的人在经营；外出打工的也就20%，打苦工的不多，都是小老板；卖化妆品的多，都是批发；走村串户做生意的人也多，有四五十人，每家每户都有小农用车，卖鸡、卖牛肉、卖鱼成规模，形成了产业链。像鸡贩子，广州乌鸡贩过来、本地土鸡贩出去，卖了鸡又收一台旧电视机，走村串1天下来能搞到四五百块钱。"我脑子里立马跳出"乡村货郎"的形象。一个男人，挑着一副担子，手摇拨浪鼓，不时掺杂着叫卖声。这是旧时的货郎形象，现在都改电喇叭、机动车了。

蔡碧蓉说："村民参与公益事业的热情高，每打一条水泥路，每安装一盏路灯，村民都出资出力，全村安装了70盏路灯；卫生意识也上来了，从垃圾不乱丢上升到分类处理的高度。我们村里无闲人，每家每户都有个弄钱的门路，贫困户指标有121人，指标用不完。打牌的就看不到，落雨偶尔有打小牌的，跑胡子5块以上的都没有。"偌大一个村庄1700多人居然没有打牌的?! 我在将信将疑中踏上省道。

省道304纵贯全村，龙池境内的有7公里长。路的一边是国土项目修建的水渠，另一边是成排的居民楼房。屋檐下3个男人3个女人，一个男人还穿着深筒套鞋，女人怀里抱有 2 个小孩，大大小小 8 个人，看上去干净利索，见了我们，6 个大人个个笑眯眯的。

接下来，一家开着门，一个女人正在一小方桌前摆弄一些塑料小管。女人叫王忠兰，年近 60。她说："膝关节发炎，不能走动，只能在家里装筒筒儿，一天能挣十六七块钱，要不是腿不方便，早就到筒筒厂搞事去了。"

又是一家屋檐下，一位老人坐在轮椅上，手里还理着绳子。蔡碧蓉说，他叫匡业玉，今年 83 岁，这是帮他儿子的鞭炮筒筒儿厂解索。他的婆婆子(妻子)也是村里的好婆婆，对媳妇真的好。

走着走着，雨点突然啪啪砸了下来，我们连忙进屋躲雨。主人家也摆有一张小方桌子，桌上放着装鞭炮筒筒儿的行头。主人连忙为我们沏茶，我不禁感叹："真是民风淳朴。下雨天也没有看见一张牌桌。"

雨停了，我们走进一家鞭炮筒筒厂。蔡碧蓉告诉我，像这样的厂，村里有 7 家，工人都是六七十岁的妇女，一天能挣 80 元。一妇女插话道："一天 100(元)。"妇女队长李金凤说："没得瞌睡，5 点起床，各家各户喊，'搞的同志快起来，这边打起那边来，恭喜老板发大财'。"一群女人乐乐呵呵的，也没有停下手中的活。

正要离开龙池，雨又下了起来，我的心情依然开朗，就像宋代诗人陆游的《游山西村》：莫笑农家腊酒浑，丰年留客足鸡豚。山重水复疑无路，柳暗花明又一村。箫鼓追随春社近，衣冠简朴古风存。从今若许闲乘月，拄杖无时夜叩门。

幽默公公匡业先

评选好媳妇、好婆婆已不是什么新鲜事，评选"好公公"我还是头一次听说。

"好公公，怎么个好法？"见到匡业先，我笑问道。

"构建和谐社会，老党员要起模范带头作用。"匡业先一开口便显露出他非等闲之辈。他只有初中学历，蔡碧蓉却说他实际水平大学本科，还和媳妇用英语对话。开始我还信以为真，采访才知道是他的幽默让大家喜笑颜开。

匡业先今年 65 岁，中共党员，1979 年至 2001 年任龙池村党支部书记，之后在合口镇的畜牧站、农业站、林业站、城建站、劳动站、执法大队等部门任职，主要协助党委政府工作，比如农业产业化建设、国家重点工程、省道 304 建设的拆迁、国土资源部的土地整理项目、涉稳涉群等工作。因此，他还获得了一个"合口镇疑难杂症主治医生"的外号。2010 年 10 月匡业先办了退休手续。镇里还把他留了下来，直到 2011 年的腊月廿二，匡业先才真正回到龙池社区 9 组颐养天年，2013 年又被左邻右舍推选为"好公公"。

匡业先的媳妇是南京理工大学毕业的研究生，现在北京中国兵器工业集团纪检监察审计部门工作。

"媳妇是昆山人，独生子女，城里的孩子，我尽量减少她的拘束。"匡业先说起了"好公公"的故事。

"第一次来，还没有过门，家里来了 4 桌客。我说，'陈静，你是研究生，英语好，伯父也会说英语。'她还不信，说，'伯父也会?'我说，家来客了，花生、瓜子招待客人，我就会说'剥壳吃'。"匡业先说，当时把没过门的儿媳妇和满屋的客人都逗乐了。

"还是第一次，我说，'陈静，你来做客，我们欢迎；过了门，以后我要用钱，只找媳妇不找儿子。'她说要和儿子商量一下，我说不用商量，就这么定了。"匡业先似乎拿出家长派头，其实是把儿子未来家庭的经济大权交给了未过门的儿媳妇。

匡业先的儿子媳妇每年都回来几次，匡业先也去北京。他和媳妇交流总是很幽默，营造出祥和气氛。

"媳妇过门后回家过年，正好怀上了，爱吃酸的，我到镇上给他买橘子、买泡柑。把橘子给她时，我说，'我们这里都说酸儿辣女，看来你要帮我生个大孙子了。不过，我还是蛮喜欢孙女的。'"匡业先的幽默让儿媳妇没有任何压力，如今他的孙女谷雨今年"谷雨"节就满 9 岁了。

"媳妇也关心我，说，'少到餐馆吃饭，不卫生，地沟油。'我说，'吃得不多，一个月只吃 3 次。'媳妇说，'一个月 3 次不多。'我又说，'一次吃 10 天'，又把媳妇逗乐了。"

匡业先生活中的点点滴滴，乡亲们看在眼里，羡慕在心里，都说公公都要像前书记(村民对匡业先的称呼)一样。于是，匡业先又多了个"好公公"的称号。

15

汉寿县东岳庙乡
楼背村

在一个村庄的文化墙上读到"天道酬勤"与"宁静致远"时，我的心中便多了一些憧憬。一个农业综合开发公司，在这里建设现代林业科技示范园；一个农业有限公司，在这里投资建设生态园，种植百花百果，打造民俗文化村落，走上乡村旅游发展的道路。一个村庄有了这样的引领，怎不让人憧憬无限风光在楼背！

无限风光在楼背

2015 年 4 月 14 日，"汉寿县东岳庙乡美丽乡村示范村楼背村欢迎您"的鲜艳红字，映衬着田园风光背景图，把我们从省道 205 引向一条水泥坡道。紧接着是"打造美丽乡村 建设幸福楼背""文明从你我做起 楼背因你而美丽"两副标语，占据了房屋一堵墙的高度。越过坡道顶端"全党动员 全民参与 共建美丽乡村"的标语牌，村级活动中心又展现在我们眼前。

下得车来，一七字拐文化墙吸引了我的眼球，《致楼背村在外工作人员的公开信》赫然在墙。新村貌板块倡导的是"守信明礼报国尽孝自强厚德崇俭尚义"的村庄风尚，"诚与信、智与勇、舍与得、说与做"8 幅洞庭鱼米之乡画作诠释着"天道酬勤、宁静致远"的哲理，"抗美援朝烈士——瞿少五"的简介镶嵌在画作之间，既是楼背村推崇的精神，又是楼背村人

昔日荒山变成梯田

的骄傲。文化墙还告诉我，楼背村因楼背嘴而得名。1949 年新中国成立后，由于初级社修在楼背嘴，于是就有了楼背初级社，以致后来的高级社、人民公社的大队都沿用了楼背这个行政地名。

绕过文化墙，又是另外一番景象。垃圾分类利国利民的巨幅标语下，垃圾分类处理示意图、废品回收卫生费收取公示栏，"混放是垃圾 分类是资源""垃圾早分类村庄更加美"等一幅幅宣传画，营造出"楼背是我家 卫生靠大家"的氛围。我从这种氛围里走出来，走向村口，试图想验证点什么，一双 40 码以上的大脚告诉我无须验证。村民脚上是一双我们常说的北京布鞋，黑色鞋帮下白色鞋边似乎一尘不染，足以说明楼背村的干净。村党支部书记瞿爱平告诉我："6000 米村道已硬化，80%的农户通了水泥路。垃圾分类才刚刚起步，还要引导，逐步形成习惯。"

楼背村地处金牛山西麓，省道 205 横贯南北。省道以西是林业，江波油茶专业合作社要在东岳庙乡打造万亩油茶；省道以东是农业，丰德农业有限公司要在楼背村建百果园。

我倒是看过不少油茶山，但依然很难想象这万亩油茶会是怎样一番景象，便提议去看看。瞿爱平说，路程较远，需乘车去。我们再次乘车驶向省道205。途中，湖南绿博农业综合开发有限公司一块大理石招牌在路边很抢眼，但车子没有停下，继续朝着招牌的方向向山里驶去。

一路上，山连着山，梯田连着梯田，让人目不暇接。左看，油茶树已有一两米高，树冠有了成林的趋势，怕是一两年就可结出茶籽；右看，像是植下不久的油茶树，其间还间作有城市、庭院绿化树苗，除了梯田主道上的香樟树，其他树苗我都叫不出名字。蜿蜒的水泥路可到每座山的山脚，我们在一中心位置停下，登上一制高点。这里应该是一个展示平台，地面平整且已用水泥硬化，中心位置有一棵高高的大树，汉寿县现代林业科技示范园的两块牌子展示着油茶山里套种树苗的品种和这里未来的主要产品。据说，2012年3月8日这里才开工，3年时间，场面已经很壮观了。

登上对面山顶，深吸两口清新空气，瞭望前方，联想展示牌上印着中国红樱花、七仙女五色茶花、竹柏、红豆杉茶叶、红豆杉果酒、盆景、茶油……一幅一幅的图画，估计不出5年，这里将是绿的海洋、花的世界，我不禁感叹：无限风光在楼背！

在江波油茶专业合作社的食堂里，我们见到了一位楼背村村民瞿龙忠，他家有8分田、8亩山。8亩油茶山，1981年产了60公斤茶油，后因外出打工就荒废了，已有8年没有拣茶籽打油了。早些年，瞿龙忠在株洲、安化等地打工，一年下来，除了吃喝和买年货的花费，还能攒下2.4万元。他爱人是小儿麻痹症患者，近年出现胸萎缩和支气管炎，丧失了做饭炒菜能力，成了村里的低保对象。为照顾爱人，瞿龙忠不得不回来。2012年3月8日，江波油茶专业合作社开始垦山栽种油茶树，瞿龙忠在此打零工，一天能赚70元。2014年12月1日，他成了合作社的长期员工，前3个月试用期，一个月1500元的工资，现在是1800元，湖南绿博农业综合开发有限公司还为他买了意外保险。可以说，是油茶专业合作社为他打开了一扇明亮的窗户。

吃过中饭，我们又奔向省道205以东。

司机跟我有了些默契，车在省道上只走了一小段，他就停下车，放下了车窗玻璃。我"哇"的一声，连忙举起相机，对准一棵大树造型的牌楼"丰德生态园"咔嚓，咔嚓，连按两下快门。

这里是楼背村的新屋组。这个组出了个大老板，去年回乡组建德丰农业有限公司，投资建设生态园，种植百花百果，打造民俗文化村落，走发展乡村旅游之路。董事长聂德伟说，这里2014年12月动工，已投资2000万元，计划投资1.2亿元。4个来月的建设，已经可以看到开垦成片的猕猴桃梯田、垂钓鱼塘、供游客采摘的湘莲和马铃薯……都是边建设，边种植，边放养。我想起了改革开放初期的一个词——深圳速度！虽然我无法预测这里的经济效益，但我仍然可以想象楼背村未来的无限风光！

16

鼎城区镇德桥镇
朱家桥村

民族要复兴，乡村必振兴。未来的乡村振兴的目标是实现农业强、农村美、农民富。在以甘蔗为主导产业的村庄，农业科技开发有限公司进村了，农业综合开发项目、土地平整项目、4要素自动气象站和太阳能水田自动观测站进村了，外出打工的年轻人回来了，能人乡贤出力了，我在朱家桥乡村振兴战略实施中听到了甜蜜歌声飞满天。

甜蜜歌声飞满天

2015年4月27日，我一大早就来到了鼎城区镇德桥镇镇政府，联村干部吴焕风说，2014年，朱家桥村是镇德桥镇计划生育工作红旗单位、农业生产先进单位、冬修水利先进单位。

从镇政府出来约两分钟，便看到"朱家桥村由此进"的指示牌，一拐弯就到了指示牌的位置。这里有一座桥，旧称塔水桥，俗称踏水桥、锥子桥。1936年建石桥时，因其地处新德、广德、同德三乡要口，改名为镇德桥。过桥，朱姓较多，在行政区划过程中也就有了朱家桥村的村名。如今的朱家桥村，朱姓村民主要集中在1组和12组。

镇德桥建在迎丰河上，过桥几百米，村党支部书记杨宏国的车停在了一弯道处，我们的车紧跟其后，也停了下来。河水清清，波光粼粼，让人很想亲近一下。杨宏国说迎丰河连着柳叶湖，从朱家桥出发，走白鹤山至石公桥的白石公路，20分钟车程就可到柳叶湖。

站在河岸，放眼望去，河水映衬着红檵木、红叶石楠、桂花树，三个树种错落在堤岸的两旁。树不算大，但都已成活。杨宏国说，这既是一段河堤，也是进出朱家桥的要道，他要用不同颜色的树木和花草把这要道装点得漂漂亮亮的，让它一个色块连着一个色块，成为朱家桥村的一条风光带。

正欣赏着满眼秀丽的景色，一辆大卡车装载着满满的一车甘蔗呼啸而过。我"呀"的一声，感叹这个季节还有这么多甘蔗，也纳闷这甘蔗的去向。"镇德桥是甘蔗之乡""朱家桥是主产区""我经常买甘蔗还问是不是镇德桥的""自己种自己卖，一年甘蔗卖10万元的户有10多个"……一行人你一言他一语。我把朱家桥村"农业生产先进单位"的称号与甘蔗联系在一起，进而想到了《甜蜜的事业》这部电影，不由得唱起"甜蜜的歌儿，甜蜜的歌儿，飞满天啰喂"。

进得村来，大片地膜覆盖的田土上，甘蔗苗已刺破地膜长出一尺多高。一块电子显示屏映入眼帘，电子屏立在田边，屏后是一小片樟树林。村民说，今后可以天天看到村里的天气预报，指导农业生产。杨宏国告诉我："鼎城区气象局要在朱家桥村建4要素自动气象站、太阳能水田自动观测站。局长邓德佳已几次来村里实地考察，还组建了专家联盟团，在我们这里创办气象为农服务综合示范基地。"

朱家桥村四面环水，当地人自称为岛村，冲柳水系环绕整个村庄。在我看来，这里一定有特殊的小气候。鼎城区气象局在这里建站，算是为农服务做到家了。

朱家桥村即将建成 4 要素自动气象站和太阳能水田自动观测站

与电子显示屏相邻有一个院落，走进大门，阵阵橘子树的花香迎面飘来。这是以前的村部，村民陈学杰、向星夫妻俩在这里办了一个沙发厂。

陈学杰家住朱家桥村 6 组，父母种了 10 亩甘蔗，1 亩能赚 6000 元。他奶奶今年 86 岁，满头银发，身体硬朗，仍在沙发厂帮着做些力所能及的辅助工作。

"办沙发厂源自舅子。"陈学杰说，"初中毕业后在村里开货车，舅子在沙发厂打工，我跟着舅子去了广州，在沙发厂学了半年，也了解了行情。2011 年又去湘潭学习，经历了整个工艺流程。回到家里，开始自己琢磨。针车的活女工更适合，于是又让向星在常德学了 1 年。"

朱家桥的老村部是一所无人就读的老学校，旧教室已闲置多年。2013 年正月，夫妻俩租用了旧教室，请来亲戚朋友中的木匠师傅和其他能工巧匠，办起了沙发厂。牛皮纸、无纺布，比比画画，裁裁剪剪，一套沙发布套他们要裁剪 10 多遍才能严丝合缝。然而，功夫不负有心人，第一年，他们就卖出 200 多套沙发。乡里乡亲买沙发，他们会卖得便宜一些。第二年，卖了 450 多套。陈学杰说，今年至少要卖 600 套，基本上是按订单生产，客户大部分是老顾客介绍来的。

坐在一套已经做好的新式布艺组合沙发上，这对年轻夫妻告诉我，他们会去广州一些发达地区参加沙发展销会，也会参观一些大的沙发店，只要是见过的沙发，夫妻俩就能画样做出来，而且也不像办厂之初需要画个 10 遍 8 遍的。

4 月 27 日这天，是向星的生日，一大早夫妻俩就把 4 月 25 日订的一套沙发送到了客户家，又大包小裹买了不少的菜回来。从沙发厂我看到了村民的甜蜜生活。

从沙发厂出来，杨宏国说，要把这个院子打造成一个文化广场，让村民有个集中活动的场所。

朱家桥的村部暂设在杨宏国的家里，一块"湖南申禾农业科技开发有限公司"的招牌足有 3 间房子的长度，像商店的招牌一样高高地固定在房子的上端，招牌的背景是广袤的田野。站在硕大的招牌下，杨宏国说："落实中央一号文件精神，农村土地农民责任田确权、确量、不确地，适度规模经营，走职业农民的路子；推行土地流转和农业测土施肥；引进工商资本，聚集各种生产要素，做强草莓合作社、农机合作社和养殖合作社；让甘蔗土地入股，增加老百姓收入。土地流转租金是保底收入，做事有工资性收入，入股分红有营利性收入。农开项目之后，废堤加上滩头，去年已申报土地平整项目，可增加耕地 40 亩左右；全村 305 户，房前屋后荒废的土地有 400 亩左右。这些都是村里的财富，都可以为老百姓带来收入。"

在房子的客厅里，我看到一块"支持美丽乡村建设功臣"奖牌，杨宏国说，是他为刘冰代领的。刘冰是朱家桥村人，在外做房产。去年朱家桥村硬化沟渠 3550 米，硬化道路 1 公里，村里主干道差钱是他兜底出了 60 万元。

朱家桥村已确定为美丽乡村创建点村，我已看到各级各部门助力这里的发展：农开项目，电力增容……对这个以甘蔗为主产业的村庄而言，无疑是一曲又一曲甜蜜的歌！

17

西洞庭管理区望洲办事处
棠叶湖村

一种外国人钟爱的蔬菜朝鲜蓟，一家罐头加工企业试图出口创汇，一群科技工作者奋力攻关，一个村庄希望提高土地效益，他们摸索着前进，以"公司+基地+农户"的形式，硬是把一个花蕾做成了产销一条龙，成就了一个国家现代农业示范区。在春夏交替的季节，这里遍地是沅澧大地罕见的风景——木笔犹开第一花。

木笔犹开第一花

2015年5月6日，立夏，气温明显升高，农作物进入生长旺季。在这样的季节行走沅澧大地广袤的田野，难免对放翁的诗句"篛龙已过头番笋，木笔犹开第一花"有些憧憬。

西洞庭因地处洞庭湖西畔而得名。1955年前，这里曾是一片荒湖废洲；如今，这里一马平川，田连阡陌，棋盘格局，田成方，路成网，树成行，渠相连，好一派现代田园风光。

从西洞庭管委会出发，上广益路，过广益桥，一辆卡车停在棠叶湖村村口一小商店前，不远处一台磅秤边围了好几个人，记账的，看秤的，搬运上车的，个个忙得不亦乐乎。一袋一袋的朝鲜蓟，刚刚从地里采摘下来，就要送往西洞庭龙头加工企业汇美农业科技有限公司生产出口罐头。

朝鲜蓟节的启动仪式虽不在棠叶湖村举行，这里却因3个"第一"成为西洞庭朝鲜蓟产业的头牌：单产第一的状元户在棠叶湖村；种植面积第一的是棠叶湖村；平均单产最高的还是棠叶湖村。这里种植朝鲜蓟1000多亩，平均单产在500公斤以上。村党支部书记蒋海桃说："这是去年的产量，今年的天气好一些，农民培管也精细一些，采摘期要比去年长，状元户的产量有望突破1000公斤，全村平均单产600公斤是我们的奋斗目标。"

朝鲜蓟，别名菊蓟、菜蓟、洋蓟、法国百合、荷花百合，属多年生草本植物，原产于地中海沿岸，由菜蓟（C. cardunculus L.）演变而成，以意大利栽培最多。19世纪由法国传入中国上海，以花蕾为食。这春夏交替的季节，是朝鲜蓟的收获季节，不能不说"木笔犹开第一花"。

随蒋海桃走进棠叶湖村广袤的田野和农家，映入眼帘的村部是一幢两层楼房，西边的"全民健身乐园"已有雏形，健身器材已安装了一些，只是地面还没有整理到位；东边一栋居民用房正在建设之中。蒋海桃说："管委会有要求，各村集中建房，节约耕地。"是啊，西洞庭地势平坦，土地肥沃，是上好的耕地，各家各户占地建房确实是很大的浪费，在此不得不为西洞庭管理区党委的正确决策点个赞。

棠叶湖村的居民点在村庄西南角，与西洞庭管委会的中心地带祝丰镇相邻，去年建了40多套，今年有26套正在建设中。居民点70多套房子是城里商品房格局，四室两厅带车库，一套200平方米。据说是集资建房，一户16万元。在我看来，集中居住有利于配套设施建设，村部就是村民的文化活动中心，棋牌室、图书室、卫生

5月5日的朝鲜蓟节启动现场

室就设在村部。在村部一楼，有乒乓球、篮球、羽毛球、桌球等多种球类设施，有的已安装到位，有的还躺在房子里等待安装。这一切，将翻开棠叶湖村人生活的新篇章。

新建居民点后面，还有一些老式的平房，靠路的一堵墙上留有"政治夜校"凸起的字样。这是西洞庭的过去，也是农垦时代留下的"古迹"，蒋海桃说会把它保留下来。一位五保老人被安置在这里，老人80多岁，双目失明，听到蒋海桃的声音，连忙摸索着握住他的手，一脸灿烂地说"谢谢"。

从五保老人家出来，走进田野。"这条路1.7公里，我们村四方四正，横1.7公里，竖1.7公里。路窄了一些，也还有砂子路，要不然朝鲜蓟节的启动仪式就在我们村了。这是村民不满意的地方，也是我心里着急的一件事。"蒋海桃说，今年想争取一个项目，把村里的砂子路全部硬化。

我不怀疑村里的决心。西洞庭2005年引种朝鲜蓟，当时说棠叶湖村的土质不好，不适合种植朝鲜蓟。蒋海桃不信邪，甘蔗效益不好，想发展朝鲜蓟，开了两辆车，拉着大家去看去学。2006年棠叶湖村开始种植朝鲜蓟，老百姓尝到了甜头，种植积极性一年比一年高，产量也是一年一年攀升。

行走在1.7公里长的水泥路上，除了成片的朝鲜蓟郁郁葱葱，还见到了两片林地，一片是305亩的城市绿化树种栾树；另一片是800亩用材林白杨，它们应该是常德市"五个百万亩"时代遗留下来的。

一圈走下来，已是中午时分，我邀请蒋海桃一起共进午餐，他说要把朝鲜蓟送到"汇美"及时加工，不能误了农民的事。我不禁感叹：这就是现代农业示范区。

据介绍，西洞庭管理区引进朝鲜蓟已有 10 年，以"公司+基地+农户"的形式，累计种植 17 万亩，生产罐头 1.5 万吨，出口创汇 5000 万美元，实现工农业总产值 5 亿元，工农业利税 1.5 亿元，农户增收过亿元。目前，朝鲜蓟产业已成为西洞庭管理区的特色产业，全区年种植朝鲜蓟面积达 2 万亩，是目前全国最大的规模化基地，市场份额占全国 60%以上。

木笔：木名，又名辛夷花。朝鲜蓟花蕾形状酷似辛夷花花型。在我看来，朝鲜蓟产业在常德农业产业化推进中，又何尝不是"木笔犹开第一花"！

模范农民庄大富

走进西洞庭管理区，绝大多数人都知晓庄大富；说起种植朝鲜蓟，也都会想到庄大富。我曾三次到过棠叶湖村，两次走近庄大富的生产和生活，历时三年，留在记忆里的庄大富是"模范农民"的印象。

魂牵梦萦朝鲜蓟

2016 年 5 月 17 日傍晚，棠叶湖村 2 组村民庄大富正在给朝鲜蓟鲜艳的花朵授粉，妻子游金蝉也在晾晒朝鲜蓟"茶叶"。这对老年夫妻对朝鲜蓟的痴迷，给人"魂牵梦萦"的感觉。

西洞庭种朝鲜蓟 10 多年了，开始也走了些弯路。后来专家团队来到棠叶湖村，已经退休的农业职工庄大富夫妇，就有了种朝鲜蓟的想法。在技术人员的指导下，他们第一年就收获了 600 多公斤朝鲜蓟，每亩赚了 2000 多元。从此，夫妻俩一发不可收，用心钻研起来。

种植朝鲜蓟用复合肥需要每亩 400 元的成本，庄大富认为，成本高不划算。第三年，他征得技术人员的同意，开始摸索着使用碳氨、磷肥和尿素，果然每亩节约成本近 200 元，产量达到了 800 多公斤。

"种植朝鲜蓟用工不多，但是个细致活，要做好开沟沥水，保护好苗子……"庄大富说起种植经验一套一套的，"刚栽下去时，要让朝鲜蓟放肆长；等到叶子长到 3 至 5 寸时，要做好防冻工作，打点叶面肥，使叶片加厚，颜色加深；每亩种植 700 株，太密产量低，每亩种植 400 多株，产量可增加 100 多公斤……"

庄大富种植朝鲜蓟并非一帆风顺。2013 年 10 月，刚刚移栽好朝鲜蓟，"地老虎"开始肆虐，每株朝鲜蓟平均都有三四条。他说："这样下去可不行！第一天晚上，我就捉了 1700 多条。第二天，她（妻子）也和我一起捉。整整捉了 45 天，心都凉了。但是一想到朝鲜蓟的高产量，还是决定继续栽下去。后来夏书记给我支了一招——打叶面肥，三个苗子只留一个，情况才开始好转。2015 年的一场大风，把朝鲜蓟吹倒了，只有一边还有点果。我急死了，也是夏书记说要把上面的三片叶子摘了，下面培点土，才终于慢慢地把朝鲜蓟竖起来了，挽回了损失。"庄大富回想起往事，觉得历历在目。

庄大富夫妇放下手中的活，又是沏朝鲜蓟茶，又是从坛子里夹朝鲜蓟泡菜，满心欢喜："今年 20 亩朝鲜蓟卖了 3 万元。罐头厂筛选下来的，大小不符合做罐头的标准，我就拿回来切丝晒成茶叶。那天桃源来了好几个人，想买晒好了的。我说搞不赢，你们买鲜果回去自己晒。鲜果卖了 500 元，晒干的'茶叶'卖了 460 元。都是熟人介绍来的，只卖个成本价，茶叶只卖 60 块钱 1 斤，别人都是卖的 110 块钱 1 斤。"游金蝉娓娓道来，庄大富插话道："网上卖到了 300 块钱 1 斤。"

虽然西洞庭管理区的朝鲜蓟已过了收获的季节，这对魂牵梦萦朝鲜蓟的夫妻依然忙于朝鲜蓟。夫妻俩把几近尾声的朝鲜蓟花蕾统统摘回家，花蕾虽然小了很多，却额外嫩，游金蝉切、晒朝鲜蓟的茶，做朝鲜蓟泡菜，忙得不亦乐乎。庄大富不时会给妻子搭把手，可他的心思更多地在试验田里。他作为朝鲜蓟新品种试验人员之一，在朝鲜蓟花盛开的季节，要给朝鲜蓟人工授粉，大家都期盼着能结出种子来。

舍己利人带徒弟

2017 年 1 月 13 日上午，庄大富家的烤火房坐满了"客人"，大部分都是他种朝鲜蓟的徒弟，庄大富今天要将徒弟们的朝鲜蓟生产情况来一次"比比看"。

庄大富种朝鲜蓟已有 8 年时间，因为勤劳和执着，年年被评为西洞庭管理区的"朝鲜蓟种植能手"。2015 年 6 月，常德市朝鲜蓟工程技术中心为他颁发一块硕大的"朝鲜蓟种植状元"红匾，还奖励了 1 台 42 英寸的彩色电视机；西洞庭管理区则为他发了 800 元奖金。

庄大富名气大，前来取经、学习的人络绎不绝。2014 年 3 月龙泉办事处毡帽湖村党支部书记黄长明带了 30 多名村民来参观学习；随后，西洞庭管理区党委又组织机关干部、村党支部书记和全区种植大户 70 多人前来学习，庄大富从整地到育苗移栽，从冬春培管到采摘，毫无保留地全盘托出自己的"真经"。2015年3月，祝丰镇党委书记带来100多人看现场，庄大富"现身说法"，从育苗到采"果"，足足讲了1个小时，百余名听众听得津津有味。

当一元钱的老板也不当百元打工仔的彭光久，一直在西洞庭收购销售农产品。近年来，年轻人纷纷外出打工，空闲地多了，彭光久开始"捡"地种，脚踏实地走上了自产自销之路，2015年流转土地280亩，2016年增至320亩，2017年达到450亩，南瓜、麦子、黄豆、玉米……市场什么好卖就种什么。庄大富的朝鲜蓟长得好、产量高，早已在他心里留下了印象。朝鲜蓟是订单农业，不愁销路，彭光久计划种植200亩，拜庄大富为师是"三顾茅庐"。彭光久说，"2016年8月25日朝鲜蓟播种前，打电话给庄大富，他答应得不干脆，心中有些担心。这么大的面积，又是第一次种，不晓得我是'铜匠铁匠'。第二次打电话给庄大富，他说要听招呼。"第三次电话，彭光久向庄大富承诺："师傅要求的，都照做。"接下来的半个月时间，庄大富几乎天天都骑着摩托车，跑上10公里的路程，手把手地教彭光久种朝鲜蓟，整地、播种育苗、移栽，都是和他一起干。移栽之后，也是三五天到地里看一次，发现问题就打电话及时通知："该追叶肥'小男孩'了""喷点磷酸二氢钾，提高抗寒性"……几种叶面追肥的配比，庄大富都是现场指导。

雷炳双有些得意："想种好朝鲜蓟上门拜师，师傅第一次就接收了。"雷炳双种朝鲜蓟的历史比庄大富长，已有11年，但是产量一直不高，7亩地，一季朝鲜蓟只卖4200元。在庄大富的指导下，2015年还是这7亩地，朝鲜蓟卖了1.25万元。尝到甜头后，2016年下半年，他种了10亩朝鲜蓟，目前的苗势比师傅的还长得好。"希望徒弟超过我。"庄大富满脸的欣慰。

曾锦彪以前做五金生意，2015年流转土地300多亩，种玉米、种药材，不仅没有赚到钱，还亏了10多万元。"我朋友第一年种朝鲜蓟200亩，赚了10多万元。我是慕名而来，本来是想种200亩的，只分到50包种子，栽了60亩。订单农业价格稳，必须要有技术才会有产量，也才会有利润。庄师傅言而有信，值得信赖，每次都是他打电话叮嘱我，直接到地里查看生长情况，第一时间告诉我该干什么。覆膜的时候，垄子太窄，埋肥过近，朝鲜蓟伤根伤肥，师傅告诉我配制叶面肥'澳美邦农'的比例，3天见效，1个星期恢复正常。"

"具体到地里指导的种植面积达700多亩，收徒弟15名，重点指导400多亩。单是摩托车的油耗，一个月也是100多元。"庄大富不计成本，不计报酬，不吃徒弟的饭；徒弟上门请教，他还饭菜酒水招待。图什么？"希望西洞庭的朝鲜蓟产业越来越兴旺，我们农民要想办法稳住这个赚钱的订单农业。"庄大富说出了一名普通农民朴实的想法。

"我们来自五湖四海"

据史料记载,西洞庭人来自全国22个省市(区)的205个县(市)。西洞庭人常说"我们来自五湖四海",2015年5月6日,走进郑启福的家,我再次听到了这句话。

郑启福,1968年出生在湖北荆州市石首市久合垸乡。他说,舅舅是西洞庭的职工,回家探亲说西洞庭好。1988年正月,父母便带着他和妹妹一起来到了西洞庭。初来乍到,没有房子,一家四口搭了工棚,租50亩田地种甘蔗,起早贪黑,辛勤耕耘,仅3年时间,就买了1套2间1偏的平房。

"1992年,除了自己留种,交糖厂的甘蔗都是110吨,糖厂发了1万多元(肥料、地膜等补贴),可欢喜了。在那个年代,除去所有成本还赚了1.5万元。"郑启福一脸灿烂地回忆道。

"2003年,别人都不敢起屋(修房子),我们就起(建)了这房子,都说起这么大的屋浪费了。"郑启福的妻子李智艳不无自豪地说道。

"我是本地人。"李智艳一口西洞庭方言,"咯里的赤脚医生、妇女队长。老支书做的介绍,说他老实、勤快,人也长得好。我一看差不多,要得。"

李智艳的父亲李安民,今年已78岁。"1957年初中毕业,国有农场招人,桃源有35个名额,说是楼上楼下电灯电话,'三八制'上班,只招学生、工人和转业军人,跟当兵一样的体验。"李安民西洞庭方言夹杂着桃源高腔,说出了他来西洞庭的时代背景。

1958年3月,李安民来到了西洞庭。"开始是在当时的20队当记录员,后来这里是四分场7队,现在是龙泉办事处。后来又在9队当副组长(队下面设组),也当过事务长。1964年到了白芷湖,就是后来的一分场,现在的望洲办事处。"李安民回忆着过去的岁月,说自己没有成为"三八制"上班的工作人员,"那叫'一个巧',该得该。我上过访,写信给省农垦局,说我是学生,要读书。农垦局回了信,说可以去读书。当时的书记王建让我留下来,说西洞庭就要办大学了,就在西洞庭读书,还去长沙干什么。后来确实办了农业机械化学校,通知我去读书。通知是队长接的,他当时就帮我退了信,说我不读书。后来我又找到场部人事科,人事科说,'通知了,你不读,现在都已经开学了。'我又找到当时的刘队长,刘队长说,'读农机校有什么好,一身油抹布，留下来，培养你当行政干部'，让我协助搞统计。后来社教运动，成分不好，转干不批。"这样，李安民就成了地地道道的西洞庭国有农场的农业职工。

因家庭成分是地主，李安民政治前途受影响，然而，他对生活依然充满信心，娶了一位称心如意的妻子。妻子孙凤娇，今年72岁，出生在益阳，学历初中。"是他干妈的姐姐介绍的。"孙凤娇满口益阳话，"1961年来西洞庭，队里的会计。"

李安民当时择偶的条件有三个："第一，人不一定漂亮，身体要好，六根俱全；第二，文化不一定高，但是要有文化，能写信；第三，成分要好，贫下中农。"他们的女儿到女大当嫁的时候，李安民选择女婿的条件就简单多了："只看人，不看家产，家产是做起来的。只要人好，勤快，就不会受穷。"

"成分不好没有挨整；养老金一个月2200差4块5。"李安民心满意足。孙凤娇过得也很安逸："农工级退休，养老金1900多(元)。"西洞庭朝鲜蓟节，她看了热闹，感慨还不少："声势造得大，对农场好处蛮多。"

郑启福、李智艳一家子也是幸福满满。

李智艳说："女儿已出嫁，生了一对双胞胎，外孙快4岁了，她家(gā)娘(婆婆)带一个，我带一个。"这是女人的满足。

郑启福说："女儿在鑫湖缘(酒店)上班；儿子和我在包装厂上班，每个人一个月的工资都是3000元。"这是男人的追求。

"我们来自五湖四海，人在哪里都会有矛盾，有了矛盾，就要沟通，口心一致，就不会有隔阂。"这是这一大家子共同的感受，也是西洞庭人的特点。

18

石门县蒙泉镇
潘家铺村

在石门山区的一个村，办起了湖南省首家家庭农场。这家农场成为袁隆平院士"三一"粮食高产科技工程的试验田，为三分地养活一个人耕耘，为马铃薯做主食探索，为村民寻找致富路，为餐桌供给优质食材，让健康生活从吃开始。这一切，都是一个农村年轻女子的追求和梦想，即使与泥土共舞，她依然坚守家庭农场写芳华。

家庭农场写芳华

丰瑞乐家庭农场，2013 年 3 月 26 日登记注册，是湖南省首家家庭农场，下设"金华马铃薯专业合作社""丰瑞乐植保服务中心"和"中国供销·潘家铺综合服务社"三大经营实体，已注册"紫妹""丰瑞乐"两大品牌商标，加工开发有"丰瑞乐稻蛙米""富硒彩色米""紫薯粉丝""生态食用油""紫妹土豆""丰瑞乐青蛙""特色蔬菜"等 10 多个特色农产品，并成功农超对接于广东农产品有限公司等 10 多家配送店。

丰瑞乐家庭农场的农场主是一位年轻女性，名叫黄云华。2015 年初夏，我走进潘家铺村，见证了她"家庭农场写芳华"。

三分地养活一个人

2015 年 5 月 10 日，湖南省农业委粮油处、常德市农业委粮油科、石门县农业局的农业专家来到潘家铺村，对丰瑞乐家庭农场 107.1 亩富硒马铃薯栽培技术示范区进行实地测产，他们随机抽取了 3 个点，测得亩产量分别为：3215 公斤、2732 公斤、1714.5 公斤，平均单产为 2550 余公斤/亩。

丰瑞乐家庭农场旗下的金华马铃薯专业合作社，成立于 2010 年 8 月。合作社入股成员 748 户，有 10 个种植区，面积达 4180 余亩。其中 580 余亩是"农业部万亩马铃薯高产创建示范片"核心区，同时也是国家马铃薯产业技术体系常德综合试验站石门基地。

合作社成立之初，该地马铃薯亩产量仅 1000 公斤左右。近几年，省、市、县三级领导和专家把目标产量定为 2000 公斤/亩，对合作社给予极大的关注和具体的指导，使马铃薯产量连连攀升。今年更是喜获丰收，大面积产量在 1500 公斤/亩左右，核心区的产量接近 2000 公斤/亩，107.1 亩富硒马铃薯栽培技术示范区产量超过 2500 公斤/亩。

农场田边一块牌子额外引人注目，上面写着石门县超级杂交稻"三分地养活一个人"粮食高产工程攻关基地。国家粮食安全指标是每人每年需粮食 360 公斤。2013 年，袁隆平院士提出"三一"粮食高产科技工程，即在南方高产区，研究并推广应用以超级稻为主体的粮食周年高产模式及其配套栽培技术，达到周年亩产 1200 公斤，每三分田产粮 360 公斤，实现三分田养活一个人的产量目标，并在湖南省 8 个县（市）试点。其目标是，到 2020 年争取实施推广 500 万亩、养活 1650 万人口，这意味着全省仅用 9% 左右的耕地就可以养活全省 24% 的人口。

马铃薯喜获丰收，三分地可以养活一个人

石门县是超级杂交稻"三分地养活一个人"粮食高产工程攻关基地，攻关单位是石门县农业局，总顾问是袁隆平院士，种植模式为马铃薯+超级杂交中稻，种植品种是中薯 5 号+N 两优 2 号，目标产量马铃薯 2000 公斤/亩、超级杂交中稻产量 700 公斤/亩。丰瑞乐家庭农场是 2015 年该工程实施基地之一，实施面积 107.1 亩，从专家测产结果看，该基地马铃薯 2500 公斤以上的产量已超过目标产量，"三分地养活一个人"已成事实！

农田装上可视系统

丰瑞乐家庭农场自成立以来，按照有规模、有标牌、有场所、有配套，生产组织化、管理科学化、营销网络化、技术标准化、产品品牌化，经济效益、社会效益、生产效益"四有五化三效益"的运作模式和经营理念，发展种养业，多次承担"国家马铃薯产业技术体系高产技术集成示范""农业部马铃薯万亩高产创建""省农业厅'三一'粮食高产攻关工程项目""市农科所农作物新品种筛选试验示范"等多项科研攻关合作和高产高效展示项目。

2015 年 4 月，农场又投资 3 万元，在立体种养区安装了 40 多个摄像头。5 月 12 日"可视农业"系统安装调试完毕，覆盖农田 200 亩。

如今，丰瑞乐家庭农场可全程监控农产品种植、培管、收获、加工、运输、销售等流程，消费者可亲眼见证农产品从田间到餐桌的全过程。

1 斤大米卖到 38 元

初夏，正是青蛙生产小蝌蚪的季节，一群乡村游爱好者来到潘家铺村采收马铃薯后，对丰瑞乐家庭农场的稻蛙米爱不释手。据说这米按订单生产，卖到广州 1 斤 38 元，真是"青蛙咕咕叫，稻米卖得俏"。

走进农场立体区，养蛙人熊炉是石门夹山人，他 2011 年开始学习人工养殖青蛙。2013 年丰瑞乐家庭农场建养蛙池 2.5 亩，2014 年每亩稻田放 3000 只青蛙吃虫子。今年，养蛙池已扩大到 20 亩，一个种池繁殖蝌蚪 20 万只，计划在禾苗长至 30 厘米以上，也就是水稻田害虫始发的时候，每亩放养青蛙 1 至 2 万只。熊炉说，幼蛙养殖 3 年就可以当妈妈，青蛙妈妈一年产子一次，蝌蚪养殖 45 天后就可以放到稻田。稻田养了青蛙，不用喷洒农药，还节约了成本，水稻收获季节青蛙还可卖到蒙泉镇，可谓一举三得。

农场主黄云华说，120 亩稻田的稻蛙米供不应求。稻田套养青蛙、鱼、泥鳅等，既充分利用了农田空间，鱼、泥鳅、青蛙对水稻又能起到培肥土壤、防治病虫害的作用，生产出的大米无化肥无农药残留。这种高品质的大米煮出来的米饭，观之洁白如玉，嗅之清香入脾，品之绵软微甜，市场订单销售价达每公斤 76 元。

19

澧县涔南乡
伍家村

一个生态蔬菜产业示范园带活了4个村，一个"农户+合作社+基地+市场"的模式实现产销一体。市场需求指导蔬菜基地种植，避免了盲目生产，同一种蔬菜不再扎堆上市、不再缺阵，菜价不再大起大落，菜篮子决定菜园子让"菜贵伤民，菜贱伤农"成为历史。在评价这个以姓氏数量命名的村庄时，村里村外众口一词：伍家村里数黄家。

伍家村里数黄家

2015年5月12日上午，走进开业才几天的黄家套生态蔬菜基地直营店，天天新鲜天天平价、基地直达食源可溯、当天采摘当天配送、执行国家绿色标准，还有3个100%，很具诱惑力。

货架上，西红柿、青苦瓜、白苦瓜、四季豆、青茄子、紫茄子、小南瓜、黄瓜……光鲜得很，让我这每天买菜做饭的人难免有些眼馋，不禁感叹："澧县城里的居民真是好福气。"这里不仅菜好，价格也实惠，就青苦瓜而言，单价还不到常德市城区的一半。

离开直营店，怀着"食源可溯"的心情，上了省道238。澧县涔南乡伍家村村部在省道以东，省道以西就是黄家套。村党支部书记黄生俊告诉我，伍家村因以5个姓氏的人为主而得名，黄姓最多，占70%，其次是汪、戴、张、李等姓，当然也还有其他姓氏。

蔬菜直销受青睐

地势弯曲的地方称为套。伍家村的黄姓分布在 7、8、9、14 组，因南、北两条弯曲的月亮形水沟把这 4 个组围在中间，造就了这里弯曲的地势，也就有了黄家套这个地名。

黄家套生态蔬菜产业示范园就在这里。黄明清是伍家村 8 组的人，他选择这里，是因为这里有厚重的历史渊源。

其一，有临近的澧县城头山古文化遗址，是当今中国最早的城之一，发掘出的 6500 年前的水稻田是世界上最早的稻田，挖掘了两座时代最早的完整祭坛和众多的祭祀坑。

其二，2006 年被公布为全国重点文物保护单位的余家牌坊，就在附近。牌坊建于清道光年间（1833—1842 年），坐北朝南，全部用祁阳白石建成，为六柱三间九楼式石牌坊，坊高 12.7 米，东西长 7.5 米，南北宽 5 米。整个建筑结构严谨华重，雕工精巧细致，柱梁皆镂空，有人物浮雕与龙、凤、花、鸟等纹饰。全坊为镂空雕刻，造型生动、工艺精湛，是全省乃至全国石雕中不可多得的珍品。

黄家套到城头山、余家牌坊距离都不超过 3 公里。黄明清所看重的，还有位于涔南乡复兴村的鸡叫城，距今有 4000 多年，为屈家岭文化中晚期遗址，是新石器时代的古遗址，2013 年 5 月被国务院核定公布为第七批全国重点文物保护单位。相传有仙人夜间筑城，鸡叫而成，故名鸡叫城。此处垣壑尚存，城呈圆形，东西长约 480 米，南北宽约 460 米，总面积约 22 万平方米。四周城墙用黄色黏土夯筑而成，有明显的夯筑层。残高 2 至 3 米，城四面各有豁口，应为城门遗址。外有围壕，许多大小不等的堰塘和低洼田分布在古城埠外。

随黄明清沿南、北两沟行走，他说鸡叫城是商城，那时候没有公路，黄家套这两条沟是通往商城的水路。现在，两沟仍为活水，水来自车溪干渠和王家厂水库。在南沟看到一块绿洲，相传为鸡叫洲，说是去商城的船鸡叫时沉于此，后长出一片绿洲。绿洲似船形，长满了水竹，洲上有一棵稍大的槐树，人们称之为船的桅杆。时隔数千年，人们传说这块绿洲没有变化，一草一木也没人敢动弹。

如今，通往黄家套的一条路把南、北两沟隔断。黄明清要在这里建一座桥，上面行车下面行船，两沟连成环，如此黄家套就成了一座岛屿。

黄明清从事道路建设 20 多年实打实，以质量争项目，积累了较为雄厚的资金。为建黄家套生态蔬菜产业示范，他去北京小汤山、湖北、浙江、福建等地参观学习考察了两年，去年 5 月才正式开工。用他的话说，由于准备充分，黄家套生态蔬菜产业一举成功。今年 5 月，直营店开张，为县城居民供应新鲜的蔬菜。

黄生俊说，以前伍家村是稻谷加稻草，村里的人喜欢做小生意，50% 的人都是贩买贩卖。现在城市人口多，蔬菜供不应求，黄家套生态蔬菜产业示范园带动了伍家村、田家村、新年村、和平村 4 个村 700 多户，村民在这里是打工学技两不误，一年人均增收 2.4 万元。

在黄家套生态蔬菜产业示范园，我看到一间泵房，地底下是 2 个密封的 400 立方米的肥水池，轮换发酵沤制有机肥水，为 510 亩蔬菜基地全部施行水肥一体化技术，是将灌溉与施肥融为一体的农业新技术。它借助压力灌溉系统，将可溶性固体肥料或液体肥料与水配兑成肥液，按照作物生长需求，把水分和养分定量、定时、均匀、准确地输送到作物根部土壤，直接提供给作物，具有节水、节肥、节省劳力的作用。据说这套系统投资 200 万元，2014 年 5 月开工，7 月投入使用。800 立方米的地下池是猪、鸡、人粪的发酵池，泵房与菜地实行对讲机遥控。基地 3 个区域，泵房可同时灌溉 2 个区域，2 天可完成 200 余个大棚的灌溉、施肥，等于 3 个人做了 30 个人的事。

生态蔬菜产业示范园是黄明清的第一步，第二步是建农家乐和农博馆，在黄家套铺沥青路，建石拱桥和亭阁，寓教育后人于观赏游玩之中。黄明清带我看他收购的老式雕花床等老式家具，说还有些水车、石磨、碾、碓春等存放在不同的地方，这都是如今年轻人闻所未闻的东西。现在是用建设工程的收益补充这里的建设，今后就用农家乐支撑蔬菜生产。

站在黄家套，放眼望去，生态蔬菜产业示范园的生态养殖、循环式种植、冬暖式日光温室、水肥一体化系统、连栋薄膜温室、育苗棚……呈现的是现代农业格局；预留的农家乐场地，除了足够的苗木，还有一口特别的池塘，形似葫芦，池塘之水又似人民币"￥"的符号，从葫芦底两边分开，形之美，水之清。我不禁"诗兴"大发：俱往矣，数蔬菜基地，还看黄家套！

2016 年 4 月 25 日，我再次走进澧县涔南乡伍家村黄家套生态蔬菜产业示范园，只见塑料大棚里花红果绿，村妇们采摘苦瓜、茄子、黄瓜、小南瓜等多种新鲜蔬菜，男人们装箱、搬运、上车，整个园区一派生机盎然的景象。

园区依托"基地+公司+农户+物流+直营店"的生产经营模式，自建安全检测冷链物流中心、直营店销售网络，形成产、供、销的一体化对接，有效地降低了成本、稳定物价。目前，园区已设立 1 个批发部和 6 个直营店，年产销蔬菜 400 万公斤，年销售额 1800 万元以上。依托基地辐射，园区累计提供 300 多个劳动就业岗位，带动周边农户共同发展，每年每户增收 2 万元以上。涔南乡伍家村 8 组村民黄道炎夫妇流转土地 7.8 亩，黄道炎 1 人入职黄家套基地，年收入达 30240 元，年增加收入 22440 元；9 组村民黄生波夫妇流转土地 6.2 亩，夫妇双双入职黄家套基地，年收入 54240 元，年增加收入 48040 元。

产销一体实惠多

黄家套蔬菜基地，采用"农户+合作社+基地+市场"的模式，组织当地100余户农民，筹建黄家套蔬菜基地专业合作社，由合作社负责日光温室、普通大棚、露地蔬菜等建设及运营。黄明清从山东寿光聘请蔬菜专家，对基地进行技术指导，并与科研院所建立长期技术合作，定期不定期对农民进行技术培训。

基地一边建菜园子，一边筹建配送中心，实施蔬菜社区直销店项目，建立网络订货配送管理系统，铺开了自己的菜摊子，在澧县县城建了6家直销店，覆盖整个县城。这些直销店，除打响黄家套品牌、开拓本地市场、销售基地生产的优质蔬菜外，还可及时了解市民的鲜菜消费需求，科学准确地预算本地蔬菜市场趋势，为基地种植品种提供参考，让菜篮子决定菜园子。

根据市场需求指导蔬菜基地种植，能避免盲目生产，防止同一品种蔬菜扎堆上市或一起缺阵，克服菜价大起大落，不再"菜贵伤民，菜贱伤农"。

基地产销一体化，是要把传统的蔬菜零售细化为信息流、资金流、货物流，一方面，让菜篮子决定菜园子；另一方面，按照"非加价模式"这一商品流通新理念，统一销售管理，省去二、三、四级批发流程，形成菜园子直通菜篮子的销售渠道，减少流通环节，节约流通成本，最终带给市民实惠。

20

安乡县安丰乡
黄家台村

60 年前毛泽东提出"农业的根本出路在于机械化"的著名论断。经历一甲子翻天覆地的变化，我国农业生产已从主要依靠人力畜力转向主要依靠机械动力的新阶段。在农村人口越来越少的今天，我国"仅用占世界 7% 的耕地，为世界 22% 的人口提供了基本充足的食品"，就是得益于广袤的农村大地上千万个黄家台里轰隆隆。

黄家台里轰隆隆

　　王东京教授 2012 年 1 月的一篇博文《黄家台杂忆》把我带进了黄家台："说到黄家台，外人多半会以为是村里姓黄的人家多，或'黄家'是当地某个大户。其实不然，这里不仅姓黄的不多，而且'黄家'也非大户。黄家台以前叫'扯家铺'，是湘北通往湘西南的一个渡口。当年，渡口边住着一位摆渡的老人，姓黄。这老人不简单，除了摆渡还开了个商铺，与别的商铺不同，老人不图赚钱，卖货只收成本，遇上客人没钱还可赊账。这样老人的商铺经常入不敷出，时开时歇，于是就有人戏称他的铺子为'扯家铺'（'扯'在当地有生死挣扎之意）。后来老人过世了，'扯家铺'不复存在，为纪念这位老人的功德，不知谁做主将'扯家铺'改为'黄家台'了。"

　　我听过王东京教授的课。那是 2010 年 12 月 19 日，时任中共中央党校教务部主任、《中国经济观察》主编、中央党校教授、博士生导师、享受国务院特殊津贴专家的王东京来常德讲课，一堂"当前中国宏观经济政策分析"讲座，让我见识了大学者的大学问。时隔几年，这位安乡县黄家台人，1991 年毕业于中国人民大学经济系的博士，2014 年 3 月荣升中央党校教育长，2015 年 2 月出任中央党校副校长。

　　王教授在《黄家台杂忆》中写道："黄家台没出过大人物。"在我看来，王东京就是黄家台走出的大人物。"当年我是村里的第一个大学生，离开老家那天乡亲们都来送行，有位大爷叮嘱：'伢儿，在外只可结交信义子，亲近儒雅人呀。'当时我听了似懂非懂，多年后在一位同乡的名片上再次见到这句话才懂得真正的意思。"这是黄家台人对诚实、正义、博学、典雅的崇尚。

　　2015 年 5 月 19 日早晨，我从常德出发，下高速进县城，由省道 306 驶向黄家台，行驶在平坦的大鲸港至石龟山路段怡然自得。据说，这是 17 年前在没有任何路基的稀泥巴上修起来的一条路，17 年里，这条路虽过往车辆多，且载重车多，但如今依然平坦。

　　黄家台是洞庭湖畔的一个村庄，珊珀湖国家湿地保护区在黄家台以东，以西是澧水河。随市、县两级农业机械化局的工作人员行走在黄家台的大地上，我不由得对《黄家台杂忆》里的摆渡老人生出几分敬意，便有了"黄家台里轰隆隆"的想象。

　　行走在黄家台村，不时能见到农家屋前停靠着"铁牛"，这无疑强化了我对"轰隆隆"的想象，但更让我吃惊的是一望无际的塑料大棚。站在连片大棚中间，我不断地将农业机械化的线条连向这白晃晃的大棚：3 座泵房通过橡胶管对大棚农作物实行肥水一体化灌溉；棚内深耕机、微型旋耕机……几十台农业机械发挥着耕地、除草、植保等多种功能。

一望无际的塑料大棚是黄家台村的蔬菜、瓜果基地。该基地流转土地410亩，建成了1170个钢架大棚，是全市规模最大的蔬菜大棚。这得益于农机部门的专项补贴。2014年，市、县农机局把扶持设施农业发展作为重点工作之一，为蔬菜钢架大棚申报农机补贴393万元，以致安乡县的现代农业示范园也成为全市规模最大的示范园区。其中，黄家台村占三分之一。

在排列整齐的蔬菜大棚里，西瓜长势正旺，当地村民正在给西瓜藤整理枝蔓。这里的农民依托蔬菜基地，不仅让自家的地变成了"聚宝盆"，而且还能在这里打工。可谓在家门口挣"双薪"，一边坐收租金，一边打工赚工资。

油菜收割机械化在黄家台村展示

这个村除了大棚蔬菜、瓜果，还有油菜、水稻。这两大作物的全程机械化是常德的近期目标，也是安乡县、黄家台的目标，这无疑给洞庭水乡平添了几分"轰隆隆"的热闹。在我心里，它是现代农业的音响，是农业机械化的乐章。

我在黄家台没有见到村党支部书记，就执意到村部转了一圈。村部各扇门紧闭，我的目光停在了出口洲派出所黄家台警务室警务宣传栏里。宣传栏上是警情通报：本月内发刑案0起，治安案件0起，调处纠纷1起，无治安安全事故。日期是12月6日，应该是2014年年底的内容。按惯例，年底是治安案件高发期，从黄家台的警情通报看，这里治安状况不错。村务公示墙上，村民代表大会代表名单、民主理财小组、惠农补贴政策、奖励扶助政策、奖扶名单、五保名单、低保名单、应征入伍经济待遇、新农合……与老百姓切身利益息息相关的内容全有。

《黄家台杂忆》评论栏里，有位网名叫菲戈的人写道："王老师，我是一名土生土长的黄家台人，而今也走上了工作岗位，来到了比家乡还要贫瘠的西南大山中支持国家水电事业发展。读到您的文章，仿佛看到了儿时生长的那片土地。"这也是黄家台的有志之士，不知他这两年是否回过黄家台。今天的黄家台虽依然是个河湖交错的水乡，但已不再贫瘠，惠农政策滋润着黄家台的土地和人民，正把传统农业推向现代农业。

在王东京教授眼里，黄家台的自然风光绝佳："西边与孟姜女故乡嘉山隔河相望；南边石龟山近在咫尺；北边黄山头尽收眼帘；而东边则是连通珊珀湖与洞庭湖的大鲸港。小时候读古人'山映斜阳天接水'的词句，就总觉得写的是黄家台。这还不算，到了夏天，珊珀湖是烟波浩渺，渔帆点点，四围香稻，万亩荷花。三山夹一绿水，这湖光山色难道不是人间仙境吗？"

我无须再说黄家台什么，王东京教授心中的黄家台足矣！我也无须修改黄家台里"轰隆隆"的定位，在我心里，"轰隆隆"就是唱响现代农业的强劲音符！

⌐ 采访札记 ⌐

换田，土地流转中的人情味

2015年3月24日，安乡县下渔口镇保安村，邹氏兄弟土地流转1000多亩，换田300亩左右，远的调近，差的变好，零散的变整，荒废30年的沙沟、芦苇荡换成了良田。5月19日，我在黄家台村了解到，村民杨丙生也是为了土地流转，和别的村民换田1.7亩，由此不禁想到一个词：人情味。

人和人之间的平等、关怀、互助等富有人文美的优良品格，都属于人情味。人情味，源自人性最温情的一面，是人与人之间真挚情感的自然流露。

国家政策明文规定："农业用地在土地承包期限内，可以通过转包、转让、入股、合作、租赁、互换等方式出让经营权，鼓励农民将承包的土地向专业大户、合作农场和农业园区流转，发展农业规模经营。"当下各地都在如火如荼地开展土地流转，我两次到安乡县走村，两次听到"换田"，都是强者为弱者换田，强者把好田、把方便换给弱者。这是源自人性的温暖，它无须商量，更无须讨价还价。

人非草木，孰能无情？人情味是一种给人以爱与关怀的奇妙感觉，是一种由内而外感染他人的个性魅力，是一股可以温暖人心的精神。查普曼说过：爱是自然界的第二个太阳。太阳能够温暖天地万物，使万物变得郁郁葱葱生机勃勃。人情味就像宇宙的太阳，自然流露，温暖着每个人。有了人情味，人与人之间就会更融洽。

21

鼎城区草坪镇
兴隆街村

　　旅游产业是典型的富民产业。有资料显示，旅游业每投资 1 元，相关行业就会增收 4 至 5 元；旅游业每直接就业 1 人，社会就可以新增 5 个就业机会。在产业单一的重点扶贫村，人们从"兴隆街"三个字里蕴藏的深厚历史文化中找到了把"乡村旅游"作为支柱产业的脱贫之路，将这里变成了都市人向往的绿树掩映兴隆街。

绿树掩映兴隆街

乍听兴隆街，我想到了桃源县的兴隆街镇，也想到了临澧县城的兴隆街。2015年5月27日，我走进了一个叫兴隆街的村庄。

这天一大早，我搭乘常德市畜牧兽医水产局驻村干部汪大海的私家车，从报社出发，走常德大道上207国道，仅30分钟的车程，就融进了绿树丛林。汪大海说，别看我们走的路很平坦，其实一直是上坡路，因为这些年新农村建设和美丽乡村建设，农村里的路基本上都修好了。听他这么一说，似乎有了山的感觉。前天晚上噼里啪啦下了场大雨，这山、这树显得格外翠绿，空气也特别清新。

车子停在一座新楼房前，村里的老人们正在体检，场面煞是热闹。村党支部书记易馥湘把我们迎到楼上。站在楼道，放眼望去，依然满眼绿色。楼前宽阔的广场一半已经水泥硬化，一半还是刚开挖出的黄土地，广场和楼房被绿树环抱着，我不禁感叹："好环境，养眼！"

雨后的村庄，格外翠绿

走进易馥湘的办公室，路由器、电脑昭示着这里已经有了宽带网。汪大海说，这里网速很快，比他城里办公室的网速要快。办公桌上有一幅美丽鸳鸯湖的图片，易馥湘见我盯着照片看，顺手递给我一本《草坪人》。我翻了一下，没有正规刊号，所以不能叫刊物，里面有篇文章《鸳鸯湖传奇》，虽不敢恭维，却也给了鸳鸯湖一个说法。

易馥湘将村里基本情况介绍一番。末了，我们便向外走，下楼才注意到这幢新楼房挂了村党支部、村委会和常德市鸳鸯湖旅游管理接待中心3块牌子。易馥湘说，这里是2000平方米的文化体育活动中心，硬化的地方是停车场，黄土地的位置是要建乡村大舞台的。我不禁想到民间渔鼓、三棒鼓、山歌是这里的文化特色，且底蕴深厚，常德百团大赛的金奖、银奖就是兴隆街的艺术团摘走的，他们代表的是草坪镇。

走进一楼敞开的大门，墙上贴了好些壁挂：精英荟萃、故土芬芳，群策群力共建美丽兴隆街、同心同德打造整洁乡村，村务阳光、民主决策，可爱兴隆、难忘二故乡，魅力兴隆、美丽鸳鸯湖，后盾单位献爱心、关注民生显真情，市级扶贫见效快、兴隆三年换新貌。

从这间屋子，我读到了记忆兴隆街。据传，这里 2000 多年前就已经形成一条小街，经过几朝几代的变迁发展，至明、清时期，人烟稠密，商业、酒楼、茶肆、旅栈、饭馆生意兴隆，故称兴隆街。我还读到了政坛兴隆人——国务院农村工作研究室研究员黑爱堂；读到了爱拼才会赢的优秀企业家；读到了兴隆街村的学子榜；读到了兴隆街村卫生评比最卫生户光荣榜……

走出新村部，踏上蜿蜒曲折的水泥路，行走在村道、组道、机耕道，仿佛整个村庄掩映在绿树中。水泥路的一边是农家，另一边是绿色的田野。虽没有明、清时期的生意兴隆，却能让人感受到这里的别样——家家户户有围墙，围墙内，有酒香，有油榨坊。田野里除了水稻就是油茶林，郁郁葱葱。这里 2013 年被列入全市 25 个重点扶贫村之一，市畜牧兽医水产局是组长单位，这几年 380 多万元的各种项目资金，让兴隆村的基础设施建设上了一个大的台阶。泥巴简易路变成了水泥路；骨干山塘的硬化、病险小山塘的整修、灌溉动脉的疏通硬化、修机埠，让丘陵山区的抗旱有了保障。在去鸳鸯湖的路上，我看到 2015 年 4 月常德市国土资源局土地整理项目的石碑立在路边，石碑下有一大堆砂子……看来，这里的基础设施建设还在继续。

易馥湘说，产业单一是贫穷的根本原因：4000 亩油茶林，亩产 4 公斤茶油，一年1.6 万公斤茶油；除了油茶就是水稻。我到过 3 个有油茶林的村，仙人塘村正在带状更新，楼背村有了江波油茶专业合作社，这两个村的油茶产业都正在发展壮大。兴隆街村据说也对油茶林进行了部分垦复，也有村民自发修剪油茶树，因此在我看来，这里的油茶林还也有很大的增产潜力。

来到鸳鸯湖畔，忽然稀里哗啦地下起了大雨。望着雨中的鸳鸯湖，易馥湘大谈依托地理优势打造一个户外乡村生态旅游景区的设想。他说，这几年农民收入有所增加，收入来源是外出打工，若建好户外乡村生态旅游景区村民就不用外出打工了。展望着乡村旅游成为兴隆街村支柱产业，易馥湘像数家珍一样数着这里的传统餐饮特产："凉拌鸡、茶油斋菜、兴隆街擂茶、蒿子粑粑、桐子叶粑粑、粽子、水七粑粑……"

为什么叫兴隆街擂茶？易馥湘的解释是，这里擂茶必放本地产的姜子，擂茶棒也是姜子树树干做的。姜子树、水七长啥样？易馥湘撑着雨伞把我带到了鸳鸯湖畔一棵姜子树前，树的枝头结满了果实，摘了几粒放入嘴中，嚼一嚼，是我喜欢的山胡椒味儿。经查证，木姜子、山苍子、山胡椒是同一种植物。水七，是在路边的田坎上找到的，已经开出黄色的小花。当地人说，三四月是做水七粑粑的季节。水七也是当地人的叫法，后经查证，水七叫鼠曲草，感觉是发音差异所致。

雨下得很大，我们带着一些遗憾离开了鸳鸯湖。绿树掩映着的兴隆街村，山绿，水清，环境干净，若能打造一个户外乡村生态旅游景区，再现明、清时期的生意兴隆，那该是怎样的一份惬意！

村支书的文化味

说起村党支部书记易馥湘的文化味，在兴隆街村真的是无处不在。

先说村里的产业愿景，为了朗朗上口，便于记忆传播，他用四句打油诗高度概括：一桥二亭三客房，四馆五坪六鱼塘，七菜八酿九茶香，十里农家诗画廊。一桥是100米的吊桥架，就在鸳鸯湖与山冲之间；二亭是山中亭阁，亭阁本就有中国古香古色的味道；三客房建在湖边山冲，按杜甫草堂的风格打造……每一项都有文化味。

说到十里农家诗画廊，他的创意文化味更浓：家家户户的围墙按照现有格局，赋予诗情画意。即，通过本地草根诗人、草根画家，把农家生活和兴隆街特色跃然墙上，构成一道亮丽的风景，让游客领略田园风光的同时，品出兴隆街的味道。游客把车停在停车场，从接待中心步行出发，两条单边山冲路右进左出，15公里田园风光、金银花走廊、野菊花走廊、100亩紫薇园，可以边走边看，还可以进酒坊、油榨坊体验一把。

易馥湘也是草根诗人，在《草坪人》草坪诗韵、草坪新貌栏目可看到他的诗作《文化厅长下基层》《参观三角堆》《枫树花海》……在他办公室，还有他一笔写成的书法作品《龙》。

走近他家，农家小院大门口悬挂着一块"耕读人家"的牌匾，落款是欧阳雁赠馥湘农家书院。我不懂书法，凭自己的审美，觉得字很美。

进得院来，右边是一间开放的房子。说是开放的房子，是因为这房子只有三面墙，另一方是全开放的。墙上挂了好些诗作，大部分是他自己的作品。这房子，因为开放，让人便对它有了古时文人墨客亭阁月光下赋诗对酒场面的想象。堂屋的正面墙上是毛主席的肖像，两边是易馥湘的书法作品。驻村干部汪大海说，兴隆街村家家户户都挂有毛主席的画像。还有一间书房，被《赏花听松品竹兰（四首）》诗作装点出了文化气息。

梅、兰、竹、菊有傲、幽、坚、淡的品质，是中国人感物喻志的象征，也是咏物诗和文人画中最常见的题材。在兴隆街村，《赏花听松品竹兰（四首）》正是易馥湘乐道的文化味。

22

澧县涔南乡
东田村

在全国重点文物保护单位丁家岗遗址所在地，有一个纯粹种植水稻的村庄，与现代农业生产和经营方式相适应的旱涝保收、高产稳产的高标准农田是它的希望。《国务院办公厅关于切实加强高标准农田建设提升国家粮食安全保障能力的意见》明确提出，到 2022 年，全国要建成 10 亿亩高标准农田。农业综合开发项目带给村庄的必定是喜看稻菽千重浪。

喜看稻菽千重浪

省道 238 涔南段以东，一条水渠沿公路向东纵深进去，一眼望不到头，人们称为一干渠，与之平行的公路叫一干公路。2015 年 6 月 2 日 9 时许，我在一干公路下车，徒步前行，目睹昨日夜间暴雨变成的浑水从不同的入口汇入渠中，哗啦哗啦向东流去。

省道与干渠交汇处有一座澧县涔南乡高标准农田建设项目石碑，昭示澧县农业综合开发办 2014 年度的项目：2014 年 8 月开始实施，2015 年 1 月竣工，改造面积 2.49 万亩，惠及涔南乡的谭家、伍家、新坪、和平、东田、南堰、上河、永丰、子东、子南和梦溪镇的梦江桥、梦溪寺、百胜、五福、李家等 15 个村。建设内容为，村砌渠道 51.27 公里，配套桥涵管闸等渠系建筑物多座（处），机耕道建设 27.27 公里，营造农田防护林 300亩，示范推广一个科技项目 3000 亩。石碑上，还有 2015 年 3 月涔南乡人民政府明确的工程管护办法：梯形渠砼防工程，移交乡水利站统一管护；田间工程，移交受益村统一管理；机耕路实行分户包段看护、维修；农田防护林由村统一经营管理。

干渠边立有一块涔南乡生态家园建设责任公示牌，责任单位是沿线谭家、新坪、东田 3 个村。行走在一干公路上，渠道的生物通道、渠道边新植的樟树和公路沿线成行的树木，让人如置身生态家园。

特别贴民心的农业综合开发项目

走着走着就到了丁家港。一座湖南省人民政府立的石碑告诉我，2013 年 5 月 3 日中华人民共和国国务院公布丁家岗遗址为全国重点文物保护单位。

丁家岗遗址位于东田村 3 组一处高出四周 1 米的台地上，四周水系环绕，北距鸡叫城遗址 2 公里，属澧阳平原腹心地带。遗址东西长约 330 米，南北宽约 250 米，1979 年和 2000 年先后两次发掘。遗址文化内涵丰富，最早文化遗存可上溯到皂市下层文化，而后经历汤家岗文化、大溪文化、屈家岭文化和最晚的石家河文化，其中尤以汤家岗文化和大溪文化两个时期的文化遗存保存最完整、最典型。遗址先后发现了一批重要墓葬、祭祀台、祭祀坑等遗迹现象。该遗址对了解新石器时代各种文化内涵的联系、文化分期序列具有极其重要的价值，为探索早期人类原始社会文明及文明的起源提供了重要的依据和实物证据。2002 年，丁家岗遗址被公布为湖南省重点文物保护单位。

沿一干公路前行，穿过 207 国道，渠道和公路依然向东延伸，东田村治保主任杨耀亮一路感慨："以前是一条泥巴沟，你看，现在这渠道、这路，还有渠道上连着各家各户的桥，看起来就兴旺。"这话一点都不假，村民的房子沿渠道、依公路而建，但凡被渠道把房子与公路隔开的人家，农开项目都为其建了一座桥，每隔一段还建有取水码头，这是为方便农家生产生活而建的。

一路走过，农田里除了水稻还是水稻，杨耀亮说，东田村 1900 亩耕地全都是水稻。2015 年到过 23 个村，这还是第一个纯水稻村，真可谓一村一品。涔南乡水利站党支部书记王忠银告诉我："2012 年，农业综合开发项目进入涔南乡以后，东田村境内享有八支主排渠 900 米；一干排灌渠 2200 米；六支灌渠一干往南 870 米，往北 500 米；八支半 U 形槽 600 米；8 组 U 型槽 300 米；八支半灌渠 400 米；七支灌渠 730 米；五支排水渠 350 米。"这是一张纵横交错的排灌系统网啊！王忠银说："东田村是王家厂水库灌溉尾端，抗旱的时候，从王家厂水库接水 5 个流量，到东田村只有 1 个流量，水头 24 小时才能到东田村；现在接水 5 个流量，到村还有 4 个流量，水头 4 小时可到达东田村。东田村水稻田，每亩可增产 100 公斤，农民可增收 40 万元。农开项目之前，1 天 100 毫米以上的降雨，涔南乡受渍受灾面积在 1 万亩以上，48 小时以后，水才会慢慢退去，遇到关键时期，80% 的农田减产，全乡农民减收 200 万元以上。农开项目以后，24 小时农作物全部退出渍涝，真正实现了旱涝保收。6 月 1 日夜间，涔南乡降雨 107 毫米，3.5 万亩稻田的雨水及时排走了。"

在东田村，我真正理解了高标准农田的含义，当下虽还是绿油油的一片，眼前却浮现出"喜看稻菽千重浪"的丰收画面。我联想到世界"稻作之源"的澧县，憧憬着建设高标准农田将带来的社会效益、生产效益和经济效益。

"捡"出来的种粮大户

东田村，一个1450来人的村，少数民族有370人，其中120人是来自皂市水库库区的土家族移民，250人是回族。本文的主人公杨耀亮是回族，也是村治保主任。

杨耀亮，1964年生，高中读了一年就辍学回家自谋生路，一开始在油厂打工。5年后结婚生子，有了自己的小家，又回乡承包了19亩鱼塘。养鱼12年，用他的话说："赚也赚不到好多，亏也亏不到哪里去，只是混个日子"。

杨耀亮是家里的长子，有2个妹妹、1个弟弟。"到了2000年，2个妹妹已经出嫁，兄弟也出去了，父母年纪大了，全家14亩责任田都归了我。"杨耀亮说，"年轻人外出打工，村里的田没有人种，这年，捡了46亩。60亩田全部种的双季稻，早稻籼稻亩产800斤左右，晚稻杂交稻亩产1000斤以上。第一年赚了四五万（元）。"

东田村每年都有新增的抛荒田，杨耀亮每年都会捡起抛荒田种双季稻。他说："土地确权以后，种粮补贴是他们的，一亩每年还给他们两三百块钱的租金。到今年早稻播种的时候，已经有了135亩田。前不久，村里一个人生病了，医生说要修养一段时间，他的4亩多田我又捡了，现在是140亩差3分。"

杨耀亮捡的田分布在4个组，他说："没有请过工，村民之间的帮忙还是少不了。"他没有说"换工"这个词，更体现了村民之间的人情味，也少了一些市场交易的成分。我不无担心地问道："农田分散，这么大的面积忙得过来吗？"

"2008年买了1台收割机；2010年又买了旋耕机，现在插秧机、机耕犁都有了。"杨耀亮近140亩双季稻，从耕田到收获，都实现了机械化，机手都是他自己。他说："一年出成本。除了自己的田，本村的、附近村的，每年收割1000亩左右，旋耕机今年旋了600亩。两项加起来，一年赚个10万（元）左右。澧阳平原，田成片，适合机械化耕种，近5年，又修了机耕路，更加方便了。"

今年乡里给了杨耀亮一个"新农村农场主"的头衔，说是面积100亩以上的大户才有这个称号。有了这个头衔之后，他参加了县里的机械插秧培训和乡里的科学种田培训。他说，以前下肥凭感觉，现在是测土配方施肥，县土肥站测土给配方，既节约成本，又提高产量。

我与杨耀亮算了算，一年下来，他有25万元左右的收入，不禁笑说："比我当记者强多了。"杨耀亮很谦虚也很满足地说："平均起来，一个人也只有四五万（元）。不过，比你们自由。现在种田，搞事的时间就那么几天，也不用挽起裤脚下田。乡里的空气也比城里的好。"

如今，杨耀亮有2台车，1台小汽车，1台面包车。他说，小汽车出门体面一些，面包车打油方便一些。是呀，几台农业机械少不了买机油、柴油什么的。

杨耀亮的捡田目标是200亩。他说，以前麦收季节，也到湖北搞过农业机械作业。随着跨区作业的专业机械队伍的增加，他就没有了优势。种200亩双季稻，加上现在的粮食政策好，一年的收入还是稳定可观的。

采访札记

向捡田大户致敬

2015年4月10日，在鼎城区镇德桥镇寿福村的农田里，我遇到农民彭光华夫妇正在田里播撒已经催芽的水稻种子。彭光华说："2003年，寿福村抛荒现象严重。当时沟不通，路不通，又没有机械，远的田就成了抛荒田。全村3000多亩水田，抛荒1000多亩。镇党委要求村干部起模范带头作用，村干部分片包干，出种子出肥料，要村民种，最后在我分管的片还有30来亩没有人种，只好个人捡起种。"彭光华自己有责任田10多亩，又捡了30亩抛荒田，于是成了种粮大户。

无独有偶。6月2日，在东田村采访得知，杨耀亮从2000年开始捡抛荒田种，也捡成了如今的"新农村农场主"。

国家粮食安全指标是每人每年需粮食360公斤。2013年，袁隆平院士提出"三一"粮食高产科技工程，就是要实现三分田养活一个人的产量目标。彭光华捡了30亩田，没有让水稻田抛荒；杨耀亮捡了120多亩田，全部种植双季稻，没有荒废一分田。

耕地种植面积是决定粮食产量的最核心要素，而影响耕地种植面积大小的一个关键因素就是土地抛荒面积的多少。在国家制定的18亿亩土地的红线正在逐年逼近的形势下，随着农村外出务工的年轻人的增加，农田抛荒不能不说大概率会危及国家的粮食安全。

然而，在走村入户的过程中，我看到了"粮食安全"的未来和希望，因为有彭光华、杨耀亮们捡田，不让土地抛荒，而且种植双季稻。他们养活了多少人无须计算，作为中国公民，我不由得对捡田大户产生了崇高的敬意！

23

鼎城区灌溪镇
常桃村

平安是老百姓亘古不变的期盼，是最基本的民生需要。随着我国社会主要矛盾发生历史性变化，只有更好地满足人民群众对美好生活的向往，从更宽领域、以更高标准推进平安中国建设，才能让人民群众有获得感、幸福感、安全感。在社会结构复杂的村庄，我看到了林荫道上多平安。

林荫道上多平安

灌溪镇因太阳山南麓有一古泉,四时不涸,名通天灌,其水流成溪,故名灌溪。灌溪镇产业以工业为主,有"中国吊车第一镇"的美称。

2015年6月9日早上8时出发,先到镇政府,再前往常桃村。镇政府办公室主任刘雅兰说,常桃村因位于常德、桃源交界处而得名。

从镇政府出发,约5.5公里车程后,一块"归田园生态农场"的牌子映入眼帘,CSA的英文缩写引起了我的兴趣。CSA是Community Supported Agriculture的缩写,中文意思是社区支持农业。

CSA概念20世纪70年代起源于瑞士,并在日本得到初步发展。当时的消费者为了寻找安全的食物,与那些希望建立稳定客源的农民携手合作,建立经济合作关系。现在,CSA已经在世界范围内得到传播,不同国家和地区的草根组织在实践CSA的同时,都发展出各自不同的经验,CSA的概念也从最初的共同购买、合作经济延伸出更多的内涵。

"归田园生态农场"牌子处是常桃村的入口,在此右转,我们进入了一条林荫道。干净的水泥路两边树木翠绿,宛如两条绿色苍龙。我喜欢这样的林荫道。穿过4公

刚刚起步的归田园生态农场一角

里长的林荫道，就到了常桃村村部。

村部也是活动中心，一座不锈钢双开门的小院外是一个宽敞的水泥坪，门口挂有"环境卫生责任公示牌"，牌子上有保护环境卫生责任五条、环境卫生整治歌、门前三包内容。

"父老乡亲仔细听，乱倒垃圾不卫生；粪土乱堆不文明，污染环境生蛆蝇……"我一口气读完 8 行 16 句歌谣，句句朗朗上口，说理明了。这是我第一次看到这种歌谣挂在每家每户的门口。

进得门来，小院里包罗万象：村支两委成员名单及职责，党支部党员分组及组长名单，常德市美丽乡村评价标准，村级主要涉农价格收费项目和标准公示表，美丽乡村建设 2014 年工作目标及任务，村规民约，干部值班安排一览表，农家书屋，便民服务中心，全国文化信息资源共享工程基层服务站，关心下一代工作组织机构，"一中心五网络"体系与工作规范，平安幸福村创建活动领导小组职责，平安幸福家庭评比规范，村务监督委员会，美丽乡村理事会，爱卫协会……

常桃村紧邻常张高速，与桃源接壤，从这样的地理位置看，应该是社会结构比较复杂的村庄。常桃村有 7.5 公里林荫道，穿过林荫道时我想到过"平安"二字，于是便站在"'一中心五网络'体系与工作规范"的牌子前，试图找到"平安"的保障。综治维稳管理中心与信访维稳组、调节转化组、人口管理组、治安防控组、帮教矫正组的职责任务、工作目标、运行机制，以及由此派生的矛盾义务调解队和义务治安巡逻队，让我不再为常桃村的平安担心。在村支部书记桑进超的办公室，我看到了 7 块奖牌：目标管理先进单位、红旗单位各 1 块；绩效评估红旗单位 1 块；"五个好"党支部 2 块；社会治安综合治理工作先进单位、红旗单位各 1 块，这些足以说明林荫道上多"平安"。

随村支部委员桑元跃行走在常桃村，可见：水泥路全部通组，5 个村民小组通户，总长 19.3 公里；山塘 63 口，40 口骨干山塘全部硬化，100 余亩的小(2)型水库是这个村生产用水的来源(水库有个好听的名字——幸福水库)；稻田里有人在施肥，山脚下稻田旁硬化的水渠里流水"哗哗啦啦"绕着稻田转。桑进超说，这水源来自幸福水库。

村道上一块"垃圾分类回收处理及垃圾分类框图"的宣传牌十分引人注目：垃圾多年堆如山，腐水臭气实难堪；上面覆土眼前填，地下污水淌满园；垃圾处理细思考，天蓝地绿山河好；垃圾利用可为宝，减量处理六成少；垃圾乱丢讨人嫌，良好习惯美名传……来来往往的村民无不受它的洗礼。

常桃村 2014 年被定为常德市委、市政府美丽乡村建设示范点后，在环境卫生整治方面下了大力气：356 户家家有环境卫生责任公示牌；每月开展一次组评组、户评户活动；每户发 2 个桶，一个可回收，一个不可回收，推行垃圾分类减量；卫生改厕，厕所独立推行三格净化处理。居民的生活条件也有较大的改善：装有 6 台变压器 1400 千瓦，98% 的村民用电无忧；村主要道路义务植树造林 1200 棵，造型灌木 600 棵；安装路灯 200 多盏，亮化了 7 个村民小组；居民饮用水全部实现自来水，水源是 200 多米以下的地下水。

在一次关于水资源保护的学术研讨会上，我曾听说常德市地表水优于地下水，于是特意提出到农户家的卫生间看看，既想看看水，也想看看改厕。走进 10 组钟金成家，女主人拿出电水壶要给我们烧水喝便问道："你看这自来水有问题吗？烧水后，下面有一层白色的东西，不晓得是什么的。"我无法立马回答，但承诺帮她弄清这个问题。随行的刘雅兰当即拨通了镇里农业技术推广服务站站长周建军的电话，又把电话递给我。周建军在镇里分管农业，水也是他分管的。他在电话里说："这水源来自地下两三百米深处，三次送水样化验过，也提出了白色沉淀物的问题。防疫部门的解释是，取水点达到了溶洞层，白色物质是碳酸钙的氧化物，对人体没有害处。"我特地观察了农家卫生间的陶瓷便盆，都很干净，没有城里卫生间常见的那些铁锈黄一样的水垢。

步行约两公里，到了村监委会主任李桂成家，他家正在改厨改厕。村监委会相当于村里的"小纪委"，李桂成已两次当选监委会主任。村监委会是在"做事民不清，旧账理不清，新账算不清"村级事务"三不清"的情况下产生的。过去，由于缺乏监督，村支书一人说了算，擅自处理集体收入、资金使用、林地流转、土地承包等重大村务事项，一些不合理的合同和支出大量产生，村民上访事件时有发生。2012 年，在"权力需要规范，民意需要表达"的呼声中，常桃村监委会诞生了。监委会设主任 1 人、委员 4 人，任期 3 年，由村民大会选举产生，党组织关系隶属村党支部，在乡镇纪委直接领导下代表全体村民行使村务监督权。当时，年过古稀的村民李桂成被推选为村监委会主任。因为"不为自己，心里想的都是大家；敢讲直话、讲真话，不怕报复；社会经验丰富，懂工程和财务"三个特点，今年，李桂成再次高票当选。去年常桃村 100 多万元的工程量，哪里的质量不达标、哪里的预算高了他一眼就能分辨出。哪里要返工、哪里需要修路肩他也有理有据。这几年，村里的工程花钱少、质量好，群众都看在眼里。

归田园生态农场是行走常桃村的最后一站，虽然才刚刚起步，但我不得不为来农村创业的大学生、研究生点个赞。

常桃村的采访结束了，"林荫道上多平安"也实实在在地留在了我的心里。

24

桃源县浯溪河乡
浯溪河村

浯溪河战斗,一个漂亮的由奔袭转为进攻的战斗。浯溪河大捷,使桃源成为贺龙领导的湘鄂川黔革命根据地的重要组成部分。这是浯溪河人引以为傲的红色资源。如今,浯溪河村要从方方面面为村民建设一个"外面像花园,家里像宾馆,村民生活阳光灿烂"的家园,要处处可见幸福花开浯溪河。

幸福花开浯溪河

　　去浯溪河村，我的第一反应是著名的浯溪河战役：1934 年 12 月，贺龙、萧克领导的红二、红六军团在桃源县浯溪河，短短的一天战斗，连续歼灭敌军罗启疆两个团，击溃一个团，占领浯溪河、陬市、河洑和桃源县城，取得了浯溪河战斗的胜利。

　　2015 年 6 月 10 日早 8 时出发，约 1 个小时的车程后，车停在了岔路口，拐弯处有一块蓝色指示牌：前方指向龙潭桥村（浯溪河乡人民政府）；左边指向浯溪河村金牛场组，应该是浯溪河村入口。刚下车，一幅硕大的壁画瞬间把我带进红色世界："广阔天地大有作为"的红字上是一幅"适应新常态，建设新浯溪"意境图，整个画面红旗飘飘，光鲜夺目。步入村口，"中国梦、民族梦、我的梦""我们应该谦虚、谨慎、戒骄、戒躁，全心全意为人民服务""立显红色资源 打造美丽乡村"的标语，由红色连理枝边框衬托着。据说，早在 1930 年代，这里便是浯溪河通往白洋河水路的一个驿站，当年很繁华。离此外不远的一条小河就是浯溪河。

　　到达村部，老年工作委员会、幸福家园工作委员会、关心下一代工作委员会 3 块黄铜色的牌子并排挂在外墙上，让我有了幸福花开浯溪河的憧憬。

　　走进村委会办公室，三面墙都挂满了各种牌匾和奖牌，数了一下总共 27 块，涉

浯溪河战役旧址矗立着红军烈士纪念碑

及农村环境卫生整治、水利建设、关心下一代工作、社会管理综合治理等方方面面的工作。奖牌上的时间显示，这27块奖牌都是2011年以来浯溪河村所取得的成绩。

浯溪河村2011年由元金牛场、杉元、浯溪河三村合并而成。浯溪河村两千多人有近千人在外打工，老人和留守儿童是长期居住主体。在村党支部书记王文武看来，他们对幸福的向往更迫切，也更需要关爱。这是对老年工作委员会、幸福家园工作委员会、关心下一代工作委员会的注解。

一次闲聊中，王文武听侄儿说，一些外出打工的人回来后都不习惯回家吃住，已经不适应农村脏乱差的环境。说者无心，听者有意。王文武意识到，年轻人即使回家，老人也难以和孩子们团聚，他要给村民一个幸福家园：外面像花园，家里像宾馆，村民生活阳光灿烂，给进村的人一个好的印象和一个干净美丽的环境。于是，农村环境整治工作领导小组应运而生，并制定村规民约13条，动员住村村民人人参与支持环境整治工作，养成良好卫生习惯；门前三包(包卫生、秩序、绿化)的环境卫生公约责任牌挂在了各家各户门前；村组干部到组到户，一家一家解决问题。8组组长李金红，遇到说不听没有任何行动的家庭，就每天帮他们清除垃圾，直到这个家里的人不好意思，让人觉得丢垃圾丢得丑。

外出打工的年轻人一般农历腊月廿四都已返乡回家过年，浯溪河村村委会召开村民大会，把这天定为村里闹年的日子。每年这天，浯溪河村焰火、腰鼓队让整个村庄热闹起来；大人小孩，老人年轻人聚集在一起，欢歌笑语，家长里短说不完；村幸福家园工作委员会为"五好文明家庭"颁发奖牌，好一派幸福家园的景象。

翻阅村部档案资料，在村、支两委的会议原始记录中，关心下一代工作大事记就有40余件：先后投入3.5万元解决学校安全用电等问题；建立青少年信息库，及时掌握青少年工作学习情况，有针对性地开展工作；定期召开学期义教会，教育孩子树立正确的人生观；主动承担留守儿童的监护工作，及时化解他们的心结；组建爱心助学基金会，对收到的爱心助学捐款9.5万余元设立专账，专款专用；精心安排接送学生的专用校车……

随王文武行走在浯溪河村，环境干净，空气清新，时而有发自花椒树的香气扑鼻而来，给人在城里少有的惬意。18公里长的水泥路连通各组和绝大部分家庭，太阳能路灯安装在人口密集的场所和交通要道，不时会有"讲贴近群众的话，办贴近群众的事，做贴近群众的人""继承革命传统，发挥红色优势，加速产业升级，建设魅力浯溪"等一幅一幅红色壁画映入眼帘。

在青浯公路与三浯公路交会处，抬头望去，一座"红军烈士纪念碑"立在高处。由"浯溪河战役旧址"牌楼而入，拾级而上，天空一片晴朗。我刚放下相机和采访包，正要缅怀革命先烈，云朵中突然降下点点雨滴，光线也稍暗了一些。在纪念碑前三鞠躬，再上三级台阶，又三叩首跪拜英烈。我正要离去，天空又晴朗起来。我感到了自然的灵性与灵魂的默契。

浯溪河村为丘陵地貌，农业以水稻种植为主，水源主要是三泄溪渠道尾水。根据桃源县的水利建设规划，浯溪河村不能筑堤挡水，要成为天然洪水调蓄区域，目的是确保对面大垸防洪安全。因此该村程拱桥等地 1000 多亩面积，常常洪旱相接，2013 年，先后 5 次"水漫金山"，主要公路上水深超过 2 米，中央电视台新闻频道曾在此现场直播，随后，又遭遇大旱。然而，该村用水管水不搞一刀切，该淹的淹，该蓄的蓄，充分尊重自然规律。他们利用一切资源，对一座小 II 型水库和 118 座骨干堰塘，有序地进行疏洗挖深，硬化边坡，强化管理，使之能够发挥最大效益。1 组新堰湾堰塘面积 8 亩，村里 90 岁的老人说从来没见过清淤，但村里去年投资了 12 万元，使老塘重获"新生"。溪房塝堰塘在村民家门口，为了不让生活污水入堰，村里专门建设了排污管道。全村所有堰塘不准投肥，鱼儿只能人放天养，水体看上去很清澈。

1 组王文耀家屋檐下的燕子窝吸引我走进他家，更为惊喜的是室内竟然还有 4 个燕子窝。燕子见有客人造访，扑哧扑哧飞进飞出。女主人袁枝川告诉我，楼上还有 2 个燕子窝，每年 2 月燕子就飞回来了，家人听到燕子的声音就高兴。这是村民朴实的幸福感。

在另一村民家，遇见过红军的老奶奶高金香正和两位老太太打跑胡子，10 粒花生是筹码，和牌 15 等可以赢得 1 粒花生。

高金香已是 91 岁的高龄，她说："见到红军的时候还只有 10 岁。是夜里，冬月，看见好多血。红军进屋问吃饭没有，幺奶讨米去了，哪里吃饭。红军给了荫米，那饭香得很。给了这家给下家，红军只跟穷人给。我牵牛到山里躲打仗，红军说外面冷，要我把牛牵到屋里盖点东西。"

高金香思维清晰，记忆没有偏差。浯溪河战斗旧址的"中国工农红军红二、红六军团浯溪河战斗简介"记载：12 月 16 日，红二、红六军团主力进入余家坪、三阳港等地，17 日清晨，红军先头部队红十二团向浯溪河守敌发起了进攻。高金香是在红军歼敌占领浯溪河后见到红军的，她记得红军在浯溪河待了 1 个月左右的时间。

高奶奶身体硬朗，腰不弯，背不驼，走路稳稳当当，满嘴没有几颗牙但还要吃硬饭。她回忆道："过去的日子很苦，生了 4 个儿子、4 个女儿，小产 2 个，有一次坐月子一个月只吃了 1 杯油 5 个鸡蛋；讨米、捡蚕豆 2 斗 1 升，碰到王家哥哥给了 250 斤米送到屋里，才没有饿死。"

问起高奶奶现在的生活，她精神十足，充满了幸福感和自豪感："一世没有吃过药。天黑就上床歇了，早晨孙子孙媳吃了早饭（我）才起床搞饭吃，兴（种植）菜园，（上山）搞柴火。一场（赶一次场）称 1 斤肉。捡茶籽，去年捡了 5 斤半茶油。孙子不要我捡，我说没有捡在看堰，等他走了我又去捡。"说着敷衍孙子的话，高奶奶笑得像个孩子。

　　高奶奶除了有一大帮儿孙关心她，国家一个月还给了她175元的养老金，日子过得有滋有味。我问她怕不怕死？她说，不怕，现在抬走都不怕，接着还乐呵呵地讲了孙子不让她上山捡茶籽的一个笑话："他说我硬要捡就到茶树青绿的地方捡，摔死哒就埋在那里，每年三十去看我。"高奶奶捡茶籽确实摔过跤，跌倒在地爬起来又捡，也没有觉着哪里疼或不舒服。这是91岁老人的幸福感。

　　夜幕开始降临，村部广场上音乐已经响起，妇女们成排成列，翩翩起舞，脸上绽放着幸福的花朵。

野山椒种在石头山

　　2015年"七一"前夕，浯溪河村800亩石头山上的野山椒开花啦！村民赵如刚满心欢喜地告诉我，他今年辣椒的收益要好于预期。

　　今年五六月常德雨水偏多，平地的辣椒普遍减产，但赵如刚种在山上的辣椒反而长得更好，所以，他预计销售价格会高于合同7元/公斤的保底价。

　　野山椒俗称朝天椒，是对椒果朝天生长的辣椒的统称。朝天椒原产于泰国，后中国引进栽培，并培育出多个朝天椒品种。从植物分类学上看，野山椒栽培种有簇生椒、小果型圆锥椒、短指形长辣椒、樱桃椒。朝天椒椒果均较小，因而又称为小辣椒。朝天椒的特点是椒果小、辣度高、易干制，主要作为干椒品种利用，与羊角椒、线椒构成中国三大干椒品种系列。全国干椒栽培面积排名中，朝天椒居首位。

　　在常德、在湖南，人们很喜欢剁辣椒，野山椒更是做剁辣椒的上好原料。赵如刚今年流转山地800亩，经挖机开垦，已全部种上野山椒，而且是一串一串的红色簇生椒。他说，种子是省农科院的专家提供的，也是中科院专家在海南十几年培育出来的品种，保持了黄色野山椒的高辣度和本地椒鲜艳的红色品相。

　　6月10日，我曾看到几十个村民在山地里施有机肥，当时还质疑这满是石头的山地能产多少辣椒。没想到，才过去20来天，石头山上的辣椒已开花。赵如刚说，"今年辣椒栽得有点迟，第一批辣椒上市要到中秋节，这更利于加工剁辣椒。"他的辣椒早就和剁辣椒加工企业签订合同，并且可依市场行情上浮。让他信心满满的是浯溪河村没有任何工业污染，野山椒辣度高、自身具有杀虫功能，不用喷洒任何农药，很安全。他说，山上的石头是多了一些，土壤也不肥沃，所以才一车一车地把有机肥往山里拉，霜降时节都会有野山椒源源不断地供给加工商。

　　在我看来，赵如刚在石头山上种出来的是有机野山椒。

25

石门县二都乡
南峰村

说是村庄，却有走进都市的感觉；说是城市，却没有喧嚣的烦扰。常德市纪委驻村工作队提出"种树就是种财富、种发展、种环境、种健康、种文化、种历史"的发展理念，把"发展生产、生活幸福、生态宜居"送进山村，写在大地，写进村民心里，如此才有了今天的生态秀美真宜人。

生态秀美真宜人

2015 年 6 月 23 日，端午节小长假后上班第一天，我临时决定去南峰村。虽然出门比上班时间迟了半个多小时，但是因为走常张高速，所以到达南峰村也不算太晚。从省道 241 白庙垭隧道出来，已是南峰村的地盘，乡里的联村干部给了些关于南峰村美丽乡村建设的文字材料，并告知我村党支部书记殷华林正在给村里的党员上党课。即便如此，采访车依然驶向南峰村深处。

车行几分钟后，一块硕大的宣传牌"生态休闲好去处·美丽南峰欢迎您"依山而立，一条水泥路绕山左右延伸。左边立着的路牌，看上去很别致，咖啡色的方柱、木黄色的路牌，正是我喜欢的那种原木古朴风格。右边停了一辆三轮摩托车，车厢里已有了一些藤蔓，山上一村妇说是她采集的药材。后来村里的森林防火员黄丛云告诉我，村民采集的是钩藤薄荷。

钩藤薄荷存在于我儿时的记忆里，小时候曾听母亲说过这个词。但对于钩藤薄荷是何物、作何用，我没有任何记忆，于是，上网搜索了一下，得知钩藤薄荷是两味中药，村民此时采集的只是钩藤。钩藤薄荷是名老中医祝谌予发掘的民间验方，主治久咳不愈。相传 20 世纪 30 年代有一久咳不愈的老年妇女，经多方医治无效，后服

村庄里的"生态城"

用某民间验方霍然而愈，索方观之，仅用钩藤、薄荷两味，沸水冲后代茶频饮。后祝谌予凡遇此病，用之颇验。

在宣传牌前短暂停留后，我对这大山深处更加期待。我们从左边进入，越往里走空气越清新，一路上给人传递着一种理念：种树就是种财富、种发展、种环境、种健康、种文化、种历史！

车子停在一宽大的水泥坪，说是九峰文化广场。下得车来，眼前的一切撞击着我的内心。这是石门县的乡村吗？置身其中，竟有到了风景名胜区的感觉。果桑试种园、草皮试种园、蓝莓试种园、核桃种植园……一个接一个。路边蔷薇已绽放紫色的花骨朵，与红枫树泛红的树叶和月季花遥相辉映，已经过了季节的竹叶草依然还有玫瑰色的花瓣像蝴蝶一样停在上面，让人以为到了昆明的世博园。宽敞的水泥路向远处伸去，成行的路灯白色的杆子蓝色的灯罩，映衬在连绵起伏的山峰下，见此情景，我不禁脱口说出"生态城"三个字。

一位老者推着一辆儿童车和 3 名女子呵护着一个刚刚出生不久的婴儿，漫步在花草树木拥簇的水泥路上，好一幅温馨画面。一幢幢小洋楼错落有致，彰显着这里的富裕。让人百看不厌的是一溪清水自南往北潺潺而下，是金鞭溪？却没有悬崖峭壁之险峻。随后，我从一堵墙上的"南峰村美丽乡村建设剪影·美丽乡村建设篇"读到，这条流淌着潺潺清泉的沟渠叫坛坛波沟渠。

这水从何而来？又流向哪里？黄丛云说，是山泉水，水的源头很远，即使开车到山脚下，找到水源处也还得走一两个小时。他见我兴趣浓厚，便大谈南峰生态之美："武陵山脉十九峰有十三峰在南峰村境内。"他手指南方，接着说："你看，树木葱郁，天然屏障，积蓄水资源。这里空气好，氧气充足。调节水资源，降低空间温度，夏天走进南峰村，温度要比外面低 1℃至 2℃。这里百日大旱山泉不断。"

南峰村是 2007 年 5 月由原南台、先锋、九峰 3 个村合并而成的，总面积 15 平方公里。我上了黄丛云的车。黄丛云去年是村治保主任，今年在"铁路有奖义务护路中心"任职，职责是森林防火，防汛抗旱，今天则成了我的义务"导游"。他说，村里匠人多，带活了南峰村，北京、上海、广州、新疆等地都有南峰村的匠人和由匠人带出去打工的人，村民 50%以上的收入来自进城务工。

黄丛云把车停在一坡道上，一妇女在一汪清澈见底的水坑边洗碗，水里还放着一台小水泵。村妇说，这是要把山泉水抽到家里去。黄丛云特有优越感地说："水好吧，这里的牛都是喝的天然山泉水。我们这里可以说是长寿村，90 岁以上的人多，80 岁以上的人普遍，70 岁以上的身体硬朗还是蒿老(土话，很强的意思)劳动力，我父亲 70 多岁还能种田。"我想喝一口，黄丛云说带我去喝源头的山泉水。

我们继续前行。黄丛云把我带进南峰村安全饮水基地，说："别人的自来水厂都建在江边河边，我们的自来水厂建在山上。"我从一块"南峰村安全饮水工程项目公示牌"获悉，这里是南峰村7组，属于九峰片安饮工程项目，由市纪委工作组援建，工程总投资138万元，为封闭式蓄水池。在这里我没有看到一滴水，迫切地想到达水的源头。从基地出来，我们踏上崎岖山路，钻进森林。黄丛云说，我们走的是2013年抗旱时他寻找水源的路，陡峻之处要抓住野藤攀爬，藤很粗，一把握不下。在远处山腰有一个石坑，森林蓄积的水沿着石壁源源不断地流入石坑，再流进村庄，成为这一方人的生命之源。

我没有见过山洪。黄丛云说，山洪水大的时候，能把小汽车这么大的石头冲下来。这蓄水的石坑应该是用山洪冲下来的石头垒成的，我把这"鬼斧神工"造就的山泉石坑叫作天池。最终因为时间原因我还是没能目睹天池的清澈秀美，没能喝上源头的清泉。

从资料获悉，南峰村境内有金玉观、抗战碉堡群、紫和寺、吴家饭铺等古迹。吃罢中饭，我问起吴家饭铺，想去看看。黄丛云给了不去的理由：驿道经过的地方，吴家人开了一家饭铺，饭铺位置有两条溪水流过。饭铺不在了，现在准备在遗址建一家饭铺。驿道，是中国古代陆地交通主通道，同时也是重要军事设施之一，主要用于转运军用粮草物资、传递军令军情。

在离开南峰村的时候，我看到一块"发展生产、生活幸福、生态宜居"的宣传牌，与我"生态秀美真宜人"的感受惊人的一致。

久病床前大孝子

俗话说，久病床前无孝子。2015年6月23日，走进南峰村6组，见到了一位久病床前的大孝子。他名叫马绍国，58岁的人，已是满头银发，连胡子都是白的，邻居们说就是这两年才白的。

这是一个四世同堂的家庭，马绍国的老母亲刘德珍已90周岁。2013年农历二月初三，刘德珍摔了一跤，股骨骨折。然而，老人因青霉素过敏，无法手术，只能保守治疗，加之年老与医生配合不好，导致接骨不成功。从此，刘德珍瘫痪在床，马绍国承担起了母亲生活的全部。

我小心翼翼地走进刘德珍老人的房间，居然没有闻到任何异味。两年多的时间里，病床上的老母亲没有长过一个褥疮，难以想象一个大男人是怎样照顾这样一位老母亲的。

"开始还能坐在穿眼板凳（坐便凳子）上大小便，后来就不行了，大小便失禁。一天一大包尿不湿差不多用得完，一天换五六次，换一回抹一回，多的时候8次。现在这天气，隔天给她洗一个澡。一有太阳，床上的东西都会搬出去洗晒。你现在在里面闻不到么的气味，我帮她洗那些穿的、睡的、用的东西时候必须抽烟。"听马绍国叙述，敏感的我有了不舒服的感觉。

马绍国有个女儿马艳，今年30岁了，算是他的帮手。马绍国给母亲洗澡时，马艳就扶着奶奶。

马艳2岁的时候，妈妈因风湿性心脏病突然离开人世，本已开口会叫爸爸、妈妈的她，一双纯真的眼睛总是在人群中四处搜索，很长一段时间不开口说话，直到5岁才再次开口说话。马绍国说，在当时也就被误认为是智力低下，按现在的说法应该是抑郁症。马艳虽已成家，也生了两个健康的孩子，父亲却一直放不下，让她住在家里。

刘德珍老人不仅仅是骨折，还患有肺气肿和卵巢囊肿，每个月要住院治疗2至3次，多的时候一次住院20天。床前床后，送去接回，喂饭喂水，换换洗洗都是马绍国包揽。马绍国在家里有3张床，一张床在夫妻俩的卧室，一张床在紧邻母亲卧室、放电视机的房间，另一张床是在母亲的卧室。他大部分时间是睡在放电视机的房间，母亲有任何响动他就会立马跑过去。母亲的病情比较严重的时候，他就睡在母亲的卧室。

马绍国以前在外做工程，是这个家的顶梁柱，为了母亲，他放弃赚钱快的建筑业，在南峰村成立了土鸡养殖专业合作社，将土鸡放养在80亩橘山上，养殖的芦花鸡还被认定为地理性标志产品。此外，夫妻俩还承包了村里的水库。马绍国说："搭帮党的政策好，要不是新农合，我这个家早就熄火了。"

26

桃源县陬市镇
三里铺村

桃源县第一产粮大村，从农村面源污染治理入手，建设成湖南省农村清洁工程建设重点示范村，让人惊叹。在人人追求健康生活的今天，农村的清洁生产、清洁生活更是值得期待。在这个土地流转率70%以上的村庄，职业农民已是粮食生产的主力军。穿行村庄、走进农户，随处可见鲜花美景入户来。

鲜花美景入户来

2015年6月29日还是高温难耐的天气，6月30日，我做好了防晒的充分准备，穿了长袖衬衣、牛仔长裤，包里还带了一顶折叠太阳帽，而且按约定时间赶早出发，没想到，走进三里铺村却是凉风习习。

随村党支部书记娄竹发走进他家二楼一间南北通透的房间，从功能上看，应该叫凉亭。搬来椅子，还没来得及坐下，穿堂风吹得那叫一个凉爽。往北望去，满眼绿油油的稻田，稻穗已经泛黄，离收获的季节不会太远了。远远地看见一座白色的小建筑，据说那是农业生产废弃物回收池，在三里铺村有100口，其作用是控制农村面源污染。后来，我走近看清了它的真面貌，说是池子还不准确，应该算间平顶小房子。房子有两扇门，废弃物从一扇门进另一扇门出。农民生产过程中产生的瓶瓶罐罐、包包袋袋都集中放在里面，有专人定时运走处理。

问到三里铺村的亮点，娄竹发一口气说出了一长串：庭院建设——改厕，改厨，净化水；路——村道组道全部硬化，大部分通到村民家；清洁工程，长效机制；产业化，土地流转率70%以上；一村一品，水稻全部优质化，种粮大户多；基础设施建设力度大，安全饮水工程、第三期电网改造都已完成，6口清淤整治后的堰塘清澈见底，41800米硬化渠道、18000米机耕道和28口抗旱机井保障了水稻的丰产稳产；木器厂、鞋厂让村民在家门口上班；五世同堂，几代不吵架。

从娄竹发家出来，像是到了某别墅小区，一幢一幢的小洋楼掩映在树木花草丛中。谁家的紫薇花开得如此鲜艳？不忍敲门进去。进得院来，晾衣服的阳光房晾晒了不少衣服，绿色地面砖铺就的人行道的生命小孔长着一丛一丛的小草。这草虽叫不出名，但我知道是专门用于绿化的草。更让人叫绝的是3架健身器材，我不禁想起某专家说的"劳动不能代替体育锻炼"。娄竹发告诉我，这是种粮大户娄言明的家，他流转了2000多亩田，全部种植优质水稻，还成立了农机合作社和水稻合作社。娄妈妈为我们打开了2扇房门，每间房3张床，床上用品干净整洁，花色还蛮洋气。这房间是长期在合作社工作的人住的。"呵，典型的职业农民"，我脱口而出。从小院出来，紧邻的大门内，3台"铁牛"并排停在前院，毋庸置疑，2000亩稻田全靠它们翻耕。

三里铺村是桃源县第一产粮大村，一村一品凸显粮食安全：连续多年双季稻种植面积都是7886亩，而且全村种植高档优质稻星二号近5000亩。为了提高农民种粮效益，该村按照"一村一品"的发展思路，以优质稻为主体，以种粮大户为依托，组建 4 家农民专业合作社，促进土地流转；以合作社为依托，统一生产模式，实现种植品种、农资供应、栽培技术、病虫防治、产品销售五个统一；对接金健米业上市公司，实行订单生产，保证农户出售粮食价格高于市场价 20%。近几年，桃源县农业局作为村联系单位，专门派出 4 名技术人员住在三里铺，从浸种催芽到稻谷收获，全程技术指导，保证了该村水稻产量比周边村每年增产 10% 以上。由于产量和价格的优势，该村农民每亩增收 350 元以上，全村累计增产增收近 300 万元。

三里铺村有一条沟港占地 20 多亩，以往杂草丛生，一到夏天臭气烘烘，一次降雨 50 毫米水就排不出去，成片的稻田即成一片汪洋。2014 年，三里铺村被确定为全省农村清洁工程建设重点村之一，桃源县农业局根据湘农业环〔 2014 〕 12 号"湖南省农业资源与环境保护管理站关于印发《2014 年湖南省乡村清洁工程建设实施方案的通知》"要求，重点围绕有效改善示范村内农业面源污染现状这个主题开展示范建设，投资 100 万元，改造臭水沟港，建设生态池塘。2014 年 10 月动工，清淤泥，硬化池塘，一口 20 亩的生态水塘随即建成。今年又修建了 2000 米生态渠，欲建成能灌溉、能排渍的生态排灌系统，成为美丽乡村的一大景观。工程一旦完成，就能确保临近的 300 亩稻田旱涝保收。

在一个居住相对集中的区域，一棵高大的槐树本应是这个区域的标志，然而，一抹红一抹绿更吸引人的眼球。红的是开得娇艳的美人蕉；绿的是绿狐尾藻，近看绿得有些粉，泛着嫩黄，煞是可爱。它们都像一张张的床漂浮在水面。这叫人工浮床技术，是以水生植物为主体，运用无土栽培技术原理，以高分子材料等为载体和基质，应用物种间共生关系，充分利用水体空间生态位和营养生态位的原则，建立高效的人工生态系统，以削减水体中的污染负荷。

这里以前是一个臭水坑，县农业局在这里实施农村清洁工程后，进行池塘清淤、硬化和种植物，使水变清了，村民也可以在这里洗拖把。现在村民的生活污水也集中流进这里，不会四处泛滥。

美人蕉，多年生草本植物，在南方全年开花，不仅能装点人们的生活环境，而且能吸收二氧化硫、氯化氢等有害物质，具有净化空气、保护环境的作用，是绿化、美化、净化环境的理想花卉，还是有害气体污染环境的活的监测器。

绿狐尾藻，原产于南美洲，作为景观植物引入我国已有 200 多年。绿狐尾藻系多年生沉水或浮水草本植物，下部沉于水中，上部挺出水面，根状茎匍匐于水下或淤泥中，植株对水体中养分的吸收能力强，可用于治理水体污染。种植绿狐尾藻，是中科院 2014 年在湖北、湖南、重庆等南方 10 省市开始推广示范的治理污水新技术。中科院"STS 计划"（科技服务网络计划）项目之"绿狐尾藻治理污水技术区域适应性研究与示范"，利用绿狐尾藻治理污水技术成熟，效果好。

昔日臭水坑变成了鲜花池

　　离开生活污水集中净化池塘，走近一农家小院，铁栅栏内是关不住的鲜艳美人蕉。小院主人不在，娄竹发熟门熟路，手伸进栅栏打开了大门。小院里干干净净，没有污水四流。院子的尽头一大丛美人蕉，植株挺拔，叶片硕大葱郁，一半开着红花，一半开着黄花，把小院装点得秀美宜人。这是户用型无动力生活污水处理系统，地底下是3级结构：第一个池子为沉淀池；第二个池子是厌氧发酵池；第三个是土壤渗滤处理池，也叫小型湿地。小型湿地的底层是较大的鹅卵石，往上依次是小一些的鹅卵石、砂子、土壤，美人蕉种在土壤上，经过这样处理的生活污水可达到灌溉水标准。

　　像这样的农家小院，在三里铺村，是一个接一个，看了多少家我没有数，一座"湖南省农村清洁工程示范村建设"的石碑上明示：项目实施内容为清洁生产，清洁生活，清洁庭院；项目承担单位是桃源县农业局、桃源县财政局；项目实施地点为桃源县陬市镇三里铺村。从一份《湖南省2014年乡村清洁工程建设128个示范村名单》中，我看到桃源县陬市镇三里铺村被标记为重点。这就是鲜花美景入户来的源头所在！

27

鼎城区周家店镇
闵家桥村

从种野菜到种粮食，新型职业农民正在这个村庄成长。他们一个带着"健康第一"的理念返乡创办有机野菜农场，从家人开始，为人定制最安全、最放心、最健康的蔬菜；一个不忍看见农田抛荒想着当一个光荣的农民很好，从自家责任田开始，种田，捡田，再种田，种着种着就真正成了职业农民。在这里稻花伴着遍地野菜分外香。

遍地野菜分外香

2015 年 7 月 7 日，小暑。小暑为小热，意指天气开始炎热。

今年常德的出梅入伏天气候特别舒服，早晨 8 时出门时，微风习习，还有一丝凉意，这让我的村庄之行多了一些惬意。从柳叶大道入 207 国道驶向省道 306，很快"美丽周家店欢迎您"的牌楼映入眼帘，传递着"湘楚地文风盛 山水秀茶油香"的信息，车窗外也有了荷花飘香的景色。

车在省道边一个金属架支撑的"叮叮有机蔬菜、野菜农场"招牌处停下，我一下车就看见一幢普通的民房前停着一辆车，灰色车身上有一行绿色的大字："叮叮有机野菜农场，为您定制最安全、最放心、最健康的菜"。

农场主叫丁泳钧，给农场冠名为叮叮是因为吃菜离不开口。野菜隐藏在深处，随丁泳钧而行，上坡拐弯处石子路两边长了好些地衣，俗称地耳，是真菌与藻类共生的特殊低等植物，对大气污染十分敏感。

一转眼，一长垄苦麻勾起了我儿时的记忆：淡淡的苦味。母亲常说，苦麻清热解毒。丁泳钧说中午用野菜招待我们，让我多少有些期待。"雷公笋、番杏、紫背菜、海口马齿苋、五指山菜、血通菜、一包针、路边菜、救心菜、菊花脑、人参菜、枸杞叶、紫山药、富贵菜、珍珠菜、穿心莲……"20 多种野菜，真可谓遍地野菜分外香！标识牌写得很清楚，它们样样都有保健功效。

"明日叶！"一看牌子，却写着"富贵菜"，说是适合"三高"人群。富贵菜生命力特强，一小段茎秆斜插在花钵里就能成活，我栽了 1 盆，长得很旺盛，是同事给的 3 根枝条扦插而成的。之所以叫它明日叶，是因为今天摘了它的嫩叶，明天就会长出新的叶芽。人们常用它泡水喝，说是对咽喉炎有抑制作用，也可以含在嘴里咀嚼，医治口腔溃疡。有人指着红秋葵问是什么，我脱口说出"红秋葵"，随行的人却都说只见过黄秋葵。我解释道："红色的就是红秋葵呗。大部分红色的蔬菜都具有补血作用，而且花青素含量高还不易被高温破坏。花青素具有抗氧化的功效，能减少体内多余的自由基。"丁泳钧用诧异的目光看向我，说我是专家。其实，红秋葵不过是我这个理科女的合理想象而已。

叮叮有机野菜农场除了野菜，还有"洋菜"——以色列西红柿。丁泳钧 2014 年从上海引进 2 个品种，试种 2 年，各有千秋。他说以色列西红柿最大的优点是在冰箱放 1 个月都不会变软。

丁泳钧带着"健康第一"的理念返乡创办有机野菜农场，为了一家人的健康特地

野菜枸杞叶种在山野

引种了两种西红柿：一种是小西红柿，即金小铃樱桃番茄，卵圆形，黄色，有光泽，果型漂亮，味很甜；另一种是以色列优质大番茄，果面光滑，光泽度佳，心室小，肉质丰厚而多汁，味道酸甜适中，营养价值丰富，无限生长型，生育期可达6至10个月，果皮较厚，品质优良，甜味纯美，色泽鲜亮，红色，极耐储运。从以色列优质大番茄"心室小，果皮厚"的生物学特性，我有理由相信丁泳钧"在冰箱放1个月都不会变软"的说法。

从野菜基地出来，刚到大树下坐稳，村党支部书记彭晋喜也到了叮叮农场。闵姓相对比较少见，在宋版《百家姓》中排名第132位，我不禁问起村名的来历。彭晋喜告诉我，村里以彭姓居多，听老人们说，村庄的入口有一条沟港，上面有一座桥，过了桥，就是一户闵姓人家，闵家桥村由此而得名。

闵家桥村与津市渡口接壤，有省道306穿村而过。省道的东边，2010年农业综合开发项目建设了高标准农田2000多亩。今年517万元的农业综合开发项目在省道西边建设高标准农田，主要是沟渠和山塘的硬化，叮叮农场在西边，能受益。

这是一个以稻、棉为主的村，棉花取消保护价后，村里改种了不少玉米。彭晋喜说，村里有个种粮大户，名叫胡明喜。因为这几天在外面收割早稻，我没有见到他。

拨通胡明喜的电话，我一个"你好"的问候之后，他居然用普通话和我交流起来。

胡明喜，闵家桥村12组人，1985年出生，说学历，初中都没有读完，他还不好意思地跟我说自己读不进书；说阅历，还是蛮丰富的，1990年代末就去广东打工，按年龄算，那时他还是个童工，小小年纪，一出去就是三四年。几年打工生涯，胡明喜觉得，端人家的碗，受人家管，工资只能糊嘴巴，还没有自由。2002年回家过春节，年仅17岁的他，看见不少农田抛荒无人种植，觉得很可惜，当时就想，当一个光荣的农民很好。从此，他立足乡村，不仅种了自家10多亩田，而且又捡了几十亩。说捡田，是因为那时不说流转，也没有说钱的事。他说，收成好，请吃餐饭，买条把烟，也算是个情。到2013年，胡明喜已经有了近300亩稻田，种田也基本实行了机械化。2014年，开始正规的土地流转，目前，胡明喜已种植水稻近700亩，涉及3个村8个村民小组。今年，他还组建了农机专业合作社，他们5个成员投资百万余元，又添置了插秧机、旋耕机、收割机和5台烘干设备。胡明喜作为理事长，出资50万元。

我曾写过一篇《向捡田大户致敬》的小文章，其实胡明喜也是捡种抛荒田捡成的种粮大户。10多年来，他参加过农机、农业多种培训，用他的话说，他的能力已远远超过"初中没毕业"的学历水平。对于未来，胡明喜信心满满；对于农民这个职业，胡明喜满心欢喜。这就是未来农业需要的乐于种田、善于种田的新型职业农民。

随彭晋喜走进万头猪场，好几座硕大的沼气池和一间堆积着晒干的沼渣的开放式的房子，消除了我对养猪场污染环境的担心。猪圈封闭在两道围墙以内，外人不经消毒杀菌不得入内。我在外围走了一遭，没有闻到任何异味。彭晋喜说，这里的沼气用不完，村里准备安装一些管子，把沼气接到农户家。"是呀，多好的清洁能源。"我对丁泳钧说，沼渣可以运过去种野菜。他却说："不要。养猪的饲料有添加剂。去年从养鸡场运了鸡粪来，导致野菜长得太肥，长了虫子，而且养鸡场是使用了激素的，不然一只鸡一天不会下2个蛋。我要种有机野菜，自己建有机肥发酵池，原料就是园子里的杂草和老菜叶菜秆。"

中午，红秋葵、菊花脑、人参菜、富贵菜、苦麻、枸杞叶6道野菜被端上餐桌，我很是喜欢，不免一一品尝。此枸杞叶并非木本枸杞树的叶子，而是一种草本植物，叶子以紫色为主，紫中泛绿，一丛一丛很柔美的感觉，适合盆栽，食用观赏两相宜。一盘苦麻，我吃了一多半。菊花脑是凉拌的，嚼一嚼，有一点点泥蒿香味或是艾草的香味。

末了，餐馆工作人员进来问野菜的来源，因为农场和餐馆相距不远，当时便和丁泳钧达成了简单的合作意向。如此看来，"遍地野菜分外香"不仅仅是我的感受，餐馆的工作人员也闻到了野菜的香味。大自然的灵气通过百草凝聚，香飘餐桌，定会带来健康。

28

西湖管理区东洲乡
新兴村

40年前的移民，40年的变化。保障性安居工程、特色养殖、优质稻、蔬菜制种、"爱我家园、清洁村庄"活动……一点一点地改变着这个村庄，改变着村民的生活，我也真真切切地感受到曾经的移民今日的村民安居乐业笑迎客。

安居乐业笑迎客

在长江中游及以南的地区，自古至今流传着一种古老的文明文化形态，似巫似道，尚武崇文，杂糅着人类渔猎、农耕和原始手工业发展的过程。这种文化形态，1980年代的研究者称之为"梅山文化"，后迅速得到海内外的关注和认定。如今，"梅山文化"研究已成燎原之势。

安化是梅山文化的发祥地，自柘溪水库开建，坝址以上58公里资水流域的安化人民的生产生活便被改写了。1971年冬，库区蓄水水位再次提高到169.5米，湖南省人民政府安排了第三次移民。到1972年底，共有3641户15122人被动员迁移到原常德地区，与新化移民共同成立西湖农场。当年的西湖农场，如今的西湖管理区，东洲乡新兴村村民全是安化移民。

2015年7月15日8时，我从常德日报社出发，仅用50分钟的车程就到了西湖管理区辖区内。在一条宽敞的水泥路两边，黄灿灿的向日葵，像无数张笑脸迎面微笑。记得2013年来西湖采访时，这里正在修路，尘土飞扬，绕来绕去差不多花了两个小时才到达目的地。

新兴村在西港河畔，是西湖管理区的一个偏远村庄。我们的车停在河堤下的水泥路上，听村里介绍情况时是在龚陆生的家里，从房子的气势看，主人应该是个能人。龚陆生一番思路清晰、数据精准的介绍佐证了这一点。

龚陆生7岁跟随父母移民到新兴村，到今年已经43个年头了。43年间，他见证了这里一草一木的变化："移民，心不安定。各级党委政府一手抓稳定，一手抓发展。抓住安居工程和垦区危改的机会，近4年，新建2层以上的楼房317栋，共12万平方米，人均65平方米。村民自筹资金1.1亿元以上，资金15%来自种植业、20%来自养殖业、65%来自外出打工。这还不包括弱势群体的安置房，目前6户已经入住，6户在建。到2017年，37户弱势群体的居住问题全部解决，人均55平方米。解决了住房问题，就能安居乐业。村民老有所养，女55岁、男60岁退休享受养老金，每人每月1000多元，移民每年每人还有600元。西港河的养殖业前景乐观，以欣西湖农业开发有限公司为依托，开展特色养殖，人无我有，人有我优，打造品牌农业，水产品获得著名商标，叉尾鮰出口免检；还有千亩连片的优质稻和蔬菜制种……"

集中居住是国有农场时期的特色，至今依然保留。进村途中，一幢接一幢的楼房，清一色的红瓦连成片，每户人家的正面墙上都挂有一块西湖管理区委员会援建的"保障性安居工程"牌子，让人感到了安化移民、新兴村村民的安居乐业。我记得

如今，新兴村通村的道路长又宽，优质稻田在两边

2013 年来西湖管理区采访时，政治部主任曾对我说，"过两三年，你再来，路就好走了，西湖就有些看点了。"今天看来，安居乐业就是最大的看点。

西港河一头连接沅水，一头连接澧水，水面宽阔，水质清洁，是个搞水产养殖的好地方。西港河岸有一块"特种水产养殖基地"的牌子。我有幸乘一叶木舟，欣赏西港河的神奇，不由得哼唱起了"让我们荡起双桨，小船儿推开波浪"。清清河水，鱼跃人欢。龚陆生一脸喜悦："今年的叉尾鮰价格好，1 斤比去年高出 7 块。"

于龚陆生而言，从事养殖纯属偶然。他开过出租车，贩过大米，也跑过运输，搞过供销……但诸多行当都只能维持生计。1993 年，门前西港河的水触动了他：搞养殖！于是，他从头开始，到湖南农大学习水产养殖理论知识，前往江苏、福建、浙江、广东等地，实地学习养鱼技术。1994 年年底，在西港河这片荒滩上，他建起了综合养殖场。到 1998 年，他的付出终于有了回报，当年创收 10 万元以上，纯利润 6 万余元。随后，龚陆生又走上了村党支部书记的岗位。1999 年，他建成名贵鱼综合养殖示范场，2002 年又成功引进叉尾鮰，全部加工后出口美国。2007 年，金融危机爆发，他又瞄准国内市场，目前叉尾鮰行情也在看涨。如今，他组建的西湖区富农特种水产养殖专业合作社，每年为新兴村村民人均增收 2000 元以上。

上得岸来，龚陆生又说起村庄整治："面对的现实很迫切，算了一下，一年的生活垃圾不处理，我们就会被垃圾包围。卫生是薄弱环节，也召开了党员代表会，想提高村民素质。"他递给我一张《新兴村农村清洁工程公约》：为创建舒适、优美、整洁的环境，树立我村良好形象，打造美丽乡村，提升乡村品位，经村支两委研究决定，在全村范围内开展"爱我家园、清洁村庄"的活动。

行走在西港河堤岸的水泥路上，一村妇正在花丛中锄草。她说，路下面就是她的家。我看了看手中的公约，第三条规定，沿河堤绿化带的花草由村委会统一组织管理，与住房对应的各户有义务和责任进行培管。龚陆生说此花草的开花时间在半年以上，经查证这花叫长春花。

村庄确实干净，一路走来没有乱扔乱堆的垃圾。我无意中走进 2 组村民谢杏桃的家，她伸出 4 个指头说："移民 40 年，20 年不习惯。水不好，柴不好，每天清早去挑水，泥巴看上去只有一拃（5 寸）深，一脚踩下去齐了大腿。挑水，刚刚把桶拔出来，腿又陷进去了。现在好了，自来水、烧煤、烧液化气。"

不知不觉中走到村部。农村清洁工程公示栏里，张贴着《农村清洁工程公约》《清洁员工作职责》和 2015 年二季度清洁卫生评比活动先进户名单。会议室里挂着"2015 年城乡低保民主评议会"的会标，还有安全委员会名单及《农机安全生产公约》。走出村部，迎面墙上一张"文明卫生榜"很特别，有姓名，有照片。照片人景合一，是在各家拍摄的，照片下面写着"房前屋后整洁"。

没有人介绍，也没有人指引，我漫不经心地走着看着，家家户户都热情地请我吃香瓜。村民邓良才夫妇把洗净的香瓜端到路上请我吃，那份热情、那份淳朴让人无法拒绝。吃着甜甜的香瓜，我想到了大学毕业时同学们说安化移民很武烈（霸道）。

"尚武崇文"，一种古老的文明文化形态，也许是因为迁徙的艰辛，"尚武"传播得更快一些。如今，安化移民在新兴村安居乐业，传递给我的是"崇文"的一面，是安化山里人骨子里的热情和质朴。在新兴村走得越久，这种印象越深刻，对村民安居乐业的感受越强烈。无论走谁的家，无论遇见谁，我看到的都是一张张笑脸，就像早晨来的路上见到的向日葵那么灿烂。

29

桃源县枫树维吾尔族回族乡 白洋河村

从机械化、标准化、服务化的现代农业到合作社联合体，从桃花源里水稻种植专业合作社到拥有 55 万亩水稻、10 万农户的现代农业旗舰，这个村庄，如同"一艘行驶在白洋河上的舰艇"。一马平川的良田，水稻生产实现全程机械化；白洋河里鱼跃水欢、闸蟹横行，风吹稻花香两岸。

风吹稻花香两岸

白洋河源于慈利云竹山,河道长 105 公里。1958 年,桃源县在黄石溪上游建成大型的黄石水库,拦截集雨面积 552 平方公里,总库容 6.12 亿立方米。白洋河出大坝后,左纳九溪、右纳理公港,东流至漆河镇,南经枫树维吾尔族回族乡白洋河村,于车湖垸延泉入沅水。白洋河孕育了桃源县北部几万人口,是桃源县黄石镇、九溪乡、漆河镇、枫树维吾尔族回族乡等几个乡镇生活、生产的重要水源。

2015 年 7 月 20 日,我走进白洋河村,村党支部书记曾建国说,白洋河村沿白洋河 5 公里,村庄在白洋河以北,河的南面有一片 300 亩的山,是白洋河村唯一的山地。从村部的版图上看,白洋河自西往东流,除开这片山地,白洋河整个村庄就像一艘舰艇行驶在白洋河上。

经高速公路,入省道 226,过枫林花海不远,看到一座硕大的石头标志——白洋河特大桥 54 号墩。由此入村,田里已不见金黄的稻谷,人们正在抢插晚稻秧。一拐弯处,5 名青壮年男子正把一盘一盘的软盘水稻秧苗装上手推车,说是机插晚稻秧。不远处就是育秧工厂和佳兴生态富硒农产品专业合作社。

走进合作社的大门,眼前的一切于我都很新鲜——

有机肥和水稻机插育秧基质各码了一大堆,旁边散落着一些"秸秆腐熟剂"的包装袋,若干小塑料瓶装了一纸箱,上面写着"苦参碱"。苦参碱由豆科植物苦参的干燥根、植株、果实经乙醇等有机溶剂提取制成,是生物碱。苦参碱是天然植物性农药,对人畜低毒。

育秧车间一角,堆了很多小的、白色的塑料筒和竹竿。据说这是性诱灭蛾装置。其理论依据是,蝶蛾类昆虫雌虫体表的腺体能分泌一种叫作性外激素的物质,能吸引雄虫,在田间放一定量的性外激素作引诱剂,可引诱雄虫,干扰雌雄虫之间的通信,使雄虫无法判断雌虫的位置,进而不能交配,以达到控制害虫数量的目的。

合作社办公室里,佳兴生态富硒农产品专业合作社的简介牌上写着:"统一生产计划,统一技术服务,统一品牌质量,统一加工销售,统一科研开发……为了更好地'支撑主导产业,托起三农希望',合作社又携手同行,创建合作社联合体——桃花源里水稻种植专业合作社,竭力打造拥有 55 万亩水稻、10 万农户的现代农业旗舰。"

桃源县职业中专新型职业农民培育基地、设施瓜果蔬菜生产实训基地的牌子,立在一塑料大棚入口的上方。

……

从一幅幅画面，我读到了白洋河村的农业特色：机械化、标准化、服务化的现代农业和秸秆还田等循环农业。

白洋河村由原南岳村、袁家巷村合并而成。随曾建国来到白洋河村村部，坐下来，他才弄清楚我们此行的目的。曾建国说话不急不慢，似乎说得很随意，听起来却全是干货：

产粮大村，全部双季稻，粮食生产产业化，标准化农业生产示范村，2011 年开始种植优质稻，水稻生产全程机械化。

白洋河网箱养鱼，鱼吃草，养 4 年上市，年产鲜鱼 2.5 万公斤；大闸蟹，散养，味道比阳澄湖大闸蟹还要好。还有两个协会：桃源县白洋青鱼养殖协会、白洋河大闸蟹养殖协会。

人均收入 1 万多元，劳务收入占三分之二以上。有亿万富翁 1 个，在东莞办电子厂，村里现在还有 100 来人在他厂里打工。

省道 226 线穿村而过，长 3.5 公里。农贸市场是村里的集体经济来源。美丽乡村建设，为了取缔马路市场，去年投资 100 万元，摊位由 200 个增加到 350 个。

……

从曾建国的办公室出来，发现村部院落一面墙是党务村务公开栏，我从头到尾

机械插秧

看了个遍，摘取了几个亮点：

环境卫生评比榜里有卫生责任人、卫生监督员、光荣榜、文明卫生公约、垃圾处理小常识、优秀组长6项内容。曾建国是卫生责任人，光荣榜里26位村民的正面彩色照片是贴上去的，应该是一个组树立一个学习的榜样。优秀组长9名，姓名是手写的，这说明是经过大家评选出来的。文明卫生公约比较简洁：大垃圾请入池，小垃圾请入桶，远离垃圾，远离疾病；为小家为大家，搞好卫生人人夸；环卫工作人人参与，美好环境家家受益；家家讲卫生，户户比干净。

白洋河村善行义举榜上有5位捐资人，为建设村庄捐资数十万元的有2位，另外3位也是捐资数万元。

……

这里的路灯特别多，小洋楼基本上都连着水泥路。曾建国说，村里安装了200盏路灯，95%以上的村民都建了楼房。

向白洋河方向走，省道边一块石头上写着白洋河市场，往里看去，空空如也。曾建国说，逢农历一、六赶集，一个月6次，赶集人多的时候有上万人。

来到白洋河畔，站在河堤上，整个村庄一马平川。我不禁感叹，良田呀，难怪水稻生产实现了全程机械化。再看那一条大河向东去，我理解了网箱在这里的特殊意义：河流是活水，网箱的作用也就不言而喻了。同时，我看到一连好几个网箱，水面浮有青草。如此看来，为保护水体不受污染，禁止网箱养鱼不能一概而论，禁止投肥养殖才是绝对的。当我质疑大闸蟹为什么可以散养，不用网箱时，曾建国说，大闸蟹的生物习性决定了它不会"跑"到沅江里去。

白洋河上游黄石水库库区，可长年通航，中下游河坝均建有船闸，可通行载重20吨的船舶。站在白洋河畔，眺望水稻标准化生产示范大村，我不由得唱出"一条大河波浪宽，风吹稻花香两岸……"

30

临澧县九里乡
同心村

一个想着就有力量的村名，美丽乡村的美誉必然离不开同心协力、同心同德，也必定是共建共享。一个村庄两个公园，历史与现代互相映衬、互为补充；一个高危行业，被人们做到安全发展；一个水稻生产，把大户与村民紧密相连。从村民的喜笑颜开，到家家户户的家庭和睦，处处可见同心盛开和谐花。

同心盛开和谐花

同心村，是在常德市农业委员会享有美誉的美丽乡村。2015 年 7 月 27 日，三伏天去这样的村庄，我的心情和天气一样热烈，特别希望在这里有些新发现。

农村道路硬化在美丽乡村建设中已不是什么稀奇事，但车行至同心村村口，我却有了不一样的感觉：一座牌楼，"黄鳌故园笑语飞 同心村里风光美 和谐同心"告诉我，到了革命烈士黄鳌的故乡；水泥路的两边，一边是农田，一边是农家，靠农家这边立着一长溜高一尺、圆柱形的红黄隔离墩，从红黄两色能读出警示与安全。

牌楼绿色琉璃瓦、二龙戏珠的造型、翘角檐……中国传统的建筑风格刚刚印在脑海里，司机又把我们带进了"金碧辉煌"的院子。我不禁自问：这是一个什么样的村？

进得楼来，全是现代气息：从一楼右边第一扇门进去，迎面 3 块红色拼版印着白色的"中国社区"标志，同心村即同心社区，这是城乡一体化的发展方向；3 名工作人员坐在电脑前，长长的黑色大理石柜台上立有有机玻璃工作牌，两盆翠绿的绿萝放在柜台的两端；铝扣板吊顶、铝合金窗户……室内的现代元素与室外风格大相径庭。

楼梯台阶每隔几级便摆放着绿萝，为炎炎夏日增添了一丝清凉。楼梯歇台处"典型宣传栏"里，8 个和美家庭模范、8 个婆媳和睦模范、8 个致富模范、9 个道德模范，披红戴花的照片挂了一满版，倡导的是"创建和谐社会 争做优秀村民"。

跟着村党支部书记王承宗走进一圆桌会议室，我看到了满墙的奖牌，不禁举起相机"咔嚓、咔嚓"连按快门。王承宗说，这只是一部分，说完又把我带到另一间办公室。这里说是办公室，其实更像是荣誉室：一面墙上挂有 33 块奖牌；另一面墙上是各级领导的"关怀与支持"图片展示，村里人把这些称为"同心情"。返回圆桌会议室，王承宗说，墙上 28 块奖牌，最让他引以为豪的是 3 块国家级的奖牌：2010 年 12 月国家人口计划生育委员会、中国计划生育协会颁发的"人口和计划生育基层群众自治示范村居"；2010 年 3 月 19 日国家环境保护部颁发的"国家级生态村"；2013 年全国老龄工作委员会颁发的"敬老文明号"。这让人不禁将其与牌楼的横批"和谐同心"联系了起来。墙上还有"美丽乡村建设三年（2014—2016）规划图"，从产业发展到村庄美化和文化阵地建设，处处凸显着"共建共享 魅力同心"的理念：求发展，富裕一村人；办实事，凝聚一村人；树新风，和谐一村人；讲民主，调动一村人。

6 分钟的宣传片《同心村发展纪实》传递的还是和谐：鞭炮产业的和谐发展；水稻生产向大户集中，大户与村民的和谐；村民喜笑颜开，家庭生活的和谐。宣传片尾王承宗指挥的村歌凸显着村庄特有的文化。

王承宗急于出门办事，给我高度概括了同心村的今天："公路四通八达，下雨不湿鞋袜，出门骑铁马，进门看天下，娱乐不出村，村民有文化，饮用自来水，生活生产电器化，路灯网络连农家，同心美景人人夸。"然后，又安排人带我们去感受村风村貌。

从村部出来，随村党支部副书记王承湘踏上了一条宽阔的水泥路，俗称"一五"公路，即一组至五组的公路。道路两旁栽了很多香樟树，有宅居的路段间或有一些红叶石楠和万年青等灌木，成行的路灯有红色中国结造型的饰物装点。阳光虽有些炙热，但走在乡村还不算茂盛的树荫下，吹着习习微风，即使没有撑伞戴帽也不觉得热不可耐。

走进同心乐园，发现这里俨然就是一座公园：香樟树、垂柳、池塘、秋千……最具特色的还是诗墙，诗作书法雕刻、《同心赋》、忠、孝、仁、义、礼、智、信、廉的名言警句……传递着人文与自然的和谐。

村庄有了公园

走出清凉的公园，继续前行，阳光下，同心村10组环境卫生整治宣传栏旁边，有环境卫生评比公示栏，上半年的评比结果赫然在列。10组34户村民的姓名对应着5个最清洁、13个较清洁、13个清洁和1个不清洁以及2个空白(外出户)。这说明评比是严肃认真的，没有停留在形式上。

同心村是黄鳌的故乡，2014年7月18日村里特地为这位烈士立了一尊塑像，并建成烈士公园。"黄鳌（1902—1928年），革命烈士。原名昭军，字钧德，号半石，临澧九里乡同心村人。大革命时期加入中国共产党。黄埔军校第一期毕业，曾留校任秘书部主任，是青年革命军人联合会骨干。1926年参加北伐战争，任国民革命军第二军某部主任。大革命失败后，领导鄂西农民秋收起义，任中国工农革命军和四军参谋长。后在湘鄂边指挥军部直属队作战时牺牲。"这是传承，也是和谐，是历史与现实的和谐。

村庄和谐，经济是基础，更是保障。在同心村有5家村企年产值过亿元：吉星烟花鞭炮有限公司、同心花炮二厂、铜心鞭炮厂、鞭炮筒子厂和柑橘园艺场。这5家村企一年产值过亿元，创税300万元，为村集体创收20多万元。

提到烟花鞭炮企业，首先想到的是安全。同心村祖祖辈辈生产烟花鞭炮，为了产业的稳步发展，该村本着安全中求发展、发展中保安全的原则，以吉星烟花鞭炮有限公司、同心花炮二厂、铜心鞭炮厂为依托，突出搞好企业的技扩改，加快产品的转型升级，加快产业的扩容提质，使烟花鞭炮生产从手工逐步走向机械化。特别是近5年，3家鞭炮厂每年投资500多万元实行技术改造，提高烟花鞭炮生产的机械化程度，使装药、插引的精细度越来越高，原来需要10个人操作的工序减少到只要3个人操作。同时，该村还改良烟花鞭炮的配方，实现产品质量升级，提高燃放烟花鞭炮的安全系数，减少燃放对空气的污染，保证了这一传统产业的稳步发展。

行径中，我见6组有位老汉正用起子搓玉米，便带着好奇和学习的心态走进他的家门。

老汉名叫陈祖富。职业使然，几分钟的时间，我对这个家有了些了解："老汉年龄已到73，退休养老金过2000；大儿上海搞科研，研究飞船都是尖端；二儿农村搞金融，考进信用社不简单；三儿温州勤打工，谁不说劳动最光荣；老伴身体不太好，家里农活归老汉搞；种五分稻自家吃，种的玉米全给鸡吃；老汉不图名和利，20只土鸡为儿孙辈；过年过节有团聚，开心畅饮吃钵土鸡。"一段即兴顺口溜脱口而出，何尝不是同心盛开的和谐花！

31

石门县子良乡
廖家冲村

能人回村来，村庄好起来。如何破解乡村振兴中的重点难点问题，补齐发展短板，再创农业农村发展新优势？子良乡把能人请回村当"领头雁"，廖家冲村则用很人性的长效机制治理山村，这体现的是民意，带来的是村民的主人翁意识和参与意识，得到的是村庄环境的整洁。大山深处正呈现着改天换地福山冲。

改天换地福山冲

　　2015年8月3日去石门偏远山区，我做好了充分的心理准备经历颠簸的山路，然而，一路上全是水泥路没有一丝颠簸之感，只是山区公路蜿蜒曲折，车子跑不起速度来，以至于到达"全国环境优美乡镇"子良乡乡政府花了4个小时。

　　下得车来，有些晕车的感觉，走进乡政府机关食堂，没有一点食欲，便让服务员加了一份醋泡生姜。一杯热茶就着一碟生姜，总算让我那翻滚的胃安静了下来。

　　廖家冲村离乡政府不是很远，午休后车子15时准点启动，20来分钟，就到了。这时，山里的太阳依然炎热，村党支部书记刘湘芝把我们引进一农户家，让堂屋里的吊扇驱赶着我们身体的热量。

　　廖家冲村是原来的廖家冲村和旱营畔村合并而成，是子良乡面积第二大的村。听到"旱营畔"三个字，我立马意识到"这里一定缺水！"刘湘芝肯定地说："这里自然条件恶劣，缺水，沙漠地，村民文化低，残疾人多，40岁以上未婚男人多……"

　　刘湘芝是2011年村支两委换届时被推选到村干部位置的。他接手这个村的时

山谷里的村庄

候，廖家冲村是子良乡典型的"脏、乱、差"村，社会治安和计划生育工作是县里一票否决村。4年之后，刘湘芝一口气说出了三大亮点：村民自治、环境卫生的改变、培育千亩生态有机茶园。说者虽轻描淡写，我却听得一阵一阵地激动，想一睹为快。

随刘湘芝到了村部，见一面墙上挂了3长排奖牌，我数了数，整整30块。一块一块地看，全是2011年至2014年的。奖牌涵盖了方方面面的工作，最高的荣誉是市级生态村、县级文明卫生村和县委县政府颁发的社会管理综合治理先进村、十佳村。我看着奖牌，对面前这位村党支部书记，不由得肃然起敬。另一面墙上，"村党支部专题组织生活会暨民主评议党员大会"的会标依然鲜艳夺目，党员的权利、鲜艳的党旗、入党誓词、党员的义务赫然墙上。我理解了这些奖牌背后的原动力——党员、基层党组织的战斗力，并且从廖家冲村民自治宣传栏里的"环境卫生、生态创建管理流程示意图"得到了证实：3个村干部任职于环境卫生、生态创建和基础设施维护协会，下设8个分会，每个分会都有监督党员。刘湘芝说，是党的群众路线教育把这里党员的积极性调动起来了。

刘湘芝来村里任职之前，一直住在集镇，也有自己的企业。走出村部，他指着高高的水泥护坡台说，回村之初，这里杂草丛生，有一人多高。从高台下来，我们踏上了洁净的村道，看得出村道是拓宽过的。刘湘芝说，村道以前只有3.5米，山路蜿蜒曲折，会车十分困难。他来村里后，将其拓宽至5米，这几年在这条路上没有发生一起交通事故。

村道沿高山峡谷而建，村民的房子掩映在青山绿树之中，绝大部分都是新建的并且贴有瓷砖，或是小洋楼，或是平房。这时走在村道上，时有树荫遮挡炽热的阳光，时有山风拂面，全然没有感到酷暑难熬。公路旁立着一块蓝底白字的公告牌：严禁乱倒乱扔任何垃圾，违者按村规民约罚款500元。500元对于一个大山里种玉米、土豆的村民而言是个不小的数目，这足以说明廖家冲村整治环境卫生的力度之大。

刘湘芝说，整治之初，峡谷公路沿线像清明节的坟山，树木草丛中挂满了五颜六色的塑料袋、包装盒等垃圾，都是他们搭着楼梯一点一点捡起来的。望着眼前一片洁净、一片葱郁，我想象着廖家冲村人是如何破茧成蝶的。后来，村主任向化玉给了我一本《廖家冲村村规民约》，共10章24页，当时没来得及看，晚上躺在床上仔细阅读，从土地管理，到计划生育、公共卫生、公共设施、森林防火、社会治安综治维稳、交通安全与道路建设，以及财务管理制度、防疫检疫、电力通信，行文简洁明了，责任明确，处罚严厉。我认为，正是这严厉才有了廖家冲这条风景秀丽的高山峡谷，才有了这里的文明和洁净。

其实，廖家冲的长效管理机制很人性，也充分体现了民意：协会会长包片，片长管片，会员和党员管户；坚持属地管理原则，根据全村村居特点，采取因片而议、因片而治、因片管理的办法，研究各片农户向创建协会缴纳经费的标准。2015 年，廖家冲环境整治经费收入 6.8 万元，不同的片区收费标准各异：1、2、4 片，每户 100 元；3、5、6、7、8 片，每户 200 元。以片治片，以片管片，以片养片，分会运作。500 元以下的开支，由分会会长自主安排；500 元以上的支出，必须报会长审批；每年初各分会的经费收入和年末的支出，均在村务公开栏公示。廖家冲村民出钱整治村庄环境，让村民有了主人翁意识和参与意识，从而也使村庄环境整洁成为常态。

来到旱营畔，这里正在实施安饮工程。刘湘芝说，这是石门县委、县政府的民生工程，如果再有几天不下雨，村里又要用车拉水解决村民的饮水问题。

走出粉尘四扬的工地，路过一农户菜园，我发现樱桃小西红柿的枝叶已经打蔫了。正要离去，户主邵雅兰拿了黄瓜、西红柿等蔬菜和一些鸡蛋给刘湘芝，说是招待我们这些远道而来的客人。看来，村里严厉的村规民约并没有疏远干群关系，反而使干群亲如一家。

廖家冲村从劈山修路到环境卫生整治，从改水改电到安饮工程，从村民自治到产业培育，用刘湘芝的话说，是改天换地，也正是这些改天换地之举改变了山冲的面貌，福及山冲家家户户、男女老少！

32

石门县太平镇
周家冲村

　　读别人的人生，收获自己的感悟。同班同学，一个当上村党支部书记，热心村里的工作；一个返乡饲养羊群，专心好学勤钻研，即使是在宁静的山村，走着不同的人生路，他们也都活出了自己的精彩，留下了一串串坚实的脚印。而他们所在的这个村庄，收获了村容村貌的日新月异、产业发展的突飞猛进和广大群众的安居乐业。我庆幸能在宁静山村遇能人。

宁静山村遇能人

2015年8月4日在子良乡吃过早餐后，仅30分钟车程，经过一座桥便进入了周家冲村地界。听村干部说，这桥叫周家大桥，是1997年修建的，质量非常好。

伫立桥头，眺望这个偏僻的小山村，群山环绕，树木参天，峰峦叠嶂，起伏连绵，青山巍巍披翠，碧水悠悠吐秀。走进周家冲村就像走进了一个清幽、宁静的世界，在这宁静之中我遇到了两个能人。

热心支书张如辉

说张如辉热心，源自他的同学吴振协。他们一起长大，上学住同一间寝室。张如辉是班上的生活委员，在吴振协心里，张如辉处事能力强、组织能力强。在我看来，能当生活委员的人，必定天生一副热心肠。

张如辉说，那时高中只有两年，高二文理分科，成绩好的读理科，他被分到了理科班。没想到，理科班的数学老师讲课他基本听不懂，等他后来调到文科班时，世界地理都上完了。后来，他与大学失之交臂。1983年大队改村，他被推上了村主任的位置。1985年7月入党，1995年进乡交管站工作。1998年太平镇修周家冲大桥时，他当上了原月亮垭村的村党支部书记。2005年月亮垭、九层台、周家冲三村合并后，张如辉出任周家冲村党支部书记。30多年的乡村工作，太平镇对他的评价是：以带好一个班子、致富一方百姓、确保一方平安为己任，尽职尽责，使村容村貌日新月异，产业发展突飞猛进，广大群众安居乐业。

这天，我见到了周家冲村支村两委的3名村干部，他们都说村里开会，头天广播里面发通知，第二天个个都准时到达开会地点，没有一个迟到的。这足以说明支村两委的凝聚力之强。

过去的周家冲村，是石门县经济发展较慢、社会不稳定因素较多的一个村，这些问题也曾一度困扰着镇、村两级干部。三村合一后，张如辉的热心肠感化了村民。他走村串户，与村民拉家常，密切了干群关系。他说："老周家冲民风差，喜欢讲经（较劲）。我是个很随便的人，到了村民的家里有时会说搞餐饭吃哈；村民送我烟我不要，偶尔手头没有烟了又会找村民要烟抽。你随便，村民有想法就会直接跟你讲。村民提出的要求，比如水的问题、路的问题，能解决的千方百计都要解决。村民杀年猪，你主动去帮忙，他觉得你看得起他。"

自1995年，张如辉就住在太平镇街上。这么多年来，村民买这买那，都是张如

偏僻山村两能人

辉从镇上代购，算是村民的义务采购员。吴振协说，前不久，村里有个五保户去世了，张如辉就像亲儿子一样，一直守在身边，直到逝者入土。张如辉说："村民做屋（盖房子），从看地基，到砍树、办证，一切手续都是村干部代办。"

村里开会，村干部都是去3个片分别开，一个会要开3次。张如辉说，这么做为的是让村民少跑路。

近两年，张如辉又积极争取县、镇支持，带领村民大力发展有机茶，如今各家各户都有了自己的绿色银行。张如辉看着吴振协说："他家有六七亩，我也有几亩。以后老了，这就是一个固定的收入来源。"

为民办事，事无巨细，点点滴滴凸显着张如辉的热心。

快乐羊倌吴振协

乘坐张如辉的摩托车翻山越岭，再步行穿越一条大峡谷，就是吴振协的羊圈。羊圈里，白色的羊群，一身洁白，个个长着咖啡色的耳朵和脑袋，真叫一个漂亮。山上的露水已干，吴振协正把羊群按大小、分批从一间一间的羊圈放归大山，并说大羊要翻过几座山去吃草，小羊跟不上大羊的步伐、也到不了更远的地方。

吴振协放完羊群，返回大峡谷，坐在一块大石头的阴影下，和我聊起了他的养羊经历。

吴振协，1964 年生，土家族人，高中毕业，也曾两次出远门打工，一次是在广东的家具厂，一次是在浙江的铝材厂，每次都只做了几个月。吴振协说："一个月几百块钱的工资，都是苦力活，搞不出摆演来（搞不出个样子来）。工资少，工头脸色还难看，我就想，何不利用家乡漫山遍野的草资源，回来养羊子。"

周家冲村月亮垭人对动物的称呼，听起来有些特别。他们称羊为羊子、鸡为鸡子、猪为猪子。吴振协带着梦想回到月亮垭并没有立马养羊，而是去了吉首一家砖厂。他说："内地的厂子松散些，我去书店买了些养羊子的书，边打工边看书。"

1996 年，吴振协花 2200 元，买了 20 只羊羔。约一年时间，小羊长成大羊，没想到冬天遇上下大雪，吴振协只能把羊关在家里养喂干草。冬天是过去了，他的羊却越喂越瘦，还死了一些。开春了，吴振协把剩下的羊卖了，赔了劳力还亏了 500 元。吴振协说："种田，日子过不去。歇了一两年，还是没有路子，又开始养羊。花了大几千块钱，买了大几十只土羊子，土羊子土办法。这时，正好畜牧站搞种羊，波尔山羊，又花 2000 多块钱，买了一只 30 多斤的种羊。记得是正月廿四，羊牯（公羊）走不动了，背，抱，把它当宝贝一样地弄回家，精心喂养，繁殖小羊子，1 只母羊怀孕 1 至 2 只。从那时起，1 年卖 1 万多块钱。"

那时候的万元户可了不得。吴振协说，一只种羊，在一户待的时间最多不超过 2 年，待久了就是近亲繁殖，近亲繁殖的羊质量就不行了。从 1996 年开始，吴振协换了 6 只种羊，种羊的价格也从 2000 元涨到了现在 4000 多元。养羊大户吴振协的超时种羊，或是与别的养羊户交换，或是卖掉，种羊卖掉说是只能卖半价。

现在吴振协的羊圈里大大小小的羊有 145 只。他说，主要以卖种羊为主，收入 6 万元左右，加上肉羊年成好，一年可赚 10 多万元。

吴振协为了自己的尊严，远离喧嚣的大城市，回到石门山区，过上自由自在的羊倌生活。村党支部书记说他有楼房，有车，车还是别克车。吴振协听了，露出了菊花般的笑脸，脸上写着快乐与满足。

在宁静世界，听能人张如辉、吴振协讲故事，于我是一种享受；在大山深处，有张如辉、吴振协这样的能人，于村民是一种福气！

138

33

桃源县沙坪镇
湖湘坪村

当好山好水好资源遇上浙商群体敢为天下先,一个村庄就有了创新创业的活力。20多名浙商勇闯天下、投资乌云界,开发生态旅游,带动当地农民发展第三产业。当湖湘坪村成为核心景区,湖湘坪村人就有了商机。村民返乡创业,开商店,办农家乐,开家庭旅馆,在家门口打工,全凭这溪水潺潺风光美。

溪水潺潺风光美

　　之前沙坪于我没有一点概念。下高速不久，见一块"乌云界休闲度假旅游区"的牌子立在路边，我才知道沙坪镇居然属于乌云界片区！

　　乌云界国家级自然保护区是 2006 年 2 月经国务院批准成立的，属森林生态系统类型保护区，有华中低海拔地区现存面积最大、保存较完整的中亚热带常绿阔叶原始次生林。森林植被覆盖率达 92.5%，是湘西北重要的水源涵养区和生态屏障。电影《竹山青青》《女儿船》《西去百丈峡》《铁牛镇》《葫芦晃悠悠》等，都在此进行过外景拍摄。我曾听朋友说过在乌云界索溪、露营的经历，心中有一点向往。乌云界国家级自然保护区的主要保护对象是银杏、红豆杉、华南虎、金钱豹等。一路上，我两眼望着窗外，搜索着乌云界的神奇，也许只是在乌云界边缘，进入视野的全是绿，绿色的杉树笔直挺拔，绿色的楠竹纤纤细枝随风摇曳。

　　2015 年 8 月 17 日，走进沙坪镇政府，一栋建筑风格别致的办公楼是湖南乌云界国家级自然保护区管理局分局的办公地。湖湘坪村党支部书记文伏波已在镇政府等候。文伏波说，这里的茶叶以前很有名，茶厂曾是国家轻工业部直管的茶厂，是省外贸出口企业，后来茶厂死了，

得天独厚的天然旅游资源

茶产业也就死了。这里是个穷地方，县委扶贫工作组今年年初决定恢复 200 亩茶园，9 月国土整理后，准备栽种桃源茶叶。这里的人习惯做红茶喝红茶，以前当地农民用茶梗煮出来的红茶红得发亮，一煮就是一缸，一缸要喝好些天。镇政府办公室主任刘施婷指着我们面前的一次性塑料杯说，给我们泡的茶就是乌云界里面生产的红茶。喝过几口，留在嘴里的是清凉，我喜欢这种感觉。

　　湖湘坪村是桃源县沙坪镇美丽乡村建设示范片三村之一，文伏波说，浙江商人在这里开发的生态旅游景区的核心区在湖湘坪村，现在在建的玫瑰园、珍稀植物园、亲子漂流、儿童游乐场、溢洪道人工瀑布等项目，都会给这里的农民带来收益。

从镇政府出来，随文伏波向景区走去，途中经过一条老街，约200米长，一排小木楼记录着历史的沧桑，我想象着这里曾经的繁荣。我们的车停在一开阔地，不少人正在施工，说是建停车场。远处花丛中立着一席竹篱笆，"动漫乡村"4个鲜红的大字勾着白边，跃然竹篱笆之上。我端起相机刚拍下这第一景，就忽然下起了大雨。

乌云界国家级自然保护区位于中亚热带向北亚热带过渡地区，属于中亚热带季风湿润气候。春季低温阴雨，湿度大，云雾多；夏季炎热，多暴雨；秋季风和日丽，气候宜人，具有典型山地气候特征；冬季冷凉干燥，多大风，霜冻频繁。

在夏秋交替的季节，说是夏，这里却没有那份炎热；说是秋，这里却下起了暴雨。文伏波是有备而来的，他熟知这里的天气。刘施婷从车上为我们一人拿来一把伞。因为雨来得迅猛，我们只好撑着伞躲进屋檐下。这时，浙江投资商金选民出现在我们面前，指着竹林掩映下的"乌云界休闲度假旅游区"的宣传牌说："景区总规划包括双凤山入口景区、花海探芳景区、七仙女湖景区、渔樵耕读景区、五龙七凤景区五大块，大大小小的有41个项目。"今年"五一"小长假，他们在这里举办了乌云界首届乡村动漫文化节，免门票向游客开放，十分火爆，3天时间，就迎来了7万以上的游客。

遇到浙商会多一些亲切，只因家父是浙江人。问起如何结缘沙坪，他们将时间追溯到了2012年。那年，浙江商人在沙坪镇的农户家住了1个多月，对乌云界的旅游生态资源进行细致的考察，随后组建湖南乌云界生态旅游开发有限公司，拟开发旅游资源，带动当地农民搞第三产业。浙商的想法与政府的发展思路比较一致，桃源县委、县政府大力支持，无障碍引进，把王家湾水库周边的红官村、湖湘坪村、赛阳村作为桃源县沙坪镇美丽乡村示范片。金选民告诉我，公司入股浙商有20多人，他们来这里发展旅游业，是冲着乌云界的好山好水，浙江大学花了1年时间，为公司做出总投资8000万元的《景区总体规划》。目前，公司已流转土地500亩，投入资金3000万元，建设景区20000平方米，已初步建成玫瑰园、银杏园、红豆杉园、冬枣园、枇杷园、蓝莓园，并且拟在今年"十一"开园。

这里的雨很特别，就下了一小会儿。步入在建的景区入口，水泥路沿着一条溪水向里蜿蜒而去。水泥路只是路基，旁边码放着很多青石板。文伏波说，完工后，核心区的主干道全是青石板路。行走在核心区，不时会遇到施工的人，有的在铺路，有的在立护栏的柱子，也有的在浇灌亭阁的地基，只要开口和他们打招呼说话，听到的都是清一色的桃源高腔。

溪水潺潺，两岸苍绿，我不时拿出手机自拍，试图把自己定格在这青山与溪流之间。绕过一个大弯，眼前一片开阔，正如《桃花源记》里豁然开朗的情境。民居、亭阁、莲花藕池……尽收眼底，3只白鹭见我们靠近，扑哧一下，从绿草地展翅飞向空中，在我们的头顶盘旋几周后，又歇息在玫瑰园的附近。玫瑰园里，农耕男女正在除草，并且依然用桃源高腔说着他们的生活。这难道不是溪水潺潺风光美吗？

远处，人们正在修建木房子，越是走近，气味越是香浓。一汉子告诉我，这香气发自修建房子的松木。我把鼻子凑近，吸了吸，还真是松木的香味。木房子的建设者来自长沙县，他们都是手艺人。10 来个木匠师傅，今年 7 月来到这里，说建一幢木房子得 3 个月。这不，正好与"十一"开园吻合。

在玫瑰园姐妹土菜馆，我见到了 71 岁的老村民张治平。他一开口说话，便露出满口整齐的白牙。他告诉我，这溪沟叫黑堰湾，水的源头在乌云界，玫瑰园所在地是湖湘坪村的芭茅组。他一口气说出了这里的特点：脚踩白象（芦花乡白象村），头顶乌云（乌云界）；左有明镜（明镜山）照万里，右有五龙（五龙山）来喝水，上有浸水（浸水湾）保农田，下有四台（郑家驿四台村）把水关。我突然问道："这里的人长寿吗？"张治平说，就芭茅组一个组，90 岁以上的老人就有 4 个，然后又指着对面一座民居说，那家，93 岁的康普初还能下地种玉米。我又一次感到了这里的神奇。

继续前行，王家湾水库出现在眼前。水库 2000 多亩，库容 1800 万立方米。现在不是丰水期，水库的水不是很多，库面却变化无常。镜头里，时而清晰可见远处青山，时而雾气蒙蒙，呈现出水库的朦胧之美。我沿水库大坝漫步，自动气象站、人影标准化作业基地、观鸟台、视频监测站、饮用水源、农业用水区……一系列的招牌或设施，再次告诉我这里不一般。乌云界的植被成就了王家湾水库，王家湾水库成就了溪水潺潺，这山、这水、这溪沟、这植被成就了这里的风光美。

旅游资源的开发，吸引外出务工的村民纷纷返乡，据说已有 400 名村民返乡上班或创业。文伏波说："以前，全村每年有近 700 人外出打工，今年依托景区，很多人都留在村里谋出路，现在外出打工的已不足 300 人。目前，村里已有 15 家农家乐，20 家家庭旅馆。"

村民李美香，曾在广州一鞋厂打工 4 年多，今年在自己家开起了农家乐兄弟农庄，4 月底开张的，说比外出打工强，特别是"五一"期间，忙都忙不过来。村民吴铁加、郭学玲夫妇往年也是打工族，今年"五一"前在村里开了家小商店，小日子过得红红火火。何月仙的家也是前面商店，后面旅馆，她说："今年元宵佳节，我买了 500 根蜡烛，插在白萝卜上，摆放在房前屋后和门前道路两边，到处照得亮堂哒。"这是这里独特的送年的习俗，寓意把邪恶的东西送走，迎来一年四季的红红火火。在我看来，这也是湖湘坪村乡村旅游的一个文化元素，若是善加利用，不失为一道亮丽的风景！

34

临澧县文家乡
五道村

因为水库，有了小气候；因为气候条件，成就了烟叶生产；因为种植烟叶，晚稻不再施肥打药。在这里，站在村口放眼望，映入眼帘的除了生态家园，就是晚稻田里那惹眼的绿，让人不禁感叹生机勃勃看"五道"。

生机勃勃看"五道"

2015年8月24日，从常德市城区出发，经临澧县城，过文家乡政府，驶入文雅公路，一座秀美的水库——浮山水库出现在视野里。这水库之水应该来自太浮山植被蓄积的雨水。同行的烟草种植专家告诉我，因为太浮山，因为浮山水库，这里形成了特有的小气候，成就了这里的烟叶生产。

在五道村村部停留了片刻，我便随村党支部书记田长玉走村串户。放眼望去，全村14公里水泥路，连通了95%以上的农户，户户都建了新房子，不少家庭还安装了太阳能装置。

此行第一站是临澧县五道水厂。水厂大门边"中国水利、国家农村安全饮水工程"的标志赫然在墙。水库蓄水1000多万立方米，是文家乡的饮用水水源。站在水处理塔边，田长玉说，五道村位于水库上游。他继而说起了五道村村名的来历：从太浮山下来，有一条溪流，名叫枯藤溪，溪水直接流入道河。在文家乡境内，沿溪从下而上有枯藤桥、步直桥、七公桥、张家桥、五道桥5座桥。历史上有五道桥为5位道长所修的传说，也有村里有5道溪水汇入枯藤溪之说。后筑坝拦水，就有了浮山水库，五道桥则被淹入水中。

从水厂出来，干净的水泥路两边一片生机盎然，绿油油的晚稻田一丘接着一丘。田长玉说，种过烟叶的稻田，晚稻不用打药施肥。一片待进行国土整理的低洼地，也是牧草青青，几只白鹭围着牛儿转悠，飞飞停停，好一幅生态之美的图画。远处一黄色小碑立在大片绿色的稻田边，走近看，是一个基本农田保护界桩。原来这就是神圣不可侵犯、粮食安全红线以内的农田……

走进沈家边组，村民沈昌新干净漂亮的农家小院映入眼帘。房子依山而建，柔美的竹林掩映着红瓦、白墙的民居。菜园里杂草全无，两堆火土灰昭示着将要播种秋季蔬菜。这是村里文明生产户。田长玉让年过古稀的沈昌新拿出族谱，老人为我讲了个沈见龙的故事。沈见龙的见龙二字为乾隆皇帝所赐。话说乾隆皇帝下江南，到五雷山经过此地，在沈家歇脚一宿，于是有了一段君臣与庶民的佳话。族谱记载，沈见龙为沈家14代，沈昌新为沈家22代。沈见龙潜修3年，中乾隆甲子科举人，选贵州玉平知县。田长玉补充说，沈见龙为乾隆直接封的四品官，在"文革"破四旧立四新的时候，文家乡原文革主任吴丕玉见过沈见龙的轿子。在五道村，沈姓为大姓，沈家湾、沈家边的人都姓沈，原济南军区工程部部长沈昌山也是五道村人。

从沈家与乾隆皇帝的故事中走出来，跟着田长玉，从猕猴桃苗圃到种植园，从平

不用打药施肥的水稻长势好

地到山丘，从嫁接苗到实生苗，我看了个够，也踩了满脚泥土。村民或是为苗圃扯草，或是把新长出的枝蔓固定在水泥桩和铁丝网搭就的支架上……田长玉说，这是融资 200 万元建成的长裕猕猴桃科技产业园，嫁接苗适合种在田里，实生苗适合种在山上。五道村历来就有猕猴桃，行走在山地，能看见野生的猕猴桃苗子，20 世纪 70 年代办纸厂时，把漫山遍野的猕猴桃砍了做手工造纸的帘子……田长玉说这里有适合发展猕猴桃的土壤和气候。

绕过猕猴桃园区，便是绿油油的橘园，树上挂满了累累果实。田长玉一个小的跳跃，落在低一级的田埂上，伸出粗大的手。我心领神会，紧握住大手，小心翼翼，平稳落地。生人造访，狗吠声此起彼伏。这里是林下养鸡，除了橘林里的虫子和杂草，玉米是鸡群的补充饲料。鸡的主人不在，两只小狗被铁链拴在橘树树干上，守护着这片林子和几千只鸡。

五道村一年的柑橘收入有 200 多万元，田长玉说，他们橘子销售得益于烟草专卖局在这里建设"科地"智能烟草烤房。橘子收获的季节，闲置的烤房场地及仓库就是柑橘销售的集散地，田长玉会把柑橘经销商请到村里，坐地收购，如此村民的柑橘也能卖个好价钱。

走进枫树组烟农沈顺清的家，烤干的烟叶已被里三层外三层地包裹得严严实实。烟叶被搁置在二楼，等待着计划调拨。田长玉说，全村的烟叶一年收入 300 多万元，加上一季晚稻，每亩农田的产值在 6000 元。烟叶生产对于烟农而言，是一个朝阳产业。

柑橘、烟叶、猕猴桃，是五道村强村富民的三大产业。

五道村早在 2001 年就以丘岗山地和二垮田为依托，发展柑橘产业，为降低产业购苗成本、确保品种纯正，该村自育枳壳苗，到石门维新采购接穗，无偿发给农户栽培，培植柑橘产业 1800 亩，形成了该村强村富民的第一个基础产业。如今，全村每年柑橘收入在 200 万元以上。

随着柑橘产业的形成，五道村又利用太浮山下特有的小气候优势，大力推行烟叶富民产业的开发，从 200 亩起步，一步一个台阶。到 2008 年，烟叶生产发展到 1000 亩，成为临澧县名副其实的烟叶第一村，全年烟叶收入达 300 万元。

2014 年，五道村以太浮山旅游开发为契机，拟打造环太浮山绿色猕猴桃果品开发长廊，自繁金艳、红日、米良猕猴桃 30 万余株，植苗 200 亩。到今年年底，该村猕猴桃种植面积可达 1000 亩，为村庄替代产业找到了一条新的出路。据湘西考察数据，1 亩猕猴桃的保守产值为 1 万元，好的可达 2 万元。

返回村部，见到了现代烟草农业示范基地指挥部、退役军人之家、可再生能源合作社、沼气服务站的招牌。在近 7 个多月走村的印象中，我还是第一次见到这些。后来得知，五道村参加过抗美援朝的退伍军人就有 10 名，还有参加过对越自卫反击战的退役军人，村支两委每年除了春节慰问他们外，还会召开一次茶话会，了解他们的想法，听取他们对村里建设发展的建议。

五道村有 150 户建了沼气，完好地保护了太浮山片区的植被。五道村全村上下保护着自己的生态家园，发展生态农业，呈现在我们眼前的是一个生机勃勃的村庄。

35

常德经开区石门桥镇
九龙庵村

盛世修志，志载盛世。一个村庄修《村志》，必定是这个村庄进入昌盛发展时期了。一个村庄的昌盛除了需要经济做基础，还需要过人的胆识和独到的眼光。从"以足球场为核心建一个体育文化产业园"的胆识看"高效农业"的独到之处，从理念到现实，无论是现代农业园区还是专业生产基地，无一不是古老村庄看新奇。

古老村庄看新奇

因为常德经开区石门桥镇集镇修路，九龙庵村党支部书记陈忠群说带我们进村。2015年8月31日，我与其相约从常德经开区管委会一同前往九龙庵村。虽说现在常德市很多村党支部书记都是当地能人，但初次见到陈忠群，我依然无法把他与村干部三个字联系在一起。他全然一大公司老总或董事长范儿，全身的装束和那份沉稳低调，让我对今天要走的村庄有了无限的想象。

陈忠群的车在前，我们的车在后，从鼎城区草坪镇穿过。车窗外，虽然都是田园风光，但是一条干净的水泥路还是把九龙庵村与别的村庄明显区分开来。路边有成排的路灯，间或立着一个大中城市才有的分类垃圾桶；沿途的小洋楼，绿树掩映，鲜花拥簇；绿油油的双季晚稻田一丘一丘地连成片，间或有几丘一季稻已经现出成熟的颜色，金灿灿、沉甸甸的稻穗告诉人们，已是收获的季节……我不知是该用田园里的城市还是该用城市里的田园来形容这个村庄。

车停在村部，一眼就能看出这里是新修的房子，因为一切都是那么干净和崭新，

九龙庵村美乡村建设规划平面图(由九龙庵村提供)

从用材到工艺，都让人联想到陈忠群脚上阿迪达斯的白色短棉袜，透着几分讲究。陈忠群把我们带进一间圆桌会议室，拿出一本《村志》——《美丽九龙庵》。常言道，盛世修史，明时修志。盛世修志，志载盛世。在我们古老而文明的中国，上至全国，中经各个省、府、州县，下到一些文化经济发达的乡镇都有志书；还有关于名山大川、湖泊、寺庙的专志，如《洞庭湖志》《武当志》《嘉陵江志》等。然而，我还是第一次见到《村志》。这是第一新奇。

翻开《美丽九龙庵》，我读到了村名的来历。传说远古时候德山有座龙潭，千年前，古木参天的安冲山脚下，有座碧波潭，潭中有深不见底的石洞，石洞与德山老龙潭相通。有一年，龙王和他的 9 个儿子游玩到这里，看到村里风光优美竟舍不得走，便常居于此，从此村里风调雨顺、生活平安。于是，村里有了九冲十八塝的说法。九冲是龙王九子分别坐镇的村组，十八塝为守护在九冲两边的梯田。人们为了挽留他们，在山顶修建了一座庙宇，叫九龙庵。今天的九龙庵村就是由此而得名。虽然传说归传说，但村子里参天樟树依然昭示着村庄的古老。

走出历史，陈忠群又给我们放了一段影像资料《休闲九龙庵》，然后又展示了九龙庵村美丽乡村建设规划平面图、鸟瞰图、景观意向图。我惊艳道："足球场！"陈忠群说："借习近平总书记全民足球的理念，发展村集体经济。"世人都知道，习近平总书记是个"足球迷"，他是否说过"全民足球"，我没有查到依据，但早在 2011 年 7 月，韩国民主党党首、国会议员孙鹤圭将带有朴智星签名的足球送给习近平总书记时，习近平总书记就表示："中国世界杯出线、举办世界杯比赛及获得世界杯冠军是我的三个愿望"。据《新京报》，2014 年国务院《关于加快发展体育产业促进体育消费的若干意见》明确，以足、篮、排三大球为切入点，加快发展普及性广、关注度高、市场空间大的集体项目。意见还明确，对发展相对滞后的足球项目要制定中长期发展规划和场地设施建设规划，大力推广校园足球和社会足球，并将中长期足球发展规划和足球场地设施建设规划列入"重点任务"。陈忠群要在九龙庵村建足球场，其胆识之过人，眼光之独到，能说不是一大新奇吗？

陈忠群曝出一条新闻，说是九龙庵村要建一个体育文化产业园，为村集体经济打造一个产业。1600 万元的土地平整项目已通过评审，预计 10 月开工实施。九龙庵村以此为契机，对效益不好的山地实施改造建设，拟建一个足球练习场，同时以足球场为核心，配套建设集吃、住、玩于一体的休闲广场，并且招商建篮球场、羽毛球馆、自行车道和培训楼，把集体经济搞起来，用产业来支撑村里长久的发展。

"不能总是依靠政府投钱，村里要有自己的造血功能，这样村里的发展、村民的生活才有保障。"陈忠群大谈 2015 年至 2020 年的发展规划：着重发展生态休闲农庄和高效农业。生态休闲农庄重点打造农家休闲和农家体验"两大园区"，集吃、游、玩为一体，并且计划投资建设一个占地38亩的高标准生态休闲农庄（即体育文化产业园）。高效农业以目前传统水稻、油茶产业为基础，大力培育优质水稻基地1000亩，油茶低改1000亩。同时，采取走出去、请进来的方式，搞好小型现代农业园区或专业生产基地规划，为发展现代高效产业做准备。

陈忠群是2014年4月支村两委换届时，被村民、党员全票推到村干部、村党支部书记的位置上的。2015年7月31日，他就从常德市美丽乡村建设授牌会上捧回了"常德市美丽乡村"荣誉牌。九龙庵村还是常德经开区第一个被市政府授予"美丽乡村"荣誉称号的村，其建设速度是一大奇迹。陈忠群谦虚地说，这都得益于经开区、镇政府的支持，是支村两委的共同努力，而且离不开全体村民的积极参与。

从圆桌会议室出来，走进一间办公室，我一眼就看见了路由器，不由得感叹"有WiFi"。年轻的村干部马上应道："信息社会，必需的。"我又走进一间大会议室，驻足《石门桥镇九龙庵村美丽乡村建设情况简介》前。《简介》显示，2014年完成项目建设投入资金490.8万元，其中农民自筹239万元。村里投入100万元开工修建了村公共服务化设施（一部两中心三室一场一园）；投入15万元在村口修建了民俗牌坊；投入32万元完成了1公里村道硬化和亮化工程；投入50万元安装自来水网管，解决了全村1054人的安全饮水问题；投入10万元，完成1公里的绿化工程；投入3.8万元，完成了1.5公里沟渠清淤、1.5公里砍杂；投入30万元，完善了农村环境卫生整治基础设施配套建设；投入130万元，完善3.3公里村道硬化；投入50万元，完成了主要水利设施西干渠的沟渠硬化，建成1.8公里生态沟；投入2万元完善了文体设施建设……陈忠群说，他上任后，请老村干部出来为村里的建设工作一年，才让这些项目得以实施，并取得了好的效果。

乘车进村时，虽已感受了九龙庵村的美，我依然有漫步村庄的冲动。站在村部大门外，九龙庵村"建设美丽乡村 打造宜居家园"的旗帜，额外鲜明；村道上，"整治工作人人参与 美好环境家家受益"的宣传牌、环境整治责任区牌，不时映入眼帘；精致的垃圾桶最有城市气息——可回收物、电池回收、其他垃圾，全有中英文标示。陈忠群说："村里的生活垃圾，各家各户自产自销（消化）；垃圾池拆了，一个垃圾池就是一个污染源，就是一个污染区，一个垃圾池污染一大片；3个保洁员，负责公共部分的保洁；垃圾桶很漂亮，是为路人丢烟蒂、丢面巾纸等垃圾准备的，不是给村民丢成袋成包的垃圾的……"

我随陈忠群走上一坡道，看见平台上一座平房也是崭新，三间加一偏，红色的琉璃瓦，铝合金的窗，不锈钢的门和防盗网，据说总造价12多万元。这是村里为自卫反击战烈士的母亲修建的。再沿西干渠行走，但见一望无际的莲藕田，荷叶开始泛黄了，其间依然有星星点点的白色荷花，时而有缕缕清香飘来。

走在村道上，能看到时尚的年轻人；路过农家小院，也有婆媳一起操持家务的画面。陈忠群说，九龙庵村的劳务输出收入占总收入的 80%，却很少有空巢老人和留守儿童。九龙庵村历史上能工巧匠多，泥瓦匠、木匠等一些手艺人主要在常德市从业，朝去晚归。

走着说着，来到了新修的村民俗牌楼前，这才是石门桥镇九龙庵村的入村口。站在村口，放眼望去，古老村庄的新奇之美尽收眼底。陈忠群说，2015 年土地平整、沟港渠和山塘整治是村里的大事，同时，还要实现路灯全覆盖，再打 3 公里水泥路，然后就是体育文化产业园的建设——这应该是九龙庵村今后的最大奇观。

采访札记

众人拾柴火焰高

走访九龙庵村，听得最多的是，这条路是谁捐资修的，那一排路灯是谁捐资安装的，民俗牌楼是谁捐资修建的……看着 4.5 米宽的水泥路，望着 3 公里长的村道上的整齐路灯，目睹气势宏伟的民俗牌楼，我不禁想到一句成语：众人拾柴火焰高。

众人拾柴，前提是有柴可拾。九龙庵村，能工巧匠多，挣的钱也多，村里不乏大老板和项目经理，他们有的将业务都做到了马来西亚和柬埔寨，这就为拾柴创造了条件。

众人拾柴还得有"拾柴"的心气。这个心气，更多的来自共识——只有自己富了，把家乡建设好，把自己的家园建设好，才能真正过上幸福美满的日子，享受天伦之乐，颐养天年。

当然，凝聚共识，还需要一个强有力的领导班子，要有一个率先垂范的领路人。九龙庵村就有这样一个班子和领路人。

众人拾柴，更要让人看得见熊熊的火焰，感受到温暖，这样群众的干劲才会更足。实践表明，人民得实惠最多的时期，往往是历史上发展最快的时期。九龙庵村一年建成美丽乡村示范村，路好走了，环境美了，村民更会心无旁骛，埋头干事。

众人拾柴火焰高是指"人多力量大"，说的是大家都往一个方向使力。干事创业需要众人拾柴，建设美丽乡村同样需要众人拾柴。九龙庵村支村两委怀揣建设美丽乡村的"中国梦"，承载着全村村民的幸福梦、事业梦、家庭梦、成长梦等无数个个人梦想，只有"众人拾柴"才能把美好梦想变为现实。

36

安乡县官垱镇
新乐村

偏远不等于被遗忘，湘鄂边界的村庄来了"第一书记"就是佐证。一个村庄的发展人才不可少，这里走出的湖南省棉花产业技术体系首席专家就是村里产业发展的支撑。经济发展相对滞后只是暂时的，老人个个都老有所依才是最可贵最长久的精神财富。给人一份尊重便是尊重自己，我们不妨透过"邻里多一份关照"，看和睦村庄谋发展。

和睦村庄谋发展

　　2015 年 9 月 6 日，白露节，是农历二十四节气中的第 15 个节气。进入"白露"，天气渐渐转凉，在清晨时分地面和叶子上会有许多露珠，因此得名。

　　这天早上 8 时我从常德市城区出发，走高速到安乡，到达官垱镇已是 9 时 45 分。这让我感到了新乐村之偏远，据说它临近湘鄂边界，与湖北只是一村之隔。村党支部书记袁誉军和第一书记陈曼已在官垱镇镇政府等我们。简短的基本情况介绍之后，我们确定了采访对象，立马进村分头采访。我和袁誉军乘陈曼的车。刚到车旁，袁誉军很自然地为我打开了车门，让人顿时生出了一份感动。

　　我走村串户上车下车无数次，印象中这是第一次有这种待遇，不禁说道："书记很绅士呀！"陈曼说，袁书记是高中生，这也是她对村干部有信心的一个重要原因。后来，听一起进村的记者讲，村治保主任崔登武也是替她开了车门。在我看来，绅士风度与学历没有太大的关系，而是在于个人修养。对于一个村子而言，这既是一种良好的风气，也是我们走村串户要寻找的村风民俗。他们的这一小小举动，让我对这个村有了与众不同的印象。

　　进村的路，倒也是一条水泥路，只是感觉年久失修，有些坑坑洼洼。走进村部，发现在一栋教学楼的一头，有几间教室粉刷过，铺了瓷砖，还用一张尼龙网（或是塑料网）围着，像是现在农村很多农户围菜园一样。袁誉军弯腰取掉挂在钉子上的尼龙网，为我们打开一条通道，这让我想起了我婆婆进菜园的情景。袁誉军说，这样围着是为了防止农户散养的鸡上来弄脏了村部，真可谓异曲同工。我环顾四周，这座曾经的村小学，操场上长满了杂草，几只鸡正在草中觅食；被围住的村部相对周围的环境来说，还是要整洁许多。

　　2015 年 6 月，戎马出生的女警察陈曼受被任命为新乐村第一书记，这是她自己没有想到的事。她说，新乐村被定为软弱涣散村，县委组织部让她出任这个村的第一书记，应该是觉得她有基层工作经验。可对村里的工作，她基本是个外行。经过一周的集中培训，陈曼心里算是有了些数。她先是到官垱镇了解新乐村的情况，然后，选择了 7 月 1 日党的生日这天正式走进新乐村，参加了村党支部庆"七一"法制培训。

　　随袁誉军走进会议室，讲台上"新乐村党支部庆'七一'法制培训会议"的会标依然光鲜。会标下是党建活动宣传栏，《四议两个公开》写道：为了加强和改善村党组织的领导，理顺村支"两委"关系，保障和落实村民群众的民主权利，所有重大事情都在党组织的领导下，按照"四议""两公开"的程序决策实施。会议室里还贴有远程教育组织机构、农民用水户协会、退役军人之家的内容。最多的是关于退役军人之家的内容：服务内容、工作制度、管理制度、申请扶贫资金流程。袁誉军说，新乐村有25名退役军人。在村部，我看到了新乐村的经济薄弱，却怎么也不能把它与"涣散"二字联系在一起。

在今年缩减棉花种植面积的大背景下，新乐村也改种了一些玉米，但相对而言，这里的棉花种植还是要多一些。湖南省棉花产业技术体系首席专家李育强研究员是新乐村人，新乐村的棉花种植应该与李育强多少有些关系。都说新乐村没有"人"（指人才），在我看来，李育强应该算个人才。袁誉军说，2006年，村里出了个清华大学生，还读了研究生，现在才参加工作1年。人们所指的"人"是能给村里建设发展资金的人，陈曼说，但凡与村里沾一点边的人，村里都找了。正说着，一个有中英文标志的垃圾桶映入眼帘，我惊奇地说道："这是我在九龙庵村见过的垃圾桶！"袁誉军说："我同学是搞这个的，我拿了10个来。"

行走在新乐村，不时能看到"邻里多一份关照 社区多几许平安""公平公正人人盼 平安安乡人人建"的标语，各家各户外墙都挂有"文明卫生户评比公示牌"，从上面的评比结果看，是一月一评。牌子上温馨地提示：请您搞好房前屋后卫生，对垃圾实行"三个三分之一"分类处理。一口鱼塘边，并排建了两口水泥池：一个圆形的为焚烧池；一个方形的是热水坑，它是用来沤制肥料的，里面沤了些瓜皮、菜叶，只是差一个密封的盖子。沤肥需要厌氧发酵，才能优质。走进一户三口之家，母亲和两个30多岁未婚的儿子都在家，墙角堆放着一些可回收的瓶瓶罐罐。新乐村虽然没有几幢像样的房子，但家家户户都实行了垃圾分类处理；虽然没有一条完整的水泥路，但无论是断头的水泥路，还是凹凸不平的土路，都没有垃圾。

新乐村还有一个很好的习俗：无论哪个家庭，但凡父辈老了，都会有一个儿女留在村庄耕作，守护老人。所以，新乐村的老人个个都老有所依。离开新乐村之际，我问袁誉军，村里什么最让他这个村支部书记感到欣慰，他说，和睦。村里有一个集中居住区，只有20多户人家，袁誉军号召大家集资修路，村民二话没说，多的1000、2000，少的500，集资10多万元修成了一段水泥路。

村支书与第一书记共商村庄发展

这是一个和睦的村庄，也是一个需要注入资金建设发展的村庄，安乡县委派了第一书记，村里希望随之而来的是项目建设和村庄的日新月异。

陈曼说："我受党组织的安排，到新乐村挂职，担任第一书记，来到新乐村的任务就是要与大家一起建设好新乐村、发展好新乐村，让居住在本村的村民有幸福感。"

37

桃花源旅游管理区
双湖村

一个缺水的村庄避开水稻种果桃，一个桃花源里的村庄定位桃产业。一个富有种桃经验的浙江商人来到桃花源里，凭着浙江义乌市上溪镇山坞村的经验，书写了"桃花源里可耕田"的篇章，硬是把高塝田、缺水田变成了果桃园，让小村庄引领桃花源果桃大产业，成就了悠悠"双湖"绘新图。

悠悠"双湖"绘新图

听说要去的双湖村与1月7日走的膏田村相邻,我嘴里没说,心里却没有多少激情:会有什么特色?能胜过膏田村?

2015年9月15日,穿过膏田村的花海,走进双湖村。车子停在村部门前,一下车,水泥路边一块石碑映入眼帘:双湖村同仁村土地综合整治项目,落款是常德市国土局、2013年5月。这是很多村都盼望的项目,无疑是有对旅游品牌建设的资金支持。

双湖村,因村庄有戴家、卢家二湖而得名。据说,历史上戴家湖畔有一戴姓大地主,戴家湖应该与家大业大的戴姓地主有关。至于卢家湖,就没有什么说法,因为如今的双湖村没有一家卢姓。

双湖村历史悠久,文物古迹众多,有青江铺、铁匠巷、李员外的洗马坑、磨坊坪、古城门、百灵庵、杰出抗日将领刘勘的军火仓库……我有些坐不住了,想一睹为快。

郭继庭先把我带到村部后面刘勘的军火仓库遗址,这里一栋两层的楼房取代了

20世纪70年代的校舍

库房。楼房很有时代特色，红砖、小黑瓦、木门、木窗、木栏杆，房子的外墙顶端还有"必须为社会主义现代化服务，必须同生产劳动相结合，培养德智体全面发展的建设者"的标语，二楼连接木栏杆的红砖柱子上，写着"向雷锋同志学习"的字样。郭继庭是 1961 年生人，他说他读小学时，这一片都是刘勘的军火仓库，开始是用仓库当教室，到了 6 年级，才到这栋楼房的教室里上课。经推算，刘勘的军火仓库到了 20 世纪 70 年代初才逐步被毁掉。郭继庭说，军火仓库是木板平房，四合院结构，有 6 口天井，2 口长天井、4 口方天井。眼前这栋楼房，依然很有历史感，它明显有别于周围的建筑风格，而且很耐看。我以为，有维护保留的价值，可以作为双湖村一大景点，对游客开放。

往里走，是李员外的洗马坑，在我眼里其实就是一口堰塘。堰塘像锅形，水不多，只是"锅"底有水。郭继庭告诉我，老人们说，无论天怎么干，这洗马坑都没有彻底干过，总有那么一汪水。

据史料记载：公园 12 世纪，靠着这片土地的东北角，住着一位李姓员外，有房宅百亩，良田千顷。房屋仅一丈八尺高，但建筑面积很大，从城门到铁匠巷、洗马坑，沿堤到下大堰的外围。城墙长达 5 公里之遥。城墙外，全部是员外的封地，没有人知道地界。现在留存的磨坊坪、鸡窝垅、牛栏垅、马栏垅、扁担垅等地名，都是因他而来。

戴家湖紧邻洗马坑。与戴家湖一路之隔便是卢家湖，我正下坡想一睹绿树掩映下卢家湖的容貌，突然水中一声巨响。我以为是耕牛戏水，来到湖边，却不见任何动物，只见水中还有余波。"是一条鱼？"我惊呼道。郭继庭见我心生疑虑，说道："是条大鱼，应该有几十斤重。"卢家湖畔，7 组村民郑惠芳正和婆婆一起收获花生。很快就是中秋节了，是花生收获的季节。

走出卢家湖，郭继庭说，2013 年底开始栽种桃树的时候，飞来了 4 只天鹅，个把月的时间，好多人来拍照，后来因为挖机施工飞跑了。两次到桃花源，两次听人说起 4 只天鹅，说者有惊喜，也有遗憾。在我看来，一旦这里建成了陶渊明《桃花源记》里的村庄，天鹅自然就会是这里的"居民"。

随郭继庭上百灵山，说披荆斩棘有点夸张，但确实是他手拔脚踩着丛生的杂草为我们带路。郭继庭说，以前这里有一座古庵，刘勘就是在这里读书。传说这里曾有 10 人围抱、形如雨伞的大樟树。走着，看着，在一块平坦地上，长着清一色的草，叶形如剑，嫩绿一片，没有一根杂草，我叫不出草的准确名称；好几棵樟树，从朽了的底部看怕是有些年代了，可就在这根基之上生出的新树干已是直冲云霄。我似乎感觉到了百灵山的神奇。

双湖村虽紧邻膏田村，却是一个丘陵村庄，农田没有膏田村的肥沃，2200 多亩水田基本只能栽种一季稻，根本原因就是缺水。农田灌溉是王家湾水库尾端，加上灌渠年久失修，已经老化，大部分农田是望天收。在桃花源里必须有桃花的理念引领下，2013年年底，双湖村引进具有15年种桃经验的浙商何德锡来发展果桃产业，当年流转土地220亩，发展优质水果基地220亩，种植8个品种，采摘期均匀分布在5月上旬至8月底。在何德锡的示范作用下，当年，该村村民自发种植桃树200多亩。

小村庄引领桃花源果桃大产业是这里现代农业的特色。这里的高塝田、缺水田全部种上桃树，种植面积达1000亩。另外，村里还栽种了30亩樱桃、10亩桑葚。

何德锡是浙江义乌市上溪镇山坞村党支部书记，山坞村的果桃产业发展稳健，产品销售渠道畅通，打入了上海超市，村民每亩收入最低是3000元，最高可达1万元。2014年，桃花源旅游管理区桃花源镇把果桃产业作为旅游区的配套产品开发，计划用5年时间，发展果桃基地5000亩，打造一个桃花源里的桃林花海。这年，双岗村发展260亩、膏田村发展254亩，随后双峰村也有了发展。

随着果桃种植面积增加，常德桃花源双湖花果专业合作社成立了，90%的种植户都以股份制的形式资金入股。同时，有的村民又在合作社打工领取劳务工资。无论是合作社成员，还是自由种植散户，合作社一律提供优质种苗，负责全程技术指导和产品销售。到目前为止，合作社已发展果桃基地2000亩，其中除了不同成熟期的桃子外，还有樱桃、金果梨和桑葚。不久后，这里将是一望无际的桃林花海，游客在赏花的同时，可以体验采摘的乐趣，过一把陶渊明《桃花源记》里悠闲自得的生活。

今年，双湖村已纳入湖南省美丽乡村示范村建设的名录。回到村部，郭继庭拿出一本《村庄建设规划》，说是花了20万元。我粗略地翻了几页，找到了双湖村的定位：桃花源镇镇区的商贸物流中心、旅游服务基地、观光农业、桃源现代农业田园小镇、桃花源旅游管理区（筹）的旅游综合服务区。我不禁感叹：真是悠悠"双湖"绘新图啊！

38

津市市新州镇
荷花堰村

在孟姜女的故乡，寻找荷花堰的故事，听到的是朗朗读书声，见到是村庄里的家用清洁能源。没有土地荒废，只有长寿老人成双成对；不见荷叶一片，却有橘园累累果实满枝头。在荷花堰只有期盼没有遗憾，因为这里已是生机盎然村秀美。

生机盎然村秀美

新洲，孟姜女的故乡，晋代吏部尚书车胤的故里（《晋书·车胤传》记载：车胤，字武子，南平人也。这里说南平，有说法指今湖南津市，因当时南平郡辖澧县东部新洲一带，还有说法指湖北公安县。）。时入仲秋，荷花开放已是尾声，荷花堰村有荷花吗？我期盼着唐代诗人皇甫松《采莲子二首》的意境：菡萏香连十顷陂，小姑贪戏采莲迟。晚来弄水船头湿，更脱红裙裹鸭儿。船动湖光滟滟秋，贪看年少信船流。无端隔水抛莲子，遥被人知半日羞。

2015 年 9 月 16 日，来到荷花堰村，一下车便闻书声琅琅，顿时有了朝气蓬勃、生机盎然的感觉。走了 38 个村，这是第一次在村子里听到稚嫩的读书声。循声而去，荷花学校，绿树掩映。学校大门的右边挂着荷花幼儿园的牌子，左边挂着荷花学校的牌子，通透的铁门上除了"好好学习 天天向上"的 8 个红色大字外，还有荷花二字和蝴蝶造型的装饰。

过了片刻，村主任刘先平出现在我们面前。他自我介绍道："《民间文学集成》孟姜女篇是我写的。"他是我走村遇到的第二个乡土文化人。

见到刘先平，我仍保持对学校的兴趣："村小学？现在很少见呀！"

刘先平说："全日制小学，1 至 6 年级，全乡唯一的一所村小学。"

后来，刘先平带我们参观了学校。小学在校学生仅 30 多名，我以为是复式班，老师说是 5 个班、5 名教师，有一年没有招生，一个班多的有十几名学生，少的也就三五个。我不禁感叹："这里的孩子真幸福，读小学像读研究生一样，一名老师带几名学生。"

走进一间教室，8 个座位、8 个学生，有的在写作业，有的在玩游戏。我端起相机，按下快门，并把定格的画面给孩子们看。这下可热闹了，孩子们争先恐后："拍我，拍我，给我看看……"

校园里，《幸福拍手歌》音乐响起，幼儿园的 30 多个小朋友拍打着小手，唱着"如果感到幸福，你就拍拍手……"

望着校园幽静的环境，感受着孩子们的天真无邪，我有些不舍这村庄里难得的生机。

在村部办公室，我们看到了一块"远程教育'三创三争'活动评选示范终端站点"的牌子。刘先平说，6 个奖项，荷花堰村背回了 5 块牌子。他不无自豪地介绍道："村里有万联农场、大米加工厂、农副产品收购站、恒联服饰有限公司。村民存款几千万，家家户户有摩托车，50% 的家庭有小汽车，宽带入户率 80%，有线电视入户率 95%。安全饮水实现了城乡一体化，水泥路 28 公里，实现了组组通户户通。民风淳朴，经济发达，没有做坏事的。村民勤快，幸福指数高。7 组一位 70 岁的老人，存款达 15 万元。他两个儿子，外出打工，责任田、橘园老人全都没有让其荒废。7 组 80 岁以上的老人有 12 对，而且对对儿身体硬朗。"这俨然一个小康长寿村啊。

荷花堰村有 110 口山塘。我搭乘刘先平的平板摩托车，欲寻找"菡萏香连十顷陂"，一圈转完，却没有见到一片荷叶。刘先平倒是说出了荷花堰村村名的来历。荷花堰是村里最大的山塘，有 12 亩。传说，有位何姓村姑，貌若天仙，地主皮老歪对她垂涎三尺。一日，村姑上嘉山采药，被皮老歪盯梢。村姑发现，慌忙逃离。皮老歪紧追不舍，村姑无路可逃跳入池塘。随后，水中生出一朵荷花，金光四射，射死了皮老歪，皮老歪变成一木码头伸向池塘。从此，村里的女人脚踩码头，手持棒槌，在码头捶洗衣服，以解对皮老歪的恨。

穿过一段林荫道，来到村卫生室，再一次看到了年轻的面孔，村医王长生正在蒸汽消毒医疗器械。他 2001 年从澧县卫校毕业，在村里办起卫生室，自己有一份职业，也给村民治疗小病小疼带来了方便。

从卫生室出来，走进了万联农场的山山水水，水泥路把果实累累满眼绿色的橘园和银杏等一些名贵苗木圃连得四通八达。刘先平指着一片荒芜之地说："今年，荷花堰村纳入津市市秀美村庄示范村建设，推行城乡一体化建设，这里是第一期 80 户集中安置建房征用的土地。村民自愿报名，征地手续已经办完，政府组织竞标，村民理事会负责相关事宜。理事会由老党员、老干部、老教

村庄幼儿园的孩子们

师、老退伍军人、老村民代表(德高望重的家族老户长)'五老人员'组成。"

荷花堰村至今仍有 80 户农户使用沼气这一清洁能源。刘先平说，荷花堰村沼气池建设始于 2004 年，第一年的发动宣传，全村只有 3 户愿意建沼气池。随着村民使用沼气的示范作用增强，加上政府的投入力度逐渐加大，沼气池发展到 128 户，除了出于安全考虑的老年家庭和长年外出打工不在家开火做饭的家庭，荷花堰村常住家庭基本家家户户都建了沼气池，用上了清洁能源。近几年，外出打工人员的增加，液化气的普及，生猪养殖的减少，以及部分沼气池管子老化破损等因素，使沼气用户明显减少。劳动力富足的家庭，在不养生猪的情况下依然使用沼气，原料大部分都是采用稻草、革命草和废弃菜叶，既有利于环境卫生，又有利于生态建设。

行走在荷花堰村，始终都很兴奋。这里生机盎然，无时无刻不在撞击着我的心灵；这里的秀美山庄，无时无刻不在丰富着我的视觉！

39

桃源县杨溪桥乡
岩吾溪村

一片茶叶把它做到极致就能成就一个大产业，造福一方。岩吾溪村的极致在茶园的循环农业里，在耕作坚守的"有机"中，在村民的家门口，在全村老老少少的双手上。有历史的传承，有发展的眼光，有兴旺的产业，有赚钱的门道，怎能不叫年轻人返回家乡？行走在这溪水潺潺、青山翠绿间，怎能不感到清香流溢醉茶园？

清香流溢醉茶园

　　因有同学曾在杨溪桥乡任乡党委书记，所以于杨溪桥，我略知一二。由于沅江的主要支流之一大杨溪穿乡而过，杨溪桥乡因此而得名。这是一个山多、田少、人口稀的山区乡。20 世纪 70 年代，该乡就有茶厂，80 年代先后有 6 家村办茶厂开业。1995 年，该乡茶叶面积高达 5000 亩，干茶年产量达 200 吨。1998 年全国茶叶市场回落，1999 年乡村茶厂先后停产转包个人，2000 年全乡新开私人茶厂 7 家⋯⋯

　　2015 年 9 月 21 日，从高速公路下来，转 319 国道，有一块指示牌写着岩吾溪茶厂由此进。按指示牌箭头方向驶入，很快一片片整齐划一的绿色茶园让人目不暇接，远处一幅幅劳动的画面更是让人激动不已。我急于下车，可前面带路的车没有停下来的意思，径直把我们带到了桃源野猫溪茶厂。

　　下得车来，一席溪水沿山坡飞溅而下，汇入一条细长的水泥沟渠潺潺而去。"野猫溪?"岩吾溪村党支部书记郭志春给我讲述了关于老虎的三个传说，让我理解了野猫即老虎。

　　传说一：郭志春的同学，在他五六岁有一次用澡盆洗澡时，有老虎在他家屋场下坡道路过，小孩、老虎近在咫尺，两者却相安无事。传说二：郭志春的母亲说，郭志

一村一品——岩吾溪村茶园

春还是个小孩的时候，她家 50 多公斤的肉猪，被 100 多公斤的老虎叼走过。传说三：现仍健在的 80 多岁郑姓村民，30 来岁时曾与老虎搏斗半边山，打死过一只 40 多公斤的老虎。

从郭志春的年龄和三个传说不难推测，50 多年前，这里是老虎出没的地方。加上溪水潺潺，野猫溪的地名便有了合理的来源。

野猫溪茶厂厂房里一派繁忙景象，制茶、拣茶、运茶……不时飘来阵阵茶香。这家茶厂是郭志春之子郭峰经营的。郭峰了解我们的来意之后，很乐意带我们去村里走走。

沿溪水而下，走过一座小石头拱桥，穿过一片绿油油的茶园，向正在采茶的村民而去。在一片待采茶园，一圆形的白色蜘蛛网挂着露水，覆盖在嫩绿的茶叶上。"蜘蛛网！"这一惊喜的发现，让我想起了德国专家对茶叶的评判标准：无须仪器检测，只要茶园有蜘蛛网，就说明茶叶是安全的。拍完采茶的照片，往回走，遇到一村民来回修剪着茶园，剪下的枝叶厚厚一层，覆盖在茶树行间。郭峰说："枝叶覆盖茶园，既可控制茶园杂草，腐烂之后又是茶园上好的肥料。"这就有了循环农业的内涵。

来到一片新植茶园，10 多个村民正用镰刀铲除杂草，身后露出一棵棵一行行小茶树苗。这里已是黄泥田村的地盘。郭峰说："我们要打造湖南省最大生态有机茶基地，不使用农药，不施用化肥，不施用除草剂。合作社的茶叶面积已有 5000 亩，都是人工除草，使用农家肥和有机肥。一旦发现使用农药、除草剂的，当场就会取消合作社成员资格。"这是动了真格！

行走在乡村水泥路上，不时有满载着茶叶的大卡车从我们身边驶过，据说是外面运来加工的茶叶鲜叶。岩吾溪村是一个地道的茶叶村，有 4 家茶叶加工厂，其中 2 家粗加工、2 家精加工。

眼下，岩吾溪村正在采摘加工今年的第三季茶叶，家家户户，老老少少，只要双手能动的人都在拣茶——选出茶叶里的茶梗，没有人闲着，即使是八九十岁的老太太，一个月也能赚到上千元的工资。村民说："制好的茶没有浪费的，选出来的茶梗还可用来生产茶末。"在这丹桂飘香的季节，走东家，进西家，除了处处能闻到茶叶的香气，不时还有桂花的清香流溢。望着星星点点黄色的小花朵镶嵌在绿叶丛中，我想起了李清照的诗句："揉破黄金万点轻，剪成碧玉叶层层。"

在岩吾溪村，常德市农业标准化建设厅市合作——桃源县生源茶叶种植市级示范合作社基地，生态有机茶种植基地，湖南省茶叶有限公司第 69 号基地，三块硕大的牌子正立在一望无际、整齐划一的茶园，茶园里还均匀地栽种着桂花树。郭峰说，这是按标准化生产茶园打造的。我却陶醉在清香流溢的茶园之中。

采访札记

一村一品造福村民

岩吾溪村是一个地道的茶叶村，真正实现了一村一品。

一村一品，就是在一定区域内，以村为基本单位，按照国内外市场需求，充分发挥本地资源优势、传统优势和区位优势，通过大力推进规模化、标准化、品牌化和市场化建设，使一个村(或几个村)拥有一个(或几个)市场潜力大、区域特色明显、附加值高的主导产品和产业，从而大幅度提升农村经济整体实力和综合竞争力的农村经济发展模式。

岩吾溪村做到了，村党支部书记郭志春做到了。

岩吾溪村历史上属沙坪镇管辖，沙坪茶厂曾是国家轻工业部直管的茶厂、省外贸出口企业。沙坪茶厂虽不复存在，但岩吾溪村种茶制茶的悠久历史、资源优势却依然存在。桃源县原副县长曾说过一句话——喜欢岩吾溪，想搞一个茶叶村！郭志春用7年时间建成了一个茶叶村，不仅圆了这位退休领导的一个梦，而且造福了一方村民。我问村民日子过得怎么样，年长一些的村民说，有事做，有钱赚，日子过得舒坦；年轻的村民说，岩吾溪变得漂亮了，也富裕了，幸福指数高；刚刚返乡的年轻人说，以前即使回来了，也不想住在家里，现在放假就想回家。

岩吾溪一村一品，用一品茶叶把一个村庄装点得秀美如画，需要魄力，更需要能力。在村党支部书记位置工作了20多年的郭志春，拿出了魄力，更是投入了全部的精力。他挂帅的岩吾溪村及其茶叶专业合作社，正按照一村一品的经济发展模式大步前进。在常德市实施农业品牌战略的大背景下，岩吾溪一村一品将会越做越强大，这里的村民也必将越来越富裕。

张炎的幸福生活

见到张炎纯属偶然。茶园里，他和一位年长者正在用机械采茶。小伙子个子高，扛着连着采茶机的一个硕大茶叶收纳袋，一脸严肃地跟在长者的后面。

张炎今年31岁，2003年高中一毕业就踏上了南去的征途，先是到广东东莞进厂打工，后又转战珠海学印刷，再到深圳特区进厂打工，工资也从初进厂时的月薪1000多元，增加到了一年三四万元。

张炎虽然一直在外打工，但每年也都回家过年。近些年，村里一点一滴的变化他都看在眼里：村子越来越漂亮了，环境越来越好了，茶叶一年比一年多，岩吾溪村成了茶叶村，村民因为茶叶产业都富了。

2015年4月，在岩吾溪村收获春茶的季节，张炎回到了山清水秀的家乡，成了发展岩吾溪茶叶产业的一员，机采茶、制茶、压茶砖，这个强壮的年轻小伙子都是一把好手。他说，一年下来，五六万元的纯收入不成问题。

这样除了能赚到比外出打工更多的收入，还能与家人团聚，不用赶那一票难求的春运，对于已为人父的张炎而言，确实是一件幸福的事情。张炎的儿子已满7岁，刚进二年级。节假日，张炎的三口之家其乐融融，孩子不再是留守儿童，父亲不再有思念之苦。

还有一件让张炎感到很幸福的事——垂钓。在家门口上班，他有了更多的闲暇，跟着同学学会了钓鱼，这一学便上了瘾。只要有时间，他们三个一群、五个一伙就会去钓鱼，不仅白天钓，还会夜钓。夏天太热，白天鱼不开口觅食，他们就在17时至22时夜钓。

张炎常常是3人结伴而行，带上蚊香、灯、刀、铲、板凳等一些辅助工具和钓鱼的行头，开着自己的皮卡，去附近水库垂钓。3个人所带物品差不多要装一拖箱。遇到杂草荆棘，他们会用刀、铲开辟一块垂钓栖身之地。费这么大的劲，张炎说："不为鱼，只为垂钓。鱼咬钩上钩，扯钩的那一刻是最高兴的时候。有的时候，一条鱼也钓不到，享受的是垂钓过程，坐在水库边，空气清新，鸟语花香，心无旁骛，非常宁静。"

40

安乡县安障乡
王家湾村

有历史典故"毛遂自荐"中的毛遂家族传人，有广为流传的"百忍家风"和"张公百忍得金人"轶事，这里就有了良好的民间道德风范。有一家水稻生产全程机械化的合作社进入，这样的村庄，也就有了调整产业结构的新风，村民也就有了现代农业的意识，农业、农村、农民的未来也就有了希望。来到这里，便是古老村庄闻新风。

古老村庄闻新风

王家湾村的村名并不古老，不过60年。据当地文化人毛家全介绍：1955年成立初级农业社的时候，需要一个行政的地方组织名称，当时组建的初级农业社委员会，按就近的"王家祠堂"和"港儿湾"两个地名综合为王家湾，并将王家湾初级农业社办公地点建在"二龙戏珠"的龙头上。

沿着王家湾村村名的来历追索，我感到了这个村庄古老而深厚的文化底蕴——

这里有古老的战国、汉、晋、唐、宋的墓群；有远古"红陶"粉泥芬芳的"窑眼头"古窑址与清代钦点武进士、光绪御前侍卫罗世灏火龙岗住宅及墓葬遗址；有千年传说中的二龙戏珠、神龙堤、舌王嘴、毛家山、龙眼堰、龙爪沟、龙脊背、龙尾岗、龙上嘴、龙下嘴、龙角堰、龙船嘴、斩龙嘴、道人塘、洗马堰、港儿湾等古迹残痕；还有远古时靠船避风的港口湾港儿湾。

这里有历史典故"毛遂自荐"中毛遂家族传人。据安乡县蒲堤世系《毛氏族谱》溯源载明的"脱颖家风"对联"毛遂衣冠恢先绪 脱颖基裘振家风"，记载着战国时期的毛遂乃西周文王儿子的后裔。

这里的"百忍家风"是张氏家族的堂名。明朝初年，建有闻名遐迩的张氏宗祠，遗址上原石柱门联上雕刻有"原封统治将军府汉敕留侯宰相家"。张家祠堂虽已荡然无存，"张公百忍得金人"的轶事却广为流传，并成为这里良好的民间道德风范。

2015年9月23日进村，我们的车停在王家湾村卫生所。一下车，便看到了广场地面上的棋盘格，绿色的线条，每个交叉点黄色的七字拐就像中国象棋棋子的定位点。之前所到村庄，村村都有跳广场舞的场地和音响设备，但这么规范舞者位置的，我还是第一次见到，新奇之感油然而生。村医毛学斌说，村民自我保健意识很强，每天晚上来这里跳舞的人都不少。一抬头，又看到一块安乡县卫生局颁发的"村级示范卫生所"牌子。

村党支部书记雷茂富说村里流转了1100亩土地，要先带我们看蔬菜大棚。王家湾村的传统产业是水稻和棉花，棉花效益不好，今年引进了合作社发展蔬菜。走在村道上，最先映入眼帘的还是连片的金黄色的水稻，忽然发现，每块稻田边都立有一块蓝色的牌子，走近才看清是昌源合作社所立，上面标明了片区、编号、姓名和面积。我曾到过昌源合作社，它是一家水稻生产实现了全程机械化的合作社。

继续前行，是一大片钢架大棚，棚子是裸露的，地面覆盖了地膜，地里辣椒苗已开始开花，还零星地结了一些辣椒。这是秋延辣椒，正是这些设施栽培技术，让我们的菜篮子没有了季节感。成片的大棚田坎上立着的牌子上写着：安乡国波农作物专业合作社绿色无公害蔬菜种植基地5、7组，550亩，868个大棚，蔬菜种类有独根红韭菜、寒中韭菜、辣椒、红叶莴笋。国波农作物专业合作社也是我曾经在黄家台采访过的合作社。

　　我从流转1100亩土地、引进两大合作社，看到了王家湾村调整产业结构的新风，也意识到农民专业合作社在现代农业中的主导地位。这是未来"三农"的希望。

　　大棚的尽头是民房，它们大多是红瓦房，墙体用白色瓷砖贴面。房前大多种有花草，万寿菊开着橘黄色的花朵，茑萝绿色的藤蔓上红色五角星形的小花骨朵特别艳丽。《诗经》云："茑为女萝，施于松柏"，意喻兄弟亲戚相互依附。茑即桑寄生，女萝即菟丝子，二者都是寄生于松柏的植物。茑萝之形态颇似茑与女萝，故合二名以名之。没想到这小小美景还生出些许含义，我那喜欢之情又多了几分。

　　走在湖区水乡，荷是一大特色。在王家湾村，虽没有见到风吹荷叶千万片，但随处可见小池塘中荷叶摇曳。

　　我提议看看村部。雷茂富说，村部目前让给合作社使用，但还是把我们领向了通往村部的水泥路。路上，我们遇到一位保洁员推着一辆独轮车，车上放着一把扫帚、一把火钳、一个塑料桶。大部分村都有保洁员，但推独轮车的保洁员我还是第一次见到，于我而言，又是一新。

村里保洁员维护着村庄公共区域的卫生

百岁老人孟幺姑

话说百岁老人孟幺姑，其实已有 101 岁。孟幺姑，1914 年 1 月 6 日出生在农民家庭，1937 年与小她 8 岁的丈夫庞亨安结婚，两人先后生育 4 儿 4 女，现在在世的还有 2 儿 2 女。如今两老与儿媳住在王家湾村 6 组。

2015 年 9 月 23 日，走进百岁老人家时，孟幺姑正端坐在床上，面色红润，感觉灵敏。当我按下相机快门，双目失明的孟幺姑连忙说："照相啊。"

她丈夫说："70 岁才瞎。死了 4 个儿女，哭瞎的。"

孟幺姑的中青年时代是在苦难中度过的。新中国成立前，夫家兄弟多，饱受抓壮丁派款之苦，为躲壮丁，迁居他乡，又遭火灾，过着四处流浪的生活。加之 4 个子女的夭折，夫妻俩饱受折磨。特别是 1976 年 1 月 6 日，时过中年的大儿子因重病医治无效离开人世，不久后又有 2 个儿媳妇先后离去，孟幺姑的眼泪哭干了，双目也失明了。

孟幺姑有一双巧手，还有一颗善良的心。她曾是当地有名的缝衣能手，还会接生。遇到乡邻媳妇生孩子，她主动上门接生护理；在婴儿"洗三"的日子，她无一例外地送上两件亲手缝制的"月毛毛衣服"，而且分文不取。她手艺好，大家都接她上门做衣服，如何改旧翻新，如何大小套裁，她总是为主人精打细算。遇到穷困人家，她尽量少收或不收钱。

邻居王大妈回忆起孟幺姑给自己治病的故事：那是 20 世纪 70 年代的某天下午，王大妈突然发高烧，浑身流汗，几近虚脱。孟幺姑听到呻吟，连忙跑过去，觉得是农村土话说的痧症，当即为王大妈刮痧，约 10 分钟，病情得到了控制，王大妈逐渐康复。

见到孟幺姑、庞亨安两老，我似乎有了他们为何长寿的答案：孟幺姑内心平静，不急不躁；庞亨安勤劳、富有爱心，对妻子不离不弃。

两位老人的起居室并不大，待在里面却没有一点难闻的气味，媳妇说，这都是公公庞亨安自己里里外外、收收捡捡、洗洗抹抹的结果。

孟幺姑还有 3 颗牙，庞亨安还有满口的白牙。庞亨安说："天天刷牙，牙齿要干净，以前没有牙膏，就用草灰洗牙。现在做饭、洗衣、地里的事都能做。"我问他日子好不好过，92 岁高龄的他满脸欢喜地说："好过，好过，政府发钱。以前躲壮丁还要用几担谷买。"

41

石门县所街乡
麻纳峪村

　　曾经的穷山恶水，随着市委扶贫工作组的进驻，一切都发生了翻天覆地的变化。翻新了房子，修好了路，盖了新学校，喝上了自来水，无论男女老少还是老弱病残，生活都有了保障。村民有了奔头，喜悦之情全写在脸上，可谓穷乡僻壤见笑脸。

穷乡僻壤见笑脸

说麻纳峪村为穷乡僻壤，是看了一组数据后留下的印象：石门县所街乡麻纳峪村，离县城 90 公里，共 678 户 2200 人，其中智障等残疾人就有 220 多人，35 岁以上的光棍汉有 100 多人，行路难、居住难、就学难、饮水难等问题长期阻碍着村里的发展。

2015 年 10 月 12 日早晨 7 时，我与常德电视台记者一同前往麻纳峪村，司机的车开得平稳，在石门县扶贫办停留了几分钟，到达所街乡政府时刚好赶上机关食堂午餐。饭后我没有休息，放下碗筷就随乡纪委书记谭斌斌走进麻纳峪村。

进村的路，一边是万丈深渊，一边是悬崖峭壁。山，是石头山，山上以竹子居多。谭斌斌说，以前石门橘子用竹篓销售，竹子还能卖些钱，现在改用塑料篓子，山里的竹子也卖不出去了。

采访车停在所街乡麻纳峪村再生资源回收站。由于计划采访的回收站主人何儒家外出收废品还没有回到家中，我便走进了 3 组村民何少月的家。一幢两层楼房，深

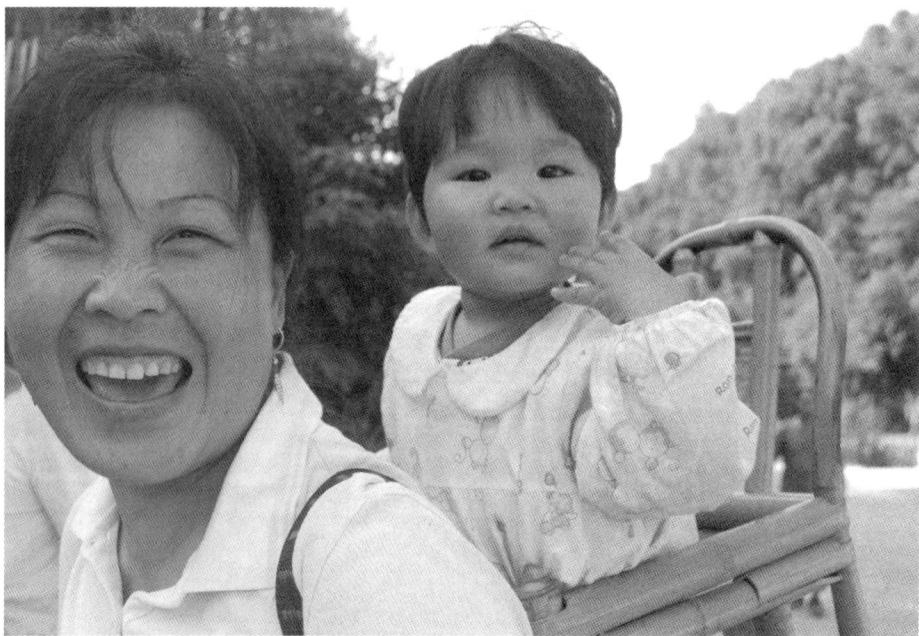

大山深处的开心笑脸

灰色的瓷砖贴成外墙的墙裙，之上的墙体全部贴满了驼色的瓷砖。铝合金的窗，加安了不锈钢的防盗网。一层的窗帘花俏色浅，二层的咖啡色方块图案窗帘有几分随意也有几分时尚。不锈钢的大门镶嵌着3个红色的"福"字。屋檐下，整齐码放着一长溜劈柴。外墙上一块牌子特别醒目：扶贫项目安居房024，2013年市委驻麻纳峪村扶贫工作组。

大门口，3位老人正在玩牌，黑色的小长方块发出清脆的声音。"玩什么牌呀，兴钱吗？""骨牌，不兴钱。"老人们慢条斯理地回应了我的问话，没有停下手中的牌。我一句"天地人和梅，长三板凳对"把老人们逗乐了，何少月笑眯眯地按照顺口溜找出相应的牌让我认。其实，骨牌我一张也不认识，只是儿时听人说起过这句顺口溜。

3位老人都是80岁左右。何少月，80岁；何少明，82岁；陈启玉，78岁。我见他们个个身体硬朗，便问村里是否有更长寿的老人，他们答，10组长寿老人覃道年已有93岁了。

"麻纳峪的村名有什么来历？"我问道。陈启玉说，覃添顺从西北方带来一支部队，并把不听话、违法的坏人赶到这山坳里给野兽吃，以前称这山坳为麻牢狱。你们进来的那个大拐弯，叫马摔死湾，马摔下来活不了。前面还有个麻纳口村，那里就是麻牢狱的入口。这些，我虽无从考证，但老人们的传说却也能说明麻纳峪是穷山恶水之地。

"现在怎么样？"我把老人们拉回到现实中来。老人们都说好。当我问起怎么个好法时，一位看热闹的中年男子一脸欢喜地答道："天窝眼了，栽田给钱，给养老金，给低保，修屋给钱……以前哪里有这么好的事，还不是天窝眼了？！"这男子是把当今的惠民政策比作天上掉馅饼了。

从何少月家出来，一转眼，望见一孤立的石头山墚上有人在干活儿。这石头上能长出庄稼？带着疑问我爬了上去。山墚上栽了些油菜苗，还有一片红薯地。村民刘帆柏正在挖红薯，那精神劲儿，看上去像是中年人，一问才知道已有66岁了。刘帆柏面带微笑，伴有一丝羞涩。他告诉我，这5分地可产1000公斤红薯，红薯是给猪吃的。红薯个头不小，这石头山墚已被他耕种出一层熟土，要不然也长不出这么大的红薯。他家养了6头猪，据说一头肉猪可卖3000元。按照他所指，我又走进了他家。老伴和媳妇围着一架风车忙前忙后，婆媳俩有说有笑，把稻谷车个干净利索。

从刘帆柏家出来，路遇1组村妇，身着粉色T恤衫，身后竹栲椅背着一女童，一幅悠闲自得的模样。我连忙按下快门，并展示定格在相机里的她们。我误以为是母女俩，村妇笑呵呵地说："背的是孙女，名叫刘语芯，1岁了。"

9组李水生也是70多岁的人，孩子们已外出打工，房子红瓦白瓷砖贴面墙，说是建了好几年了，可看上去依然干净漂亮。房前的菜园长满了绿油油的蔬菜，菜园的木篱笆上还挂着好几个大冬瓜。当我夸他菜种得好，冬瓜长得大时，李水生笑说要送我一个冬瓜。这大山石头缝里长出的农产品多珍贵，岂敢接收！我谢绝了！

走了几家，我发现这里家家都用上了自来水。村民说自来水来自中宪水库，我便向水库方向走去，正好遇到 21 组村民、村里的水管员陈代举。他用平板电动车载了我一段路，然后带我一起爬上了水库拦水大坝。他检查了一下动力和阀门，满脸欣慰，又面带喜悦地告诉我："这是沉淀池。自来水是扶贫项目，目前没有收费。"

回到再生资源回收站，采访完何儒家，我提议去村部看看。来到村部，不禁眼前一亮：村务公开栏、社会救助民主评议小组名单、2013 年和 2014 年危房改造名册公示、养殖扶持奖励公示……长长的宣传栏告知村民的义务和权利；市委驻所街乡麻纳峪村工作组、便民服务室、卫生室、湖南文理学院社会实践活动基地……多块牌子展现着村部的多重功能。新建的双岭小学格外明亮，充满生气。教室里有老师和孩子们在上课。幼儿班，有 20 个孩子、1 名女老师；复式班，有 5 名一年级学生、9 名二年级学生、1 名男老师。

环顾村部和学校，又放眼整个村庄，房子幢幢都是小洋楼；道路虽蜿蜒曲折，却是清一色的水泥路，主干道大都是 4.5 米宽，会车不成问题。谭斌斌说，这是三年扶贫攻坚带给偏远山村的方便，后盾单位是常德市财政局。

在返回的路上，除了麻纳峪的房子和路，印在记忆里的还有那一张张笑脸。

双手"走"出精彩路

失聪的人用独特的视角看世间百态，失明的人用耐心的倾听描绘美好的明天，失声的人用记录演绎非凡人生。何儒家，一个双腿失去行走能力的人，用双手"走"出了一条精彩的人生路。

何儒家，1966 年 9 月 11 日出生在麻纳峪土家族一个普通农民家庭。6 岁的时候，他突然腿疼，最终导致双腿萎缩失去行走能力，同时也失去了上学的机会，并被鉴定为二级残疾。

2015 年 10 月 12 日见到何儒家时，他正用一双粗大有力的手，握着一双自制的"木脚"，一"步"一甩，支撑着身体向前移动。他说，八九岁的时候自己就琢磨出这双"木脚"，至今已经用坏了 20 多对。

何儒家，一个文气的名字，他虽不识一字，却有一个聪明的大脑和一双灵巧的手。他 12 岁跟人学修手表，半天就学会了。第一次给人修了一块上海组装表，赚到了人生的第一笔钱，1.5 元。开经销店，放电影，做篾匠，打三棒鼓，拉二胡，吹唢呐，打书都是他赚钱的渠道或技艺。别人家的红白喜事，他打一场三棒鼓，获得的收入从起初的 1 元钱增加到了现在的 100 元；哪家老人了，打一场书，也有几十元至 200 元的报酬。中国共产党建党 90 周年，他到乡里表演二胡独奏《东方红》，获得了 1000 元的特别奖奖励。

何儒家有一个温暖的家，有 2 个哥哥、2 个嫂子、1 个妹妹，父母也都健在。在这个大家庭里，何儒家没少受家人们的关爱。他长期跟大哥大嫂住在一起，洗衣做饭都是大嫂包揽。嫂子们不但没有嫌弃他，还一个劲地夸他聪明，说何儒家听别人打一次书就会了；没有上过学，一字不识，更谈不上识乐谱，放电影、吹唢呐、拉二胡都是他自己悟出来的。何儒家赚回的钱也都补贴了家用，交提留，交电费，给家里买东买西，给侄女上学买这买那，只要手头有，毫不吝啬。

2009 年，两个嫂子和一个妹妹各拿出 1000 元，想为何儒家买 1 辆电动摩托车代步，但他最终花 3700 元，买了一辆带斗的电动摩托车。这辆摩托车拓宽了何儒家的人生道路，也为这个家增加了收入。

有摩托车作为代步工具，何儒家生活的圈子扩大了，走的路更远了，视野也更开阔了。聪明的何儒家发现了"垃圾围村"现象，各种包装乱扔乱丢，导致农村卫生状况差。于是，他开始骑着摩托车捡垃圾，能回收再利用的集中分类放好，不能再利用的就烧掉。当年，他就赚了 2 万元的毛收入。这些年，他已经用了 3 辆摩托车，电动的换成了柴油的，小的换成了大的，一年 2 万元毛收入也是八九不离十。2013 年，乡政府为他挂起了"所街乡麻纳峪村再生资源回收站"招牌，鼓励他自主脱贫。

何儒家的大嫂拿出了 1 本红色《扶贫手册》，上面记录着扶贫低保户何儒家，2013 年 5 月被确定为第一批危房改造户，2014 年 3 月获得了 3 万元危房改造补助。

何儒家说，10 月 9 日，在村部召开的"一进二访"座谈会上，他发言说，不会忘记党和政府对他的关怀，会继续搞好再生资源回收，还表示，大哥有病，他会尽力给大哥一些帮助。据说，当时在场的常德市委书记王群给了他充分肯定。

何儒家用一双手"走"路，虽有些艰难，却走出了自己的精彩。

42

安乡县安昌乡
梅家洲村

一个从"洞庭湖老区第一村"走出的新时代学子，背负着家庭的希望，深藏着感恩的情怀，在羽翼丰满的时候想到了"回报"。最好的回报莫过于建设一个美丽的村庄、打造一个可持续发展的产业，让父老乡亲过上安逸的生活。要看有机食品的广阔前景，还需在梅家洲村读"玖源"。

梅家洲村读"玖源"

安乡县安昌乡梅家洲村，是个不同寻常的村。1927年马日事变后，洞庭湖区农民协会受到国民党政权的镇压。1928年10月，安乡梅家洲党支部成立，孟晓梅任支部书记，开展游击活动。1931年冬，孟晓梅等7人先后被捕被杀，人头被悬挂在城头示众。先辈的鲜血染红了梅家洲村，这里也有了"洞庭湖老区第一村"的美誉。

不走进梅家洲村很难知道"玖源"。"玖源"是一个故事，更是一份踏踏实实的事业。2015年10月20日，走进梅家洲村，高耸在屋顶的6个绿色大字——玖源有机农业，让人产生了极其浓厚的兴趣。

梅家洲曾有一户人家，有9个儿女，为了摆脱贫困，一家人供最小的儿子梅培元一个人上了大学。梅培元背负着一家人的希望，1993年7月从北京工商大学机械专业毕业后，奋力拼搏，在广州有了自己的产业，也让梅家的很多亲戚在广州有了工作。

梅培元的成长得到了老师的关怀和帮助。读书时，老师送衣送鞋的情景深深地刻在梅培元的记忆里。梅家洲村，于梅培元而言有很多的牵挂——感恩，回报家乡。

由于梅家洲村一直带着贫困村的帽子，这最好的回报莫过于让父老乡亲富裕起来。于是，梅培元独资创办湖南玖源有机农业发展有限公司，计划总投资8000万元，公司属地就在梅家洲村9、10、11组。"玖源"承载着梅家洲村之子梅培元的愿景"玖源，九州四海，源远流长；玖源，业内王者，长长久久，世代相传；人源，财源，源源不断"。

2014年4月筹划之初，老百姓误以为梅培元是回村圈地，然而，梅培元首先出资修了3条水泥路，让老百姓得到了实惠，也看到了希望。这年6月18日，"农村土地流转合同"签订，关联农户自愿转让土地承包经营权，并由全体村民代表大会表决同意，经村支两委研究同意，并报乡经营管理部门备案；7月1日，公司正式成立；9月26日，公司取得了营业执照。

时过一年，走进梅家洲村，"玖源"正如火如荼蓬勃发展：60亩生态养殖池鱼跃水欢，100亩高标准的生态养殖池正在建设中；120亩水稻不打农药，不施化肥，不施用除草剂，红色糯米已经收获，亩产360公斤；优质常规水稻"余赤"正在收获，预计亩产400公斤左右；三边绿化已达80多亩，60多亩观赏花卉已经布局；70亩有机果园的四季水果品种已经敲定，将于2016年1月移栽种植；安乡县梅公园有机种植专业合作社已经注册，2016年、2017年带动周边农村种植有机水稻，2018年前有机

建设中的玖源有机农业一角

水稻种植面积达到 500 亩。目前，"玖源"已投入 2000 多万元，没有用国家一分钱。

漫步梅家洲村，稻田边硕大的密封发酵池，沤制着来年种植水稻所需的有机肥，田边的诱蛾灯、鱼塘边村民割草喂鱼的场面，无不传递着同一信息——有机农业！

有机农业就是遵照有机农业生产标准，在生产中不采用基因工程获得的生物及其产物，不使用化学合成的农药、化肥、生长调节剂、饲料添加剂等物质，而是遵循自然规律和生态学原理，协调种植业和养殖业的平衡，采用一系列可持续发展的农业技术，维持持续稳定的农业生产过程。

有机农业最大的特点就是使用生物有机肥及发酵鸡粪类的肥料，创造更好的绿色食品。在我们的农业主要依靠化肥、农药的今天，发展有机农业无疑可减少对环境的压力，减少不可再生能源的消耗，减轻环境污染，有利于生态环境的恢复！

走进"玖源"的办公室，我感到了"玖源"的担当——

"专业生产有机产品，用心造福人类社会，为健康生活不懈努力！"是"玖源"的理念。

"提供值得信赖的有机农产品"是"玖源"的行动方针。

"发展有机农业，共享美好生活！"是"玖源"的行动口号。

让人值得信赖的是，"玖源"有湖南文理学院作为技术支撑单位，同时聘请了教授、副教授及博士 5 名,作为专家团队。

一块一块的宣传牌,传递给人的是现代农业在一个贫困村庄的崛起——

"科技创造价值,创新改变农业;和谐创新、开拓市场、团结拼搏、共创未来;以人才为根本,以市场为导向,以质量为保证,以服务为宗旨;管理是盯出来的,技能是练出来的,办法是想出来的,潜力是逼出来的;细节决定成败,境界决定世界;不思,故有惑;不求,故无得;不问,故不知。"

"拧成一股绳,搏尽一份力,狠下一条心,共圆一个梦。"

"持之以恒,精益求精。"

"精神成就事业,态度决定一切。"

"狠抓基础是成功的基础,持之以恒是胜利的保证。"

"我自信,我出色;我拼搏,我成功!"

"'玖源'就是要在梅家洲村建设中国的 townhouse。""玖源"的总经理张妹在说到美丽乡村建设时,甩出了一个洋词儿——townhouse(联排别墅、乡村住宅)。它源自欧美,是一种凝聚着浓重欧洲人文色彩和在有限的土地资源约束下,最大限度地满足个性化居住需求的建筑。在"玖源"的主要功能区及效果图展示牌上,"农业技术、行政、文化交流中心""生态公园及产品推广展示中心""农产品交易中心""仓库储藏中心""townhouse(美丽乡村)",勾勒出一幅极具现代化色彩的梅家洲村远景图。

43

临澧县杨板乡
仙女村

说到仙女,人们就会想到婀娜多姿与轻盈柔美。若仙女与百果园同框,那该是一幅怎样迷人的画面啊!在一个传说中有仙女出没的村庄,新时代的大、小老板来投资了,国家的支持来了,农业综合开发项目开工建设了,还有一个叫王长庆的孤儿为建设美丽乡村倾其所有。这个村庄,在秋天这个收获的季节,呈现出好一派群峦叠翠"仙女"美。

群峦叠翠"仙女"美

仙女村，一听村名就有吸引力。

2015年10月26日，村党支部书记杨仁华比我们晚一步到达村部，我们趁空闲在村部外转了一圈。村主干道宽6米，是之前到过的村庄所没有见过的宽度。村道边，一棵茂盛的香樟树下，立着一块蓝色的牌子，上面的文字表明该村部由博雅苑南苑和北苑组成。南苑设仙女社区服务中心、卫生室，为村民和游客提供优质的社区服务。北苑有仙女村企业家赵复元于2001年捐资400多万元修建的希望小学，是周边5个村300多名学生学习的乐园。仙女村党务村务公开栏里，有2015年第三季度财务收支情况、惠农补贴主要政策、新农合主要政策、2015年低保花名册、重大事项决策和执行情况……与村民相关的权益简明扼要，一览无余。

杨仁华将车缓缓停在篮球架下，继而下车打开了村干部一站式服务办公室的铁门，只见"幸福美丽新仙女"美丽乡村的标志矢量图印在白色墙壁上，额外醒目。仙女村是湖南省2014年在临澧县树立的唯一的省级特色旅游名村，杨板乡党委政府、仙女村村委以建设美丽乡村为契机，以"宜居宜游梦幻仙女"为主题，在此建设美丽村庄，传承悠久的历史文化。我心中的那份憧憬由此愈加强烈了。

听完村里的基本情况介绍，随杨仁华去感受村庄主题，最先欲弄清楚的是，为何叫仙女村。杨仁华用一个传说给了注解：村里有座仙女庙，相传玉皇大帝的女儿私自下凡，随带一只凤凰在此游乐，山顶突然显现五彩祥云，金光闪烁，紫气环绕，蔚为壮观。当地老百姓为感恩上苍降瑞赐福，乃立庙祭祀。仙女庙所在村庄后被定名为仙女村。他说，如今仙女庙附近还有一口仙女沐浴的池塘。

出村部不远，被大堆的石块挡住了前行的道路，好些民工或是搬运石块，或是运送水泥浆，一段一段的石头"墙"在工匠们手下不断延长，远处还有挖掘机不停地挥动着铁臂。杨仁华说，这是农业综合开发项目首次进入仙女村，项目内容是"熊家峪高标准农田建设"。

仙女村有1500多亩水田，一到雨季，有400来亩稻田的积水无法排出，导致粮食生产水平低下。2015年9月，近600万元的农业综合开发项目进村，就是要建设"土地平整、集中连片、设施完善、农电配套、土壤肥沃、生态良好、抗灾能力强，与现代农业生产和经营方式相适应的旱涝保收、高产稳产"的高标准农田。项目区长达3.5公里，从熊家峪到安福所、从枫树垱到段家垱，有渠道建设，有堰塘改造……本年项目建设可以全部完工。来年雨季到来，这里的农田再无积水威胁，低洼田也可以旱涝保收。

绕过工地，继续前行，又有一块蓝色的牌子，同行的人告知该指路碑为明武略将军张映于永乐二年所立，用以方便乡民惠及邑里。2008 年，王长庆投资 120 万元，国家支持 33 万元建起自来水厂，为村民提供纯净的饮用水，可谓惠民嘉风延雅韵。

朝指路牌反方向前行，两行碗口粗的香樟树让上山的路成为一条林荫道。穿过林荫道，最先映入眼帘的还是一块蓝色的牌子，上面写着仙女庙于汉代始建，明永乐二年扩建，清乾隆十八年大修，成江南寺庙大观。1943 年仙女庙被侵华日军烧毁。2006 年王长庆捐资近千万元重建，恢复历史面貌，再现昔日壮观景象。继而出现在眼前的是仙女寺建筑群，三进三殿，规模宏大，气势雄伟，有一殿还在建设之中。据说，仙女寺续建工程于 2014 年 9 月 7 日(农历八月十四)再次启动，并得到中国车度集团董事长刘可湘先生的鼎力资助。

杨仁华说，仙女庙所在地基是仙女村的最高位置，海拔 100 多米。庙宇边有一口井，揭开井盖，俯身探望，能清晰看见自己的面容，难不成是仙女戏水后以井为镜？我笑问道："这是仙女井吧?"进入庙宇，里面供奉的是仙女们的塑像。拾级而上，到达仙女村最高点。朝杨仁华手指方向望去，一口池塘被绿树环抱，池水清清。水中有好些野鸭子，时而钻进水里，时而浮出水面，煞是诱人。传说中这池塘是仙女沐浴的地方，我不由得有了梦幻仙女的想象。转过身，换个方位，再放眼眺望，仙女村尽收眼底——群峦叠翠，梯田层递，阡陌织锦，华舍林立，好一幅美丽图画。

那层层梯种的是纽荷尔脐橙和天草。杨仁华说，村里以柑橘、西瓜、葡萄为特色产业，以仁华种养合作社为主体，以天草和纽荷尔脐橙为品牌，创建了 1100 亩标准化示范园。从仙女寺出来，路过一片天草园，一块蓝色的牌子上写着"天草园是王长庆投资 1000 余万元开发建设的百果园中的一园，面积 500 亩。花艳春始作，果硕秋终获，经过 10 个春秋的培育，目前已大见成效。夏日漫步于此，绿风扑面，清香四溢，仲秋季节，果实累累，分外醉人"。

一路走来，"王长庆"多次出现在蓝色的牌子上。杨仁华说，王长庆是仙女村人，是一个孤儿，现在澧县。他把自己的经营所得基本上都用于家乡建设，仙女村的美丽乡村建设，王长庆功不可没。

富民街是仙女村皂市水库 200 多户移民集中安置区，民居是清一色徽派建筑风格，让人不由得联想到宏村和西递。这里正在推进美丽乡村建设，临澧伍大姐幸福农庄的老板赵越和居住在富民街的能人邓年华，要把富民街打造成农副产品加工销售核心区。

下湾组组长家门口贴了一张"环境卫生整治评比公示栏"，杨仁华说，美丽乡村建设环境卫生是第一位的，村里一月一评比，对最清洁户，村里会发支牙膏，发个盆子、桶子的，算是奖励。

正要离开仙女村，农家庭院的一幕让人收住了脚步。几位游客正在采摘红艳艳黄澄澄的柿子。10 月 24 日是二十四节气的霜降节，民间有霜降吃柿子的习俗，说是霜降这天吃柿子，能预防冬天嘴唇干燥裂口。这群来自城里的游客着实体验了一把农家乐。

带着憧憬走进仙女村，末了，一幅《群峦叠翠"仙女"美》的图画深深地留在了我的记忆里。

群峦叠翠的仙女村眺望图

44

桃源县钟家铺乡
交界村

中国营养学会 1998 年 10 月修订的"每日膳食营养素供给量"将硒列为 15 种每日膳食营养素之一。人们常说"药补不如食补"，红薯若生长在富硒的土壤里就有了不同的意义。当"富硒红薯推介补硒产品"的牌子挂在村庄，这个村庄的红薯就会身价倍增。走进这个以红薯产业为主的村庄，眼前的一幕一幕全是福地洞天人安逸。

福地洞天人安逸

桃源县钟家铺乡于我，那叫一个陌生。2015 年 11 月 3 日 8 时从常德市城区出发，副乡长朱秋霞说在漆河镇等着给我们带路，又让人有了偏远山区的想象。到了钟家铺乡，一条红色的横幅"省级生态乡镇钟家铺乡欢迎您"顿时让人兴奋起来，我想，在秋去冬来雾霾频袭的日子，走进这样的乡村，定会有置身福地洞天的感觉。

到乡政府，说是去交界村，我懵懂地问道："是与某地交界的一个村?"乡党委书记王江勇的明确回答让人顿悟，交界村是村名，但也确实是钟家铺乡与牛车河乡交界的一个村庄。朱秋霞给了份册页《老祖岩问道》。翻开浏览，"老祖巍巍，三光长照双龟地；仙山赫赫，万人来朝一香炉——老祖仙山又名老祖岩，桃源西部名山，位于牛车河乡茅坪村与钟家铺乡交界村交界处，高 573.8 米。山顶建有庙堂，

红薯粉条的生成

相传建成于隋唐时期，由于'文革'时期破毁，现如今所能看到的，是经后人维护、重修才得以留下的历史遗迹"。

眼下正是红薯收获季节，走进交界村最先见到的，是一农夫用箩筐把红薯从山地运到公路边，然后装入化纤编织袋，扎紧袋口，等待红薯粉加工厂来车运走。他说，这是给自家妹子帮忙。

我们将车停在"桃源县仙山富硒红薯产销合作社"前。有了王江勇的引领，从红薯入库、清洗、粉碎、沥浆、沉淀，到出红薯粉丝，一行人几乎参观了红薯粉生产的全过程。"这里面加了明胶吗?"每到一个车间，我都会问同一个问题。工人师傅们的回答个个底气十足："什么都不加!"环顾四周，我确实没有见到任何添加剂的痕迹。

走进合作社办公室，"中国硒资源开发利用协作组织秘书处、第四届中国硒资源开发利用协作会议组委会，授予仙山富硒红薯推介补硒产品"的牌子，正好与 2014 年 6 月中国科学院地理科学与资源研究所发布的报告吻合，报告称桃源县土壤硒含量大于 0.4 毫克/千克的高硒区域呈条带状或点状分布，钟家铺属于富硒区。

合作社有 5 个成员，辐射周边 300 多农户。几年来，合作社实行订单式收购，分别与村里 158 个农户签订协议，并派专人进行技术跟踪服务，把好红薯质量关。2014

年，合作社又投入 200 多万元，建成这条富硒红薯粉丝生产线，大大提升了农产品的附加值。

据合作社负责人韩振亚介绍，为提高富硒红薯的产量和出粉率，合作社做了不少尝试。以前，交界村种的红薯主要是湘南黄皮、徐薯 18 和紫薯 3 个品种，然而这些传统品种出粉率还不够高。2015 年，从中国农科院引进新品种"徐薯 22"，种了 150 亩，最高单产可达 4000 公斤/亩，出粉率高达 25 公斤/百公斤红薯，每 100 公斤红薯生产的红薯粉可比一般品种多出约 9 公斤。

随村党支部书记蒋基富漫步乡村田野，头顶不时有喜鹊喳喳叫。田地里的苦荞已临近收获季节，绿叶已开始泛黄，红色的茎秆把田野装扮得红艳艳一片。村民收获红薯的场面不时映入眼帘，有的在捆运红薯藤，有的在拣刚刚出土的红薯。一对年过花甲的夫妇，满头青发，有了农夫的助力，一背篓红薯稳稳当当地落在农妇的双肩，农夫随后又挑起两箩筐红薯，夫妻俩一前一后、不急不慢、一步一步往家走。

村子里，家家户户的红薯都堆成了小山，有的把红薯煮熟，切成条，晾晒在阳光下，制作成农家的特产红薯干；有的把生红薯切成丝，晒干，为生猪储备饲料……一幅一幅人们在田野里来来往往耕种劳作的画面，让人不禁想起《桃花源记》里安逸的田园生活。

我提出找一家四世同堂的农家看看，蒋基富听后把我带进了他自己的家。这个家庭传递给我的更是农家人的满足——

刚进农家小院，他 81 岁的母亲蒋福芝便提着从房前屋后采来的野菊花出现在我们面前，说菊花晒干了泡茶喝可以清肝明目。老人身体硬朗，喂猪喂鸡做饭种菜样样行。

厨房里，两个硕大的红色塑料桶煞是惹眼，桶口被白色塑料封得严严实实。蒋基富说，这是他妻子在酿制苞谷酒，一桶 60 公斤苞谷，按 50 公斤苞谷酿造 40 公斤酒计算，这两桶可以酿造约 100 公斤苞谷酒。

蒋基富说他妻子"根正苗红"，20 世纪 70 年代就是妇女主任，1977 年就入了党。如今年至花甲，儿女都有了自己的家，女儿安家长沙，儿子在常德工作，儿子又有了儿子和女儿，女儿也给他们添了外孙。但是，联产承包的 11 亩水田、5 亩旱地、6 亩茶山，她没有请一个工。到了插秧割谷的农忙季节，都是张家帮李家，用换工方式，把该种的都种了，该收的也都收回了家。今年烟叶收获季，1.2 万元的工钱她已收入囊中。老公夸她撑起了家里的一片天，"白天忙外面，晚上忙家里，剁猪草煮猪食，洗衣服，早晨我起床时，她已把洗干净的衣服晾起。"婆婆夸她是好媳妇："不吃隔食子（不背着婆婆吃好东西），鸡鸭鱼肉、水果糖果都先让我吃。"

走进桃树田组，一农户家几个光亮的菜坛子让人有些眼馋。我笑问："坛子里都腌了什么好菜？"朴实的农妇一一揭开坛盖，坛子菜的香味渗透着农家妇女的勤劳飘了出来——

　　勤劳村妇名叫朱立华，已是花甲之年。她虽只有小学文化，却将农家的小日子过得踏踏实实。堂屋里堆满了丰收的果实，3 箩筐黄豆，是 7 分地的收获。另外，还有 10 来袋稻谷码放在长条凳上，她说种了 2 亩水田，这些还是去年的陈谷，今年的收获不在这里。屋里红薯堆得像小山似的，干红薯丝也有几大袋，还有玉米棒子，这些主要是养猪的饲料。

　　去年腊月，朱立华买了 2 只小猪仔，今年农历五月出栏，以每公斤 16 元的价格卖出，她不无遗憾地说，只获得了 2200 元的收益。农历六月，她又买进 1 只猪仔，当作一家人的年猪。看着猪圈里精干的肉猪，想着令城里人羡慕的玉米、红薯作为猪饲料，毋庸置疑，这年猪肉的香味该是多么诱人啊。

　　今年，朱立华种了 1 亩地的红薯、7 分地的黄豆、1 亩地的油菜、2 亩地的水稻、1 亩地的玉米。她说，目前油菜已经封行。这应该是育苗移栽的油菜，不然不会有这么好的长势，也不会有封行之说。育苗移栽是精耕细作的传统农业生产方式，也是山里人在有限的土地获取更多收成的勤劳体现。山区的气候，稻田只能种一季稻，朱立华的稻谷亩产量有 500 多公斤。

　　一年的勤劳，一年的收获，更是农家人一年的日子。朱立华有 2 个女儿，大女儿在北京一家家具厂工作，说是生产的椅子全部卖到了国外；小女儿在珠海养鱼，经营的是自己的产业。说起一家人的日子，朱立华脸上绽放出朴实的笑容。

　　中午，我在乡政府看到一份《桃源县老祖岩道教文化生态旅游综合开发项目策划书》，相传老祖岩为吕祖修道炼丹之所，后世信众建有道观，每逢农历六月十一，教众不辞辛劳，跋山涉水赶往仙山举行庙会，其盛况一时无二。该项目策划书说，将围绕"一轴两核三谷"布局，建设十大景区，打造"修道仙山，养生福地"文化生态旅游品牌。

　　蒋基富一路上给我讲了很多传说，比如蜡烛峰、鸡公岩、仙人脚、撑腰岩、香炉坡、龟形山、舂米臼……开始我梦游般地以为是为打造旅游项目编造的一些故事，没想到绕过九弯十八拐，遇到龙眼池组一村妇在山坡菜园里摘菜，她竟笑问我是不是来看"天鹅抱（孵）蛋、九龙戏珠"。我反问："你咋知道这些传说？"村妇一句"俺这里就是这么个地势"充满了自豪感，也惊醒了梦中人，让我有了实实在在"福地洞天人安逸"的印象。

　　今年蒋基富已登上老祖岩 11 次了。然而，这次我没来得及跟他登上老祖岩，这多少有些遗憾。朱秋霞却揣着乡村的希望，搭乘我们的车赶赴常德市城区。当她把《桃源县老祖岩道教文化生态旅游综合开发项目策划书》及县里批文郑重地交到市发改委相关人员的手中时，夜幕已经降临。然而，我又有了梦幻般的想象：未来的交界村将是好一处福地洞天，届时再登老祖岩，比现在的眺望会更加惬意！

45

西湖管理区西洲乡
裕民村

2020 年 12 月 28 日至 29 日在北京举行的中央农村工作会明确提出，举全党全社会之力推动乡村振兴，促进农业高质高效、乡村宜居宜业、农民富裕富足。在国家现代农业示范区里，裕民村先行一步：产业发展好，民居美观舒适，生态环境良好，文体活动丰富多彩，还有惹眼的路、桥和小区，如今，足以在示范园区品"裕民"。

示范园区品"裕民"

　　裕民，从字面上很易理解，即是民众富裕。2015年11月4日，在国家现代农业示范区——西湖管理区，我一听"裕民"二字，就迫切想一睹昔日新化移民现今的生活。

　　在西洲乡办公室，我看到了一本《裕民村"美丽乡村"图片资料汇编》，里面包含了产业发展好——1000亩双季水稻示范片，100亩食用菌生产基地，1000亩优质蔬菜核心示范基地；民居美观舒适——整体拆建的裕民小区、2组集中新建的住宅小区、美观舒适的村民建房；设施配套完善——健身器材、篮球场、乒乓球台等休闲文体设施齐全，水电路基础设施完备；生态环境良好——村委会和裕民小区的绿化广场、环境卫生设施、污水处理站、沼气池、居民生活污水四格净化池；文体活动丰富多彩——村办《祖国万岁》文艺汇演；村风民风好——全区"十佳最美庭院"榜上有名，孝老爱亲、文明卫生户评比活动独具特色……快速浏览后，我们驾车驶向裕民村。

　　6公里长的裕民路纵贯裕民村，是西湖管理区南北向最长最宽的水泥路。我们的车停在裕民小区的绿化广场，眼前的一切让人震撼。6栋，252套，三层安置房集中修建，小区的水、电、路、绿化、路灯、垃圾池、排污沟、文化活动场所、工具房等基础设施配套完善，还单独建了一座集中污水处理站。与裕民路平行的是一条排灌干渠，渠水中几只麻鸭和几只白鸭正在嬉戏觅食，为渠道增添了几分生气。一座弧形石拱桥横跨干渠，

集中安置房——裕民小区一角

正对着裕民小区，三个红色大字"裕民桥"赫然写在桥的护栏上。小区居民或在亭阁聊天，或漫步裕民路上。我端起相机，不时摁下快门，恰好一位大妈弯腰拾起路面渣草一幕进入了镜头，让人不禁感叹：裕民小区居民爱护环境卫生的行为已经成为习惯！

据介绍，这个小区总投资1000余万元。以前这里人均耕地仅1.6亩，人均口粮田不到0.8亩；住房布局分散，占地较宽，住房面积11554平方米，偏房6915平方米，水泥坪5301平方米，建筑占地总面积110亩，住房中85%为危旧平房，70%为移民建场初期所建连体平房，有的已经千疮百孔，破败不堪，完全不宜居住。为了彻底解决人多地少、住房不安全的问题，几年前实施了裕民小区改造工程。

在裕民小区外围，一幢旧房子正在改造，说是建一个服务区，包括食堂和文化活动中心。村民集中居住后，各家各户的红白喜事需要一个场所。村里对旧房实施改造可以减少投入，投资40万元即可完成。服务区建成后，既可方便村民，又保护了小区的环境不受到破坏。

来到2组，民居整齐，房前屋后都有鲜花、绿树拥簇，每户人家门前都有一块"保障性安居工程"牌子，这是政府对移民的特别关爱。老支书刘青兰家的大门上多了些东西，比如"五好文明家庭""文明卫生户"，还有一张旧符一张新符，新符上写着"扫邪皈正 辅正除邪"。这让人不由得想起宋代王安石的诗句"爆竹声中一岁除，春风送暖入屠苏。千门万户曈曈日，总把新桃换旧符。"刘青兰说，这是新化的习俗，她每年都会回新化老家求符一次，是祈祷保天下太平的。过去，他们因国家建设需要离开了家园；今天，他们已在这里安居乐业，传统习惯理当受到尊重。戴宝莲家的庭院格外漂亮，红的花、绿的叶、黄的果……村里的美女治保主任王三梅在庭院里摘了几个金钱橘给我，说吃了嗓子好的。我毫不犹豫地放进嘴里，嚼一嚼，甜甜的，散发着橙香味。她说，这是"西湖区十佳最美庭院"。

在裕民村田头路边，有3块重量级的牌子"湖南省农村清洁工程示范村建设项目""农业综合开发裕民村中低产田改造项目""中央财政支持现代农业项目——西湖优质稻高产示范片"，它们无一不与"裕民"二字密切相关。在"裕民"，德人牧业的生态餐厅、何新寿的500亩梨园，都是或学有所成、或创业成功的移民二代，为他们的第二家园——西湖管理区国家现代农业示范区注入的活力。

走进生态餐厅，竹篾编织的包厢爬满了绿色的牵牛花枝蔓，包厢均以"一分场、二分场……"命名，应该是为了铭记移民建场的历史吧。与餐厅相邻的是一个接一个的蔬菜大棚，据说游客可以自己在棚里点菜，也可以自己采摘。这是今年刚刚建成的，既有现代农业气息，又有田园风光。

这一天，在国家现代农业示范区，我算是品足了"裕民"的"味道"——移民安居乐业，现代农业风生水起！

种田也是做事业

2 组村民刘龙云种了几十年的田，怎么也没想到，自己辛辛苦苦培养成人的儿子，大学毕业后最终也选择了回乡种田。

刘龙云，今年 49 岁，有 4 个兄弟，他排行老二。为了减轻家里负担，他 12 岁辍学回家种田，一天获得 2 分工分。后来，哥哥成了书法家，两个弟弟一个在广州一个在娄底，只有刘龙云留在了农村，成了家里的顶梁柱。他说，前半生建了 5 次房："16 岁在村里起屋，18 岁场部起屋，22 岁结婚又起了一次屋，28 岁场部再起屋，48 岁，又在村里起了屋。"

刘龙云也曾离开过农田，到当时西湖农场的场部、现在的西湖镇开店经商，直到农田一场虫灾之后，2001 年他又回到村庄开始种田，这一种已是 15 年。他说："除了去年种高粱，亏了 13 万，扯平均，每年的收益有 10 万元。"

刘龙云自己有一双儿女。2007 年，姐弟双双考上大学，女儿武汉科技大学美术学院，儿子长沙职业技术学院。儿子刘为毕业后，在实习的单位"长沙汽车工业学校"谋得了中专学校教师的职业，月工资 3000 多元。刘为说，工作 20 年在长沙也买不起房子。一个学期结束，他辞职去了浙江台州，到姐夫工作的企业干了两年半，月工资 6000 元。在台州，他有强烈的漂泊感，也就是在这期间，看了一个"大学生返乡种田"的新闻报道，心中产生了共鸣：大学生返乡种田是一种趋势！

2013 年 5 月，刘为回到了农村。父亲不开心了："泥巴田里摸爬滚打几十年，把儿子、孙子的田都种了，不希望他们再种田。希望儿子穿得体面，有一份像模像样的职业。"乡里乡亲有议论了："读了几年大学，花了家里一大把钱，到头来还是摸泥巴……"

刘龙云倒是个豁达人，凡事都想得开。他自豪地说："我一辈子想种田，种千亩都没有问题。买收割机、拖拉机，儿子在上大学的时候，就帮我挑选品牌和型号。2013 年儿子回来了，我又拿出 60 万现金，更新农机设备，买车买旋耕机。儿子大学学的是机械制造与维修，对农业机械了如指掌，拿起就会开。"

如今，刘龙云、刘为父子俩耕种着 180 亩水田，都是双季稻，亩产鲜谷 1350 至 1400 公斤。刘龙云说："今年已卖 15 万斤，1 元/斤，直接送粮油加工厂烘干，不用晒谷。"刘为说："回家种田很自由，很开心，开着机械在田里耕作有天马行空的快感。种田也是做事业，一个人能一辈子做自己喜欢的事，就能成就一番事业。"这是新型职业农民的理念，也是现代农业和中国农业未来的希望所在。

去年年底，刘为已和本地姑娘结为伉俪，在西湖镇有了自己的小家。这位新时代的返乡大学生过着城乡两栖生活，既有城镇的热闹，也有乡村的宁静，还有一份自己喜欢的事业！

46

安乡县安康乡
仙桃嘴村

一个落后村到"世外桃源"花了10年；一个叫吴刚的人三把火温暖了村民的心；一条沟渠种出了一个菱角产业，给村庄带来了活力，使一个可供农业观光、休闲旅游的宜居村备受关注。也许是吴刚这个名字的巧合，从宜居的环境到产业的发展，这个村总让人有一种余香长久的感觉，可谓吴刚捧出"桂花酒"。

吴刚捧出"桂花酒"

仙桃嘴村，10 年前，村民收入低，村容村貌脏乱不堪，村民之间打架斗殴时有发生，是安康乡出了名的落后村；10 年后，房屋整齐，村道平坦宽敞，整个村庄呈现一幅安康、和谐、文明的新农村景象，已成为远近闻名、深受游客喜爱的"世外桃源"。2015 年 11 月 10 日，我从安康乡到仙桃嘴村走访，听见上上下下的人都说，这翻天覆地的变化与村党支部书记吴刚分不开，不由得想到了毛泽东的诗句"吴刚捧出桂花酒"，更加好奇仙桃嘴村的吴刚是怎样打造这人间仙境的。

15 年前，在外经商的吴刚受命担任仙桃嘴村党支部书记。俗话说，新官上任三把火，吴刚的"三把火"是硬化道路，改造危房，疏通沟渠，每一把火都温暖了村民的心。

基础设施建好之后，吴刚又把精力集中到环境卫生整治上面，他说："当时抓环境卫生群众也不理解，首先是开座谈会，让村民把不卫生的生活习惯改

沟渠种菱角投入少、无风险，适合推广

变过来，鸡、鸭圈着养，垃圾不能随便乱扔。班子成员、党员干部带头捡垃圾，动手整理村民房前屋后堆放的杂物……"

村庄美了，民心齐了，吴刚又思考如何让村民增收致富。在网上查询时，湖北洪湖的一个藕夹泥鳅生态养殖的项目给了他灵感。于是，吴刚带了几个村民代表去湖北考察，回来以后村支两委开了座谈会，把在外面考察的情况跟村民做了介绍，分析了村里的地理优势，讲了发展湘莲和泥鳅混合种养的好处。泥鳅主要以浮游生物为生，其粪便又能增加莲池中的有机质，可谓一举两得。除了湘莲泥鳅的混合种养，吴刚还带头发展了菱角产业，在他看来，种菱角投入少、无风险，适合推广。在吴刚的示范带动下，全村菱角种植户由最初的两三户逐年发展到如今的 50 多户。

村里有了产业后，吴刚又有了依托良好生态环境发展旅游业的大胆想法。当时，村民对引来客人没有多大信心，也没有开办农家乐的积极性。为了吸引游客来到仙桃嘴，吴刚开通了仙桃嘴村的微信公众账号，专门介绍仙桃嘴村的吃喝玩乐。吴刚

说："我们通过微信平台，向外面发布信息，还真灵验，来了很多的游客，采湘莲，采菱角，到农家乐体验农家饭菜，吃我们本地有特色的土鸡、土鸭、土鸡蛋，包括我们自己种的小菜。"

来游玩的游客多了，村民的积极性也越来越高，村里先后开了3家农家乐，休闲旅游业的发展大大促进了村民增收。仙桃人家是村里的第一家农家乐，起初，村民担心生意不好，不敢投资，非要拉着吴刚一起干他们心里才踏实。吴刚跟妻子商量："她觉得在家也没什么事干，就过来帮忙，算是提高大家的积极性吧。"

优美的环境，功能齐全的村部、学校、村卫生服务所、老年人活动中心及供村民开展文化、健身、休闲的场所；农田排灌村民不用交电费，有线电视的收视费也是村里买单……可供农业观光，休闲旅游的宜居村，能说不是吴刚捧出的"桂花酒"吗？

行走在仙桃嘴村，听吴刚讲农村的变化，"稻菽畦畦野外大观，炊烟袅袅店中小憩"，一副对联把我带进了仙桃人家。这是今年6月，在吴刚的动员下两农户联手办起来的农家乐。农家乐突出农村风味，鸡鸭、鱼肉、泥鳅、鳝鱼、甲鱼、蔬菜都是就地取材，游客全是点活的。为了保证农家乐的菜纯正、新鲜，村里在农家乐所在地200米范围内专门安排了50户种蔬菜，方便游客点菜；还安排了20户养鸡，10户养鸭，20户养猪，为的是让客人吃得放心。菜的价格也是村里核定的，只收成本和加工费，不得卖高价。7月，荷花开始飘香的时候，游客纷至沓来，最多的时候，一天来了12桌，仙桃人家专门现杀了1头猪。短短几个月，仙桃人家的营业额达到70万元，除去成本，两家除了收回房子打整的2万元，各赚了几万元，两农户美滋滋地陶醉在吴刚捧出的"桂花酒"里。

来到村部，广积粮食种植合作社的牌子又引出一段佳话。2014年6月，仙桃嘴村欲成立一个粮食种植合作社，为合作社的名字动了一番脑筋后，牵头人朱兴其说："我们是种粮食，当时想到了毛主席语录'深挖洞，广积粮。'就取了'广积粮食种植合作社'。没想到，这个名字给合作社带来了福音。县长张阳来村里看到了这牌子，就帮助我们联系了市里的广积米业，合作社也就走上了种植优质稻的发展之路。"

目前，合作社有3000亩水田，涉及420户农户，以前1亩双季稻的产量也就600公斤至750公斤干谷，有了广积米业支持，全部种上了优质稻，也免去了晒谷之苦。广积米业从品种到播种、从培管到收获，都是派技术人员到田间指导，全程服务。稻田不施化肥，病虫防治也是统防统治，运用诱蛾灯和生物农药。2015年，该合作社的双季稻湿谷产量1亩达到1400公斤，由广积米业全部收购，1亩毛收入达2800元。除去生产成本，1亩水田通过种植优质稻和提高单产可净增收入1000元。

广积米业牵手广积粮食种植合作社，使粮食增产20万公斤，于仙桃嘴村也是一壶飘香的"桂花酒"。

47

鼎城区雷公庙镇
张家垭村

　　俗话说，靠山吃山靠水吃水。其实，更多的还是靠勤劳。小小的山村，三分之二是山林，有了勤劳，山塝田也可以绿油油，即使气候只能栽种一季稻谷，也要种上绿肥让来年的一季稻谷收益更好。在这里，我走过村庄，进到农户，驻足田间地头，眺望水库山林，留在记忆里的是山清水秀人勤劳。

山清水秀人勤劳

多年前，我受朋友之邀曾到过张家垭村。村里有一个溶洞人称龙门洞，因洞内有"石龙"而得名。龙门洞发现久远，据《嘉靖常德符志》载："府西北六十里有石，空旷如屋。中有石柱，八棱如玉。"龙门洞是迄今为止常德市城郊唯一发现的溶洞，早在若干年前就被湖南省旅游局评定为"省二级旅游保护区"。

那次进洞，记忆犹新。朋友为我们一行准备了解放鞋和迷彩服，很有一番探险的味道。当时没有成形的路，我们是套着绳子一个一个滑下去的。一位男士打先锋，我跟随其后。进得洞来，里面的空旷让人兴奋不已。洞内"大厅"中有两根高约10米、每根需四五个人才能合围的擎天钟乳石柱。朋友说，这叫将军柱。洞内有一条深浅莫测、流水潺潺的阴河，这条河好像与洞外山坡上一个常年积水的大"天坑"相连。据说，有一年大旱，村民同时用了七八台抽水机，从大"天坑"内往外抽水抗旱，抽了一个月，坑内水位始终没有降低。洞内还有观音堂、舍身潭、半边街、七里丘、小龙口……扑朔迷离，美不胜收。当地一些村民曾打着灯笼火把，在洞内探索了一天也没有找到尽头，但见洞中有洞，洞洞相连。

2015年11月23日，阴雨蒙蒙，走进张家垭村，最先看到的是立在路边的一块"龙门洞"石碑。沿石碑所指方向的一条水泥路，已被近几天的雨水冲洗得格外干净，约几公里后，我们的车停在了"友兴希望小学"。据说这所学校是张家垭村走出去的能人张友新1998年捐建的。学校有了些年份，已做他用。村里去年10月成立的金创油茶专业合作社也设在这里。一间空空如也的教室，已粉刷一新。合作社理事会名单和职责、监事会名单和职责、财务人员名单、合作社章程、民主管理制度、社务公开制度、成员大会会议制度、财务管理制度、盈余分配制度，以及合作社成员代表大会名单，分挂在洁白的墙上。村党支部书记张道德说，天太冷，这里的设施还没有配备，让我们去他家了解情况。

走进张道德的家，煞是惊艳。偌大的客厅，家什摆放整齐，一尘不染。一床大红花的烤火被，盖在一个可以围坐十来人的烤火架上，不用坐下来就有了温暖的感觉。洁白的墙上，一幅幅的十字绣和珠绣，令人目不暇接。漂亮时髦的妇女主任崔彐英说，村里的女人们都爱绣十字绣，基本上家家户户嫁女儿、娶媳妇都要提前绣几幅十字绣或珠绣挂在新房里。窥一斑见全豹，从张道德的家，可以想见村姑村嫂们的勤劳。

张家垭村是个小山村，三分之一是耕地，以种植水稻为主，几百亩山塝田，棉花、花生、黄豆、芝麻、玉米、红薯、油菜都有种植；三分之二是山林，以油茶为主。

随张道德走村入户，刚出门，山塝田里绿油油的一片，一垄接一垄、一丘接一丘的油菜十分茂盛，已看不出行，专业术语应该叫已经封行。走近细看，从田头地边能看出整齐排列的油菜根基，田间没有杂草。这是育苗移栽的甘蓝型油菜，只有勤劳的村民才能播种培育出这么好长势的油菜。山塝田下面是水稻田，因为是山区，自然温光条件只能种植一季稻，勤劳的村民早已播种绿肥。张道德说，去年开始恢复种植绿肥，今年的一季稻亩产量在600至650公斤。

张家垭村有一座小(2)型水库——龙门水库。天虽然灰暗朦胧，水库依然秀丽，蜿蜒青山环抱着水库，树木倒映在水中，不时有几只野鸭子戏水，好一幅山清水秀的画卷。

我们绕过水库，登上山坡，一阵香气扑鼻而来，"哇，好香啊！香樟树!"深吸一口，香气沁入肺腑。张道德说，这是一片花木基地，有160亩，以香樟树为主，大叶樟和小叶樟都有，小叶樟香味浓些。3年了，虽然还没有卖出一棵，却绿了这片荒山。我曾经看过一个资料，说居家周围樟树种植得多，人都不会生病。如此说来，这片樟树林不仅仅绿了荒山，还福及村民。

从山上下来，漫步在村道上，路基宽7米，水泥路宽5米。张道德说起了村里的变化："以前张家垭是一个水电路都不通的穷村。记得2002年，我刚当支部书记，第一次修路。那时没有挖掘机，挖路基全靠人工，7.5公里的路，全村1000多人，一人分一段，包括我支部书记，没有一个例外。16个组，插了16面红旗，整整搞了7个

稻田里的鸭群成为一景

月。2006 年开始打水泥路，硬化 11.3 公里。现在 16 个组，只有 3 个组没有通水泥路了。从 2006 年开始，路通了，村里的房子像发竹笋一样，每年都有 50 户左右修房子，现在村里 90% 的房屋都改造一新了。你看，有的房子盖的是红瓦，有的盖的是蓝色的瓦。红色的是大机瓦，蓝色的是琉璃瓦，是不同年份修房子的流行款，也是修房子用材的进步。以前村里只有 1 台变压器，现在已是 6 台。挖山塘、扩山塘，现在全村有 93 口山塘，解决了全村人的生产生活用水问题。看见张家垭变得美美的，心里舒畅。"

张道德让我上车，几弯几拐后，把车停在了一丁字路口。他指着横在前面的水泥路说："张家垭，鼎城的北大门，与临澧交界，这条路是临澧的县道。以前，我们没有好路走的时候，村民送公粮推着鸡公车(独轮车)，就是绕道临澧通过这条路把公粮送出去的。"

听着张道德的讲述，欣赏着身边的风景：漫山遍野的绿色茶树林开满了白色的山茶花；山坡上一丛一丛的黄色野菊花依然盛开在寒风中；一群肥壮的鸭子，黑头黑尾，以白色羽毛为主，在已经收获的稻田里觅食，发出欢快的啄食声；牧羊人赶着棕色的羊群……

张家垭村山清水秀人勤劳是我的感受，也是大家的感受。

48

安乡县安裕乡
同庆村

湖区鱼米之乡，富在水穷也在水，治水就是治穷。"进村入户、访困问需、访贫问计"是湖南扶贫开发之策；解决洞庭湖区垸内沟渠淤塞、排灌不畅、水环境恶化等问题，构建"旱能灌、涝能排、水清岸绿"的沟渠塘坝生态活水网是湖南治水之策。如今，这个省级贫困村，书记来了，榜样有了，村民参与了，毋庸置疑，同庆村脱贫致富在今朝。

脱贫致富在今朝

2015年9月，湖南省委在全省"三严三实"专题教育中开展领导干部"进村入户、访困问需、访贫问计"（简称"一进二访"）活动，扎实推进扶贫开发工作。

江南水乡，沟渠纵横，河网密布。近年来受多方面因素影响，洞庭湖区沟河湖泊水系发生重大变化，水流不畅，水环境逐步恶化，部分地区水污染加重，陷入"守着水窝子喊渴"的尴尬。安乡是典型的湖区县，同庆村是县委书记的点村，解决洞庭湖区水环境恶化、沟渠淤塞等问题是这个村扶贫开发的重点，也是关键。

2015年11月29日，星期日，早晨8时出门时还有些寒意，到达安乡县安裕乡政府时，久违的太阳使人有了些许暖意。同庆村第一书记邹济准备很充分，给了我一叠资料。有资料在手，又与乡党委书记张金贵同乘一辆车进村，我对同庆村有了一些了解。在全市上下开展"一进二访"活动时，县委书记宋云文把省级贫困村选作自己的驻村帮扶点，并明确了同庆村脱贫致富的目标，即同庆村2016年年底要全面脱贫，2017年年底要全面实现小康，实现由贫困乡村到美丽乡村的蝶变。

9月16日，宋云文首次到同庆村开展"一进二访"活动，21日又带领县规划、国土、水利、农村工作部等单位负责人来到同庆村，对该村扶贫建设工作开展实地调研并召开会商会。10月8日，他再次率县财政、国土、住建、规划、水利、农业、交通、电力、卫生、民政、环保等部门负责人，对该村的扶贫建设工作进行再调度、再部署。11月2日，宋云文出去学习之前还来同庆村踏勘沟渠疏浚，实地调研产业园建设。

车子行驶在一条宽广的水泥路上，两旁的樟树虽不高大，却排列整齐，有一段还间栽了一些栾树。张金贵示意让我看看窗外的沟渠，但见渠道敞亮，没有杂草。他说，2个月前这沟里的杂草比人还高。

在一交叉路口，几辆施工的挖掘机挡住了前行的道路，我们只好下车步行，眼前一条清水河建设正在施工，千米河湖已经连通，10来人正在河道上安装浇筑桥墩的模板。张金贵说，以前这里是各家各户门前的小水坑，水臭，草多，一片荒芜。

横过清水河，一座旧平房正在改造翻新，屋顶已盖上红瓦，屋檐已做成天蓝色。民居前面是一条哑河，说是连着我们曾经到过的虾趴脑河。河水清清是虾趴脑河留给我的印象，后来听人说，之所以叫虾趴脑河，是因为以前水里虾子多，辛苦的驾船人睡在船上，脑壳上都趴着虾子。据说，虾趴脑河将来要打造成安乡的风光带。

大片的蔬菜地里，不少人在开沟。安乡县属典型的湖区，是个水窝子，在这久雨后难得的一个晴天，村民抓住有利时机开沟沥水，为的是有个好收成。

建设中，水清岸绿可期可待

这时，高音喇叭里传出《小苹果》音乐，温暖的阳光下，我随着音乐摇摆着身躯，脱口唱出"我是一个小呀小苹果，脱贫致富就在今朝……"

来到村部，翻阅邹济给的一叠资料，一份《2015年安裕乡同庆村脱贫奔小康联点单位工作任务及工作进度一览表》印证了我的脱口秀——

县委办，牵头负责协调同庆村扶贫攻坚各项工作。已完成实施方案制定和18个贫困户入户对接、驻村指导；协调处理工作推进中的各类问题。

移民局，指导完成扶贫工作和申报扶贫项目。

国土局，负责3900米组级公路硬化，道路培肩拓宽，相关设施铺设。已完成22个贫困户入户结对和2800米道路硬化、32处涵管等设施铺设。

财政局，负责50盏太阳能路灯安装，广播设施更新，6000米线路改造。已完成23户贫困户入户对接和广播设施更新及线路改造。

水利局，负责大型沟渠疏洗14000米，新建机埠2处，新建机耕桥一座。已完成沟渠疏洗14000米和机耕桥新建；完成2个机埠建设工程总量的60%。

农开办，负责三舞公路旁1000米鱼塘疏洗连通，全村17350米毛沟斗渠疏洗或硬化，风情小区9座仿木栏杆小桥建设，600米入户路硬化，新建闸门56个、3.0涵管370个、5.0涵管548个。已完成千米河湖连通工程土方开挖总量的70%和产业区沟渠疏洗1500米；启动风情小区桥梁建设，目前完成1座桥工程总量的30%。

住建局、交通局、农业局、环保局、卫生局、规划局、林业局、蓄水局、发改局、电力局、民政局、文广新局、经管局、电视台，各个部门都有任务，也都有完成进度。

安裕乡作为同庆村的娘家，更是义不容辞——

科学制定并落实村民自治章程，确保组织健全、活动经常，作用明显，反响强烈；积极主动配合各科局，做好施工前期扫障和施工中环境保障等工作。目前，已组织农户签订土地流转383.2亩，组织群众种植蔬菜220余亩；沟渠清杂扫杂8000余米，道路清杂扫杂2000余米；拆除厕所、房屋10处，迁坟3处，腾空零散池塘80余亩、菜园80余亩；完成"一对一"扶贫入户对接；入户组织群众进行危房改造30余户；在县委农村工作部、县扶贫办的指导下修订了村民自治章程、村民公约，并积极组织开展活动。

张金贵说了一个细节："9月13日开村民大会那天，乡里租了3辆大巴，会议一结束，直接把村民拉到了出口洲村，让村民感受市里的美丽乡村示范村，问村民想不想要这样的生产生活环境，想要，就要支持、配合、参与县里的精准扶贫工作。榜样的力量是无穷的，从出口洲村回来，村民的积极性高涨，建设中占菜园占地村民二话没说。"

村党支部书记姜志广告诉我："村民的积极性确实起来了。9月底村里召开了支部大会，党员用一周的时间入户、到田间地头摸底，了解村民意愿，村民从改善生产生活条件方面提了6条意见。村里砍掉了那些泛滥的构树，村民主动把树枝树干清理干净。"

在返回的途中，同庆村的村名让人产生了联想：到2017年底，同庆村全面实现小康，实现由贫困乡村到美丽乡村的蝶变的时候，就是同庆村村民真正普天同庆的时候。

49

汉寿县聂家桥乡
三元村

这个村庄，高速公路近在咫尺，319国道穿村而过，因而势必与外界有更多的联系。无论从信息的获取到市场的拓展，还是从人的思想观念到村庄的发展格局，相比闭塞的村庄，三元村都更得天独厚。在这个以"三元"命名的村庄，地理位置优势+三个产业集群+以奖代投的好策略，成就了村庄秀美人富裕。

村庄秀美人富裕

2015年12月7日早晨出门，大雾蒙蒙，寒气袭人。高速路出口一块硕大的石头上"秀美三元"四个大字红艳艳的，十分夺目，给寒冷的早晨平添了一道暖色。何谓三元？道教神话中有"三元大帝"之说，源于远古时代中国人对自然界三种主要因素天、地、水的崇拜。后来，听三元村美丽乡村建设理事会理事长翟昌清说，三元村与鼎城区交界处有一座三元桥，黄土店、唐家铺、沧山三乡之水交汇于此，流入村庄，滋润着村庄的土地，养育着村庄的人们。毫无疑问，三元村因三元桥得名。水是生命之源，若以"元"代替"源"，三元桥该是因水之源而得名。

村部坐落在山坡上。透视围墙里，院落整齐美观，除了便民服务中心、卫生室、党代表村民议事室、治安调解室、青年民兵之家……一应俱全外，还有一个水磨石打造的舞台。

从村部出来，沿上坡路前行，眼前的一幕让人惊叹：一块空坪上停满了大巴。我数了数，有21辆。一块"湖南省达成教育管理有限责任公司"的牌子立在大门口，进得门来，远处黑压压的人群一拨又一拨。我们在核心区转了一圈，攀岩的、挑战越野的……大雾，来自桃源芦花中学的学生们红扑扑的脸上淌着汗水，头发里冒着热气。翟昌清说："拓展基地今年3月开业，天天都是人山人海，湖北的、河南的……都来这里游玩，今天还不是人最多的时候。这里的服务人员有300来人，基本都是本地的村民。"

来到圣迪服装，一幢办公楼建设已进入收尾阶段，一间制衣车间却是一片繁忙，好一派边建设边生产的景象。这是从珠海引进的劳动密集型企业，还是一家创汇企业。

踏上319国道，一家连一家的旧木材加工交易店让人目不暇接。聂家桥的竹木和生猪交易早已名声在外，是中南五省最大的竹木与生猪交易的聚散地。

我在翟昌清的办公桌上看到一份《三元村星级秀美庭院评比结果公示》，上面写着五星级秀美庭院3户，四星级秀美庭院4户，三星级秀美庭院5户。翟昌清把我带到了4组秀美庭院示范小区，在这里"秀美"二字渗透在每家每户，连菜园子都可以穿着绣花鞋进去：竹篱笆整整齐齐，根根竹竿一样高，菜垄被红砖围成锯齿边，垄沟也已水泥硬化。翟昌清说，村里的激励机制是以奖代投，只要村民勤快，秀美庭院建设的材料、树苗、草皮，村里都支持。

村部一块玫瑰产业协会的牌子还印在我的记忆里。翟昌清指着一大片高塝田说：

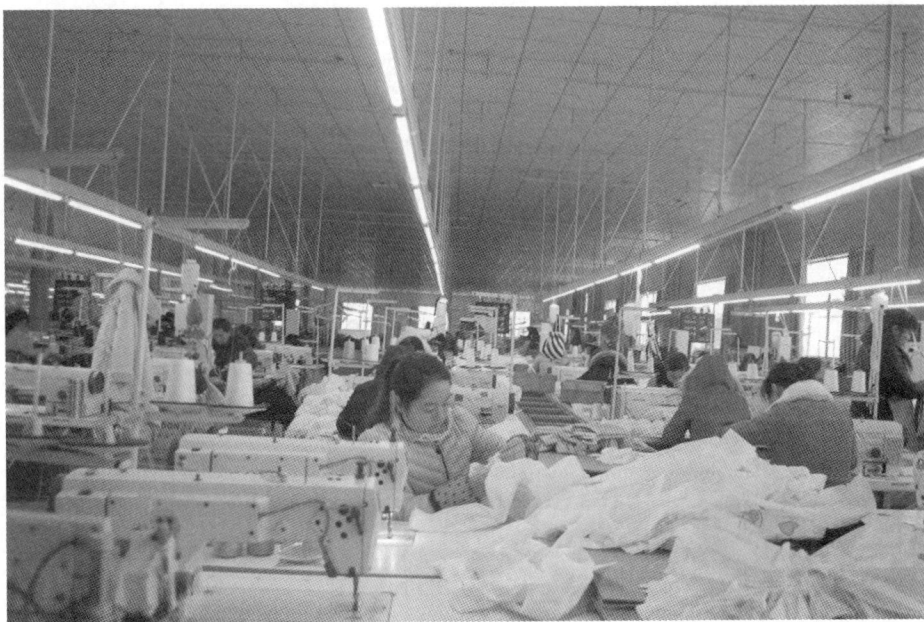

村里的创汇企业一片繁忙

"这里都要种上玫瑰，明年这一线就是 200 亩的玫瑰花海，目的是借助拓展基地的人气，打造风景线，建好旅游带，办好农家乐，共筑致富路。"三元村在 319 国道以北，长常高速横贯东西，聂谢公路直插南北，有得天独厚的地理位置，交通便捷，发展乡村旅游不失为一条致富之路。

6 组田庄冲有一座功德牌楼，一边是捐献榜，捐献者捐款 30000、10000、5000 元不等；一边是筹资户，农户筹资 3000、200、100 元的都有。从这里我看到的是村民建设美丽家园的积极性。彭志爱说，当村里确立美丽乡村建设中的主体地位后，全村组道硬化 7.9 公里，投资 170 万元，除 20 万元项目资金外，其余的 150 万元全部是村民自筹。卫生整治费每户 80 元，从发动之日起全村 200 多户 10 天收齐，能做到一户不欠，村理事会功不可没。在我看来，这积极性的背后，是富裕做支撑——

三元村有 3 个产业集群：319 国道 1、2、3 组竹木加工业群，年收入达 1000 多万元；4、5、9 组打桩集团群，年创收 3000 万元以上；彭氏饮食业集群，年收入达 1500 万元……

三元村打桩打出了国门。4、5、9 组打桩抱团，形成 17 家专业打桩队，从业人员在 200 人左右，遍布中南五省，并走出国门，远赴赞比亚、刚果(金)等。

5 组村民张春青算是该村打桩的龙头老大。他 1983 年从张家界来到三元村，做过木材生意，也当过木匠。1993 年返回张家界从事旅游行业，亏得一塌糊涂。2004 年再次来到三元村，帮人打工干起了打桩行当。打工两年，桩机老板见他能力强，便给了 1 台打桩机让他管理。2007 年，张春青当起了小老板，打桩机也从 1 台增加为现在的 11 台，长年有 8 台打桩机在工地施工。每个施工工人 1 年的保底收入有 3 万，再加上工程量，可获得 6 万元的收入。若去非洲施工，保底工资更高，1 年的收入也更丰厚。张春青说，他作为桩机老板，1 台桩机 1 年获利 10 万元。打桩 10 年，他在三元村建了 3 幢房子，他自己、儿子、女儿各 1 幢，儿子、女婿也加入了他的打桩行业。

三元村 90% 的劳动力投入第二、三产业，年人均纯收入 14000 元，每年递增 15% 以上，村民居住楼房达 85% 以上，无危房，网络固定电话或移动电话入户率达 95% 以上，有线电视入户 100%，合作医疗参加率 95% 以上，儿童入学率 100%。4 组村民翟昌华、陈三妹夫妇一脸幸福地告诉我，两个儿子在常德安装门，一天收入上千元；与两位老人相邻的一家，车库就有 2 间……

去年，三元村获得了汉寿县美丽乡村示范村的奖牌，今年 7 月又成为常德市首批美丽乡村。目前，三元村正朝着省级美丽乡村的远大目标努力。行走在三元村，可见村内道路相通、渠道相连、路灯成行、绿树成荫、民风淳朴、环境优美，我实实在在感到了村庄秀美人富裕！

50

澧县张公庙镇
高路铺村

一个村庄，没有领导办点，却是常德市首批授牌的美丽乡村，还有两块国家级牌子。一幢房屋，一层是"毛泽东红色纪念馆"，承载着振兴民族的千秋伟业；一层是村部，描绘出建设新农村的宏伟蓝图。行走在这样的村庄，真可谓，忆往昔"铺高路"造福于民，看今朝高路铺就人幸福。

高路铺就人幸福

澧县张公庙镇高路铺村距澧县县城只有几公里，国道 207 线贯通全境，自古有澧州往西"五里文良制、十里高路铺"之说。历史上，高路铺就是澧水河道上商贾云集的重要码头。

2015 年 12 月 14 日早 8 时出门，1 个多小时后，我们的车停在了 207 国道旁。下得车来，一抬头便见"高路铺"三个大字高耸在屋顶，左边立着"国家级生态村"的字样，右边立着"全国妇联示范村"字样，红艳艳一片。一个村庄，两块国家级牌子，这让人对高路铺村充满了期待。村级服务中心的门庭上方"毛泽东红色纪念馆"字样，和与之对应的楹联"忆往昔毛泽东振兴民族千秋伟业数风流 看今朝高路铺建设新村万亩葡萄添锦绣"，更是凸显出浩然之气，让人敬畏之心油然而生。我不禁感叹：这是高路铺的正气与兴旺！

刚在村党支部书记史开申的办公室坐下，他便跟我说起了高路铺村村名的来历：高路铺原来是一个动词词组——铺高路，是明朝皇帝钦点的。这里是一个古老的村庄，专为朝廷供应丝绸与各种时令菜蔬，很得皇上欢心。皇上下旨"铺高路"，造福于民。有史料记载，在村庄与码头之间有一条气派规整的麻石大道，晴天无飞沙扬灰之忧，雨天无泥泞路滑之苦。当时，华阳王为了让人们记住皇上的恩赐，又在河边建起了一座富丽堂皇的"渚天阁"，成为古代澧州人"祭神""娱神"之所。当华阳王向皇上感恩面呈说高路铺就了，渚天阁里镌刻了皇上恩德的时候，皇上高兴，一连念了几遍高路铺、高路铺，并金口玉言道："渚天阁修了，高路也铺就了，好哇，铺高路成了高路铺，好事好结果！倒不如这里就叫高路铺吧。"自此，高路铺的名字便沿用了下来。

高路铺悠久的历史让高路铺人自豪，高路铺今天的辉煌更是令高路铺人骄傲。

"高路铺村是全市首批授牌的 26 个美丽乡村之一，却是唯一一个没有领导办点的美丽乡村建设示范村，现在有五大支柱产业。

"现代农业产业有 700 多亩葡萄产业和 50 多亩草莓等休闲农业。每到葡萄成熟季节，中南大学、湖南农业大学、湖南文理学院的学生会来村里做社会调查写论文。类似于草莓园的一些 QQ 农场，一年四季都有瓜果供游客采摘。

"水、陆运输有船运、客运和货运。6 个老板 30 多名从业人员，专门从事重庆至上海的水上运输，其中不乏亿元户。

"加工制造业有 10 家民营企业，可容纳 300 余人就业。

"传统木椅产业，成立了专业合作社，70 多户从事木椅加工，合作社统一原料，统一工艺流程，统一注册商标。

"可再生资源回收产业，从业人员 50 户。村里 80% 的农户有小车，80 多万元、100 多万元的豪车都有……"史开申滔滔不绝，又把我们带进另一间办公室。

办公室里，墙上的光荣榜展示在一面军旗之下，细看榜上人物，全是村里的致富带头人：再生资源协会会长、葡萄专业合作社主要负责人、养殖大户……个个都是退伍兵。这让人肃然起敬。办公室里还有一个类似沙盘模型的东西占据了房子的一大半，能看出高路铺村的现在和未来，可我更愿意实地感受。

从村部出来，国道沿线的村民户户都是小洋楼。民居后面，有的是仓库，有的是工厂。史开申说，在高路铺，村有支柱产业，户有致富门路。村民肖维平夫妇，600平方米的仓库一年租金都是6万元。

来到幸福小区，一看就是统一规划集中建设的民居，树木花草、石凳石桌、健身器材一应俱全。随史开申走进屈原广场，他说，伟大爱国诗人屈原流放澧水流域，在此写下千古绝唱《离骚》，高路铺在此专建屈原广场，以示纪念。在高路铺村，像这样的袖珍广场还有4个：贺龙广场、首道广场、诚信广场、台北广场。5个文化广场，按照每80户一个修建，极大地方便了村民的文化体育健身活动。

我在贺龙广场了解到，1934年10月，贺龙元帅带领的中央主力红军红一方面军，为了摆脱国民党军队的"围剿"，被迫实行战略大转移。同年11月，贺龙领导的红二六军团从湖北洪湖一带向湘西北转移，由当时高路铺的女婿、贺龙元帅的贴身副官张耀南带路，于当月下旬辗转来到高路铺，在此驻扎扩充队伍，高路铺人把6名青年送进了红军队伍。

村庄里的幸福小区

1998年6月，高路铺村村民易宗志的货船在洞庭湖遇险，100多吨货物沉入湖底，妻子和侄女葬身鱼腹，而且还背上了20多万元的债务。面对灾难，易宗志抱着一个信念："人还在，债要还。做人不能丢了骨气和信誉，撑起这个家才对得起亡妻，还了欠款才对得起良心。"从此，易宗志和女儿相依为命，带着简单的行李，在广州打了几份工。每年腊月三十，回到村里的第一件事就是还钱。就这样，易宗志坚持了15年，在还清欠款的同时，还拉扯女儿完成了大学学业。高路铺人为易宗志而骄傲，村党支部在村里树立起这面旗帜的同时，还发动大家建起了"诚信广场"。

……

再上国道线，一家高科技企业正在调试设备；一家木椅加工厂一片繁忙；一家纯手工木椅制作户，几十把木椅圆润光滑，说是把把都有买主，号称按订单制作；一连几个塑料大棚里，草莓有了果实，有的已开始泛红。

高路铺，用深厚的文化底蕴、蓬勃的产业发展和丰富的文化建设，铺就了物质精神双丰收的高路，高路铺人能不幸福吗？

51

柳叶湖旅游度假区白鹤山乡
肖伍铺村

到农村去，享受暂时的悠闲与宁静，体验乡村生活，是缓解都市生活压力的需求。这种需求催生了休闲农业。在新农村建设中，休闲农业作为新型农业发展模式，在全国各地，特别是距离城市较近的交通方便的县、镇、村发展起来，可谓休闲农业显魅力。

休闲农业显魅力

中共中央国务院《关于落实发展新理念加快农业现代化实现全面小康目标的若干意见》表明，"大力发展休闲农业和乡村旅游。依托农村绿水青山、田园风光、乡土文化等资源，大力发展休闲度假、旅游观光、养生养老、创意农业、农耕体验、乡村手工艺等，使之成为繁荣农村、富裕农民的新兴支柱产业。"这是大力发展休闲农业和乡村旅游的春风。两次行走在柳叶湖旅游度假区白鹤山乡肖伍铺村，我感到这里正朝休闲农业方向迈进。

老街农庄展宏图

肖伍铺村有一个老街生态休闲农庄。2015 年 12 月 29 日，漫步其中，我感到了肖伍铺村"风云人物"伍先国的宏图大略。

伍先国一直在外地从事建筑行业，经过多年打拼，积累了一定的原始资本。随

肖伍铺村休闲农业农田一角

着一个接一个的中央一号文件直指农业，他感到农业的春天已经到来，果断回到家乡，欲在广阔的田野一展宏图。

2013 年初，打听到市场上乌梅走俏的消息，他在 11 组流转了 70 多亩农田，引进乌梅种苗。乌梅 3 年挂果，产果期一棵树可产乌梅 200 多公斤，1 公斤市场价 36 元。柳叶湖农村工作局将乌梅作为肖伍铺村庭院经济的首选树种，号召村里各家各户在房前屋后种植乌梅。伍先国在自己种植千株乌梅的前提下，愿与村民共同致富，乐意以每株 25 元的成本价为每户村民提供 5 株苗木。一时间，不少村民纷纷效仿，在房前屋后种个三五株的大有人在。

紧邻乌梅园的是葡萄园和草莓园。塑料大棚里，一对夫妻抱着襁褓中的孩子正在园中采摘草莓。进园之前，在路边看到过一块"有机草莓"的指示牌，我以为是郑太有机农场立的牌子，伍先国一席话，让我得知他走的也是"有机果品"路线。他说："园子与郑太有机农场一坡之隔，地理位置得天独厚。生态休闲，为的是健康，农庄就要为市民提供优质的水果。开始以为鸡粪很好，到养鸡场一看，就打消了念头。我不想使用饲料养鸡的鸡粪，专门买了菜枯。所以来我这里采摘的都是孕妇和准孕妇。"

伍先国宏图大略的实施始于 2013 年 8 月，10 亩草莓当年受益，40 亩葡萄 2015 年开始受益。现在，他已流转土地 400 多亩。站在连片的湘莲田边，他说："这一片低洼田，来年全部改为鱼池，湘莲、鱼、鸭、鹅，形成立体生态种养模式；远处山坡地、塝田，全部建成百果园，果园里养少量的鸡；那一片旱地，种一些蔬菜；乌梅园下面低洼地种茭白，2015 年俏得很，还会继续种，适当扩大一点种植面积。"

老街生态休闲农庄有一条水渠贯穿整个园区，紧邻水渠是一条宽敞的水泥路，水渠上还有一座新修的小桥。伍先国说，水渠是红旗水库的灌溉渠，对园区是一大利好，开春就会安排劳力疏浚畅通。整个农庄他已投资 600 多万元，现在已是囊中羞涩。农庄发展不能止步不前，他又找了来自北京等地的投资商，共同打造集"百果园休闲采摘有机鲜果、农家乐品生态美味佳肴"于一体的老街农庄。

正月里来春光好

2016 年春节，天气晴好。正月初二，我们一家三口漫步肖伍铺村，沐浴着初春阳光，实实在在地享受着正月里的好时光。

走进老街生态休闲农庄"草莓采摘园"，园子里已经有了采摘草莓的游客，采摘 1 公斤 50 元。我们一家人加入其中，采摘了一点草莓，既解了馋，又止了渴，还体验了一把休闲农业带来的乐趣。

来到红旗水库，居然有人垂钓，这无疑点缀了水库之美。

红旗水库下，是一片整齐划一的农田，道路、沟渠建设算是高标准的：一条主干道已经水泥硬化，足够汽车行驶；硬化的渠道与每块农田相连，小涵管里还留着潺潺清水，应该是来自红旗水库的水。记得肖伍铺村党支部书记徐德建说过，这是广积米业在这里开发的农业示范园和绿鲜生态采摘园。入口处，有一座特殊的建筑，形似学位帽，上面写着广积农业示范园。据说湖南农业大学是这里的技术后盾，这里也是湖南农业大学学生实习、试验的基地，学位帽造型的门楼就是湖南农大的创意。

从门楼而入，农田已经种植树苗，田间还立有牌子。走近细看，一块是 4.5 亩柿子，种源是台湾，成熟期是 9 至 10 月；一块是 8 亩兔眼蓝莓，种源是美国，成熟季节是 5 月至 6 月；还有一块是 8 亩冬枣，种源是山东，成熟期是 9 月下旬。示范园里，更多的是葡萄和橘子、橙子类。如此看来，这里从夏到冬都有水果可以采摘。

行走在示范园宽敞的水泥路上，遥望红旗水库，近看田园风光，清新的空气沁入肺腑，令人神清气爽，心情愉悦，简单地说，是一个字"爽"！两个字"惬意"！

沟渠边长了好些紫红色的野生辣油菜，俗称辣菜子。这是一种芥菜型油菜，里面含有一种芥酸，对心脏不利，是油菜生产的淘汰品种。但是，它的生命力强，花青素含量高，有利于抗氧化。辣油菜做渍菜特别香，用开水焯一下芥酸就分解了。焯过的辣油菜清炒，或依自己的口味适当放点剁辣椒，吃起来香脆可口。我和儿子扯了 10 多棵辣油菜，回家焯了一大盆渍菜，炒了一碗，多余的用砂罐泡着。它久放半月一月也不会坏，反而还多了一分酿制的香味。

我不禁感叹，在常德，这座古老而有深厚文化底蕴的城市，大力发展休闲农业和乡村旅游，无疑是锦上添花！

渐行渐远的老手艺

随着社会的发展与科学的进步，我们的生活逐渐进入现代化，一些古老的传统手艺渐行渐远，正淡出人们的视线。然而，我有幸在肖伍铺村见到了两位老手艺人，听到了他们的故事——

篾匠王玉成

"编编编花篮，编个花篮上南山，南山开满红牡丹，朵朵花儿开得艳……"这是一首儿童歌曲《编花篮》。2016 年 3 月 6 日，阳光里，肖伍铺村 7 组一位老翁编竹篮的情景，让人不由得唱起这首欢快的儿歌。

篾匠，是一门古老的职业。随着塑料制品的出现，篾制品几乎被淘汰。近年来，随着人们环保意识和健康意识的增强，篾制品又逐渐有了一定的市场，篾制工艺品也受到人们的青睐。是日，偶遇篾匠，我便有了采访的冲动。

篾匠王玉成，1929 年生人，用他自己的话说虚岁 88 了。这一代农民的经历，就是一部农村发展史，老人断断续续回忆了一些片段。

"1956 年学织鱼花篮（捕鱼的一种工具）。1959 年兴食堂，肚子吃不饱，1961 年散食堂。那时候，家里负担重，4 个女，2 个儿，还有个嚓妈（岳母），出集体工就俺 2 个劳动力。"王玉成望了望站在一旁的老伴，接着说，"分的东西少，吃的人多。别人分钱，俺还差钱，是队里的老超支户。学织鱼花篮，搞点副业。队里好多人都织。大队晚上开会点名，'7 队哪门只来这么几个人？'都在屋里织鱼篓篓儿，嘿嘿。"老人笑了笑。

"没说你们搞资本主义？"我笑问道。

"毛主席讲的白手起家。"王玉成不急不慢地说："国家底子差，不搞不行。白天出工，晚上上梁山砍竹子。卖鱼花篮，吃了晚饭就出门，走到灌溪就天亮了。记得，一次卖 80 个鱼花篮，换了一个篮盆（篾箕）回来。卖鱼花篮，一夜走天亮，人撑不住，走到河浃就开始打 chǒng（盹），有时候撞到树上，一担鱼花篮撞稀烂，不剩一个好的，白跑一趟。"

老人边说边拿起刚从山上砍回来的小水竹劈了起来，别看他年纪大，手艺倒是很娴熟，没有多大的响动，竹子就变成篾条。

篾匠最重要的基本功就是劈篾。把一根完整的竹子弄成各种各样的篾，首先要把竹子劈开，再把它不同的部位做成各种不同的篾。

篾匠的工具看上去不是很复杂。一把将竹子劈成细篾的篾刀，是必备的工具。再就是小锯、小凿子等。还有一件特殊的工具"度篾齿"，这玩意儿不大，却有些特别，铁打成小刀一样，安上一个木柄，有一面有一道特制的小槽，它的独特作用是插在一个地方，把柔软结实的篾从小槽中穿过去后，蔑的表面会修饰得更光滑圆润。

10 年前，王玉成老人学会了织洗菜的竹篮。他说，搞篾匠这一行之后，卖鱼花篮的时候又认识了一些人。马垅村有个赵师傅，卖的是洗菜的方篮子。王玉成把赵师傅请到家里，好菜、白酒招待，一去二来，有基本功的他几天就学会了，一天能织 2 个小竹篮。现在人老了，一天只能织一个，2015 年一共织了三四十个。

"您这么大的年纪了，不担心百年之后手艺失传？"

"泰山（大儿子）和幺儿都会。他们现在年轻，不得搞这些事，以后老了也会搞的。"在王玉成看来，篾匠这手艺活，只有人老了才会干。我不禁想到，老有所为也是一种积极的生活态度，利于健康。

篾匠，虽然对很多年轻人来说是个陌生的词语。在我看来，如竹篮、竹筛、筲箕、竹蒸笼、竹筷、竹扫帚、竹笠、竹匾、竹背篓、竹躺椅、砧板、凉席、茶杯垫、窗帘等在我们生活中依然存在，其古朴性和牢固结实、经久耐用的特性值得钟爱；还有竹书简、竹艺玉冠瓶等一些竹工艺品作为旅游文创产品也会有一定的市场，篾匠这一手艺依然大有可为。但是如何让这传统手艺发扬光大，产生更大的经济效益，还需要拓展思路，潜心钻研。

采访已近尾声，望着老人刚刚砍回的几根小竹竿，我不解地问道："您家房前屋后有很多竹子，大的小的都有，可以给您用啊。您为什么要上山砍竹子？这么大的年纪，上山可要注意安全，当心摔跤。"

王玉成的老伴说："是不放心。他刚才不回来，我就要去接他。"

"那是楠竹，要不得，太硬了，篮子的花边织不出来。"王玉成老人说，现在新农保新农合都有，除了吃饭还想吃点别的东西。他告诉我，自己身体不感觉累才会上山砍竹子，编竹篮为的是换点零花钱，买点零食吃。

"编编编竹篮，编个竹篮换零钱，零钱买点零食来，幸福生活多自在。"是我对老手艺人王玉成现在生活的写照，他说，这把年纪了，两老还能相依为伴，很满足。

捡 瓦

红砖黑瓦房，一度是农村富裕的象征。随着时代的变迁和人们生活水平的提高，农村越来越多的小洋楼取代了黑瓦房。

说是黑瓦房，其实新盖瓦房的瓦片是灰色的，时间久了，日晒夜露，风吹雨打，烟熏火烤，渐渐就有了岁月的颜色，远看屋顶一片黑色，也就有了红砖黑瓦房的印象。很多城里长大的年轻人对瓦片可能没有什么概念。以前的红砖黑瓦房的瓦片是用泥土烧成，拱形。

我婆家就是一栋红砖黑瓦房，五缝四间加一偏屋，从房屋平面造型看，为一正一横的钥匙搭。我老公说是四缝三间，两头的都叫偏屋。在我看来，一正，按现在城里人的说法是两室一厅；一横，是开放式厨房兼餐厅和烤火房，内有一谷仓，房子结构正规正矩，空间和正屋一样高，没有一点偏屋的感觉。偏屋以前是猪舍加茅坑，后来不养猪了，茅坑也取消了，另外建了个水冲式卫生间，偏屋现在就成了杂物间，农具、木柴堆放在里面。这种房子最大的问题是过几年要捡一次瓦，以免漏雨。

记忆中，我在婆家遇到过一次捡瓦，已经是六七年前的事了。近几年，房子也有些小漏，都是婆婆的幺女婿用竹竿拨弄几下，把漏雨的问题给解决了。2018年房子漏雨问题显得严重，我们突然意识到：可能要捡瓦了。

转眼就是农历新年了，备年货，收拾房子，干干净净迎接新年的到来，是中国人过年的传统习惯。捡瓦，是农村整理房屋的一个很重要的方面。作为农村媳妇，我也动了帮年事已高的婆婆捡好瓦屋迎新年的心思，于是，想到了当年见到过的瓦匠师傅。当我拨通捡瓦师傅儿子的电话，问他父亲多大年纪了，还能不能捡瓦时，没想到，电话里同时传来父子俩的声音："能捡！能捡！"

捡瓦的师傅名叫伍尚武，今年已经 74 岁了，肖伍铺村六组人，是方圆几十里目前唯一坚守捡瓦战线的瓦匠师傅。2018 年 12 月 1 日，我回婆家时正遇到伍师傅在屋顶捡瓦。他一身迷彩服，双膝跪着。我顿时心中生出几分敬意，忍不住爬上楼梯把这生动的画面记录在手机相册里。

伍师傅很健谈，问我是不是要让他上报纸，还一脸羞涩地问要不要脱掉外面的脏衣服。我看到了一位老人孩子般的纯真，一种让人很暖心的童真。

我的微笑算是默认。伍师傅在屋顶回忆起过去的岁月显得很自豪："我做瓦匠几十年了。肖伍铺村小学、大龙站区电排都是我修（建造）的……"他也不无遗憾地说，现在没有年轻人跟他学艺了。后来他儿子告诉我，父亲是原肖伍铺公社建筑队的技术骨干，参与过县六中、县影剧院的建设；还说时至年关，父亲捡瓦的活儿忙都忙不过来，一家等着一家，还要排队。

我边听伍师傅讲他的过去，边审视着眼前的一切。捡瓦，绝对的技术活，即把房顶上的瓦全部检查一遍，把烂瓦清理出来，把房顶的杂物清理干净，若檩条椽子朽了也要拆换成好的，所以手锯、钉子、砍刀是必备工具。这是一种很辛苦的工作，人只能蹲在屋顶的木质梁上，有时甚至是双膝跪着在上面干活。这更是一件细致的工作，来不得半点粗心，如果坏瓦没有选出来，房屋就会漏雨。伍师傅说，以前农村养猫多，猫上屋顶常把瓦片挪动，导致房屋漏雨；我婆家的房子漏雨，是因为竹子长得茂盛，枝条伸进瓦缝，风一吹把瓦挪动了，他已把过长的竹子砍了，瓦也捡好了。

站在梯子上，眺望四方，到处是新式洋房，大红瓦，水泥钢混结构，瓷砖贴面，铝合金窗。收回目光，眼前这幢矮小的红砖黑瓦房依然承受着风吹日晒，承载着岁月的沧桑，也传承着一家人的记忆。我不无担心地想，捡瓦作为一项民间老手艺，已是渐行渐远，婆家这幢红砖黑瓦房还能维持多久？

52

石门县磨市镇
九伙坪村

2013 年，习近平到湖南湘西考察时首次提出"精准扶贫"概念。2015 年，他在贵州省调研时提出扶贫开发"贵在精准，重在精准，成败之举在于精准"。在扶贫开发工作"啃硬骨头、攻坚拔寨"的冲刺期，六个精准确保了贫困人口如期脱贫。这是中国特色，更是中国力量！我见证了精准扶贫看变化。

精准扶贫看变化

九伙坪村，山大人稀，山高坡陡，自然条件十分恶劣，基础设施严重滞后，人均耕地面积少，土地贫瘠，抗灾能力十分脆弱。村民出行难、饮水难、用电难，"靠天吃饭"。村民增收渠道十分有限，2011年全村人均纯收入仅2100元，是典型的贫困山村。

2012年，九伙坪村被纳入市级重点扶贫村，挂帅领导是常德市委常委、市纪委书记李挚。常德市农业综合开发办（简称农开办）为组长单位，市移民局、市融资办、常德财校、德山酒业公司为成员单位。11月，市委驻九伙坪村扶贫工作组进驻九伙坪村，开始为期3年的扶贫攻坚。

贫困山村建起茶厂

2015年10月15日、12月30日至31日，我两次走进九伙坪村，无论是翻山越岭还是走村串户，无论是在田间地头还是在农家火堆旁，听到的、看到的都是"三年扶贫攻坚"带来的变化，它们无一不凸显着"精准"二字。

翻山越岭　精准识困

九伙坪，四面环山。据老人们讲，在这方小平地，曾有9个人各占据一块草坪以放牧耕作为生，九伙坪因此而得名。

九伙坪之所以被称为穷山恶水，是因为这里没有一条河流，水来如猛兽，水退地干涸。当地人说，下一阵大雨，水从山下全部流入"坪"里，淹没农田，淹没房屋，"人或为鱼鳖"。2012年夏，这里暴雨成灾，"坪"里积水3米多深，房屋、庄稼被淹。几位村民来不及转移，只好登上房顶逃生。磨市镇的女镇长心急如焚，组织一批"敢死队员"冒险将他们营救出来。人刚离开，房子就坍塌了。积水浸泡几天，次生灾害山体滑坡又降临。可雨后天晴，水又不见了，马上就是地旱。连晴3天，人畜吃水都困难。水到哪里去了？经过天坑渗入岩缝，消失于地下了。

2012年11月12日，九伙坪村扶贫工作组组长、市农开办副主任蒋宗灼带领驻村工作组副组长张战华、组员鲁建华前往九伙坪村，与镇党委、村委领导见面座谈；13 日，驻村工作组与村委干部翻山越岭，走村串户，入户调查，核定特困户 30 户，并从家庭基本情况、户主意愿、扶助计划等方面建立特困户档案，迈出了扶贫的第一步——精准识困。

村委提出，少数村民有种植茶叶的想法，村集体也有老茶园，但村民思想不统一，无启动资金，难成规模。

九伙坪海拔 500 至 900 米，种水稻，只能种一季。种茶的黄金海拔是 800 米左右。北纬 30 度为神秘带，北纬 29 度至 31 度为优质茶叶带，九伙坪位于北纬 29.7 度。九伙坪村的地理条件适合种茶，但治水是关键。

治理天坑就是治水！

2012 年 11 月 14 日，驻村工作组与镇党委、村委干部研讨扶贫规划方案；19 日，九伙坪村扶贫规划初稿完成，确立了"从基础设施建设入手，发展茶叶产业"的脱贫思路，并拿出具体方案："硬化道路 6.75 公里，整修道路 1.2 公里，治理排水天坑 5 处，改造排灌渠道 5 公里，修复垮塌受损防洪堤 550 米，危房改造 80 户，无房户建设 5 户，建设安全饮水工程 1 处，新建村部和养老院以及对村属小学教学点配套改造和对电网改造升级；茶叶基地建设，对田改茶园农户实施生活补贴，引进茶企。"

2013 年 1 月 14 日，工作组及后盾单位领导干部到九伙坪村给贫困户送温暖；18 日，蒋宗灼带着扶贫规划初稿再入九伙坪村征求意见听取民意；24 日，李挚带领工作组到九伙坪村访贫问苦；30 日，九伙坪村扶贫开发项目(资金)计划衔接会议在市纪委会议室召开，后盾单位及其他相关部门参会。此次会议确立了 3 年扶贫攻坚的目标任务：增加农民收入、完善基础设施、优化公共服务、健全社会保障和改善生活环境。工作组则从基层组织建设、基础设施建设、基础产业建设、基本保障建设、基本素质建设等五大方面予以重点扶持。

科学决策　精准帮扶

九伙坪村原有村级小学教学点 1 个，承担九伙坪村、长峪村三年级以下低龄儿童教育任务。教学点为本村在外贤达筹资捐建，只有一间教室，一个复式班包含三个年级，教学和生活配套设施几乎没有。工作组驻村后，争取财政资金 50 万元，新建学校围墙，硬化操场 2000 平方米，新建教室 2 间 500 平方米，添置一批体育运动教学设施。

2012 年工作组进驻九伙坪村时，部分村民还住着 20 世纪六七十年代的土砖房，墙体开裂、贯风漏雨，存在严重的安全隐患；个别村民没有房屋，住在窝棚里。让老百姓"住有所居"是精准帮扶的一大重要内容，到 2015 年底，已为两户无房户新建了爱心房，80 个危房户全部更新改造，其中 28 个危房户为自行筹资。此外，工作组将两户深山独居户纳入移民搬迁计划，每户补贴 1.5 万元。

在市县水利部门的支持下，投资 120 万元，建成 3 处农村安全饮水工程，受益群众达 100 户 300 多人。全村村民基本上都用上了干净方便的自来水。

投资 8 万元改建村部，建起村级医疗卫生室。市第一人民医院医生、专家两次来九伙坪村义诊 400 余人次，并向村民发放健康教育宣传资料和价值 4000 多元的常见疾病治疗药品。

2013 年至 2015 年，投资 382 万元，新建和硬化村级道路 3 条 9 处共 6.64 公里，实现道路组组通。

电网老化，经常发生故障导致停电。工作组与电力局协调，新增两台 100 千伏安变压器，改造原有农电网，让村民的生产生活用电和茶厂的正常运行有了保障。

九伙坪村没有溪流，四面环山的雨水只能靠 5 个天坑自然排水。由于水利基础设施建设严重滞后，天坑淤积堵塞严重，排水不畅，老百姓种田基本靠天收，近 50 亩农田荒芜，大部分粮田减产甚至绝收。2012 年 6、7、9 月村庄 3 次被淹，造成 7 户房屋倒塌、3 户无法居住。2013 年，工作组争取农业综合开发财政资金 35 万元，组织施工队完成胜天洞、芦茅趄等 3 个天坑的清淤、疏洞、拓宽处理，建造拦栅坝和沉砂池，安装拦污栅，成功经受住了 2014 年、2015 年雨季的考验。针对排灌不畅通、雨水留不住的问题，工作组积极争取农开、国土部门支持，投资 411.5 万元，建成排灌渠道 5.83 公里，整修堰塘 1 处。

2012 年 11 月、2014 年 10 月和 2015 年 9 月，工作组 3 次进行摸底排查，最终核定贫困户 188 户 409 人，其中 2013 年脱贫 45 户 99 人，2014 年脱贫 109 户 219 人。截至 2015 年 9 月，还有 34 户 91 人暂未脱贫，但已按要求组织后盾单位领导干部结对帮扶，并制定了详细的脱贫计划或政策兜底保障。目前，所有符合政策的贫困户 57 户 89 人纳入低保、11 人纳入五保。茶叶产业经过 3 年发展后正式进入收益期，到 2016 年所有贫困户全面脱贫。

产业扶贫　精准管理

授人以鱼不如授人以渔。建立产业支撑，丰富和稳定贫困群众的收入来源，实现"输血"扶贫与"造血"扶贫并重，是确保长期脱贫稳定脱贫的关键所在。农开部门如何扶贫？工作组进驻后，通过多方调查比对，确立了打造茶叶特色产业、扶持发展个人养殖的产业扶贫方向。

首先，打造一个有机茶基地，以九伙坪村为核心，带动周边长峪、木瓜等村的发展。引进茶祖印象（湖南）茶业有限公司，采取"公司+合作社+基地+农户"的经营模式，公司与茶农签订合作协议，统一种植标准，统一病虫防治，统一收购标准，统一提供服务。通过争取农业综合开发产业化财政补助项目资金，茶业公司新建了九伙坪村黄鹤塔茶厂，建成绿茶、红茶两条加工生产线。

对于没有条件种植茶叶或劳动能力欠缺的贫困户，通过小额贴息贷款和干部捐助，鼓励扶贫户发展养猪、牛、羊、鸡。到 2015 年底，已发展养殖户 19 个，其中 10 头以上的养牛大户 1 个，20 只以上的养羊大户 4 个，50 只以上的养鸡大户 3 个，20 头以上的养猪大户 1 个。

九伙坪种茶，是常德市产业扶贫、措施精准的一个范例。

石门县派了科技特派员贺忠善来九伙坪提供技术支持。他是林业局林特产品工程师，擅长茶叶栽培和制作。

茶苗、肥料，无偿提供。每亩提供有机肥 50 公斤，生活补助 600 元，以补贴田改园 3 年培育期茶农的基本生活。这样，每亩补助总额达 3000 元。

2013 年安排曹哲星、肖南凯 2 人到湖南农大学习茶叶种植技术；工作组和村委先后 3 次组织村民代表 120 人次到西山垭、桃源县茶庵铺等地的茶叶基地参观学习。2014 年，县茶叶办选派专业人员进村开展茶叶技术培训，组织轮训 6 次，茶农参训率达 100%。2015 年再次选派曹哲星、汤宏德 2 人到湖南农大学习，组织茶农茶叶技术轮训 4 次。

2013 年 4 月，茶叶基地建设完成田改茶园 300 亩；5 月，公司开始筹备；7 月 16 日，李挚到九伙坪村察看扶贫项目建设现场；8 月 28 日，黄鹤塔茶叶专业合作社正式成立；10 月 23 日，李挚到点村察看茶厂选址。

2015 年，工作组多次登门拜访企业家，到村、乡镇、县相关部门协调征地、用电和厂房建设；农开办根据国家农业综合开发产业扶持政策扶持茶企；2 月 11 日，李挚到九伙坪村调研扶贫规划落实情况，并召开座谈会推动茶叶产业建设；10 月 16 日，李挚"一进二访"，察看茶叶基地情况，召开精准扶贫座谈会。

目前，合作社成员有 201 户，茶叶面积达 980 多亩。2015 年 30% 的农户开始受益，茶厂试生产，生产茶叶 1500 公斤；2016 年，70% 的农户受益，平均产值 3000 元/亩；2017 年，全部农户受益，平均产值 5000 元/亩。

三年攻坚，三年精准扶贫，工作组为九伙坪村积极争取，共投入资金 2078.66 万元，其中财政扶贫资金 66 万元，整合部门投入财政资金 1582.96 万元，撬动民间资本 429.7 万元，使村庄基础设施条件全面改善，茶业、养殖业稳步发展，社会保障不留盲区，呈现村民物质和精神文化生活水平逐步提高的良好局面。目前，全村人均纯收入已增至 6000 元，所有贫困户均按计划脱贫。

53

鼎城区石板滩镇
毛栗岗村

舍小我为大家，一步一个脚印，一年一些变化。2015年2月毛栗岗村获得"全国文明村"称号，分量虽重，却又来得那么顺理成章：没有提过目标，没有喊过口号，只有一年一年地建设，一步一步地发展。10年，对于一个人的生命而言是那么珍贵，对于一个村庄而言又是那么长远。无论珍贵与长远，收获的一定是你所为之付出的，只有如此才会有光阴换来文明村。

光阴换来文明村

毛栗岗花木之村早已名声大噪。然而，2016 年 1 月 6 日进村时，在毛栗岗村入口见到的一座写着 3 行鲜红大字"毛栗岗，省级美丽乡村示范村，全国文明村"的黄色巨石，着实让人震惊。

全国文明村是怎样建成的？村里的领头人的能耐如何了得？我带着好奇心，在村部见到了村党支部书记张志辉。

张志辉个子不高，却长得慈眉善眼。我们从"全国文明村"入题，说到了村庄的变化。他说："2015 年 2 月获得的'全国文明村'称号。说实话，我没有刻意去创，也没有提过目标和口号，是一年一年地建设，一步一步地发展而来的。"当我问及他对村里最大的贡献是什么时，他的回答是"光阴"。

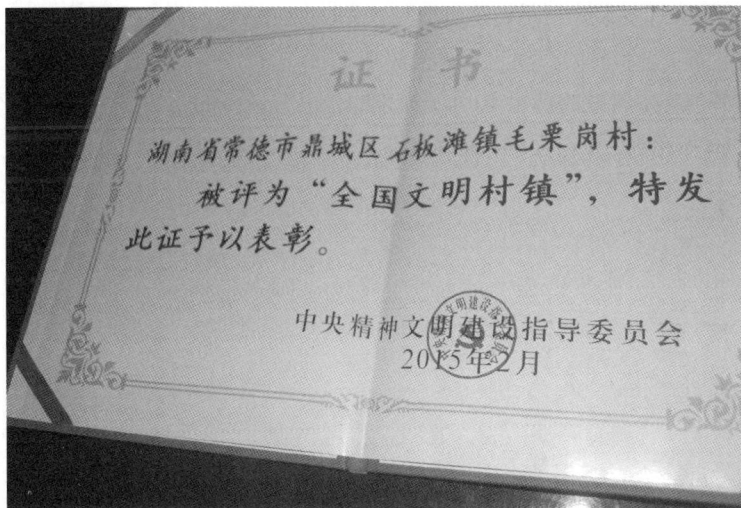

证　书

湖南省常德市鼎城区石板滩镇毛栗岗村：
　　被评为"全国文明村镇"，特发此证予以表彰。

中央精神文明建设指导委员会
2015 年 2 月

沉甸甸的荣誉

俗话说，一寸光阴一寸金，寸金难买寸光阴。张志辉，1964 年生，高中毕业，办过汽修厂，后又有了碎石场。产碎石，搞工程，他参与了长吉公路建设，事业红红火火，收入也颇为丰厚。2005 年，村里换届选举，把这位能人选进了村委会班子，让他出任村会计。2006 年，他就把产业卖了。他说："一心二用，一门事都搞不好。"从此，他一心扑在村里的建设上。

新一届班子，从改善生活环境入手，开始公路硬化。张志辉说："当时没有这项目那资金的，全靠自己。2006 年，投资 100 万元硬化道路，仅捐款就有 37 万元。其余的 63 万元，是根据各组道路的长短分派集资额。"如今，毛栗岗村道路硬化达 13.5公里，组组通水泥路，户户出行畅通。

2008 年，经选举张志辉又被推到村党支部书记的位置。张志辉说，经济是基础，村里经济要发展，必须改善生产条件。疏浚沟渠，整改堰塘，得一项一项一心一意去做。主沟渠岩砌 2000 米、浆砌 350 米；堰塘，高标准硬化 11 口……件件事张志辉都心中有数。目前，毛栗岗水渠畅通，堰塘水清。条件改善了，生产日渐发展，家家户户大兴花木，人均年收入在 1.5 万元以上。

在村部广场，码放了不少路灯杆。张志辉说，正在安装太阳能路灯。村里已经安装 61 盏有线路灯，还要安装 100 多盏太阳能路灯。村里的路灯不能跟城里一样等距离安装，是按人口居住情况和交通要道酌情布局的。

生活环境和生产条件改善了，村民的摩擦也少了，邻里关系更和谐了，老百姓也开始追求健康生活。村里因势利导，加强文化建设，安装健身器材，配置广场舞设备，4 套音响分片安装。目前，跳舞、打球、散步……这些城里人的文明健身活动，在毛栗岗村都有，乡村的夜晚也不再被黑暗笼罩。

张志辉放弃了赚钱的黄金 10 年，换来的是毛栗岗村的飞速发展，换来了全国文明村庄！10 年光阴，张志辉说，最感欣慰的是老百姓满意！

火柴厂里"三个好"

火柴，似乎淡出了我们的生活，却又深深地留在我们的记忆里。儿时，读过《卖火柴的小女孩》，也收集过火柴盒上的商标贴花。这次走村让人感到意外的是，毛栗岗村竟然有一家"常德火柴厂"，而且它已有 30 多年的历史，集聚了全国好的商标、好的设备、好的人才。

常德火柴厂始建于 1984 年，当时在毛栗岗村属于乡镇企业。随着液化气的普及，火柴使用量急骤下降，全国 200 多家火柴厂纷纷停产，常德火柴厂也在停产之列。2000 年，有个叫凌显海的广东人，盘下了常德火柴厂，一直经营到现在。

凌显海戎马出生，1990 年转业回到地方，被安置在老婆所在的高州火柴厂，专门从事火柴销售。正是这一经历，让他了解了全国火柴市场，掌握了火柴销售渠道。高州火柴厂倒闭后，他又来到湖南的洪江火柴厂，依然做销售。2000年，听说常德火柴厂已歇业多年，凌显海只身来到常德，找到毛栗岗。"当时这里条件很差，泥巴路，路这么一点点宽"，凌显海两手比画着说道，"记得有个涵洞，大车过不来，把洞给挖了。你看这门，铁扎刺上面加了铁皮，是防止翻门进来加班的人被扎伤。当时火柴生产全是手工，工人多劳多得，他们想多挣几个钱，有的晚上半夜来做事，有的天还没亮就来上班。"

2016年1月6日，走进常德火柴厂，每一个车间都是机声隆隆。从做盒子、制火柴棒、粘火药、烘干……到装盒、贴商标、打包，每道工序都实现了机械化。厂房虽然很旧，里面却有130多名工人，除了技术骨干，基本上都是毛栗岗村和附近村庄的村民。据说，普通工人一个月能挣2400元至2500元的工资。

"我当过兵，有军人的担当。来了，就要搞好。"凌显海在常德火柴厂已经投入200多万元，先后收购了16家火柴厂的设备，购买了6个著名火柴商标，引进了沈阳、河南、江西、湖南的11位师傅。如今的常德火柴厂，长杆、短杆火柴都生产，年生产量还有几十万盒。全机械化生产，机械师傅都是全国最好的火柴机械能人，四五十岁，年富力强。凌显海说，目前，火柴市场主要是农村和南方，特别是广东、福建、浙江一带，祭祖、烧香、拜佛等一些祭祀活动，点香点蜡烛都必须用火柴不用打火机，火柴的柴按他们的发音与财谐音，寓意红火发财。

常德火柴厂是3个人合伙经营，凌显海是大股东，占了93%，所有股东都是按月拿工资。凌显海一个月也就5000元，比好的机械师傅的工资还低。他说："2006年至2008年是火柴厂比较红火的时候，近几年差了一些，股东们已经3年没有分红了。"让凌显海感到欣慰的是，全国200多家火柴厂只剩下十几家，常德火柴厂从中筛选出来，成为全国火柴行业的老大，算是大浪淘沙。凌显海还是全国火柴行业协会副会长，去年他去安徽蚌埠参加了年会。他说，记者有兴趣的话，他可以安排今年的年会在常德召开。

54

桃源县剪市镇
喜雨村

"文以载道，以文化人，化风成俗，振兴乡村！"一名政协委员，身体力行，利用周末休息日到曾经下放过的村庄，带领村民治理农村环境，建设美丽乡村，发展乡村旅游，在城市与乡村之间奔走，只为心中那份乡愁。正是这份乡愁，使他成了振兴乡村的先行者；正是这份乡愁，使喜雨村迎来了大门开。

"喜雨"迎来大门开

2015年12月15日，第一次听到喜雨村这个村名，立马想到了唐代诗人杜甫的《春夜喜雨》：好雨知时节，当春乃发生。随风潜入夜，润物细无声。野径云俱黑，江船火独明。晓看红湿处，花重锦官城。不禁感叹：喜雨村，多有诗意的村名！

后来得知，喜雨村的村名源自一座桥。说是桥，其实是一条水渠，俗称渡槽。水渠有盖板，桥下是一条通道，桥上桥下均可走人。据说，20世纪70年代修这座桥的时候，刚刚完工就下了一场大雨，桥发挥了很好的作用，人们便把它叫作喜雨桥。

刘于春加了我微信，发了份《策划书》，还把我拉进了"美丽喜雨村 七彩紫薇园"微信群。群里很热闹，一条一条的信息，一段一段的小视频，一个又一个的画面，或是签约，或是安装太阳能路灯，或是植树，或是整理堰塘，或是拓宽道路，连小孩子都乐乐呵呵地融入其中。我有些坐不住了，欲走进喜雨村，看看这是一个怎样的村庄。

喜雨村迎来第一批洋游客（图片由刘于春提供）

紫薇，名扬世界的丽树名花，最早在帝王公侯的庭院里栽种。它原产我国中部和南部，花形奇特，花期较长，长达百余日，因此古人有"谁道花无百日红，紫薇长放半年花"的赞语。

刘于春出生于剪家溪集镇，是农民口中的"街巴佬"。1969 年冬，他家下放到喜雨村。时过境迁，这里给他留下了儿时难以忘怀的记忆：

"那时，每个月都要上山砍柴好几次，一个来回要走 40 多里路。村里的大人们挑着一担柴火快速往家里赶，我那时人小力气小，总是落在后面。大人们把柴送回家后，又返回来接我。

"我从小喜欢唱歌跳舞，老师很喜欢我。小学刚毕业，我成了改造对象，不能继续上学，是村里的老师和乡亲们给了我继续上学的机会。老师跟校长说：'刘于春不来，我这里的毛泽东思想文艺宣传队就不办了。'学校与大队一商量，决定让我继续读书。'文革'结束恢复高考后，我考上了桃源一中，1980 年考入湖南财经学院。

"这么多年过去了，这里已没有我一分地、一间房、一个亲戚。"

然而，他心中一直牵挂着这块承载他童年、少年时光的地方。他说，中国不缺规章制度，缺的是执行者。2015 年，作为政协委员，他一心要为老百姓办一件实事的初心再次勾起了他心中的这份乡愁。8 月，他和朋友回到了喜雨村，重新用脚步"丈量"当年上山砍柴的路，重新审视这个村庄，发现这里有种植紫薇的传统。于是，一份《"美丽喜雨村 七彩紫薇园"策划书》在他手中形成，开启了喜雨村美丽乡村建设大幕。

2016 年 1 月 18 日，我早上 7 点多钟就出发了，为的是体验剪家溪这座古老小镇的擂茶。小镇位于沅水之畔，是进喜雨村的必经之地。将车停在古镇，走进一家擂茶馆，满桌的咸菜、点心十分诱人，腊肉炖腊豆腐、炖豆渣两个火锅驱赶着三九严寒早晨彻骨的冷。刚刚入座，热情的主人便将热气腾腾的糊擂茶注入碗中，两碗下肚，浑身上下便有了暖意。

剪家溪的豆腐名气很大，有民谣相传："常德的发糕，陬市的糖，漆河的油条一排长，剪家溪的豆腐像城墙。"擂茶馆的隔壁就是一家豆腐店，两副石磨占据店铺的一边，如今石磨豆腐甚是稀罕，难怪刚才的腊肉炖腊豆腐味道那般好。

由剪家溪古镇上桃凌路，正遇上修路，说是剪市镇党委政府正在把这里打造成紫薇大道。将车子停在一丁字路口，由此走进喜雨村。村党支部书记刘桂堂说，进村的路叫紫薇路，与紫薇大道相连。刚迈开脚步，远处树林飞来一群喜鹊，我一阵惊喜。刘于春说："择日不如撞日。今天是个好日子，项目正式动工整整 1 个月。"

如此看来，喜鹊是来报喜的。2015 年 12 月 18 日，由常德市政协经科环资委农业与科技组策划，常德市九龙旅游开发公司与喜雨村联合共建的"美丽喜雨村 七彩紫薇园"项目正式动工，喜雨村用自力更生的精神和脚踏实地的行动，在 7 组拉开序幕，由此打开了喜雨村的大门。喜雨村的游子们为家乡发展建言献策；创业者为建设美丽乡村捐资出力；打工仔回家园建功立业；湖南桃花源农业高科有限公司和常德哲能赫新能源科技有限公司，将喜雨村列入杂交水稻和太阳能科技示范基地，并每年支持 2 万元用于美丽乡村建设……

行走在紫薇路上，无时不感到喜雨村的变化。村主干道路拓宽 2 米，紫薇树苗种植在路的两边，像是夹道欢迎的队伍；六七个男劳力正在拓宽的路上，为水渠加安涵管；路边有一口刚刚整修完工的堰塘，取名为紫薇池。池塘周边已经硬化，池塘沿岸和大片的淤泥里植了好些紫薇树苗，或三五根枝干扭成一股，或一株一株编织成篱笆，或编织成环形。不难想象，在她开花的季节，串串成穗的紫薇花，姹紫嫣红，微风吹来，花枝摇曳，是何等的雅致可人。

沿紫薇路而上，有一片茶园，是喜雨村的一块高地，叫彭家埂。《策划书》把这 30 多亩茶园作为乡村旅游的采茶园，供游客赏茶园、采茶、制茶、品茶，体验农耕文化。

从茶园出来，远处是一片紫薇园，虽不是花季，但缠绵的主干上的枝条泛着绿色，让人忘却了三九严寒。转眼，曾在微信群看到的画面出现在面前：月牙池，形似月牙。池塘又取名报春池，周围除了紫薇树苗，还有桃、李、梅等一些花木。我想，若是到了"春夜喜雨"的季节，定会是花重喜雨村，绝不会逊色于"锦官城（成都）"。这是一口 30 多年没有清淤的池塘，如今竟这般靓丽，清除这 600 多立方米淤泥应该是花了大力气的。

一块"知青留言"牌与一条蜿蜒的水泥路，把我们带进栖凤山紫薇观赏园，据说这条高标准的路与"上山下乡知青"有关。进得园来，几十棵形态各异的紫薇在数千株紫薇的簇拥中，尽显岁月沧桑，却依然魅力四射、光彩照人。刘桂堂道："没有郭星球的紫薇园，就没有'美丽喜雨村 七彩紫薇园'的创意和精神动力。"

紫薇观赏园里全是郭星球的宝贝。他 1999 年从部队退伍回乡，一直在栖凤山致力于发展园林艺术，在他 80 多亩苗木基地里，80% 都是紫薇，有盆景 200 多盆，桩景近百株。郭星球说："我这些紫薇树都是从深山老林里淘回来的，个个都是艺术品！"难怪人称他紫薇王子。

刘于春告诉我，紫薇观赏园计划七夕试开园，届时，喜雨村打开乡村旅游大门，迎接游客来这里过浪漫七夕节，游七彩紫薇园！

然而，2016 年 3 月 26 日，春雨淅淅沥沥，喜雨村就迎来了英国朋友汉娜一家 4 口。

汉娜是常德市一中的外教老师。这次父母和妹妹来看她，并来中国旅游。今年年初，汉娜到市第一人民医院朋友姚女士家做客，吃到剪家溪的豆腐，并说"这是我吃到的最好吃的豆腐"。姚女士3月初参观了喜雨村美丽乡村建设和紫薇园，留下了美好印象，并介绍给了汉娜。汉娜便提出希望与家人去美丽乡村参观。

26日上午8时，汉娜一家从常德出发，先到喜雨村栖凤山紫薇人家郭星球家喝擂茶。席间，郭星球的大女儿郭思妍为客人演奏二胡《喜洋洋》《赛马》《兰花花》。汉娜一家非常高兴，不时拿起相机拍摄，并竖起大拇指。郭星球的妻子涂志惠拿出收藏的桃源刺绣绣品、瓷器、根雕等，汉娜妹妹劳拉当场拿起画笔画在本子上。随后，他们参观了紫薇园和喜雨村的美丽乡村建设，午餐时对中国菜赞不绝口。汉娜母亲说，最喜欢吃剪家溪豆腐、湘藕、沅水活鱼。劳拉说，最喜欢吃香椿芽、豆腐。其父亲张开上臂，双手来了个拥抱餐桌的动作，说："我全部都很喜欢。"汉娜父亲还说，中国人民比他想象的更热情更友好更善良，中国农村很美丽，中国农民有品位！全家在喜雨村和剪家溪古镇度过了非常快乐幸福的一天，感谢中国朋友！

2016年8月9日，七夕节，我再次走进喜雨村，看见在彭家埠的茶园附近，3个小伙子正忙得不亦乐乎。其中一个，今年"五一"放假回家，发现喜雨村变化很大、很漂亮，觉得有商机，发展空间很大便想：若能在这里建一个农家乐，集吃、住、垂钓、采茶于一体，肯定能吸引游客。另一个在常德市城区与人合伙开发廊，"五一"与同学聚在一起对喜雨村产生了兴趣。还有一个，在剪市镇开网吧，说："随着智能手机的出现，网吧市场萎缩得厉害。近几年，政府重视新农村建设和美丽乡村建设，农家乐很有发展前景。"于是，三人一合计，合伙在喜雨村办起了农家乐。8月1日动工，夜以继日，整整9个昼夜，硬是把一座沉睡的农宅变成了光鲜的"紫薇竹园人家"，并且赶在喜雨村紫薇园试开园的日子开业。对此，村干部也很欣慰，彭家埠的这套农村空置房就在进村的主道旁，周边环境无人打理，特别影响观瞻，如今有了3个年轻人来经营，环境问题也随之解决了。

据说，在他们的感召下，喜雨村又添了一家取名为田园牧歌的农家乐。我以为，喜雨村美丽乡村建设已见成效，乡村旅游的大门已经打开！

"沼气"蓬勃的村居生活

沼气作为能源利用已有很长的历史。我国的沼气最初主要为农村户用沼气池。20世纪70年代初，为解决秸秆焚烧和燃料供应不足的问题，政府在农村推广沼气事业。沼气池产生的沼气一开始用于农村家庭的炊事，后来逐渐发展到照明和取暖。

1990年4月，时任常德市人大常委会副主任李丰茂在《沼气：农村文明建设的新支柱》一文中记载：桃源县喜雨乡建沼气池的农户接近一半，该乡湖提村和喜雨村建池户比已达80%。

40年前开始建沼气池试点，29年前就成为常德市有名的沼气村，如今仍然有200余户村民在使用沼气。2019年4月13日，我再次走进撤区并乡、并村后的桃源县剪市镇喜雨村，看到的依然是"沼气"蓬勃的村居生活。

沼气技术员一干就是40年

郭建初，1963年出生，是喜雨村7组村民。

1979年，桃源县沼气办技术员黄宏勋来原喜雨公社喜雨大队办点，在大队长郭明海家试点示范建沼气池，刚刚初中毕业的郭建初被派去跟班学习，从此与沼气结下了不解之缘。

"开始是用预制块建沼气池。当时从枫树乡（当时叫公社）运来10套预制块，在喜雨村（当时叫大队）6、7、8组（当时叫生产队）10户人家建沼气池，原料是稻草、猪粪、牛粪、青草，发酵产气，使用效果好，可以用来做饭、照明。虽然有了电，但供不应求，有沼气补充，农民都喜欢。1981、1982年，湖堤、喜雨两村共60户建了预制块结构的沼气池；1983年，倒模打混凝土；1984年，红砖做模，混凝土现浇，方便、省事，建设快；1985年，喜雨村的技术员多达10人，每个组都有1名技术员，建了130个沼气池；到1990年，除了因地理位置和房屋结构不适合建沼气的农户，大多数农户都建了沼气池；2005年至2007年，村民搬迁重建沼气池，老沼气池加建浮罩式储气罐。我个人（自己家）建了2个沼气池。"郭建初道出了喜雨村的沼气发展史。

"喜雨村的沼气之所以发展快、效果好、村民喜欢，原料是第一关。师傅要求严格，农药、酸、碱、盐、有毒的东西都不能进沼气池，有杀菌效果的草、蔬菜，如烟草、大蒜、茶枯，都不能进沼气池。"郭建初说，沼气发展不好的地方只会建不会管。

时过境迁，目前，喜雨村仍有200余户村民在使用沼气。从郭建初的用户登记本上可以看出，他依然是沼气系统的维护者，负责换管子、换开关、换灶、维修浮罩，也还有村民请他建沼气池。

村民都说沼气好

唐仙枝，1961 年生人，是喜雨村 8 组村民。

"20 世纪 80 年代初就建了沼气池，1998 年外出打工，2004 年返乡，2005 年又重新建了浮罩式沼气池，国家补贴 1000 元，自己花了 4000 多元。喂 5 头猪，天气热的时候，沼气用不完，做饭、洗澡、烧开水都是沼气。天冷的时候，产气少一些，家里备了液化气洗澡用。现在就我和老公、外甥女 3 个人在家，女儿女婿都在外面打工，喂 3 头猪，沼气够用。"唐仙枝对沼气满心喜欢。

我随唐仙枝走进后院，虽听到猪哼哼叫，却闻不到一点臭气和异味。从后门出去，菜园、果园、茶园连成一片，经沼气池无害化处理过的猪粪，已变成清水流进农田，滋养着蔬菜、果树和茶树。"一年产 4000 斤红薯，加上这片猪菜，都用来喂猪，猪粪又变成沼气。"唐仙枝指着去年种下的 2 分地的猪菜，道出了她家循环农业的生产链。

8 组村民潘松柏冯美云夫妇，年过古稀。他家 1982 年建沼气池，2007 年改建成浮罩。2019 年，两老喂了 2 头猪，猪粪、大粪、鸡粪都进了沼气池，还要割些青草补充进去沼气才够用。"青草屋前屋后都有，沼渣一年出一次，用来肥田肥菜。"潘松柏拿出一根长长的竹竿，一边对着沼气池进料口往里捅，一边告诉我，用了几十年的沼气，方便、划算。

冯美云把我带进厨房，点燃炉灶。蓝色的火焰熊熊燃烧起来，一点也不比液化气和城里的管道燃气差。

据说早些年，村民做饭、照明、烤火、热水器都是用沼气。

沼气结合改厕好

刘桂堂，喜雨村党总支书记。

"并村后的喜雨村有 1085 户，3235 人，50% 的人外出打工。农村人居环境整治是大事，改厕是重要内容。近两年全村 200 多户改厕，都建了三级净化池，喜雨村沼气是一大优势，可以与改厕结合。"刘桂堂欣慰地说，厕所粪便进入沼气的户就不用再建三级净化池。厕所粪便经沼气池发酵达到了无害化效果，对村民而言经济实惠。

"我的厕所粪便就进了沼气池，没有单独建化粪池，现在也不要建三级净化池。"郭建初作为沼气技术员，带着我参观了他家的沼气系统，这里打开一个盖，那里打开一个盖，粪便流向哪里，沼液怎么进果园、菜园，沼渣怎么出……他都一一道来。我大开眼界，也理解了刘桂堂的"沼气结合改厕好"。

"一户一年最少可节约能源费 1000 元，节约肥料费 500 元。"

"庭院环境卫生。"

"把老池子全部启用。"

"对农村人居环境整治将起到至关重要的作用。"

"出料设施要配套。"

"沼气属于二次能源，并且是可再生能源。"

"养猪的少了，沼气缺少原料；秸秆又不准焚烧，正好粉碎了做沼气的原料。"

"有适合家用的小粉碎机吗?"

……

你一言我一语，我与刘桂堂、郭建初说着喜雨村"沼气"蓬勃的村居生活，看到了《沼气：农村文明建设的新支柱》之喜雨村实景版，也看到了《沼气：农村文明建设的新支柱》的未来!

55

安乡县安丰乡
出口洲村

　　从人与自然和谐的角度来看，生态文明是人类为保护和建设美好生态环境而取得的物质成果、精神成果和制度成果的总和，是贯穿于经济建设、政治建设、文化建设、社会建设全过程和各方面的系统工程。这里的《村规民约歌》涵盖了保护与建设，这里的保护与建设体现在制度与服务中，行走在这样的村庄，最值得推广的是美在生态文明中。

美在生态文明中

生态文明是人类文明发展的一个新阶段，即工业文明之后的文明形态，是以人与自然、人与人、人与社会和谐共生、良性循环、全面发展、持续繁荣为基本宗旨的社会形态。

出口洲村作为常德市美丽乡村建设示范村，以绿色、生态、环保为目标，以资源有效利用为载体，以科技创新为支撑，以市场化运作为手段，呈现的美无不体现在生态文明之中。2016年1月19日，我随常德市环保局自然生态保护科工作人员走进出口洲村，着实感受了一回生态文明之美。

村部广场一块《村规民约歌》的牌子让人驻足，歌谣无不凸显生态文明意识：保护土壤水资源，生态文明宜居家。无杂草，无积水，流水畅通哗啦啦。人与牲畜要分离，集中圈养猪鸡鸭。死禽死畜要分离，切莫随便扔掉它。垃圾分类减少量，按量收费不出家。三个三分之一好，变废为宝有章法。公共道路不侵占，合理布局搞绿化。植被花木勤填补，精心培管经常化。

从村部出来往右拐，就是千亩绿色果蔬园。园内道路、沟渠畅通。沟渠里水不算多，间隔一段距离就有一个水质净化植物浮床，与渠道岸边的三叶草、红叶石楠构成立体生态系统。在一长溜塑料大棚的尽头有一个贴有绿色瓷砖的立方体建筑，上面贴有一张"举手之劳 造福子孙"的宣传画，示意村民"请将化肥、农药、除草剂等包装袋（瓶）和废弃的地膜投入箱中"。

行走在园区，塑料大棚与葡萄园中间有一足够大的密封的水泥池，占据了一座大棚的面积。安丰乡环保站站长郭永熹告诉我，这是沼肥贮存池，专供果蔬产业园使用。怪不得在园区内立着一座"珊瑚生态蔬菜产业园"的水泥碑。

园区出口，有一个院子很有沧桑感，怕是有些年代了。老围墙上写着"严格实行病死畜禽无害化处理""病死畜禽处理好，我们家园更美好"的红字；紧闭的铁栅栏大门内有一片绿油油的蔬菜，菜地边立着一台动力泵。郭永熹说："这是养猪场，养殖了一两千头生猪。刚才看见的沼肥贮存池的沼肥就是通过这台动力泵抽过去的。这一大片蔬菜下面是猪粪发酵池，全密封的，外面看不到一点猪粪和污水。"我刚才还纳闷，这么大一家养猪场，怎么闻不到一丁点异味，养猪场的女主人一句话"环保这么搞哒，好多了，不臭，蚊子也少"，道出了个中缘由。郭永熹补充道："养猪场雨污分离是环保局搞的，通往沼肥贮存池的管道是农业局搞的。"

走出园区，是一条靓丽的水渠，名叫五斗渠。据说渠道长1200多米，沿岸是清一色的红瓦房，村里称之为宜居小区。说它宜居，除了道路平坦、渠道畅通，还因为渠道及渠道两岸的生态建设给了这里的居民一片蓝天和优美的环境。水中浮床上美人蕉虽有些枯黄，但气温一旦回暖，定会焕发生机，生出绿叶，随后绽放红的黄的花朵；水渠护坡材料是一种被农开(农业综合开发)人称为"会呼吸的生态砖"，可为大自然的水陆两栖生物留出生命通道；每户人家对应的渠道都有一梯级取水码头，可方便小区居民取水浇园、清洗拖把和垂钓；高中低的树木及地面的花草、实木观景台、实木栏杆的小石桥，把两岸装点成画一般的景色……小区居民感慨道："行得好不如住得好！"虽是寒冬腊月，居然有人在此垂钓，我想他们图的绝不是水中鱼儿而是垂钓的那份惬意。

行走在五斗渠宜居小区，家家户户屋场上都晒有不少腊干子(豆腐和盐，晒干而成)和芝麻。村民说，腊干子炖腊肉，老的小的都喜欢吃；芝麻切糖是农家的茶点，都是这里过年的传统。"1斤芝麻、1斤半糖，再加一大碗米泡儿。"九组村民蔡光力道出了芝麻糖的配方，说，"今年要切10斤芝麻的糖。全家老小的糖都在这晒的芝麻里。"他家的责任田除了留出亩把地种点自给自足的农产品，其余的都流转了。蔡光力虽然年事已高，但身体依然硬朗，还担任着村里的保洁员，负责垃圾分类。他住在五斗渠岸边，正如小区民房上的8个大字，算是住在"美丽乡村幸福家园"。

出口洲村生态文明之美

走进出口洲村便民服务站，只见窗边两个工具柜子摆放着电钻、油锯、园艺修剪工具……室内一角立着升降梯、割草机……这些每户人家一年用不了几次，而又不可或缺的工具，在这里都能借到。村干部李珍珠、肖香兰说，这些工具一年用不得几次，村民自己去买，一台割草机要大几百甚至上千元，不划算，所以村里购置了一套方便大家使用。服务站星期一至星期五都有人值班，其余时间也都公布了电工、水工、泥瓦匠、摩托车修理工、果蔬技术指导员、种植技术指导员、收割机、旋耕机的联系电话，若有需要，可电话联系。

在服务站，随手翻开一个登记本，发现上面详细记录着工具借用情况：2015年8月9日，刘铁良借油锯一把；8月13日，刘铁良归还油锯一把。8月23日，孔正红借割草机一台；8月26日孔正红归还割草机一台……墙上服务指南、工作制度、服务人员要求，一项一项、一条一条写得清清楚楚。服务内容包括代办和公益服务类，仅社会事务代办就包括了10项。在出口洲村，生态文明建设便民服务可谓事无巨细。

我随村党支部书记李建文进了千亩甲鱼产业园，他说主要推广蚯蚓喂甲鱼、鱼虾喂甲鱼、养殖生态黑花甲鱼等生态养殖模式。我不禁感叹：出口洲村之美，尽在生态文明中！

56

桃源县牛车河乡
汤家溪村

谁不想脱贫？谁不愿奔小康？一场乡村夜话道出了大山深处的期盼。怎么脱贫？怎么奔小康？从市委到乡村，从村庄到农户，一场乡村夜话把汤家溪村脱贫奔小康的节奏和责任说得明明白白。我翻山越岭、走村进户，深深地感到最能体现脱贫攻坚、精准扶贫中人性光辉和温暖的是穷在深山有远亲。

穷在深山有远亲

汤家溪村是一个典型的小山村，水利设施比较薄弱，全村大部分水田都是"天水田"，只能靠天吃饭，每年都要面临一定的旱灾威胁，因此也被列为常德市委精准扶贫的贫困村。

俗话说，桐子花开就播种。在这个桐子花开的季节，我到桃源县牛车河乡采访，2016 年 4 月 12 日至 13 日两天，马不停蹄，夜以继日。回到家里，洗去翻山越岭的疲惫，深深留在记忆里的是绿水青山间那盛开的桐子花，还有汤家溪村民的希望。

汤家溪村桐子花开

乡村夜话树信心

4 月 12 日 20 时 30 分，汤家溪村的会议室灯火通明，村支两委干部和村民代表已经就座。联村市领导和市环保局、市委老干局、致公党常德市委、市扶贫办、市盐务局、市城建投集团公司、市德源集团公司、市城投天源公司、市城投天润公司等单位的主要负责人与村民坐成一个闭环，开启了一场别开生面的乡村夜话。

63 岁的村民张启雄，曾任村支书和村主任，率先端出了汤家溪的旅游资源——熊猫洞，据说有人进洞 7 天也没走到尽头。

付祥军也是退职村干部。他说，村里的出路在发展产业。汤家溪可以突出"黑"：黑鸡、黑猪、黑米、黑山羊。

78 岁的老党员向光前，掏出一张老式信纸，赋打油诗一首《政府爱村民》："精准扶贫到我村，全村村民很荣幸……五个农民不荒田，生产面积我承担……"共 19 句 38 行，讲述了一名老党员为国家粮食安全尽微薄之力的故事。

村医张立群说，晚上出诊有两三公里复杂路段，希望能安装路灯。市领导稍加思索，说"山路，可以考虑太阳能路灯"，又问，"村医疗室的设备急需什么？"村医说："消毒柜、床位。村里有 6 个糖尿病患者，想添置血糖检测设备。"

致富带头人付泽顺是个有开拓精神的人。他说："扶贫要搞项目。专家研究 20 多年研究出适合南方种植的哈密瓜，亩产可达 3000 公斤。汤家溪海拔高，山区气候，昼夜温差大，种出来的哈密瓜清脆，甜。我去年种了 20 亩，味道比新疆的哈密瓜好吃 100 倍，一个星期就卖完了。"

"你的产量多少？卖多少钱一斤？"

"按去年的最低价每公斤 6 元、平均单产 2000 公斤计算，一亩地毛收入是 1.2 万元。"付泽顺说，搭塑料大棚是关键，需要投入。

烟叶大户、养鸡大户都说出了自己对精准扶贫的建议。

贫困户向光海，61 岁，大儿子残疾，小儿子尿毒症。他说："给我们家指条路。想喂几头母猪。"联村市领导摇摇头，说："中国的养猪业最不稳定，就像过山车，你折腾不起。市里与他对接的人帮助分析一下。作为老党员，要先脱贫。"

12 名村民代表一一发言，听者为之感动。无论是退职村干部和老党员还是中青年党员，无论是致富带头人和种养大户还是贫困户，都有一种积极向上的精神，内生动力很强。

经过热烈的讨论，汤家溪的三年工作定位在"精准扶贫"四个字上：市委扶贫工作，每个市领导选择一个点村，有后盾单位，要通过点村，带动县乡扶贫；主要工作是精准扶贫，脱贫攻坚，要具体到每一个户怎么脱贫；也要搞基础设施建设，组里的路，政府买来水泥，村民投工投劳，大家一起干，自己的事自己办；发展什么，政府的钱不能无偿地全部给你，一部分作为扶贫基金，要回馈社会，组建合作社，同等情况下优先聘用残疾人。这是给汤家溪村的信心。

两个半小时的乡村夜话，像一朵朵盛开的桐子花，白的花瓣是那么纯洁，红的花蕊是那么火热。桐子花开的季节，在穷乡僻壤的夜晚，播种的是希望——精准扶贫！

穷在深山有远亲

头天晚上乡村夜话之后，回到乡政府所在地夜宿，上床已过了午夜。4 月 13 日，早餐是在牛车河乡政府食堂吃的。市委驻汤家溪村工作组组长单位市环保局负责人对同桌共进早餐的人说："多吃点，进村入户全是步行，还要翻山越岭。"一碗稀饭，一个大馒头，一个白水鸡蛋，外加一些蔬菜，把肚子填得满满的，进村时已是精神抖擞。

村党支部书记鄂小金带着一行人先是沿汤家溪而行。溪水潺潺，清澈见底，两岸不时能见到盛开的桐子花。市领导说得最多的是保护生态，保护好汤家溪的资源。沿岸的烟叶基地里，烟叶苗已将塑料大棚拱起跃跃欲出，哈密瓜大棚也排成一条，红心猕猴桃、蟠桃、黄金梨，已是青枝绿叶，绿油油一片。

上山的路上，遇到贫困户向家界组的朱用阶。他左手残疾，小儿子38岁了还未婚。他会傩戏，有"上刀山下火海"的功夫，到他儿子已是第五代传人了。走进他家，房子是石头垒的，家里没有像样的家具，里里外外、床上床下却都收拾得干干净净。他向大家介绍了家传的土家文化。市领导要他好好挖掘，好好练习，带着整套傩戏和"上刀山下火海"的功夫到常德城里表演，给父子俩一条脱贫的出路。

翻山越岭，穿林海过荆棘，终于走到一块平坦地，大家红扑扑的脸上泛着汗水。这里离市领导的帮扶对象向美浓的家还有半小时的山路，大家补充了点水，继续上山，脚下全是大块凹凸不平的黑石头。市政府副秘书长娄远军应是在山区长大的，他最先发现了茶耳，摘了一些与大家分享，自豪地说这是野外生存本领。茶耳真是个好东西，脆脆的，水汪汪，有点甜，还有点苦涩，解渴润喉。因为有了这个插曲，上山的路没觉着很难。

向美浓年过古稀，家住干田垭组，距村部10公里。大儿子去年车祸，撇下13岁的孙女朱莉。小儿子有两个男孩，负担重无力供养朱莉。向美浓只能与孙女相依为命。向美浓老人脸部浮肿、心慌头晕，一直未到正规医院确诊，靠低保、养老金、生态补贴、喂鸡养蜂维系生活。

市领导与老人算起了朱莉上学的开销，一年学杂费、生活费、学校各种活动开支等共需8000元。市领导对老人说："从今年起，孙女上学的开销全部由我支付。今年您已经支付的钱，我现在给您。"今年老人已为孙女上学支付了2100元，市领导当场自掏腰包拿出2250元，说："2100元是您今年已经为孩子支付的费用；150元，您买30只鸡苗喂养，增加一点收入。"他还嘱托驻村工作组及市里相关部门，为向美浓及周边6户人家，先修建一个生活用水蓄水池，再解决这6家农户行路难的问题。4月15日，政府办工作人员打来电话，说回市里后，市领导又将5、6月份生活费1000元托他们送给朱莉，还嘱托驻村工作组带老人到正规医院检查治疗，并送去1000元检查治疗费用。

俗话说，"穷居闹市无人问，富在深山有远亲。"然而，一路走来，让人感到的却是"穷在深山有远亲"！

57

西洞庭管理区望洲办事处
白芷湖村

　　一个村，是新农村建设的一面旗帜，但遇上了传统农业产业发展的困境。新上任的"班长"用 6 个月的时间了解民意、了解村情，并且充分发挥新农村建设带来的"土地平整、水利条件好"的优势，调整产业结构，硬是把一条鱼做成了一大支柱产业，不仅走出了困境，而且把一个村庄建成了美丽乡村，让旗帜高高飘扬。

让旗帜高高飘扬

"白芷湖村曾是常德市委联点的新农村建设示范村，工作一直走在全区前列，是西洞庭管理区的一面旗帜。前任村支两委取得了很大成绩，获得了很多荣誉。保住这面旗帜，并发扬光大，是上上下下的一致愿望。"2016 年 5 月 17 日，村党支部书记孙卫东说出这番话。

旗怎么扛？如何让白芷湖村这面旗帜高高飘扬？2010 年 1 月，新一届班子上任，孙卫东深知，作为一个班子的班长，凝聚人心是首要任务。为此，村支两委做的第一件事就是深入田头、深入农家，嘘寒问暖，听村民所需所求所想，俯下身子和村民交朋友。他说："整整 6 个月的时间，都在做这件事。"孙卫东借此对全村的情况有了全面了解，最终，新一届班子达成共识：精诚团结，一心一意谋村里的发展大计。

"要想老百姓真正信任村支两委，还得要让老百姓得实惠。要让老百姓得实惠就必须发展经济，带领老百姓共同致富。"当时白芷湖村经济已经到了崩溃的边缘，甘蔗、棉花等传统农业产业的发展已陷入困境，种什么农民都赚不到钱。孙卫东想到了成立农业开发公司，尝试了金银花、百合的种植。山区的植物不适合湖区种植，他失败了。到 2013 年底，西洞庭糖厂停产，原料甘蔗已经没有出路，青壮年大都外出打工，在家的村民找到村委会问"种什么？"孙卫东有在外工作的经历，认为只有土地流转、规模生产，农业才会有出路；而要发展农业，就必须走特色产业之路，必须因地制宜。

土地平整、水利条件好是白芷湖村的优势，也是新农村建设的成果。多次调研后，村支两委决定由村委会出面流转农民土地，旱改田发展规模特色产业。当时农民有些害怕，担心失去土地又收不到钱，不肯将土地流转出来。面对这个状况，村支两委做了大量耐心细致的工作，让村民愿意将土地流转出来。几经努力，终于引来了广东老板来村投资发展菜藕产业，为农业产业化发展开辟了一条新路。

孙卫东出生在白芷湖，几十年来，该地养殖效益屡屡下滑，至 20 世纪 90 年代末 21 世纪初已是低谷。2003 年 10 月，他辞去村委会干部一职下海经商，在深圳、成都、重庆等地从事物流行业。2010 年村委会换届，他被推上村党支部书记的位置后，"混养效益差"一直困扰着他。如何让养殖业走出困境？在与商人的交流中，他意识到鳊鱼虽然市场小，价格却很稳定，比草鱼每公斤高出 2 元，但是养殖不成规模，量也不能达到广东市场的需要。于是，他提出了专养鳊鱼的设想，并召开村委会和村民大会。村民陈国华是第一个响应者，也是最大受益者。他说："现在养鳊鱼，是客户反交押金。客户先交 1 万元，我们就有积极性，也敢投资。2011 年开始养鳊鱼，收入每年递增，去年 20 亩水面，收入到了 23 万元。"这一次，他又走在了西洞庭管理区四大渔场的前列，也使养殖业成了白芷湖村的另一大支柱产业。

白芷湖村有 1000 亩养殖水面，孙卫东说，1000 亩水面只养"一条鱼"——鳊鱼。

白芷湖村位于西洞庭管理区的东北角，毗邻水域面积近万亩的白芷湖。以前，该村的 1000 余亩养殖水面，各养殖户各自为政，没有养殖特色，也没有抵御风险的能力，渔民养殖基本上都是四大家鱼，收入不高甚至亏本。为了养殖户增收，村支两委组织各散养户成立了淡水养殖专业合作社，建成 1000 亩的鳊鱼专养基地。统一进鱼苗、统一养殖技术、统一市场销售，并向农民以保底价收购鳊鱼。这既解决了各养殖户的技术难题，又解决了各养殖户的销售难题，也使各养殖户规避了自销的市场风险。如此，渔民每亩水面的养殖效益有 3000 至 5000 元，仅此一项，就为养殖户每亩增收几千元。

这些年，经济发展了，白芷湖村的精神面貌也在一点点地改变。经济上脱了贫，文化建设成了白芷湖新的工作重点。村里多次举行养殖业实用技术和法律法规培训，全村有 80% 以上的村民参加了培训，部分村民取得了国家职业资格证书。村里组建了军鼓队、腰鼓队、广场舞队、健身操队、合唱团等文体团队，参加的村民有 100 多人，2014 年 9 月由村民自编自演主办了迎国庆联欢会。每年年底，白芷湖村都开展各种评比活动，评出养殖能手、种植能手、文明户、卫生户等。尤其是在妇女文化建设方面更是创出了特色，在妇女中开展了"双学双比""五好文明家庭""美德在农家""平安家庭""母亲素养教育"等活动，涌现了一批优秀妇女典型。2010 年，白芷湖村被常德市人民政府授予"文明村镇"称号、市计划生育村民自治工作"模范村"称号。

白芷湖村作为常德市首批新农村建设示范村，2014 年被确定为常德市美丽乡村建设示范村，自此各项建设更是风生水起，2015 年 7 月被常德市政府授牌为"美丽乡村"。

在市委工作组的精心指导和市政协等市直后盾单位的大力支持下，白芷湖村基础建设投入加大。该村在主干道及居民小区安装太阳能路灯 117 盏，为村民安装太阳能热水器 40 台；硬化水泥路 5.9 公里，其中两条为产业大道；兴修渠道 9.5 公里，其中加高出口莲藕生产基地内水泥沟渠渠肩 3000 米；新建机耕桥 1 座；集中安置村民 70 余户，硬化老居民点道路 150 米，埋设下水管道 200 米；安装指路牌 10 个、永久性宣传标语 82 个、宣传栏 3 个共 15 米、龙门架 1 个，村民活动中心旗杆 1 个。同时，居民小区和 10 公里主干道路绿化达标；全村 15 公里主要沟渠全面清淤扫障；新修垃圾围 30 个，购买垃圾分类桶 200 个；安装宣传牌、评比栏 10 个，发放垃圾分类减量等宣传资料 1000 余份；组织村民代表每季度对全村所有农户的卫生进行大检查

村庄道路绿树成荫路灯成行

评比并公示，使农村环境卫生状况得到极大改善。另外，白芷湖村还改建村民活动广场，安装健身器材1套，新装篮球架2个；配置村民图书室、棋牌室；安排专人负责组织村民积极参加各种文体团队，开展各种活动，丰富了村民的精神生活。

白芷湖村这面旗帜，孙卫东扛起了，而且让旗帜高高飘扬。如今的白芷湖村，已成为美丽乡村建设的示范点，全村上下正齐心协力，迎接着更加美好的未来。

58

安乡县三岔河镇
白粉嘴村

由单纯救济式扶贫向依靠科学技术开发式扶贫转变是科技扶贫的一个重要标志。应用适宜的科学技术改革贫困地区封闭的小农经济模式，可提高农民的科学文化素质，提高其资源开发水平和劳动生产率，促进商品经济发展，加快农民脱贫致富的步伐。科技特派员作为科技扶贫的使者，带领村民开发优势特色产业，让洞庭水乡秋葵花开白粉嘴。

秋葵花开白粉嘴

2016年6月21日上午，走进安乡县三岔河镇白粉嘴村，一望无际的黄秋葵在黑色地膜的祖护下已是绿油油的一片，一尺多高的植株已绽放鲜艳的花朵，红色的花蕊装点着淡黄色的花瓣。"这是一个科技扶贫项目。"省、市科技特派员团队专家彭友林教授告诉我，下午花朵闭合后，就会有人来采摘拿去做秋葵花茶，并顺手摘了一朵让我直接入口。将信将疑中，我慢慢地咀嚼着花瓣，试图品出"秋葵花儿开"的内涵。

黄秋葵在民间小有名气，于我并不陌生。专家们给出的科学解释是：黄秋葵是锦葵科，属一年生草本植物，又名羊角椒、补肾菜、黄葵等。黄秋葵原产非洲，具有较高的营养价值和药用价值，最早在埃及作为蔬菜栽培，目前在欧美及东南亚地区广泛栽培。黄秋葵在我国栽培已有百年之久，目前作为新兴保健蔬菜，正越来越受到青睐，其营养价值独特，全身是宝，叶片、芽、茎、花、果实、种子等均可食用，也有一定的药用价值。其果实含热量较高，具有抗疲劳、增耐力、促循环、预防慢性胃病、增强人体防癌、抗癌能力等功效，同时又是优良减肥食材，在欧美和很多非洲国家都作为运动员首选蔬菜，我国在2008年也将其纳入运动员日常蔬菜名单。

湖南省拥有良好的气候条件，蔬菜已发展成省农业支柱产业之一。黄秋葵在栽培过程中病虫害发生较少，是无公害蔬菜、绿色蔬菜、有机蔬菜栽培的良好品种选择。随着人们对健康养生越来越关注，黄秋葵势必成为市场流行蔬菜之一。彭友林

科技扶贫项目示范基地

告诉我，黄秋葵对环境没有污染，其花大而美丽，极具观赏价值，可很好地保护和美化环境，能产生良好的生态效益。

2009 年，湖南文理学院特种蔬菜研究所、安乡县科技特派员工作站从福建农林科技大学引进黄秋葵品种。为确保引种栽培成功，湖南文理学院、安乡县科技特派员工作站、湖南长安蔬菜有限公司等单位联合组成"黄秋葵引种示范与推广"课题组，依托湖南长安蔬菜有限公司、安乡县湘北蔬菜种植农民专业合作社对黄秋葵规范化高产栽培技术进行专项研究。7 年来，引进黄秋葵 1 号至 6 号共 6 个优良品种，并针对当地气候特点，先后对其播种时间、移栽时间、水肥控制、病虫防治等进行了较为深入的研究，逐步改善栽培方式，研究出了适合本地的黄秋葵营养钵低垄覆膜稀植规范化高产栽培技术，即 3 月中旬营养钵育苗，4 月中旬移栽定植，株行距 50 厘米×75 厘米稀植，低垄，垄高 10 厘米，全生育期覆膜防草，并且编写了《黄秋葵规范化高产栽培技术规范》企业标准，为新品种的引种示范和推广提供了理论依据。

在我的体验中，黄秋葵作为蔬菜，食用方法非常有限，稍微熟一点口感就会大减，至今未成为普通百姓餐桌上常见的佳肴。如何让这一全身都是宝的植物为人类所利用？如何为农民增收？

2014 年，课题组与常德健康产业研究院、常德市强健蔬菜有限公司等合作，探索了产品深加工，经过努力，先后开发了黄秋葵花茶、黄秋葵果茶、黄秋葵嫩果尖茶、黄秋葵籽粉、黄秋葵籽油、黄秋葵干蔬等深加工产品，产值近 300 万元，利润近 100 万元。

下午，我随专家们走进了刚刚完工的黄秋葵加工生产流水线——物理处理，不加任何添加剂，生产温度严格控制在不损伤黄秋葵花、果实、种子有效营养成分的界限内。《黄秋葵花茶加工工艺规程》《黄秋葵果茶加工工艺规程》《黄秋葵嫩果尖茶加工工艺规程》《黄秋葵籽粉加工工艺规程》《黄秋葵籽油加工工艺规程》《黄秋葵干蔬加工工艺规程》等企业生产技术规程一一呈现在我面前，让我不禁想到了一个现实的问题：有市场吗？

王云教授说，市场是黄秋葵产业的关键。课题组依托湖南长安蔬菜有限公司、安乡县湘北蔬菜种植农民专业合作社，建立了多个销售网点；同时，积极发展营销组织和营销队伍，采用多元化、多渠道、灵活多变的销售方式，保证了市场份额的逐年扩大。目前，课题组主要通过鲜果销售产生经济效益，据不完全统计，黄秋葵每亩产量可达 1500 公斤左右，近几年市场平均批发价格为 7.30 元/公斤，每亩产值可达10000 元，7 年来，共推广 730 亩，总产值超过 730 万元。仅 2015 年，黄秋葵系列深加工产品的产值就在 300 万元左右。

在秋葵花开的季节，我看到了一个新的产业正在白粉嘴村兴起，看到种植大户李平安和赵忠刚脸上的灿烂笑容，于是，我有了秋葵花开白粉嘴的印象。

59

临澧县四新岗镇
鳌山村

一个有过一段辉煌历史的村庄成立爱心协会，并且每年召开颁奖大会，希望大家爱护环境、讲究卫生，尊老爱幼。通过这种形式，引领了一种好的风气，淳化了民风，激励每个孩子都努力读书，长大成为对国家有用的人。鳌山人用这种方式表达了对家乡的热爱。在爱的环境里，我们憧憬着百废待兴看鳌山。

百废待兴看鳌山

　　走进临澧县四新岗镇鳌山村采访，源于 2016 年 9 月 8 日鳌山村爱心协会成立暨第一次颁奖大会。大会上，全国政协委员、中国记协副主席、人民日报社原副社长、鳌山村籍人士何崇元和中国丁玲研究会常务副会长兼秘书长、鳌山村籍人涂绍钧，对鳌山村的一番介绍，让我听得津津有味——

　　据《临澧风物大观》介绍，明清时期，鳌山曾有过一段辉煌的历史。鳌山因七省通衢，设有江西会馆、湘西总当铺、临澧第二邮政代办所、天主堂、福音堂、玉皇庙、财神庙、雪峰寺。鳌山公馆规模较大，馆内还特地设有望官楼，以便及时迎接官员。相传宋朝宰相寇准、明朝总兵吴三桂都曾经过或驻扎鳌山。到了清代，途经鳌山的钦差、巡抚、督学、主考、外国人也多在鳌山公馆食宿。

比春节还热闹，看看谁家能领奖！这是鳌山村一年中最热闹的一天。到 2020 年，鳌山村爱心协会已在鳌山完小校园举行 5 次颁奖大会，每年奖励优秀学子和"五好家庭"。村里风气大为改善，上访村变成了镇里项项工作的先进村。2020 年全村考上了 11 个大学生、4 个研究生。图为 2016 年首次颁奖大会场景。

1886 年前后，鳌山有 300 余家商铺，其中水果行 18 家，饭馆和小吃店 50 多家，药房 5 家，银、锡、铜、铁匠铺 10 家，盐行 3 家。鳌山是临澧县近代工业的初创地，生产的土白布质量上乘，盛水不漏，远销湖北、江西、云南等 9 个省份；出产的麦李儿(李子)，色红、果大、味甜，是远近闻名的特产，大的水果行一天销售几百担；生产的大米专供皇帝吃，称为贡米。

当时这里的文化活动也很活跃。关圣戏台有三间屋那么大，专业剧团和皮影戏长期在此演出，名扬四方，连长沙都派人前来学习。每年春季，南头北头还赛灯火、抬亭子、唱台戏，一赛就是个把月。

由此可见，鳌山当时真是一派繁华。

因为时间仓促，9 月 8 日没有来得及了解鳌山村的今天。9 月 24 日下午，夫君驾车陪我再次走进了鳌山村。一条水泥路 4.5 米宽，从鳌山街西口向里延伸，蜿蜒曲折，穿过整个村庄。我随村党支部书记朱海军漫步在乡村田野，试图读懂今天的鳌山村——

这是一个丘陵山村，远处是七姑山和木鱼山，层峦叠嶂。站在何家堰水库的大堤上，水库下方是一望无际的稻田。田里的水稻青中泛黄、黄中有青，稻穗正低头散籽开始走向成熟。再过些日子，村民就要开始收割晚稻了。但凡看到连片的双季稻，我就有欣慰感，会想到"粮食安全"。在鳌山村没有看到一块荒芜的农田，这里的农民一直为我们国家的"粮食安全"坚持耕种双季稻。

我拿出手机，打开常德日报移动采编平台，点出上午排好版的报纸版面，显出头条标题《稳定油菜生产 扩大蔬菜生产 恢复绿肥生产 推广稻虾种养 全市秋冬农业生产突出四大重点》，大家都连连说："好!"鳌山人称绿肥为"花儿籽"，说有好些年没有种了，收完一季稻播种油菜，收完晚稻移栽油菜，因为这里的油茶不多，食用油基本依赖油菜。说到稻虾种养，中冲组的蒋惠平已流转 30 亩农田，准备稻虾种养，说是晚稻一收割就开始开围沟。蒋惠平从湖南广电学校毕业，嫁到鳌山村也就 5 年时间，生完孩子自己在家带宝宝。孩子 3 岁到了上幼儿园的年龄，她便去鳌山完小当起了代课老师。公公婆婆是水产商贩，在婆家耳濡目染，年轻人感到稻虾种养的市场前景很好。如今，在农村见到这么年轻又漂亮的女性已经很不容易，她还准备大干一场，我不得不为她点上一赞。

鳌山完小是鳌山村最美的地方。校园里有一片樟树林，高大参天，其树干之粗壮、枝叶之繁茂，蕴含着这块土地丰厚的历史，让人联想到从这里走出去的成功人士。"鳌山完小"四个字是范敬宜先生所题，金匾红字，额外耀眼。围墙依地势而建，水泥球场、塑胶跑道被花坛、草坪、绿树环抱。我的思绪回到了 9 月 8 日的那一幕——爱心协会成立暨第一次颁奖大会!

到 2020 年，鳌山村爱心协会已在鳌山完小举行 5 次颁奖大会，每年都奖励优秀学子和"五好家庭"，使村里风气大为改善，上访村变成了镇里项项工作的先进村。2020 年全村出了 11 个大学生、4 个研究生。

"习近平总书记说，我们的人民热爱生活，期盼有更好的教育、更稳定的工作、更满意的收入、更可靠的社会保障、更高水平的医疗卫生服务、更舒适的居住条件、更优美的环境；期盼孩子们能成长得更好、工作得更好、生活得更好。人民对美好生活的向往，就是我们的奋斗目标。人世间的一切幸福都需要靠辛勤的劳动来创造。"爱心协会发起人何崇元告诉我："总书记的'两个期盼'正是鳌山村党支部、村委会和爱心协会要为之奋斗的目标！"

朱海军 2015 年任鳌山村党支部书记，对爱心协会成立感受颇深：能唤起人们的爱心。会后的这些日子，村民们对此更是议论开了。烟堆组村民方六宝说，这是一件造福鳌山、造福子孙的大好事，他会要自己的儿女、侄儿侄女都为爱心协会捐款。太平组村民朱孝初的孙女领到了奖金，他说："等我的孙女有出息了，她一定不会忘记鳌山，一定会为鳌山的建设出钱出力。"朱海军告诉我，爱心协会成立后，目前已收到爱心捐款 25 万元。大房堰组党员朱传民已是 80 岁高龄，靠种菜、卖菜挣点零花钱，一天也就几块钱的收入。爱心协会成立当天，他捐了 100 元，说是村里做好事做善事，作为一名党员要起模范带头作用。

我企图寻找鳌山辉煌时期的历史痕迹，让人遗憾的是，仅有一口被称为官堰的堰塘和一条"七省通衢"的官道。官堰，说是官员马匹歇脚饮水的地方，如今已被一长排构树把它与路人的视线隔开，我绕了一大圈才见了它的"庐山真面貌"：绿树环绕，池水清清，一片宁静。官道，是一条碎石子路，路上有一座小桥叫官桥，已经破败不堪。据说，这里以前是青石板路，20 世纪 70 年代大兴水利的时候，青石板被挖走了。站在官桥上，放眼望去，一头是通向外面的世界，高速公路已凌驾于上，一头依然通往鳌山村。不难想象，如今这条远去的交通要道昔日该是多么辉煌！

现实中，鳌山村的新农村建设始于 2005 年，这一年通组公路 10 余公里全部硬化。2006 年，全村安装自来水。2015 年，投资 60 万元，建成 2 条共计 1300 米长的生态灌溉渠；自筹 40 万元，整修、清淤、护砌堰塘 5 口；自筹 16 万元安装太阳能路灯52 盏。2016 年，筹资 51 万元，修通何家冲屋前排水沟 900 米；晚稻收割后，开工修建何家冲 2 条总长 1620 米的机耕道和整修 1 条 480 米长的水沟；整修彭家湾、朱家湾、郑家湾 3 个村民小组的 5 口堰塘；整修郑家湾小桥，为新合并进来的原七姑村拉通两条公路，并在 3.3 公里长的公路沿线安装 92 盏太阳能路灯……

我不禁想到了"百废待兴"一词！与之相匹配的还有一份《鳌山村经济社会发展五年规划（草案）（2016—2020 年）》（以下简称《五年规划》）。在近两年行走的诸多村中，我还是第一次见到成文的村庄《五年规划》——

"十三五"时期，鳌山村经济社会发展总的指导思想是：遵循"四个全面"总方略，突出"五大发展理念"，围绕建设"美丽鳌山"总目标，加快基础设施改善，加快产业优化升级，加快人民素质提高，实现更高水平小康。

到2017年，与全县同步，提前建成小康社会；到2020年，实现更高水平的小康。

全村农民人均可支配收入达到3万元，基尼系数控制在0.4以内；消灭绝对贫困，贫困户脱贫率达到100%，贫困户人均可支配收入达到1万元以上；城镇化率达到50%，农民人均住房面积达到50平方米，人均花卉林木面积达到200平方米；通组公路宽度达到6米，全部硬化；农业综合机械化水平达到80%；小汽车入户率达到80%；农民用电保证日达到360天；村级集体资产达到500万元，年收入达到50万元。

从《五年规划》战略定位之生态农业示范区篇章，我看到了鳌山村要发展1000亩李桃梨橙等水果。于是，鳌山麦李儿从记忆里浮现——饮可在《鳌山忆旧》里写道："鳌山最出名的是麦李儿，最热闹的当然要数麦李行了。麦李箩筐从厅堂摆到檐下，压了半截街。""鳌山的麦李儿不卖斤两。谁要吃只管两手伸到箩筐里去捧就行。两手捧的是不要钱的。愿意捧谁的就捧谁的，被捧了人还特别高兴。因为这等于给他宣传：他的麦李儿好。于是他便得到快感，得意得笑眯了眼睛。如果有个老婆婆夸赞两句，他便会要这老婆婆把衣襟扯起来，一捧一捧给他往衣襟里装，直到老婆婆连声地叫喊：'扯不住了！'才住手。这时候他直起腰来，嘿，一脸荣耀的光彩。"

夜幕早已降临，我对鳌山村有些不舍，也有很多憧憬，心想，一定还会再来！

夜色中，伴随着夫君娴熟平稳的驾驶，鳌山村的过去、当下和未来，像放电影一样，在脑海里不停地回放。当我走进家门放下行囊的那一刻，《百废待兴看鳌山》便定格在了脑海里。

60

武陵区芦荻山乡
熊家坪村

《中华人民共和国农产品质量安全法》，是一部保障农产品质量安全，维护公众健康，促进农业和农村经济发展的法律，是用法的名义，引导、推广农产品标准化生产，鼓励和支持生产优质农产品，禁止生产、销售不符合国家规定的农产品质量安全标准的农产品，推广先进安全的生产技术。熊家坪村践行法律的精神就体现在千亩蔬菜顺天时。

千亩蔬菜顺天时

初次到武陵区芦荻山乡熊家坪村是 2016 年 9 月 27 日，当时是随常德市农委农产品质量安全节前检查组一起来的。这种检查，对于新闻采访而言，只能算蜻蜓点水。即便如此，"熊家坪村蔬菜基地检测室"和"价格调节基金支持蔬菜标准化生产示范基地"的牌子，还是深深地留在了我的记忆里。常德市农委副主任谢真新说，这里是市一个大的蔬菜基地，蔬菜供应常德市城区市场。后来的日子里，我坐在餐桌前时不时会想起熊家坪村蔬菜基地。

2016 年 11 月 16 日，再次来到熊家坪村，行走在千亩蔬菜基地，村支书谈世勇一句"我们村不种反季节蔬菜"，传递出一个强烈的信息：顺天时！《齐民要术》说"顺天时，量地利，则用力少而成功多。任情返道，劳而无获。"我十分崇尚这一广为流传的观点。

《齐民要术》是中国古代杰出农学家贾思勰的农业科学技术巨作，其主要内容有：土壤耕作和农作物栽培管理技术；园艺和植树技术，包括蔬菜和果树栽培技术；动物

蔬菜基地一角

饲养技术和畜牧兽医；农副产品加工和烹饪技术等。书中引用了100多种古代农书和杂著的内容，使《氾胜之书》《四民月令》及《陶朱公养鱼经》等一些佚失著作的部分内容得以保存下来。熊家坪村村民的种植习惯是一种传承！

漫步田间水泥路上，五号白菜、春不老白菜、红菜苔、芫荽、大蒜、香莴笋、菠菜、萝卜……全是露地栽培，叶尖还挂着露珠。一眼望去，绿油油，绿中泛红，红中泛绿，很是惹人喜爱，更是让人有了季节的感觉。记得有人说，喜欢吃海鱼，是因为海鱼经过了大浪的搏击肉质口感好。我说，喜欢吃露地栽培的时令蔬菜，是因为露地蔬菜受到了阳光的直接照射有了自然的味道。

熊家坪村在"皇城脚下"，进城打工得天独厚。谈世勇说，熊家坪村有7个村民小组，3、4、5组的农户和6组一半的农户，依然坚守蔬菜种植。他一句"我们村自己吃的菜和卖到市场的菜是一样的"，表达出"放心"二字！田边"全国基层农技推广补助项目县农业科技试验示范基地""低毒低残留农药推广使用示范基地"的牌子，佐证了"放心"二字。这也是市农委节前农产品质量安全检查组到熊家坪的理由吧。

谈世勇告诉我，早些年，熊家坪村上半年多种苦瓜、辣椒、茄子、瓠子、丝瓜、豆角……后来随着塑料大棚的诞生，外地苦瓜进入甘露寺市场，熊家坪的露地苦瓜就卖不到好价钱了；近些年黄瓜、仔北瓜种得多，市场行情好，加上豆角，一亩田一年种三季蔬菜，高的可以卖出1万元。

仔北瓜？同事曾经告诉我，仔北瓜是激素打出来的，我一直心存疑虑。激素是人工合成的，或多或少会有一点担心。这次熊家坪村之行，谈世勇解开了我多年的心结。他说，仔北瓜是一种插栈子栽种的品种，为了多结一些瓜，菜农都会在开花的时候点花粉（人工辅助授粉），单靠蜜蜂授粉产量不高。

其实，真正的植物激素并不可怕，它是由植物自身代谢产生的一类有机物质，并自产生部位移动到作用部位，在极低浓度下就有明显的生理效应。这是一种微量物质，也被称为植物天然激素或植物内源激素。植物激素有生长素、赤霉素、细胞分裂素、脱落酸、乙烯和油菜素甾醇。它们都是些简单的小分子有机化合物，但它们的生理效应却非常复杂、多样。例如从影响细胞的分裂、生长、分化，到影响植物发芽、生根、开花、结实、性别的决定、休眠和脱落等。所以，植物激素对植物的生长发育有着重要的调节控制作用。

我信奉一句话："一方水土养一方人！"熊家坪村这些顺天时栽种的露地蔬菜，惹人喜爱，更能让人享受了舌尖上的美感！

61

西湖管理区西洲乡
黄泥湖村

有的村庄，人口比较少，发展比较缓慢，失去了一些好的发展时机。如果将发展薄弱的村并入发展较好的村，不仅整个村庄的人口增多了，弱村也能获得更多的发展机会，经济社会发展的道路也会更加广阔。并村，是一项有利于消除弱村的农村改革，有利于贫困村的经济发展。我在黄泥湖村看到了这一点，看到了创美扶贫总相宜。

创美扶贫总相宜

　　2003 年 12 月 31 日,《中共中央国务院关于促进农民增加收入若干政策的意见》提出,"进一步精简乡镇机构和财政供养人员,积极稳妥地调整乡镇建制,有条件的可实行并村……"2007 年 1 月 29 日,新华社受权全文播发的《中共中央国务院关于积极发展现代农业扎实推进社会主义新农村建设的若干意见》明确提出,"治理农村人居环境,搞好村庄治理规划和试点,节约农村建设用地"。两个政策出台后,从东部的山东、江浙到中部的两湖再到西部的川渝、南部的两广,中国农村陆陆续续开展了村庄合并。

　　黄泥湖村就是原同兴村和原黄泥湖村合并而成的。原同兴村,2015 年创省级美丽乡村;原黄泥湖村是省级贫困村。西湖管理区把"美丽乡村建设和脱贫攻坚同时推进,在脱贫的同时创建美丽乡村",不禁让人想到了"淡妆浓抹总相宜"!

　　黄泥湖村是一种怎样的相宜呢?

　　创建美丽乡村,整治村庄环境是关键,改善生态条件是根本,创建美丽庭院是推手。黄泥湖村以原同兴村为核心,成片创建 40 户美丽庭院,2016 年基本达标;完成村庄排污沟建设 5000 米、断头路联通 1000 多米;道路两旁新栽紫薇和红叶石楠等绿化树木 3000 多株;庭院经济实现一村一品,全部栽种常绿植物冰糖柑,既绿化环境,又有好的果子市场。扶贫攻坚强大的组织体系做出规划,后盾单位为村民免费提供树苗,农户栽种培管直接受益。目前,黄泥湖村已建成 600 个美丽庭院;80 户危房改造的任务,实际完成危房改造 130 户;消灭旱厕,新建 4 格污水处理池,实现生活污水无害化处理全覆盖。

　　村部墙上的挂图明示"扶贫开发铺富路 幸福乡村惠民生"的宗旨,脱贫攻坚村情图、路线图、时间表、责任书,无不凸显着"创美扶贫总相宜":

　　"引进、扶持优势产业和优秀企业,通过产业发展带动脱贫,增加收入,发展经济。

　　"以原黄泥湖村土地为主,引进德人牧业,种草,养牛,产奶,休闲旅游。目前,已投资 7000 万元,养牛 500 头,引进苜蓿等优质牧草品种。2016 年,德人牧业种植牧草 1000 亩,带动周边农户种植牧草 5000 亩,草业公司把牧草销到北方。乡村游人数达 5 万余人次。"

　　以原同兴村为主,60% 的土地流转,推广稻虾模式,传统的棉花和传统的单一的水稻种植模式基本淘汰,实现种养结合。全村人均收入比上年增加 500 元,到 2016

年年底，在册的贫困人口可以全部脱贫。

"以理事会为主，建立了环境整治的长效机制，村支两委解脱出来抓经济建设；美丽乡村建设，统一规划，分步实施；脱贫攻坚，政府引导，部门帮扶，乡村为主，群众参与。"

2016 年 11 月 30 日，天气晴朗，让人有些迫不及待地想看看"创美扶贫总相宜"的实效。

合并后的村庄旧貌换新颜

从村部出来，一条水泥路笔直地向远处延伸，一边是广袤的农田，竹篱笆的装点让农田有了诗意；一边是成排的民居，统一风格的矮围墙让民居多了些恬静。我端起相机，按下快门，记录下这人与自然的和谐之美。

西洲乡党委书记周浩示意我看看排水沟。我端详一番，发现是红砖砌成的小型排水沟，与水泥沟相比，似乎多了些古朴的味道，也多了通透性。

一组村民苏石光着一身居家休闲服、跐一双棉拖鞋走出来，不停地对我说着四格污水处理的好："流出来的水是清的。你看，这砂子都是干干净净的，一点颜色都没有变。夏天蚊子显着少了，大家有了环境卫生意识。我是 2015 年底建的房子，四格池是政府出钱建的。"路边一块"户用型四池净化系统"宣传牌告诉人们："污水→收集池→厌氧池→沉淀池→人工湿地→排出"，是无动力污水处理系统，节能、环保不言而喻。

与苏石光相邻的一户，村民摘了个泡柑递给我，淳朴的友好让人心头一热，不禁想到梅山文化"崇文尚武，孝道为先，恪守妇道"是新化人的传统美德。走在黄泥湖村，居民集中的地方不时会看到这种传承：橱窗、板报、挂图、连环画，好的家风，用讲故事的形式一代一代传递着。2016 年即将过去，这个村庄，这个年度，没有发生一起刑事案件，没有集体、越级上访，吵架打架斗殴现象也几乎没有。

朝着远处一幅冬修水利的画面而去，师傅们正在浆砌水渠。据说，2016 年至 2017 年 3 月，这里用于基础设施建设的资金是 4000 万元。

"水光潋滟晴方好，山色空蒙雨亦奇。欲把西湖比西子，淡妆浓抹总相宜。"宋代诗人苏轼《饮湖上初晴后雨》展现在我面前的是一幅诱人的西湖美景，黄泥湖村"美丽乡村建设和脱贫攻坚同时推进"，何尝又不是"创美扶贫总相宜"！

62

澧县甘溪滩镇
石板村

"互联网+"，即利用信息通信技术和互联网平台，让互联网与传统行业深度融合，创造新的发展生态。2015 年 7 月 4 日国务院印发《国务院关于积极推进"互联网+"行动的指导意见》。2020 年 5 月 22 日《2020年国务院政府工作报告》提出，全面推进"互联网+"，打造数字经济新优势。互联网思维成就了石板村公司发展村庄活。

公司发展村庄活

石板村，2013 年被列为常德市扶贫点村。2016 年 11 月 23 日，坐落在村庄的澧县万古台生态农业发展有限公司一间小会议室里，4 块电子屏挂成一排。猪圈、菜地、鸡鸭养殖……全在视频监控之中。我在一视频监控画面中发现一块白色小片，请管理员放大想看个究竟。一块瓦片清晰地显示出来，原以为是药品塑料包装袋的疑虑顿时消失。面对我的明察秋毫，公司董事长王建华却君子坦荡荡。

王建华，澧县原太青乡石板村村民，靠养猪发家，2002 年规模养殖生猪 100 头，后逐年增加到现在的 8000 多头。他 2009 年开始流转土地种茶叶，从 100 亩增加到现在的 800 多亩，形成了茶叶、腊肉、腊猪蹄等农产品产加销一条龙的模式，并创办澧县万古台生态农业发展有限公司。公司集猪（鸡）—沼—茶生态种养、三元瘦肉型良种商品猪繁育、养殖、销售为一体，年出栏生猪超过 2000 头，散养乌鸡 8000 余羽，年产蛋约 100 万枚，并有近 1000 亩茶园和蔬菜基地。

农产品生产实时监控

随着社会的进步和人民生活水平的提高，人们在食品的选择上已开始追求无公害、绿色、有机，对食材销售单位的营销模式也提出了新要求。因此，一个能提供健康食品的网络平台必然能获得市场认可。于是，王建华投身"互联网+"的经营模式，建成一座网上商城，将公司旗下的太青山天然食材直供店作为电子商务平台，并设有多家实体店供消费者体验。

石板村地广人稀，14.4 平方公里的土地上人口不足 2000 人，农产品严重过剩，产出的农产品卖不出好价钱，甚至卖不掉，以致土地荒废，村民也越来越穷。自王建华心中的商城变为现实，石板村的农产品就进了商城。王建华说："商城是为村里百姓服务的一个平台，商城整合老百姓的资源，用高于本地市场的价格收购老百姓的粮食、蔬菜、土猪、土鸡等，把山村的农副产品远销全国各地。"

以前，石板村是个穷窝窝，大部分村民除了务农卖点粮食蔬菜和年猪，无其他经济收入；过剩的南瓜、红薯除了喂猪就只能烂在地里，花大半年的时间养 1 头猪也卖不到 2000 元钱。现在，商城以 3000 至 3500 元/头的价格从村民手中收购土猪，卖出去能达到 4800 元/头左右；平时老百姓的蔬菜 2 元钱 1 公斤都很难卖出去，现在通过商城每公斤至少能卖到 4 元钱。商城赚了钱，老百姓的收入也成倍增加。村民的劳动积极性得到了很大提高，生活质量也节节提升，仅 2015 年商城就为全村增加收入 180 多万元。王建华说："我一个人赚点钱，那不叫富裕，没什么可炫耀的。我们全村人都赚钱了，那才叫致富，才值得庆贺。正是这个理念让我们的商城成了村民的产业依靠。"

万古台商城如何提高产品透明度保证质量？王建华说："为了让广大消费者买得放心，公司已投资 120 万元建设蔬菜种植、土猪土鸡养殖等全程全方位监控系统。实时监控视频全面建成后，利用土鸡土猪代养、土地代种模式，预计在 3 年后全村每年可增加经济效益 800 万元以上。目前，上海、深圳、长沙等城市的消费者通过我们的电商平台对我们的产品有了更深的认识，并给予了充分肯定。"

一家公司带富一个村庄已现端倪。石板村有 40 名村民成为该公司员工，在蔬菜采摘季节有 100 余名村民在公司打工，在公司+农户的模式里有 42 户走上了养殖土猪土鸡的致富之路，在合作社模式里有近 100 户村民受益。

一家公司带富多个村庄还在路上。相邻村乃至整个甘溪滩镇的所有村庄，都会在澧县万古台生态农业发展有限公司的带动下，把各自优质、具有特色的农产品通过商城销到全国各地乃至全世界。

我不禁感叹，真是公司发展村庄活呀！

63

鼎城区花岩溪镇
高峰村

办年货节是近几年的新生事物。"让辛苦一年的农民朋友年底有个好收入，让城里人能够买一份家乡的土特产，解一份乡愁，也让快递员腰包鼓鼓回家过年……"是电商马云的想法。"以农促旅，以旅富农，为老百姓搭建平台，把土特产推广出去"是沅澧大地一脚踏三县的村庄的作为。因为这个作为，我走进大山深处探"高峰"。

大山深处探"高峰"

2016年12月31日,元旦3天假的第一天,我起了个早床,用一碗面条+重阳菌+大白菜,呼呼啦啦把自己喂了个饱,为的是去赶一个年货节。

一路上,即使同行者乖乖罗的"坨坨儿话"惹得大家笑声连连,我还是有路途遥远进大山的感觉。正欲问君去何处?一座新建的木牌楼写着的"高峰"二字映入眼帘,一条红色横幅上的"高峰人民欢迎你"已给出答案。秀才葛说,这是高峰村第二届年货节,土特产很多。

车子停在一条溪水边,坪里停了好些车,还有警察在调度车辆。从空调车里出来,虽然有阳光的照射,还是有一丝寒意袭来。

街道上已是熙熙攘攘,满街的土特产看得人眼花缭乱、心花怒放。乖乖罗最先发现了姜糖茶,我们一人一杯,暖意从内向外散发开来。秀才葛说,第一届年货节,因为没有经验,找个厕所就像无头苍蝇到处瞎撞。这次花岩溪镇政府在服务上做了些改善,贴出了公共厕所标识,还备了免费的姜糖茶。

高粱粑粑、生姜、葛根、葛粉、芝麻糖、红薯粑粑、干菜、咸菜、豆腐、豆腐乳、魔芋豆腐、土猪肉、黄牛肉、新鲜羊肉、腊羊肉……让人目不暇接。我一眼相中了高粱粑粑。高粱粑粑的味道还是儿时的记忆,在倡导吃五谷杂粮的今天,已是稀罕东西。还有生姜,在网传毒生姜的阴影下,对市场上大而黄的生姜一直不敢多买。这里的生姜小而紧致,色泽也不是那么黄亮,给人一种纯真的感觉,一看就很喜欢。卖生姜的老者叫高正初,除了生姜,还卖葛根、葛粉。我们一人买了一大包生姜、一大包葛粉。高家的女儿在常德城里上班,乖乖罗加了她的微信,说是葛粉吃完了方便再买。魔芋豆腐也是小块小块的,像是用勺子舀成的,黑黑的颜色,全然原生态。还有一种叫土哑巴的鱼,活的,只有一两寸长,如土的颜色,说是这溪里的鱼;干的,用塑料袋装着,黑不溜秋,40元1小包,我们三个女同胞每人买了一袋。

乖乖罗在我们中间是个大买家,儿菜、大蔸菜、豆腐、豆腐乳,七七八八买了一波又一波还不算,仅羊肉就买了一只,半只腊羊肉半只新鲜羊肉,还有安化人卖的散养黄牛肉、土猪腰子……全是孝敬父母的。卖羊肉的叫李红军,兄弟俩加上父亲,已经养羊4年,每年出栏肉羊300只。从山上放羊到屠宰上市,从羊群繁育到腊羊肉腌制,他们仨一年到头没有歇息的时间,人均每年能赚10万多元。李红军见我们对羊肉感兴趣,拿出一张名片说有需要可以电话联系,量到1只可以送货上门。

午餐是300元一桌的标准餐——杀猪饭。吃饭的时候,乖乖罗和我提出了相同的问题：为何在这么一个偏远山村办年货节？为什么叫“高峰村”？后来，我从合村前的原高峰村党支部书记李红君那里找到了答案——

山村年货节物产丰富，商品精致

高峰村位于鼎城区最南端，与安化、桃源两县接壤。高峰村坐落在插角仙山脚下，插角仙山是鼎城区的最高点，海拔 760 米，这是“高峰”村名的由来。高峰村距常德市城区 70 余公里，是典型的偏远山村。高峰村是省级贫困村，人口稀少，三村合一后，26 平方公里的土地上只有 500 多户、2100 多人，农产品严重过剩难以变现。

然而，这里却蕴含着无限魅力。这里，山清水秀，鸟语花香，空气清新；这里，有千年古杉树和香火旺盛的千年古寺插角殿；这里，有千亩野樱花和 200 多株红豆杉，最古老的红豆杉有 150 多年了；这里，有林业局挂牌保护的古树群，最长树龄有 400 多年；这里，村民淳朴，乡土文化丰富；这里，仙山之水天上来，有插角仙山的山泉入莫家溪，流经高峰村，汇入超美水库，滋润港二口、逆江坪大地；这里，物产丰富，圆珠儿、旋粒嘚……野生的、农家生产的土特产有 300 多种；这里，一脚踏三县，不同的语言穿插其中，有浓厚的异域风情；这里，20 世纪 80 年代还出了 1 名人民大学的高才生——为第一届年货节捐资 1 万元，为第二届年货节资助 4000 元，制作村歌《高峰美》。据说这首歌是 2016 年 3 月，有人在高峰村观赏千亩野生樱花后，触景生情创作而成的。

近些年，一年四季都有人来这里游山玩水，离开时还大包小裹带走一些土特产，农家乐也悄然兴起。村支两委深受启发：高峰村是一块没有雕琢的玉，是发展乡村旅游的好地方；因地制宜发展土特产是高峰村民脱贫致富的有效途径，特别是大中华旅游时代的到来，提高高峰村旅游的经济收入，可以为老百姓打通一条致富渠道。于是，他们 2015 年 11 月开始筹办高峰村年货节，明确了“以农促旅，以旅富农”的指导思想，为老百姓搭建平台，把土特产推广出去；调动老百姓都来做产品，突出地方特色，树立独特的品牌形象；把每年冬至后的第一个双休日定为年货节，连续 3 天可以在这里购置乡村原生态传统年货，品味山村浓郁的民俗风情，感受宁静自然的深山风光；年货进行展示性销售——肉食类的黑猪、黑山羊、黄牛、土鸡，现选现宰现卖；蔬菜是农家的当季蔬菜；特色区是农户自制的富有地域特色的绿色食品——白辣椒、辣萝卜、酸盐菜、黑盐菜、山椒油、野葛粉、冬笋、榨笋、山芋头、红薯、魔芋豆腐、家制豆腐、米酒等等；餐饮是统一标准的杀猪饭。

第一届高峰村年货节，原高峰村 200 多农户家家参与，300 多个土特产品种，3000 多游客，3 天销售额达 50 多万元，一村民卖散养黄牛肉赚了 5 万元。第二届年货节，因合村推迟办节导致游客少于第一届，但农民的销售收入依然可观，仅生猪现杀现卖就卖了 23 头，还不包括安化人卖的。

乖乖罗购买欲不减，我的好奇心依在——问卖羊肉的李红军，他说已经卖了 7000 多元；问高正初夫妇，他们也收获了 600 多元。竹韵松风去寻找芝麻糖，缺货，说是早已卖完。这时，秀才葛打来电话，说发现了"新大陆"——大山深处的宁静之美——竹海掩映，远眺是青山，近看是田园、是溪水。

进村之后，一直有缓缓溪流伴行，溪水清清，潺潺而下，我不时会有亲近溪水的冲动——它虽远不及九寨沟的溪水壮观，却带着宁静和缠绵，给人抚平内心的享受，用中医的话说，对人有一种静养的效果。

依然逆溪水而行，远处宁静之中有了秀才葛晃悠悠的身影。与她会合处，一位妇人正在填平路上的小坑洼，一大片菜地长满了大白菜、小白菜、萝卜，绿油油，纯天然。俗话说，萝卜白菜小人参。"这菜一定好吃！"我刚发出感慨，乖乖罗一激动，连连说"买点回去"。菜园的主人张元枝热情好客："大白菜不卖，给媳妇、孙子留起的。萝卜要多少扯多少，送你们一些小白菜。"

接下来，拔萝卜、砍白菜、拍照片，菜园里有了欢声笑语。末了，两袋想想都好吃的"小人参"——乖乖罗全部买单！她说，备足了买年货的钱，请客！

短短的一天，在高峰村，玩得爽，吃得香，买了个够，收获了一份莫大的愉悦！

因"壮阔东方潮 奋进新时代·常德历程——庆祝改革开放 40 年"专题报道，2018 年 7 月 17 日，我到花岩溪采访常德市农家乐的发源地，得知高峰村划归花岩溪国家森林公园，以为于高峰村是一件好事。于是，在一个特殊的日子——9 月 23 日农历八月十四秋分节——第一个中国农民丰收节，我联系了村党支部书记莫大初。他说，办年货节对老百姓是一件好事，可是每组织办一次节，村里得贴几万元。虽说村里的党建工作不错，但是没有经济来源，村里亏不起；完全交给民间办，又组织不起来。我以为，这既是莫大初的苦衷，也是基层发展乡村旅游的普遍问题；如何帮助丰收之后的农民把一年的劳动果实变成财富，也是一个值得探索和急需解决的问题！

64

桃源县沙坪镇
赛阳村

2014 年 8 月 21 日发布的《国务院关于促进旅游业改革发展的若干意见》明确提出,"大力发展乡村旅游。加强乡村旅游精准扶贫,扎实推进乡村旅游富民工程,带动贫困地区脱贫致富。"工会活动既要让大家快乐,还要对社会有积极意义。在春游的季节,我有幸踏上了扶贫之旅赛阳行。

扶贫之旅赛阳行

去桃源县沙坪镇赛阳村是 2016 年就有的心愿。赛阳村念好"帮扶数据求'准'、帮扶力量求'大'、帮扶思路求'清'、帮扶措施求'实'、帮扶产业求'强'、帮扶基础求'牢'扶贫攻坚"六字诀",其中帮扶力量求"大"把两个人的工作队迅速扩大为由联村干部、村支两委、党员组长、群众代表、社会力量组成的强大脱贫攻坚队,是我想去赛阳的理由之一。赛阳村是时任常德市委副书记徐正宪精准扶贫的点村,因为他进村不带记者,我的这个心愿一直没有实现。2017 年 3 月 24 日,我接到常德市旅游外侨局的通知,说赛阳村有一个旅游扶贫活动,请我参加。

这是一次工会活动。3 月 26 日,星期日,我比通知的时间早 28 分钟到达集合出发地点,华天国旅的孙一容女士提了一袋鲜花,让在场的人多少有些疑惑。活动发起者张华女士说,工会活动既要让大家快乐,还要对社会有积极意义。人员到齐后,车子正式发动,孙一容发话了:"今天的活动没有领导,也没有导游,人人都是参与者。目的地有商业性农庄,但是,我们吃饭、喝擂茶都在贫困户的家里;自己挖竹笋,价格不低于常德市城区的市场价;今天特地邀请了插花艺术工作者伍樱,她有 2 个任务,一个是告诉大家如何就地取材制作插花盆景,另一个就是要帮助指导贫困户美化家庭环境……"

车子驶入高速公路,路边偶有桃花忽闪而过,我想到了 3 月 19 日阿龙先生捐献 4 万元桃花树苗的事件,他说要把进入常德境内的高速公路两旁都栽上桃树,告诉人们常德市是桃花源里的城市。在孙一容和张华双双"隆重"地介绍我之后,我把这一新闻事件与全车人分享,听者个个都为阿龙之举点赞。驾驶员胡师傅也来了兴致,给大家唱了一首歌:"常德美来,常德乖哟,常德桃花朵朵开,十朵桃花开九朵,还有一朵等你来开,哟——呵——喂!"车上的气氛一下活跃起来,几遍下来,我们几乎都学会了。

我们在花园里景区前门下了车。2015 年 8 月 17 日我曾行走桃源县沙坪镇湖湘坪村,写过一篇乡村笔记《溪水潺潺风光美》。当时,正在建设中的花园里景区已经给我留下了很好的印象。有位浙商是投资者之一,说是要在赛阳村建露天浴场,在王家湾水库设置游船项目。他们看中的是"乌云界国家级自然保护区"得天独厚的旅游资源。这也是我想到赛阳村的又一个理由。

我没有随活动团队进入花园里景区,而是跟着市旅游外侨局组织的专家团队去了赛阳村。从王家湾水库大坝上的一些影响观瞻的不规则告示牌,到停车场地;从农家木屋群，到潺潺溪水；从大片竹林，到远处的杜鹃花……专家们一一给予论证，游客怎么走，看什么，体验什么，带走什么，留下什么，都在他们的调查研究之中。

已是午餐时间，我选择了返回"扶贫之旅"团队。到达胡家湾组贫困户朱正席的家，团队成员已经开席，增加了一套碗筷，我融入其中。腊肉、腊鱼、土鸡、笋子、蕨菜、鱼腥草根、红薯粉……钵满碗满，极具诱惑力。最让人感动的是贫困人家的实在，什么菜消得快，他们就及时添加，男主人给土鸡火锅里续鸡肉，女主人又端来绿油油的白菜藤儿。后来听孙一容说，开始订的是 400 元一桌，因为大家十分满意，实际付费的时候按 500 元一桌结算。

10 亩竹笋基地，地面盖满了谷壳，说是既利于多发笋，又便于采笋。这是野鸡岗组的集体经济，他们组建了合作社。组长王建兴说，这是第一次来游客采挖笋子。竹林里，"扶贫之旅"的队员们像发现新大陆一样，个个兴奋不已。最后，10 公斤剥好的笋子，按 30 元 1 公斤如数买下。

我跟随在伍樱的后面，她不时弯腰剪下路旁一些枝条，野茶叶枝条、棕树叶、兰花草……一伸手一弯腰，给林间小路平添了几分优雅。受伍樱的感染，我也采了些

村里来了采春笋的游客

枝条,在竹林里捡了个竹子苑节,俨然花钵一个,又顺手采了株野草,栽在这天然的花钵里,吸引了队员们的眼球,随即就有人效仿。

回到农家,又是一片繁忙的景象。锯竹子的,插花的,剥笋子的,帮助厨房烧火的……大家乐在其中;看上农家腊肉、红薯片、干菜、豆豉、斗笠、坛子的,纷纷出手。买者让主人出价;农民说是自家产的,随意。彼此的谦让蕴含着一份真情。

我在农家的柴火堆里找了些竹筒和竹节,学着插花,没想到这最先呈现的作品吸引了农家 3 岁左右的小女孩瑶瑶的注意力,她蹲在我的作品前一脸的喜悦,煞是惹人爱。

瑶瑶的父母在浙江打工,她跟爷爷奶奶一起生活,是我们常说的农村留守儿童。我刚到这里的时候,她一个人躲在卧室里。当我推门进去,她连忙用毛巾捂住脸,表现出明显的胆怯。这会儿,找竹节,采野花,铲绿色苔藓,瑶瑶总跟在我的后面,我说什么,她都会跟着重复说一遍。忙了好一阵,我正要坐下来休息,瑶瑶问我要水彩笔。我很遗憾地说:"我只有黑色的笔,可以吗?"瑶瑶奶奶连忙说,她是找她自己的水彩笔。我恍然大悟,这孩子把我当成自己的亲人了。接着,瑶瑶奶奶搬来方凳,拿来涂色图画本和水彩笔,瑶瑶像模像样地坐在了我面前,并投来求助的目光。我心领神会,与她一起画画,在她彩笔筒里找不到黑色彩笔,便拿出采访包里的黑色水芯笔。

在赛阳村,短短的几个小时,我看到了孩子的变化,更看到了"扶贫之旅"的意义所在。

65

石门县白云山国有林场
金环村

旅游扶贫，即开发贫困地区丰富的旅游资源，兴办旅游经济实体，使旅游业形成区域支柱产业，实现贫困地区居民和地方财政双脱贫。这是国家精准扶贫计划中十分重要的一项内容，是精准扶贫的新引擎。旅游业从业门槛低，既符合"大众创业，万众创新"的需求，又符合乡村振兴的时代主题。于是，便有了白云生处品"金环"。

白云生处品"金环"

金环村有扶贫建档立卡户58户123人，五保户6户6人，低保户60户92人；属于土家族、汉族混居地，其中土家族204人，汉族260人。这是常德市旅游外侨局把金环村列为"旅游扶贫试点村"的理由之一。

很多年前，有人对我说，常德最好的茶叶是"白云银毫"系列，是真正的有机茶，德国专家在白云山检测有机茶的方式很特别，既不要仪器，也不用试剂，而是在茶园里数蜘蛛网的个数。我能理解这种检测方式，微小蛛是茶小绿叶蝉的天敌。茶小绿叶蝉是茶叶的主要害虫之一，一年发生8至12代，且世代交替，严重为害夏秋茶，对茶叶产量和品质影响很大。茶园蜘蛛网多，说明害虫的天敌多，进而说明茶园生态系统没有遭受农药的污染。

2017年，我接到4月1日去白云山林场金环村的通知很是激动，还没去就想写一篇《白云生处品"金环"》。金环村是石门县白云山国有林场所辖的两个农业村之一，我的冲动正是源自这没有遭受农药污染的茶园生态系统。

石门县白云山国有林场始建于1958年，位于石门县西北中部，1993年开始大力发展茶叶生产，2000年建成湖南省首批国家有机茶生产出口基地之一。1500亩茶园全部在海拔600至880米的云山雾海之中，生产的茶叶连续16年获得中国GB/T 19630系列有机茶标准国际认证，在湖南省是唯一。

刚到金环村1组旅游扶贫开发户邓文辉家，林场工作人员陈如忠的介绍便印证了很多年前的传说。他还说，这里来过好多外国人。上网查询得知，该林场连续通过"欧盟2092/91法规标准、美国农业部NOP有机农业标准、日本农林水产省JAS有机农业标准、中国GB/19630系列有机茶标准国际认证"。

"你家同时能开几桌饭菜？""锅盆碗盏、土鸡、土猪肉、蔬菜生产量充不充足？"市旅游外侨局组织的"旅游扶贫专家组"成员把问题抛向了邓文辉、金环村党支部书记刘玉林和林场负责扶贫开发工作的陈如忠。邓文辉夫妇似懂非懂没有回答，刘玉林、陈如忠则都说没问题。陈如忠还说可以用楠竹自制竹碗，他说在外面见过，一定做得好，并当即就被我们"起哄"接下了试做竹碗的任务。

从邓文辉家出来，去吃中饭，白云生处满眼是树木不足为怪，可穿过树林的水管引起了我的注意，便问道："这是农村安全饮水工程吧，是山泉水吗？""金环洞的水，Ⅱ类水标准。"陈如忠的回答让我很惊讶。记得乌云界国家自然保护区王家湾水库的水质也不过是国家《地表水环境质量标准》Ⅲ类。

本想去金环洞看看，说是在修路不好走。陈如忠给了我一份《地名登记表（简表）》，上面记载"金环洞位于金环村东南部马家湾，洞口高约3米，宽2.3米，进洞约120多米后是地下河，至今无人探明地下河的状况。年均出水量约10.512万立方米，洞口坐北朝南，海拔400米，水向南约2公里后转向东，经白云镇、皂市镇，最后流入溇水，全长20公里，称南溪河，金环洞是南溪河的发源地。"

"金环村是因金环洞而得名吧。金环又从何而来?"陈如忠又给我讲了一个传说："山洞有水，水中走出2头脖子上戴着金项圈的犀牛来外面吃草，故有了金环洞之说，后有金环高级社、金环大队，现在叫金环村。"在我看来，正是金环洞源远流长的优质水滋润了这片土地，成就了"白云银毫"的品质和美誉!

森林覆盖率92%，大气负氧离子含量68000个/立方厘米，松、杉、杜仲、厚朴、黄檗、核桃、板栗、竹林、茶园、柑橘、油茶、特种用材林……我从《金环村申报旅游扶贫开发示范村可行性研究报告》读到了宜人的数据，似乎感到了药材林保健的抚慰，闻到了坚果、油茶天然的清香。

吃过午饭，将车子驶向茶园。4月4日是清明节，4月1日是这里开采茶叶的第二天。远处茶园里能看见采茶的身影，我有些迫不及待。下得车来，刘玉林像导游一样带着我们前行。

一片树林里，几名中老年妇女正在择茶。林场人把这片树林叫作快活林，是采茶人休息、择茶的地方。据说，夏天林子里的气温只有21℃，大家都在这里午睡，特别舒服。

穿过树林，绕过一条山路，一个建设中的"虫二（即繁体字"風月"去除外框，取近似字所得，意即风月无边，用来形容风光美好宜人或一种由外部环境引起的无边无际的舒适感觉）台"几近完工。站在虫二台上眺望，不是千岛湖胜似千岛湖的美景尽收眼底，真是白云山顶风月无边——风景之佳胜。

走进茶园，采茶大妈都是六七十岁的人，用她们自己的话说，"外面打工没人要了，在这里混日子。"话虽这么说，大妈们粗糙的手依然灵活，这才刚刚开始采茶，新茶不多，一天只能采500克至1000克鲜茶，获得四五十元的工钱。到了采茶高峰期，一天赚200元也不鲜见。我模仿着她们，采了5个小芽没有一个符合标准的。因为不忍扔掉，全部放进自己的嘴里。大妈们说，可以吃，有解渴的效果。其他人则在茶园里摆姿势，自拍他拍拍个不停。

这天天气特别好，阳光灿烂，一圈走下来真有些口渴。大家返回林场，陈如忠做的竹碗、竹盘已呈现在会议室的茶几上。一小会儿的功夫，茶艺师已摆开架势；花艺师变戏法似的竹筒插花为临时茶室增添了几分雅致。在茶艺师的一招一式下，人人都享有一杯清香的绿茶。林场工作人员说，这是去年的茶，林场已经没有存货。新

风月无边——风景之佳胜

茶刚刚开始采摘，还没制作出成品。虽说是陈茶，却依然翠绿清香，莫不是这白云生处好山好水好空气的造化！

往返一天，其实在金环村的时间非常有限，但已经让人感到她的魅力。我以为，当《金环村申报旅游扶贫开发示范村可行性研究报告》成为现实，来这里的游客定会源源不断，汇成旅游之金环，环绕着金环村的黎民百姓，让他们衣食无忧！

66

桃源县剪市镇
狮子殿村

人们说 25 岁为一代，代与代之间、年轻人与年长者之间，但凡在思想、价值观念、行为方式、生活态度以及兴趣、爱好等方面有差异，抑或对立，甚至冲突，就是有"代沟"。然而，唯有爱——对家乡、对家园的爱，没有代沟。在狮子殿村，他俩不是一家人，也称得上是两代人，但这份爱在方圆数十里却传着佳话。

一老一少传佳话

村里有一座岩山，形似狮子。山上有一座古庙，号称狮子殿。桃源县剪市镇狮子殿村因此而得名。2017年5月5日行走狮子殿村，除了沅水的秀丽风光，还有一老一少两个人的故事留在了我的记忆里。

一老是4组村民李朝红。

李朝红，74岁，大集体时当了15年的大队会计。狮子殿村曾是山穷水尽之地，山上无树木，水中无鱼虾，烧的都是扎刺、秸秆、牛铺草。以前，集体浸种催芽泡种谷都没有柴火烧水，要到兴隆街求援捡竹子，好点的竹子用来修猪场，烂竹子做柴火烧种谷水。这种艰难在李朝红的记忆里一直难以抹去。

改革开放后，农村实行联产承包责任制，李朝红致力于林业。1991年卖出上百万株的树苗，2000年国家给补助鼓励退耕还林，绝大部分村民持观望态度，全村只有5户响应，3年内全村不到20户响应。李朝红第一年造林3.5亩，第二年造林6.5亩，10亩

李朝红老两口把村庄装扮得像花园

林地享受了16年的国家补助。第三年，村里没有补助计划，他继续造林。目前，他的山林绿化面积已达45亩，还流转了5亩山地用于育苗和抢救性、保护型移栽活立木（林地中生长着的林木），5年以上的大樟树、杨梅、山茶花、楠树等珍贵树种有100余株，八月丹桂在1000株以上，各类绿化苗木有3亩，栾树有25亩、2万余株。

因为植树，李朝红成了村子里购买电视机的第一人。"1992年学栽葡萄，1994年赚了2500元。1995年卖苗子获利1.6万元，用4600元买了一台黑白电视机，几个队的人都来看电视，禾场都坐满了。1600元买了放像机，1400元装了电话。"李朝红一脸自豪地说。

"1996年是高峰，贩子搭公共汽车来抢购葡萄，一人一垅。葡萄卖了2万元，剪下的枝条育苗2万多株，卖了6万多元，漆河镇政府就买了1万株。"这是李朝红赚到的第二桶金。是年，他当选十一届县人大代表，可谓是精神、物质双丰收。

　　就在他受到极大鼓舞的时候，葡萄遇上了黑豆病。"经过 3 年生长，葡萄的根系接触到了地下水。毁了葡萄改种葛，当年受益，葛根 5 角钱一斤卖到葛粉厂。1 年后，厂子垮了，又转型，栽椪柑、脐橙，高产时，10 亩产果 5 万斤左右。大实蝇来了，2 年后，果树全毁，开始栽桂花树。15 厘米粗的桂花树一株卖到 700 元，小的没舍得卖，现在不俏了，就不卖了，自己建乡村乐园——桂花园。这里距剪市镇 1 公里，每天晚上都有镇上的人来这里散步，又产生了搞乡村旅游开发的想法。"李朝红始终坚守靠山吃山的发展之路，并投身美丽乡村建设，成为绿化美化乡村的志愿者。

　　说到乡村旅游，李朝红给我讲了个当地人称作鲁班下凡的故事。

　　传说有一董姓人在此修桥期间，来了一个乞讨的人，一位老妈妈收留了他，供他吃。来人(村民说鲁班)做了一口猪槽，岩头做的，长方形。离开时，(鲁班)交代老妈妈说，这块岩头算是饭钱，会有人来出高价买。

　　桥到了合拢的时候，几个岩匠做的都不合适，剎口不拢，量好尺寸都不行。工头姓董，晚上得一梦，说哪里有一块石头正合适。结果，董去了，一量，正合适，高价买走，放在桥梁合口刚好。人们都说是神仙鲁班下凡。据说，现在坐船还能在董家桥下见到此岩头。

　　一少是 5 组村民刘明华。

　　刘明华，1979 年生。因为父亲突然离世，已经参加高考的他义无反顾地去了深圳，先是在电子游戏机工厂打工，后又在节能灯厂从事市场和管理工作。其间他除了工作就是学习，在不断积累经验的同时，完成了原始资本积累，直至成为村民心目中的成功人士。

　　他用 3 个 3 年完成了经验积累、原始资本积累和自主创业，在深圳有了自己的 LED 灯制造企业，产品销到欧美。我从他这里了解到，LED 灯不仅节能、使用寿命长，而且无污染、可回收，是一个环保的朝阳产业。他说自己赶上了互联网+的好时代，工厂销售额过亿元，公司十几亿元销售额，60% 是自己生产的产品，40% 为采购的配套商品。

　　刘明华说，村里穷穷在路不通。记得读书的时候，单车都是背出来的；下雨天，泥巴路一走一溜，穿着套鞋，裹着稻草才能走出来。这几年，刘明华的事业发展起来了，就想给村里办点事。他出资 50 万元，修了 2 公里的路，还安装了 40 盏太阳能路灯。4 组、5 组的堰塘，40 年没有清淤扩容，他出资 10 万元，完成了 4 口堰塘的改造。他说，还想为村里修机耕路，虽说村民没有钱，但是应该出力，不能等着别人来替他们修好，村庄是自己的家园，大家都参与进来，家园才会美好，家才能和谐。

　　行走在狮子殿村，这一老一少两个能人留在我记忆里的，不是他们有多富裕，而是他们对家园的热爱。

67

鼎城区韩公渡镇
城址村

保护和开发好古城遗址和历史文化是一个永恒的话题，也是经济发展新阶段的新特点。古城遗址和历史文化资源，对于一个村庄而言是一笔财富，是加快经济社会发展的不竭动力和源泉，也是应对区域综合实力激烈竞争的王牌和优势，对其的挖掘和整合利用尤其重要。在这个暑夏，我看到了记忆索县荷花开。

记忆索县荷花开

　　不是 2017 中国常德第三届索县城址荷花节，我不会关注鼎城区韩公渡镇城址村。

　　2017 年 7 月 21 日，荷花节开幕式。闲暇之下，驻足"索县古城——常德文化旅游的一匹黑马"宣传牌前，看到"早在战国时期，索县古城作为楚国最大的军事城堡就已经存在，至今已有近 3000 年的历史，曾经历战国、秦、西汉、东汉、三国、两晋、南北朝及隋朝时期的漫长岁月，作为荆州刺史所 57 年，是当时中南一带重要政治、军事、经济和文化中心……"的介绍，我产生了寻找关于索县记忆的兴趣。

　　索县城又名崆垅城，为汉代城址。《常德府志》载："汉寿城本名索县城，武陵郡治属，汉顺帝阳嘉三年（134）更名汉寿，移荆州刺史于此。"城址为长方形，东西长 750 米，南北宽 600 余米，城垣为黄土夯筑，城中筑一土墙，将城分为东西两部分，城周围有护城河。有村民说，他家附近有好多古城址的瓦片。

　　城址村设有一展厅。炎炎夏日走进展厅，除了荫凉，还有穿越的感觉。索县城

荷花节为村民带来欢笑

址历史沿革、索县历史文化背景、历史文物，农耕文化、楚文化、屈原文化、汉文化、湖湘文化、忠臣世家伍子胥、荆州刺史刘表、汉寿亭侯关羽、三闾大夫屈原、镇南将军刘弘、唐代诗人刘禹锡，城址内随处可见的绳纹瓦片、索县城址周边出土的绳纹砖、2016 年索县城址出土的陶器……每一块残砖、陶片，都镌刻着索县古城厚重的历史，铺展着索县作为当今常德古城之源的历史轨迹；每一份文字和图片，都诠释着索县古城变迁的历史和文明。

索县城址，1983 年被定为省级文物保护单位，2013 年 3 月被公布为全国重点文物保护单位，是目前中国保存最完好的郡县古城遗址，具有重要的考古价值。韩公渡镇以保护和利用古索县城址文化为契机，突出古城、荷花、廉政，创建旅游新镇、发展乡村旅游，把索县城址融入常德旅游文化圈。

荷花盛开的季节，在以"灼灼荷花瑞，亲亲古城址"为主题的荷花节开幕式之外，我读到了城址村关于荷花的元素："七"字拐的廉洁文化墙总长 20 多米，展示的全是荷花品格；清荷文化屋里，荷的历史、荷的生长、荷的价值，诠释着荷花百花之冠的高洁地位；透过"鼎城区古索湘莲专业合作社"的招牌，可以想象荷花带给村民的福祉。

一群红颜旗袍女把我带进千亩荷田。炎炎烈日下的荷田没有炎热，只有扑面而来的阵阵清香，深吸一口，顿觉神清气爽。

田间木栈道上已是熙熙攘攘，撑纸伞，摆造型，自拍，他拍，拍红颜美貌，拍婀娜背影，人与自然融为一体，真叫一个美！卖莲蓬的老人、炸斋菜的村姑，或在栈道口，或在公路边，游人纷纷购买，各自享受着不同的快乐。

我与 3 组村民曾胜祥闲聊了几句，得知这里以前以种水稻为主，1 亩水稻的毛收入也就 1000 元左右。如今，改种湘莲的农户，1 亩荷田的藕尖就能卖 400 元左右，好的年份，湘莲还能卖 2000 元左右。村民们还说，办荷花节之后，每年这个季节村里的游人都不少，星期六、星期天每天都有大几百人，多的时候上千人。

官方给了一个数据，自 2015 年举办荷花节以来，先后有近百万游客前来踏寻索县遗址，观赏迷人荷花。

记忆索县荷花开，因为举办荷花节，村民有了文化保护意识；因为举办荷花节，村民开始了从种田人到旅游人的角色转变；因为举办荷花节，常德乡村旅游的内涵更加丰富了！

68

柳叶湖旅游度假区白鹤镇
桃树岗村

立体生态种养，可让物质与生态环境良性循环，物尽其用，获取多重产品、多重效益，发挥良好的经济效益、社会效益和生态效益，从而促进农村经济可持续发展和节约型循环经济体系建设。不同的地理条件有不同的立体生态种养模式，桃树岗村就在荒山上建了一个"世外桃源"，让我们一起去桃树岗上赏"地一"。

桃树岗上赏"地一"

初秋时节，乡村游是件惬意的事。

2017年9月6日，从常德市城区出发，经柳叶路，上常德大道，转省道306，行驶8.8公里，在高速公路桥下左转，见一块硕大的石头立在路边，"桃树岗社区"五个鲜红的大字赫然刻在石头上。这是去桃树岗村的方向，应该是合乡镇并村组行政区划调整后村改为社区了。

沿村道行驶1公里，水泥路旁一座徽派风格的仿古建筑格外醒目，白墙灰瓦，牌匾"地一庄园"为何首旺题字。虽不懂楹联，但从"陶公寄情鲜果清蔬生态园 天公写意春云夏雨秋山月"里多少能感受到回归自然、享受世外桃源般生活的气息。上网搜索得知，地一出自《史记·孝武本纪》："古者天子三年一用太牢具祠神三一：天一、地一、泰一。"太牢具指牛羊豕三牲皆备的饭食，是待客的最高礼数，出自《史记·陈丞相世家》："项王既疑之，使使至汉。汉王为太牢具，举进。"眼前所见不禁让人对"地一庄园"充满了好奇。

进得庄园来，天下起了毛毛细雨，穿过仿古建筑，逐级而下便融入青山绿水间，似乎多了些浪漫。明天就是白露节气了，意味着秋高气爽的磅礴气势将渐次展现，经过春的青涩和懵懂、夏的焦躁和不安之后，天地万物都在为最后的丰收书写着最圆满的答案。

这不，映入眼帘的是漫山遍野的果树，山坡上唾手可取的橘呀、柑呀、橙呀还是绿油油的，正酝酿着丰收的橙色。漫步在一口接一口的池塘边，天地、空气、草木呈现一片宁静与澄明，人心也渐渐随之沉静下来。

拐弯处，偶遇一农夫正在路边割草。农夫姓丁，名仕元，今年58岁，6月从临澧合口镇双龙村来到农庄，割草喂鱼、种菜种地是他每日的工作。庄园管吃管住，一个月还能挣两千多块钱。农夫笑说自己的名字笔画简单好写好认，又一本正经地说，有4口鱼塘，每口鱼塘都要割些草投进去喂鱼，还说周末来这里垂钓的人图的是这里的好环境。

据庄园管理者说，鸡养在树林里，池塘尽头应该有鸡场。按照他所指方向前行，走到路的尽头，呈现在面前的是一池荷叶微微摇曳，还有茭白和芋头。站在荷塘边深吸一口气，淡淡的荷香浸入肺腑，再呼出一口气，立马神清气爽，真叫一个爽！静下心来，听见山间远处传来鸡鸣声。循声望去，既不见鸡舍，也不见鸡群。

按原路返回，发现有一个山坡上被绿色方格网围着，一条小路通向深处。琢磨一番才找到通行的机关：拔起一根小竹竿，移动绿网，打开一扇门。我们穿行在绿树丛中的小路上，鸡群的嬉戏声由远而近。小路尽头有一鸡舍，清一色的山东芦花鸡在果树林下，或地上觅食，或啄食果实。据介绍，这里有3个鸡场，按鸡场规模大小分别"肆无忌惮"地命名为首都鸡场、黄花鸡场和桃花源鸡场，这个是最小的桃花源鸡场。顿时，一片笑声散落在青山绿水间。更让人称奇的是，5000多只鸡散养在果树林下，既不显山露水，也不闻鸡粪臭气。据说这里的鸡和鸡蛋已是不少市民的餐桌佳肴。

从鸡场出来，上了另一条山路，再遇一农夫正在播种萝卜，肥料是地道的有机肥，即经沼气池发酵后的沼渣。这里是蔬菜种植区，绿色的丝瓜藤长成一堵长长的绿篱笆，上面开满了黄色的花朵，还垂着一些小丝瓜，俨然一幅天然的壁画。再往前走，

翠绿的"地一"庄园（图片由庄园提供）

是一片豆角地，长长的豆角挂满了枝蔓。畦边是苦瓜。

山坡上，树上开始泛红的枣子已经有了诱惑力，庄园人说，越靠近猪场枣子越甜，却不知其原因。我用科学的态度给出了解释："猪场散发的气息对果树的叶面有施肥效应！"

走过枣林，紧邻的是柿子林。果实大而圆，却少见成熟的橘黄色。偶见一个泛黄的果实，但已被鸟儿啄得只剩下一个空壳。

其实，这里可供采摘的水果不止这些，夏有桃子、枇杷、杨梅，再过一段时间还有橘子、冰糖橙和兰州蜜橘。

一大圈走下来，有了饥肠辘辘的感觉。一锅杀猪菜、一碗炒猪肝、一饼红椒煎鸡蛋、一碗清炒茄子、一碗红薯叶、一大碗豆腐脑肉末汤，都产自桃树岗上"地一庄园"牌匾后面的千亩青山。微甜可口的秋茄子和溢着黄豆清香的豆腐脑汤，让人似乎感到了些"陶公寄情鲜果清蔬生态园天公写意春云夏雨秋山月"的味道。

有人用10年时间在柳叶湖旅游度假区圆了一个"荒山变庄园"的梦，成就了一个"地一庄园"的长成故事——梦的缘起：想在荒山上建一个"世外桃源"；梦的坚守：用立体生态种养模式打造现代农庄；梦的翅膀：用互联网+做大做强"地一庄园"品牌。

行走在"地一"，我似乎看到了中国农业的一种成功模式。

69

花岩溪国家森林公园管理处
花岩溪村

1978 年 11 月，安徽省凤阳县小岗村实行"分田到户，自负盈亏"的家庭联产承包责任制，即俗称的"大包干"，拉开了中国对内改革的大幕。1978 年 12 月十一届三中全会的召开，中国开始实行对内改革、对外开放的政策，拉开了全国改革开放的序幕。当这个俗称"大包干"的农村改革春风吹进沅澧大地，便吹绿了生态美景农家乐。

生态美景农家乐

　　花岩溪国家森林公园前身为花岩溪林场，森林覆盖率达95%。1996年花岩溪开发本土资源，巧做山水文章，走上了旅游开发之路，当年就被批准为省级旅游度假区，1997年又被批准为国家级森林公园。常德农家乐发源于此时此地。在中国改革开放迎来40年之际，2018年7月17日我踏访花岩溪，寻找常德农家乐的起源，看到了发展乡村旅游对乡村振兴的积极作用。

　　1978年12月18日至22日，中国共产党第十一届中央委员会第三次全体会议在北京举行。1982年1月1日，中国共产党历史上第一个关于农村工作的一号文件正式出台，明确指出包产到户、包干到户都是社会主义集体经济的生产责任制。党的十一届三中全会以后，在党中央的积极支持和大力倡导下，家庭联产承包责任制逐步在全国推开，到1983年初，全国农村已有93%的生产队实行了家庭联产承包责任制。原常德县县属林场——花岩溪林场就是1983年实行的联产承包责任制。

　　联产承包责任制的实行，让花岩溪村花园组村民孙以让一家6口获得了近90亩山、近4亩田的承包权。1983年，孙以让、莫益桂夫妇虽然年岁已是花甲上下，却依然有一股改革开放带来的干劲。他们把竹子做成竹跳板卖到湖北等地，把木材运到煤矿做矿柱，用莫益桂的话说，"一车木棒运过去，一包钱包起回来，一次就是几百千吧块钱，几的有味。赚了钱，也吃了不少苦。"莫益桂回忆道："记得在大桥等车，货运出去，我俩就坐在桥上等车回来，一等等到天亮也不敢打瞌睡，生怕车开过了不晓得。"

五溪湖农家乐集群(图片为花岩溪管理处提供)

在花岩溪游客中心位置不远处有一棵大枫树。1984 年，孙以让就在这个位置盖了一栋四缝三间的房子开商店，直到 1997 年。

1997 年，林场改革，花岩溪林场改为国家森林公园。孙以让的儿媳妇冯雁英说："以前出去卖矿柱，跑生意，吃住在外，觉得开旅店有钱赚，这年，我们租用大队部的房子在花岩溪开了第一家旅馆，和老公一起经营。真正把旅馆开在家里，是 2002 年。"据孙以让回忆，有位领导在花岩溪粮食宾馆开会，其间到处走走，发现了他家家门口的一棵古树，要他们回来开馆，保护好这棵树，说他们家就靠这棵树发财了。

按照领导的指点，孙以让、孙雷生父子俩便着手古树培管，培管中发现这是一棵庙树，树苑下挖出了很多口陶罐，孙以让称之为牯牛坛，坛子里装有很多铜钱。孙以让欣慰地说，当时枝叶发黄的一个半边空壳树，经他家培管现已枝繁叶茂。这是一棵青冈栎，俗称白椆木，2003 年 6 月鼎城区人民政府为古树挂了一块"古树名木保护牌"，上面写着树龄 350 年，编号 0001。

中午，观仙台山庄摆出一桌擂茶，花岩溪讲解员周丽虹介绍起了擂茶的种类："花岩溪擂茶有尊贵客人茶、家常白话茶、新娘子茶、准姑爷茶、糊尾巴茶。糊尾巴茶也叫生日茶。过生日，民间又叫长尾巴，喝糊尾巴茶就是要用糊糊糊住尾巴，不让尾巴长出来。今天的这一桌是尊贵客人茶。"说起家常白话茶，周丽虹用 2 个段子道出了花岩溪擂茶的平常："擂钵一搁，擂茶锤几踩，坛子菜几坨，一喝喝到半夜过。""走东家，穿西家，喝擂茶，打哈哈，结亲家。"

大家边喝擂茶边说起了农家乐的生意——

"1997 年开旅店之初，花岩溪搞开发，旅店生意好，每天一二十人，每月获利 2000 至 4000 元不等，尝到生意的甜头。2002 年搬上来，40 个床位，可以住五六十人，开始，天天客满。"孙雷生是花岩溪商会会长，他说："2002 年开始，7 到 8 万元每年，逐年增加，到 2012 年，20 万元左右每年。2012 年 12 月底中央八项规定出台以后，2017 年党的十九大召开，到 2018 年，基本没有签单的了。"这是中央八项规定刹住了公款吃喝风。

冯雁英很欣慰，也很满足。她说，为了让孩子见识广多结交一些朋友，2 个孩子读书都是在常德市，自己一直陪读，直到 2013 年儿子高考结束，全部费用都是来自农家乐。现在，依然天天有游客来观仙台山庄，基本都是回头客，新来的游客一般都会去湖边。

孙以让说，这都得益于巴家林地。巴家林地是一个体育休闲项目，2009 年，国家体育总局授牌花岩溪巴家林地为全国青少年户外体育活动营地，也是常德市唯一一家。据说，8 月 16 至 20 日，全国赛事会在这里举行。

花岩溪管理处旅游科科长刘思静说，花岩溪林业转型旅游业以来，农家乐最多的时候发展到 50 多家，优胜劣汰，现存 38 家。

70

鼎城区石板滩镇
兴隆桥村

推进农村一二三产业融合发展，拓宽农业增收渠道，构建现代农业产业体系，是加快转变农业发展方式、探索中国特色农业现代化道路的必然要求。这个村庄"三个对接，打造全产业链"的做法可复制、可推广，可谓乡村旅游模式好。

乡村旅游模式好

2018 年 8 月 30 日，常德市旅游外事侨务局负责人为红烨旅游区授予"国家 3A 级旅游景区"牌匾。这是该景区继 2016 年获"湖南省休闲农业示范园""湖南省五星乡村旅游服务点"，2017 年获"国家五星级庄园"之后，获得的又一国家级荣誉。常德市旅游外事侨务局王陵书对此给出了专家点评：景区秉承以资源为立足点，以文化为创意点的理念，全方位满足市场需求；看有景色，住有暖色，玩有喜色，吃有绿色；区位最佳，交通最便，环境最美，业态最全，服务最优。

党的十九大报告提出实施乡村振兴战略，将解决好"三农"问题摆在了全党工作重中之重的位置，即按照"产业兴旺、生活富裕、生态宜居、治理有效、乡风文明"20 字方针，加快推进农业农村现代化。现实中，在推进乡村振兴战略实施的过程中，村庄空心化、人口老龄化、家庭离散化、土地荒芜化等问题

红烨山庄一角

已经成为影响当前农村发展的突出问题。农村如何集聚人气、财气，激发乡村经济活力？要从根本上解决农村发展的突出问题，一定要上升到产业发展层面。只有产业的蓬勃发展才能带来农村经济的繁荣，而发展乡村旅游是实现乡村产业兴旺繁荣的重要途径。

如何发展乡村旅游？2018 年 9 月 12 日，我走进鼎城区石板滩镇兴隆桥村，发现红烨山庄不失为乡村旅游的好模式。

三个对接，打造全产业链

红烨山庄 2015 年 10 月 8 日破土动工，至今已有近 3 年时间，投资人田正立深有感触地说："乡村旅游，近期看不到效益，要走一条长期的路，景区与村民、与文化、与经济对接，一二三产业融合发展，全产业链建成才有未来。"

从对接扶贫入手，在景区建设中对接地方经济，对接现代都市生活！我不禁感叹：好一个"红烨模式"！

从产业扶贫看，首先管理层员工与村庄建档立卡贫困户建立一对一的帮扶关系，为贫困户喂猪提供启动资金，年底以高于市场价400元左右每头的价格收购，在保障山庄食材供应的同时，通过红烨这个平台卖给消费者。田正立说："贫困户买不起人工合成饲料，都是打构叶、割红薯叶喂猪，一头猪不到300斤净肉，猪肉游客很喜欢，大部分是几个游客合买一头。养猪分散到当地农户，涉及3个村庄，目前有60户，每年出栏乳猪、年猪200头左右。我们会对产品进行综合评定，喂得好的，一头500元以慰问金的形式发给贫困户。建卡的贫困户有26户，其中养猪的有20户，主要集中在5组、6组，其余的定点种菜。贫困户蔡国富，一年养8头猪，慰问金扶持近3000元；一头猪2600元左右，高出市场价20%，一头给他是3200元左右。这样一年也是2万多元的收入。"

在景区建设中对接地方经济，体现在用工和项目建设上。农庄工作人员90%以上都是本地人，共有50多人；景区建设也是村民轮流做。"轮流用工，用工成本要高出固定工的30%，但是，通过这3年，周边矛盾在淡化、在缓解，村庄的民风也在好转，值了！先安居乐业，再发展产业，以后备厢基地拉动整个农业产业，以乡村旅游、产业带动搞活一方经济。"田正立说出了自己的感受和想法。

从枫树湾到红烨2号，从酒窖到棋牌室，从农耕文化园到烧烤区，从生态KTV到多功能会议中心……无不体现与现代都市生活的对接。

50个床位，一次可容纳400余人的用餐，800人同步烧烤的豪华区和普通区，100多人拓展项目的流量……不只是数据，这里从外表看貌似普通房子，里面却是低调的奢华。与客房相连的垂钓码头，给人房在景中、景在房中的感觉。田正立说："过惯了都市生活的人回不到过去的艰苦岁月，来旅游度假是享受生活的，所以一定要卫生、方便、舒适。"集装箱做成的房子取名为竹林听雨，水塔下面建了一个名叫挪亚方舟的活动室，除了隐藏在大片的绿里，其具有特色的活动空间，可棋牌，可茶饮。

打糍粑，杀年猪，包粽子，摸鱼虾，挖花生，刨红薯……虽然是耳熟能详的项目，然而，将课堂搬到田边的创意，给农耕文化体验赋予了春夏秋冬一年四季的内涵。目前教室已经建起，年内就可接待学生。

酒窖，窖藏的是文化——普及酿酒文化的场所，是服务——为客户代藏的专享橱柜，是市场——注册商标"十里田田""红烨老坛"包装的产品，从这里走向餐桌，走进游客的行李箱。

不忘初心，圆一个田园梦

兴隆桥村由原兴隆桥村和枫树桥村合并而成。田正立，1963年出生在原枫树桥村，有7个兄弟姊妹，他最小。他说："家里穷，18岁从农村走出去，出去的时候就一套衣服。在常烟工作30多年，边工作边创业，开餐馆，搞房产……一个人撑起这个家，也完成了资本的原始积累。我以前还是个'文青'，喜欢赋诗、写散文，49岁的时候，正好卡到政策，病退，想做回自己——吃住在山里。"他要返乡创业，打造红烨旅游度假区：红色厚土，聚会天堂；生态景区，休闲胜地！

"做农庄有两种人：一种是钱多；一种是情结。"田正立说自己属于第二种："村里太穷了，带着梦想返乡，流转土地460多亩。刚回来的时候，漫山遍野是荒草，还有稀稀疏疏的茶树。先是修路，路修好了，路占地的租金还得我出。3年时间，陆续变卖了以前所有的商铺和多处房产，资金全部投到兴隆桥村的红烨景区建设中。"

田正立特别看重赵必振文化。

赵必振，石板滩镇狮子山村人，先后就读于常德德山书院、岳麓书院的长沙湘水校经堂，受康有为今文经学影响较深。戊戌变法前夕，他参加院试，补博士弟子员。光绪二十八年，他翻译出版《二十世纪之怪物——帝国主义》，第二年又翻译出版日本福井准造的《近世社会主义》，前者为我国第一部分析批判帝国主义的译著，后者为我国第一部系统介绍马克思主义的译著。这两本书，对戊戌变法失败后探求救国救民道路的先进中国人曾产生一定影响。

狮子山村紧邻原枫树桥村。田正立回乡投资，在了解地方文化过程中听说赵必振后，通过进一步了解，有了"结合景区发展，扩大赵必振的影响力，传播其文化"的想法。于是，他与赵必振研究会衔接，提出思路和想法，并得到了研究会的认可：以赵必振文化为核心，打造红色教育、爱国主义教育和研学基地。他和他的团队围绕"赵必振研究和爱国主义教育"两个基地建设，发展红色旅游，拓展旅游空间，如今红烨景区已成为"两星组织示范点"。

如今，田正立住在必振号的一隅。必振号即游客集散中心，包括接待中心、购物中心、塘上书屋和观景台。登上观景台，红烨景区尽收眼底。与我同行的秀才葛发了条朋友圈："出走半生，归来仍是少年。这是个老套的故事，但是真的。这个叫红烨山庄的地方，对于田正立而言，坐拥山庄，看荒山绿，闻荷花香，听竹林雨，吃自家菜。醒来见太阳从太阳山起起落落，睡去在蛙声里数繁星点点。是够浪漫？还是够折腾？假装也如此这般地尘埃落定，拥有了这一刻的欢喜自然。"在我看来，俨然圆了他一个田园梦。

71

津市市毛里湖镇
樟树村

樟树，被列入第一批国家重点保护野生植物名录，是国家二级保护植物。一个村庄因一种树而得名，它坐落在湖南毛里湖国家湿地公园，依偎在湖南省最大的溪水湖、第二大天然优质淡水湖——毛里湖畔。这个村庄的淳朴民风和优质产业，呈现着湖畔"樟树"别样美。

湖畔"樟树"别样美

好大一棵树！枝繁叶茂，树冠如盖，3人合抱才能围住它粗大的树干。2019年11月6日，走进津市市毛里湖镇樟树村，迎面而来的这棵大樟树特别引人注目。

村党总支书记欧阳高平介绍，樟树村地处毛里湖国家湿地公园内，拥有百年樟树、莲花台、明吏部侍郎古墓、陶瓷古窑遗址等历史人文资源。因此地遍植香樟，乡民称为樟树岗，故名樟树村。据村里老人讲，这棵大樟树最少都有上百年历史，为了保护它，全村上下没少做工作，硬是让安慈高速公路建设绕道而行。

绕过百年樟树，一个大转弯，农家墙上的彩绘让人眼前一亮，"湖畔家园 生态樟树"8个大字格外醒目，接着一座白墙灰瓦、精精致致的四合院出现在眼前——这就是别具一格的樟树村村部。外面的村文化广场上，老人在秋千椅上荡悠，妇女带着娃儿滑滑梯，欢声笑语，仿佛一个美丽的休闲公园。

果然是个好地方，常德市美丽乡村，湖南省省级文明创建村，真是名不虚传。樟树村到底美在哪里？

在村里转了一圈，印象最深的是到处都是绿色。走不了多远，总能碰上几棵上年纪的大樟树，农户家门口，花草树木自成风景。欧阳高平很遗憾地说，我们来得不是时候，夏天村里上百亩荷花开的时候，花红树绿果香，那才真叫美。

"住在我们村，就是住在风景区。村里全是绿色，空气都是新鲜的，只要天晴，我站在楼顶能看到毛里湖湿地公园。"村民赵大勇满满的幸福感溢于言表。他说，以前屋后是荒山，除了一些枞树就是茅草。今春，荒山栽上了油茶和橘树，家家户户庭院都种上了花草；紧接着，村里开来卡车、手扶拖拉机，清走了多年的垃圾。他所在的奋强湾屋场30来户人家，家家户户都变了样。一到周末，好多城里人开车来村里逛来逛去，说是生态旅游呢。

毛里湖是湖南省第二大淡水湖，也是省内第一大内陆湖，面积3840多公顷。由于远离城市，没有工业污染，水体天然清冽，湖面恬静优美。位于毛里湖畔的樟树村，2017年开始常德市美丽乡村示范村建设，今年又创建湖南省省级文明村，公路沿线建生态沟，103户农户庭院增绿补绿，栽种茶花树3000多株、红叶石楠2000多株；奋强湾屋场30余户、余家屋场22户老屋场进行升级改造；全村520户全部完成改厕，并配套了玻璃缸三级无害化处理的化粪池。

樟树村有12个村民小组邻近毛里湖，毛里湖有19个岔口融进樟树村，构成了这里特有的小气候。虽然已是秋冬之交，满山的枇杷树依然翠绿，满树的褐色花蕾孕

毛里湖畔的村庄，好一幅绿水青山的壮丽画卷（图片为樟树村提供）

育着来年的好收成。

"村里生态这么好，发展产业得天独厚。"果园的主人是本地村民陈武平，他说，自己曾长期在外面做生意，这些年，流转土地34公顷，建起了"津市市毛里湖生态农场"，还在湖南农大园艺系学习果树专业知识，采用科学的生态立体循环生产模式，由畜、禽—沼—果、蔬—鱼形成立体循环产业链。如今，枇杷、梨子、李子、桃子、石榴……十大类水果果园逐步建成，生态农场的水果只要一成熟便销售一空，市场价格高于普通水果20%至30%。农场生产的"湘津"牌枇杷已获得国家绿色食品发展中心批准使用的绿色食品商标，农场每年为村民提供上万个劳动工日，让村民不出村就有了打工的收入，还能学到果树种植技术。

在陈武平的带动下，村里的水果产业不仅发展快，而且起点高。村委会牵头成立了农民柑橘专业合作社，带动村民发展水果产业，目前合作社成员151户400余人，其中贫困户46户119人。柑橘种植户、合作社理事长王文金说，合作社15.33公顷示范片已启动节水灌溉系统建设。在果园里，我们看到了已经建成的水肥一体化的节水灌溉系统，除了实现水肥一体、旱涝保收，水果含硒、含锶也是通过这一系统实现。今年，全村 219 户农民自发开垦荒山 80 公顷发展柑橘。目前，全村已有特早熟柑橘种植 126.66 公顷，再过三五年即可产生经济效益。

奋强湾屋场的楼房错落有致，一幅幅巨大的油彩壁画、一块块木质宣传牌让人耳目一新。"千年涧谷七分水，百里平湖一叶舟。"我驻足在一块宣传牌前，看到《七律·春游毛里湖》里的诗句，忍不住夸好。"这是恢复高考后村里第一个大学生刘云培写的诗，当年全乡只有我们村出了唯一一个大学生。"欧阳高平开心地说，樟树村民风淳朴、人杰地灵，是明两部尚书李如圭的故里。1977 年恢复高考后，考上大学的有 65 人，其中有 3 人考上北京大学，今年全省的文科状元黄滨郦就出生在樟树村。

2017 年，樟树村开始在全村范围内评选"五户一家"，即"平安创建农户、文明新风农户、生态文明农户、勤劳致富农户、热心公益农户，幸福和美农家"，当选的人家是全村的明星。

申昌远从全村 520 户家庭中脱颖而出，被评为"幸福和美农家"。他们是 2006 年新组合的一个家，13 年了，一家人和和睦睦，没有人能看出这是一个组合家庭。村里 76 岁的五保户王长清生活不能自理，申昌远一家便义务承担起照顾他的工作。每年，申昌远两口子会去北京、常德、津市城区的 3 个女儿家看望孩子们，离开村庄前，都要出钱请人照顾王长清。"2017 年夏天，我从北京回来，王长清告诉我，他热得一个星期没有上床睡个好觉。我听了心里难过，马上给在常德的女儿打电话，女儿当天就掏钱帮他安了一台空调。"申昌远说，一家人都已经把王长清当成了亲人。

"咱们村生态美、产业美、人文美……"退休在家的刘云培夸起家乡来，有说不完的美，有写不完的诗。是啊，家乡如此美，怎能不写诗？

72

桃花源旅游管理区桃花源镇
印家铺村

东晋文学家陶渊明一篇《桃花源记》，让桃花源成为全球华人的心灵故乡；一场由360名演职人员组成的国内首个河流剧目《桃花源记》一震撼面世，便成为桃花源及常德文化旅游的一张名片。在这出剧中，政府是平台的搭建者和先期的引导者，艺术家是主创，村民既是参与者，也是受益者。于是，在桃花源里我看到千年愿景照现实。

千年愿景照现实

来印家铺村采访，源自一场《桃花源记》实景演出。

2011 年，常德市确定大力发展桃花源的路线图，以"常德情怀、武陵担当"实现桃花源的凤凰涅槃，以传承中华文脉、铺就心灵之旅、重现世外桃源的文化视角，倾全市之力，将桃花源打造成全球华人心灵的故乡。2014 年 6 月，桃花源闭关修炼，围绕桃花源的"源、形、魂、境、表、气"，聚力"6+1"项目。2017 年 7 月，桃花源旅游景区面积由 2 平方公里扩大到 20 平方公里，秦溪、秦谷、五柳湖、桃源山、桃花山、桃花源古镇、桃林博览园与一场由 360 名演职人员组成的国内首个河流剧目《桃花源记》一同震撼面世。

山水盛典创始人梅帅元团队《桃花源记》剧目策划人说："千古文章，实景重现。你来与不来，桃花源里属于'我'的劳动生活每天在。"走进常德桃花源，沉浸其中，我有了东晋文学家陶渊明《桃花源记》千年愿景——怡然自乐的田园耕读生活照进现实的印象：桃花源旅游管理区 5 公里的秦溪，生动还原陶渊明笔下"芳草鲜美，落英缤纷""有良田美池桑竹之属"的"世外桃源"，当地 360 名村民成为本色演员，文化旅游带着他们走上了小康之路。

2020 年初夏，走进印家铺村，平旷的土地上成片的茶园，给人满眼怡人的绿；高高的樱花树，耸立在道路的两旁，在微风中摇曳着柔美的枝条，像是守护茶园的使者；远处，成群的鸭子戏弄着溪水，激起层层涟漪。

进入汛期，桃花源已是连日阴雨连绵。6 月 10 日 10 时许，沅江一级支流水溪桃花源旅游管理区河段秦溪河畔，一群蜻蜓在人的头顶盘旋。印象中这是要下雨的征兆，不禁问道："这是要下雨了吧?"村民文丕林接过我的问话，说："蜻蜓碰屋檐，不久风雨见。"不一会儿，天果真下起了毛毛细雨，立马印证了这位老农的气象谚语。

风雨飘摇中见到文丕林，他依然一脸灿烂。这灿烂源自他内心的满足：本地村民，年过花甲，身体硬朗，每月稳进 6580 元，桃花源水系保洁员、鸭子饲养员、《桃花源记》山水实景剧演员是他如今桃花源里好生活的全部写照。

文丕林，《桃花源记》360 名本色演员的典型代表，家住桃花源镇印家铺村李家坪，北与桃源县剪市镇隔河相望。"父亲因躲壮丁从剪市镇逃到桃花源避难，租种李家坪大地主滕文中的田，在这里安家，生了 6 个儿子，我最小。"文丕林打开话匣，讲述着他桃花源里好生活的由来。

"这里是一块黄金宝地。"在文丕林的记忆里，20 世纪 70 年代，李家坪的土地上

平日里，美丽村庄，秦溪河畔，常常能见到文丕林"啰……啰，啰啰"呼唤鸭群的画面

有不少洞穴、土堆和塌陷处。1978 年改革开放，1981 年家庭联产承包责任制大范围铺开，分田到户，农民不再出集体工，有了较大的自由度，腾出手脚的农民有了更多的想法。实现自由转身的文丕林向父亲问起洞穴、土堆的来历和塌陷的原因，得知李家坪是块黄金宝地，大地主滕文中靠淘金发家，洞穴和土堆是大地主家挖金留下的。

桃花源镇临近沅水，李家坪则是在沅水一级支流水溪桃花源段秦溪河畔。1980年代中期的一个冬季，文丕林与村庄里几个年轻人萌生了淘金的想法，打开了他人生中第一个金洞，一次成功淘得几克黄金，纯度达 98%。1993 年，身强力壮的文丕林经人介绍与孙道枝组建了自己的小家，在上庄村当了上门女婿。

"我们是半路夫妻。"文丕林说，妻子前夫祖祖辈辈养鸭，因肝癌英年早逝，撇下妻子和一个不到 9 岁的儿子。孙道枝需要一个顶梁柱，文丕林想有一个家。1995 年，文丕林有了自己的儿子，也承担起一家 4 口的生活，除了种好 6 亩责任田，妻子还教会了他养鸭。"上庄村交通不便，农副产品卖不掉。"文丕林说，2012 年他们举家迁回李家坪，用勤劳的双手经营着"靠山吃山靠水吃水"的日子。

在陶渊明笔下的世外桃源，一名普通农民在自己的人生舞台上实现了一次又一次的华丽转身。

常德桃花源作为陶渊明笔下世外桃源唯一原型地，即《辞海》《词源》中唯一添加注释的《桃花源记》所在地，经过闭关三年提质改造，于 2017 年 8 月 1 日开园迎客，十里秦溪成为世界首个最长河流剧场，印家铺村李家坪成了《桃花源记》剧目"耕种·丰收"场景。

"2017 年 4 月，山水的人来了"文丕林说，《桃花源记》山水实景演出剧组进村实地招募演员，相中了文丕林的勤劳和他的养鸭技术；6 月，山水演出公司征用了村里的田。2018 年 6 月，桃花源旅游管理区为解决失地农民的生活问题，让文丕林当上了桃花源水系的保洁员，专门负责打捞水溪桥下的垃圾，保护水环境，月收入2500 元。

2020 年战"疫"之中，桃花源旅游管理区不负众望，勤练内功，疫情防控、创国家5A 级景区提质两手抓两手硬，守住了中国天然氧吧、风景名胜一片净土，为市民提供了一个不远行又舒适的亲近自然的好去处。5 月，湖南常德桃花源大型溪流漫游实景演出《桃花源记》演出场次和观演游客超历史，与去年同期相比，呈现 227% 的增长势头，本地村民皆从中受益，文丕林作为"两员"的演出收入达 4300 元，创下了月收入 6800 元的记录。

我记得每次观演，文丕林和鸭群出场总是这场剧的最大亮点和高潮，不禁问道："对目前桃花源水系保洁员、鸭子饲养员、《桃花源记》山水实景剧演员'三员'的生活有什么感觉？"文丕林脸笑成菊花瓣，连说"满足，满足"。除了可观的经济收入，话语间流露的更多的是精神上的满足和幸福感。

田园即舞台，千年愿景照进现实，一个始于桃花源而又超越桃花源的梦境呈现在世人面前，改变了村民们的生活，真可谓，文旅融合造福一方！

后记　几个备注

2014 年年底，从《常德日报》总编室移位新农村编辑部，提出常德日报新农村周刊设置一个"村风民俗"专版的策划，得到了认可，并于 2015 年第一天付诸实施。2015 年、2016 年，两年时间，主导村庄采访，甄选每个村庄的特色和亮点，主笔撰写绝大部分村庄的乡村笔记，为《七十二个村庄》积累了大量素材。这得益于《常德日报》这一平台与新农村编辑部的支持。在 2015 年至 2020 年间，被采访的村庄及相关部门都对我给予了支持，在此一并致谢。此为备注一。

《七十二个村庄》排序不分高低，不分上下，仅按走进村庄的时间顺序排列。此为备注二。

《中共中央国务院关于促进农民增加收入若干政策的意见》提出，"进一步精简乡镇机构和财政供养人员，积极稳妥地调整乡镇建制，有条件的可实行并村"；《中共中央国务院关于积极发展现代农业扎实推进社会主义新农村建设的若干意见》明确提出，"治理农村人居环境，搞好村庄治理规划和试点，节约农村建设用地"。两个政策出台后，全国大江南北从东部的山东、江浙到中部的两湖再到西部的川渝，南部的两广，陆陆续续开展村庄合并。由于乡镇合并、村庄合并时间不一，所以《七十二个村庄》中乡镇、村庄的名称均为采访时的行政区划名称，包括相关单位的名称也都是实时名称。此为备注三。

作　者

2021 年 3 月

图书在版编目(CIP)数据

七十二个村庄 / 吴琼敏著. —长沙:中南大学出
版社,2021.5

ISBN 978-7-5487-4405-4

Ⅰ. ①七… Ⅱ. ①吴… Ⅲ. ①游记—作品集—中国—
当代 Ⅳ. ①I267.1

中国版本图书馆 CIP 数据核字(2021)第 070673 号

七十二个村庄

吴琼敏 著

□责任编辑	彭辉丽	
□责任印制	易红卫	
□出版发行	中南大学出版社	
	社址:长沙市麓山南路	邮编:410083
	发行科电话:0731-88876770	传真:0731-88710482
□印　　装	长沙雅鑫印务有限公司	

□开　　本	710 mm×1000 mm 1/16	□印张 19.75　□字数 380 千字
□版　　次	2021 年 5 月第 1 版	□2021 年 5 月第 1 次印刷
□书　　号	ISBN 978-7-5487-4405-4	
□定　　价	68.00 元	